AF303914

Jeannine Molitor wurde 1998 in Mutlangen geboren. Sie entdeckte früh ihre Liebe zu Büchern und schrieb bereits im Grundschulalter erste fantastische Kurzgeschichten. Derzeit lebt sie mit ihrem verrückten Kater im Landkreis Schwäbisch Hall und arbeitet an weiteren Geschichten, die in ferne Welten entführen und das Herz höherschlagen lassen sollen.

JEANNINE
MOLITOR

Erstausgabe September 2023

Copyright © 2023 dp Verlag, ein Imprint der
dp DIGITAL PUBLISHERS GmbH
Made in Stuttgart with ♥
Alle Rechte vorbehalten

Hit my Heart

ISBN 978-3-98778-604-4
E-Book-ISBN 978-3-98778-321-0

Covergestaltung: Anne Gebhardt
Umschlaggestaltung: ARTC.ore Design

Unter Verwendung von Abbildungen von
depositphotos.com: © Nataliia2910@gmail.com, © kchungtw,
© ellysonn, © bruno135, © tomert
stock.adobe.com: © Sky Masterson, © Viorel Sima

Lektorat: Daniela Guse
Satz: dp DIGITAL PUBLISHERS GmbH
Druck und Bindung: Books on Demand GmbH, Norderstedt

Für meinen Patenonkel Marcel. Ohne dich wäre ich nicht der Mensch, der ich heute bin.

Prolog: Chloé

»Das kann nicht dein verdammter Ernst sein!« Meine Stimme hallt unheimlich laut durch das Esszimmer, das zu groß für Papa und mich allein ist. Ich kann nicht fassen, was er gesagt hat, und schaffe es nur noch, ihn aus weit aufgerissenen Augen anzusehen.

»Achte auf deinen Ton, Chloé.« Er wirft mir einen mahnenden Blick zu, den ich nur zu gut kenne.

Damit schafft er es nicht mehr, mich einschüchtern. Aber mit seiner Aufforderung sieht es anders aus. »Ich müsste diesen Weg nicht wählen, wenn du deine Prüfungen nicht in den Sand gesetzt hättest.« Papa reibt sich über die Stirn, als würde ich ihm Kopfschmerzen verursachen.

Ich beiße mir auf die Unterlippe und weiche seinem vorwurfsvollen Blick aus. Damit hat er nicht unrecht. Mir war schon beim Verlassen des Raums klar, dass ich diese Prüfung nicht bestehen würde und dieses beschissene Gefühl hat sich wenige Wochen später bestätigt. »Und als wäre das noch nicht schlimm genug, willst du mich jetzt auch noch wegschicken.«

»Nun hör aber auf alles zu überdramatisieren. Ich habe dir nur einen Vorschlag gemacht. So hast du die Chance, über den Winter an einem Programm teilzunehmen und den fehlenden Stoff aufzuholen. Damit könntest du deine Semesterprüfungen in der Hälfte der Zeit nachholen.«

Ich kann mir ein trockenes Auflachen nicht verkneifen. »Du nennst das also einen Vorschlag?« Mir ist bewusst, dass ich mich mit den folgenden Worten auf dünnem Eis bewege. Aber mit jeder Sekunde, die verstreicht, verliere ich weiter meine Geduld. »Weißt du, wie ich das nenne? Du setzt mir die Pistole auf die Brust! Ausgerechnet Kanada! Von allen gottverdammten Ländern auf dieser Welt muss es ausgerechnet Kanada sein?«

Damit habe ich eine Grenze überschritten. Papa schlägt mit der flachen Hand auf den Tisch, wodurch die darauf stehende Vase gefährlich ins Wanken gerät und ich bei dem Krach zusammenzucke. »Ich warne dich ein letztes Mal, Chloé. Pass auf, wie du mit mir sprichst«, sagt er mit bedrohlich ruhiger Stimme, die er auch bei wichtigen Geschäften einsetzt, um seinen Gegenüber einzuschüchtern. »Du hast deine Chance bekommen und sie nicht genutzt. Als dein Vater liegt es auch in meiner Verantwortung dafür zu sorgen, dass du dein Studium nicht vollkommen wegwirfst. Wir wissen beide, dass das nicht das erste Mal der Fall ist, aber nun sind wir an einem Wendepunkt angekommen. Diese Diskussion hat keinen Zweck. Es gibt nur zwei Möglichkeiten für dich: Du wiederholst das Semester komplett oder du nimmst diese einmalige Chance an, nach Kanada zu fliegen und die Prüfung nachzuholen. Es sei denn, du möchtest ohne Abschluss in der Firma einsteigen.«

Genau das werde ich mit Sicherheit nicht tun. Das Knirschen meiner Zähne ist deutlich zu hören und füllt die unangenehme Stille zwischen uns. Papa und ich fechten ein Blickduell aus, doch während er dabei völlig gefasst wirkt, habe ich das Gefühl, dass mir der Boden unter den Füßen weggezogen wird. Ich falle und falle und erst, als ich ergeben nicke und den Blick auf die makellose Tischplatte richte, spüre ich den Aufprall im ganzen Körper.

»Ich wusste, dass du mir früher oder später zustimmen wirst.« Papas Hand greift über den Tisch hinweg nach meiner und drückt sie kurz, doch darin liegt keine Wärme. Im Gegenteil würde ich sie ihm am liebsten entziehen. Dafür fehlt mir in diesem Augenblick aber die Kraft. Genauso wie für weitere Widerworte oder den Zwischenruf, dass ich ihm definitiv nicht zustimme, sondern mich eher gezwungenermaßen geschlagen gebe. Wie ich es hasse, wenn er mich vor beschlossene Tatsachen stellt und ich nicht die geringste Chance habe, mich dagegen zu wehren.

»Vielleicht findest du dort auch ein paar neue Freunde.« Papa fängt meinen Blick aus schmalen Augen auf, worauf sich seiner wandelt und verschlossen wird. Das ist ein Thema über das ich definitiv nicht sprechen will und das spürt er auch.

Er lässt meine Hand blitzschnell los, als hätte er sich daran verbrannt. »Ich muss gehen«, sagt er im Aufstehen und verlässt das Esszimmer. Als wäre ich sein vierzehn Uhr Termin, den er erfolgreich abgeschlossen hat, und nun kann er sich dem Nächsten widmen. Sein Verlassen macht den Raum unfassbar leer. Zuvor hat er ihn mit seiner Präsenz gefüllt, doch jetzt komme ich mir darin winzig und unbedeutend vor.

Ich kauere mich auf dem Stuhl zusammen und starre an die weiße Wand gegenüber. Alles hier ist weiß und grau. Die Wände, die Kissen und selbst der Blume in der Vase wurde alle Farbe entzogen. Genauso fühle ich mich innerlich: Komplett farblos. Automatisch wandern meine Gedanken zurück zu unserem Gespräch. Papas harte Worte klingen in meinen Ohren nach, als hätten sie sich wie ein verdammter Parasit darin festgesetzt. Ein Parasit, der ein Tonband bei sich und Freude daran hat, mich ununterbrochen damit zu quälen.

Nach meinem Abitur hatte ich keine Ahnung, was ich machen soll. Bis auf das Eiskunstlaufen haben immer meine Eltern bestimmt, was mein nächster Schritt ist. Aber mit der Volljährigkeit und dem Abschluss in der Tasche wurde auf einmal von mir erwartet, dass ich weiß, was ich in Zukunft mit meinem Leben anfangen will. Doch woher sollte ich das wissen? Außer dem Eiskunstlaufen gab es nie etwas, das mich wirklich interessierte, geschweige denn komplett begeistern konnte.

Daher war ich damals fast dankbar, als Papa Wirtschaft als Hauptfach vorschlug und mir damit die Entscheidung abnahm, die mir fast unmöglich vorkam. Zumindest war ich das bis ich gemerkt habe, wie schwer es mir fällt. So schwer, dass ich die Prüfungen verhauen habe und wiederholen muss.

Kanada. Warum muss es ausgerechnet Kanada sein? Papa weiß genau, was ich damit verbinde, was vor einem knappen Jahr dort passiert ist. Wie auf Knopfdruck werde ich zurück in die Vergangenheit katapultiert. Mein Flug nach Halifax kommt mir in den Sinn.

Wie froh ich darüber war, endlich einmal wieder an einem großen Wettbewerb teilzunehmen. Aber sobald wir gelandet waren, ist alles schiefgelaufen.

Das Schlimmste war nicht der verpeilte Taxifahrer oder die nicht fertig zurechtgemachte Suite im Hotel. Es war der Vorfall beim Wettkampf selbst. Eiskunstlauf ist so wunderschön, wie es unerbittlich sein kann. Eine falsche Bewegung, ein unsauber ausgeführter Sprung bedeutet oftmals schon das bittere Ende. Oder in meinem Fall eine eifersüchtige Freundin, die meine Schlittschuhe manipuliert hat und damit dafür verantwortlich war, dass es mich ziemlich übel aufs Eis gelegt hat.

Der Schlüsselbeinbruch ist zwar längst wieder verheilt, aber in meinem Kopf sieht es anders aus. Dabei habe ich es geliebt auf dem Eis zu stehen. Ich konnte es immer kaum erwarten, an Wettkämpfen teilzunehmen und mein Können unter Beweis zu stellen. Die WM-Qualifikation in Kanada sollte meine große Chance sein – und ausgerechnet dort wurde mir die Liebe zum Eislaufen beinahe schon gewaltsam entrissen.

Ich schiebe die Bilder immer so weit wie möglich von mir, doch seit Papa zum ersten Mal von Kanada gesprochen hat, sprießen die Erinnerungen in meinem Kopf wie wilde Pilze aus dem Boden und ich kann mich nicht dagegen wehren. Immer wieder spüre ich, wie meine Schlittschuhe unter mir nachgeben. Wie das Eis näherkommt – und dann ein explodierender Schmerz in meiner Schulter. Ich schüttle den Kopf, um die Bilder loszuwerden.

Ohne es bemerkt zu haben, habe ich die Hände fest ineinander verschränkt, um sie vom Zittern abzuhalten. Seit diesem Vorfall habe ich mich kaum noch aufs Eis gewagt, aber das kam Papa recht. Zumindest bis ihm klar wurde, dass das hinsichtlich meiner Noten im Studium eher keine Verbesserung bringt und ich mich noch mehr zurückziehe.

Ich hasse mich selbst für diese verdammte Schwäche, seither kaum auf dem Eis gestanden zu haben. Heißt es nicht, dass ein Reiter, der gefallen ist, sofort wieder in den Sattel steigen sollte? Ich kenne mich nicht unbedingt mit Pferden aus, aber um die Metapher weiterzuführen: Ich schaffe es im Augenblick nicht einmal, diesen verdammten Gaul zu satteln, geschweige denn aufzusteigen. Zwar hat meine Trainerin mir ihre Hilfe angeboten, aber ich habe mit der Begründung, mich auf mein Studium konzentrieren zu müssen, abgelehnt. So viel also zu diesem Thema. Nun habe ich weder das eine noch das andere geschafft. Wirklich starke Leistung.

Genug!, unterbreche ich meine durcheinanderwirbelnden Gedanken und schiebe sie in das hinterste, dunkelste Eck in meinem Gehirn. Schnell stehe ich auf und verlasse den stillen Raum, um nach oben in mein Zimmer zu gehen. Das Bunt darin, das in krassem Kontrast zu dem Weiß-Grau des restlichen Hauses steht, zaubert mir ein zumindest kleines Lächeln ins Gesicht. Ich lasse mich auf das Bett fallen und fahre mit den Fingerspitzen über den farbenfrohen Überwurf, den ich selbst gestrickt habe. Wie von allein wandern meine Finger weiter bis zum Nachtkästchen, von dem ich meine Guerilla-Stricknadeln mitsamt der knallgelben

Wolle und dem angefangenen Strickdeckchen herunternehme.

Ich setze mich auf und lehne mich mit dem Rücken gegen die Kissen. Kurz betrachte ich das Strickmuster und beschließe, ein paar Reihen mit dieser Wolle weiterzumachen, bevor ich eine andere Farbe auswähle.

Wenn mich nach so einem aufwühlenden Gespräch etwas wieder beruhigen kann, dann sind es die gewohnten Bewegungen und das leise Klackern der Stricknadeln. Es ist ein so vertrautes Gefühl, dass ich mich innerhalb weniger Minuten gelöster fühle, wenn auch nicht komplett entspannt. Aber das habe ich ohnehin nicht erwartet. Diese Restanspannung ist mein ständiger Begleiter und ich kenne sie nur zu gut. Sie ruht immer unter der Oberfläche und springt ans Tageslicht, wenn ich sie am wenigsten brauchen kann.

Erst als es langsam dunkel um mich herum wird und ich das Muster kaum noch erkenne, sehe ich wieder von meiner Arbeit auf. Das Licht des Mondes fällt auf meinen weißen Hochglanzschreibtisch, den ich mit einem regenbogenfarbigen Guerilla-Muster überdeckt und damit etwas Farbe verliehen habe. Darauf liegen immer noch meine Lernsachen und ganz oben auf dem Stapel der Zettel, der mich erst in diese beschissene Lage gebracht hat: die Prüfungsergebnisse.

Ich lege die Strickarbeit zur Seite und gehe wie ferngesteuert auf den Schreibtisch zu, als würde ich davon magisch angezogen werden. Meine Hand greift nach dem Blatt Papier, das einfach so über meine Zukunft entscheidet, als hätte es die Macht dazu. Als könnte ich es nicht zerreißen, in das Feuer einer Kerze halten und damit auslöschen. Es ist nicht das erste Mal, dass ich darüber nachdenke, aber das würde mir nur einen kurzen inneren Frieden verschaffen, bis die Realität mich wieder einholt. Denn diese beschissenen Ergebnisse stehen auch dann fest, wenn ich sie nicht mehr schwarz auf weiß in der Hand halte.

Ohne einen Blick darauf zu werfen, lege ich das Blatt zurück auf den Tisch und zünde stattdessen die drei großen Kerzen an, die gleich einen beruhigenden Vanilleduft verströmen. Ich weiß leider auch so, was auf dem Papierbogen steht. Chloé Monet, geboren in Paris, ist so dumm, dass sie nicht nur durch eine, sondern gleich durch drei Prüfungen in ihrem Wirtschaftsstudium gefallen ist. Zwar stimmt der Wortlaut nicht, aber am Ende kommt es auf dasselbe raus: Ich reise schon in wenigen Tagen nach Kanada.

Papa hat ›seine Beziehungen spielen lassen‹, wie er gern betont und gesagt, dass es ein ›Privileg‹ ist, dass ich zu so einem späten Zeitpunkt überhaupt diese Chance bekomme, an diesem bescheuerten Winterprogramm teilzunehmen. »Normalerweise sind diese Plätze schon wenige Stunden nach den Prüfungen alle belegt. Du kannst wirklich von Glück sprechen, dass es noch möglich war, dich dort unterzubringen«, höre ich seine Stimme in meinem Kopf und passend dazu taucht ein Bild seines eindringlichen Blickes auf.

Mit einem einzigen Wisch fege ich die Lektüren, Ordner und dieses verdammte Stück Papier von meinem Schreibtisch, die alle auf einem Stapel lagen und jetzt mit einem lauten Krachen auf dem Boden landen. Für den Bruchteil einer Sekunde durchflutet mich ein Gefühl von Zufriedenheit, doch die Wut nimmt rasch wieder überhand. Mein Atem geht schnell und das Herz in meiner Brust pocht so heftig, dass ich nur noch ein Rauschen in den Ohren höre.

Ich schließe die Augen und atme ein paar Mal tief durch, in dem Versuch mich zu beruhigen. Wenn ich jetzt die Fassung komplett verliere und Papa das mitbekommt, fühlt er sich nur bestätigt und diesen Gefallen werde ich ihm bestimmt nicht machen.

Papa hat mich gekonnt daran erinnert, was für mich auf dem Spiel steht. Sollte ich das Studium nicht schaffen, muss ich direkt in seiner Firma einsteigen. Denn ohne Abschluss würde ich keinen der qualifizierten Jobs ergattern, die er für mich vorsieht und die unserer Familie gerecht werden. Wenn ich die Prüfungen wieder nicht bestehe, werde ich nie eine Chance haben, aus dem ganzen Kreis auszubrechen. Ich werde für immer hier in Paris bleiben müssen. Bei meinen Eltern, für die ich nie genug bin. Na wenn das keine tollen Aussichten für die Zukunft sind.

Ich warte ein paar Augenblicke, bis sich Atmung und Herzschlag wieder normalisieren und bücke mich dann nach den Sachen, um sie vom Boden aufzusammeln und zurück auf den Schreibtisch zu verfrachten.

Sobald meine Hände nichts mehr zu tun haben, fühle ich mich in dem Zimmer wie verloren. Für einen Moment stehe ich noch so da und lasse meinen Blick durch den Raum schweifen. Bei der Einrichtung hatte ich damals praktisch kein Mitspracherecht. Mama dachte, genau zu wissen, was mir gefällt, und hat sich für ihr typisch farbloses Konzept entschieden. Weiße Hochglanzmöbel, grauer Teppich und Schreibtischstuhl und viel Glas, um den Raum größer wirken zu lassen. Aber das hätte er meiner Meinung nach nicht gebraucht, er ist mit über zwanzig Quadratmetern ohnehin schon alles andere als klein.

Mir hat hier drin immer die persönliche Note gefehlt. Das kam erst, als ich das Guerilla-Stricken für mich entdeckt habe. Es hat eine Weile gedauert, bis ich den Bogen raus hatte, aber dann habe ich unermüdlich Topf- und Vasenüberzieher, Tischdeckchen und Kissenbezüge in den leuchtendsten Farben selbstgemacht. Seitdem fühle ich mich in dem Zimmer um einiges wohler. Wenn Mama weniger Zeit im Flieger und mehr zu Hause verbringen und sehen würde, dass ich selbst für die Vase mit ihren geliebten weißen Orchideen einen knallbunten Überwurf gestrickt habe, würde sie wieder einen halben Herzinfarkt kriegen. Bei dem Gedanken daran, wie entsetzt sie beim letzten Mal dreingeschaut hat, kann ich mir ein Grinsen nicht verkneifen.

Mein Blick wandert weiter zum Fenster, durch das das Mondlicht immer heller dringt und beschließe, noch ein wenig hinauszugehen. Die frische Luft wird mir guttun und meinen Kopf frei blasen. Also greife ich kurzerhand nach meiner Jacke, die über dem Schreibtischstuhl hängt, und verlasse das Zimmer.

Auf dem Weg nach unten begegne ich keiner Menschenseele. Papa ist mit ziemlicher Sicherheit in seinem Büro oder bei irgendeinem geschäftlichen Termin und die Angestellten, die sich hier im Haus um das Kochen, Putzen und den Garten kümmern, haben Feierabend und sind nach Hause gefahren. Manchmal erwische ich mich dabei, wie ich ihnen ein wenig neidisch hinterhersehe und hoffe, dass irgendwann doch noch eine andere Familie durch die Tür tritt und sagt, dass ich nicht hierher, sondern zu ihnen gehöre. Aber ich schätze, dass das nach zwanzig Jahren nicht mehr passieren wird und ich mit den Menschen um mich herum vorliebnehmen muss. Auch wenn sie so gut wie nie da sind.

Ich nehme den Haustürschlüssel aus der Schublade des Sideboards, ziehe meine Schuhe an und trete hinaus. Tief sauge ich mit geschlossenen Augen die Luft ein und genieße den kühlen Wind, der über meine erhitzte Haut streicht, als würde er versuchen, mir zu sagen, dass alles wieder gut wird.

Ich folge dem schmalen Weg hinunter zum Tor, das sich mit einem leisen Quietschen öffnet. Um später hereinzukommen, brauche ich den Schlüssel und einen Code. Einmal bin ich mitten in der Nacht von einer Party zurückgekommen und mir fiel die Zahlenabfolge nicht mehr ein. Meine Eltern waren dermaßen sauer, als sie durch die Alarmanlage aus dem Schlaf gerissen wurden.

Das gehört leider nur zu einem von zahlreichen blamablen Erlebnissen der letzten Jahre. Jedenfalls hatte es mir drei Wochen Hausarrest eingehandelt, die ich in buntem Protest verbracht habe. Für alles, was irgendwie beweglich war, habe ich Überwürfe und Decken in so krassen Farben gestrickt, dass sie schon fast in den Augen wehtaten. Mama hat das so in den Wahnsinn getrieben, dass sie die Sache mit dem Hausarrest schnell wieder vergaß und mich freiwillig gehen ließ. In diesem Moment habe ich ein ziemliches Triumphgefühl empfunden. Es war ein kleiner Sieg, aber ein Sieg.

In letzter Zeit gehöre ich dafür eher zur Loser-Nation. Oder wie dieser Nerd aus meinem Studiengang sagen würde: Das Glück ist mir nicht hold. Ich stolpere von einer beschissenen Situation in die Nächste und immer wenn ich denke, ich hätte mir die Kacke endlich von den Sohlen streifen können, hat der nächste Hund einen Haufen auf meinen Weg gesetzt. Zack, wieder Scheiße an der Ferse.

Ich wandere durch die Straßen von Paris, die nur noch von den Laternen und vorbeifahrenden Autos erhellt werden. Es ist beruhigend zu wissen, dass hier immer etwas los ist. Egal zu welcher Uhrzeit, du kannst dich darauf verlassen, dass es andere nächtliche Wanderer gibt, die sich vom Mondlicht nach draußen locken lassen. Oder wie ich versuchen, auf andere Gedanken zu kommen.

Die Türme der Notre Dame tauchen auf und erst in diesem Moment wird mir klar, wie lang ich schon unterwegs bin. Von unserem Haus sind es gute zwanzig Minuten bis hierher. Trotzdem nehme ich mir die Zeit und setze mich auf eine der Bänke vor der Kathedrale, die von den Straßenlaternen sanft beleuchtet werden. Der Anblick der Kirche hat etwas Beruhigendes an sich. Egal, wie oft ich hierherkomme, in ihrer Fassade entdecke ich immer wieder neue Dinge.

Stumm betrachte ich sie, lasse mich von der Stille einnehmen und genieße das heimelige Licht des Mondes. Die Nacht hatte schon immer eine gewisse Anziehungskraft auf mich – zum Leidwesen meiner Eltern. Unzählige Male habe ich mich aus dem Haus gestohlen, um durch die Pariser Straßen zu schlendern und mir den Kopf frei blasen zu lassen. In diesen Momenten kann ich am besten nachdenken, aber vor allem brauche ich mich nicht zu verstellen.

Manchmal kommt mir das Licht der Sonne wie ein Rampenlicht vor, in das ich ohne meine Zustimmung geschoben werde. Als würde ich dann auf der Bühne stehen und eine Rolle spielen müssen, der ich nie gerecht werde. Der Druck fühlt sich so heftig an, dass ich glaube, er würde sich um meine Brust legen und zudrücken, sodass ich keine Luft mehr bekomme. In der Dunkelheit ist es nicht so. Sie gibt Anonymität. Ich muss nicht Chloé Monet sein, wenn ich das nicht will. Ich kann irgendeine junge Frau sein, die einen Spaziergang macht, ohne dass irgendjemand näher darüber nachdenkt. Hier schrumpft der Druck zu einem erträglichen Maß.

Doch diese kurzen Auszeiten haben auch eine Schattenseite. Sie verdeutlichen all das, was ich nicht haben kann. Es ist wie in einem verkehrten Märchen, in denen die Prinzessin verflucht ist: Bei Nacht darf sie ihr wahres Gesicht zeigen und am Tag wird sie zu einem Monster oder zumindest zu einer Marionette, die dazu gezwungen wird zu tun, was ihr gesagt wird. Was würde ich dafür geben, diese Fäden durchschneiden und herausfinden zu können, wer ich wirklich bin und was ich will. Im Moment weiß ich nicht einmal, wie viel echte Chloé in mir steckt.

Wenige Meter entfernt von mir taucht ein Pärchen im Licht der Straßenlaternen auf. Sie halten Händchen, haben nur Augen füreinander und scheinen überhaupt nichts von dem Drumherum mitzubekommen. Als die junge Frau die Arme um den Nacken des Mannes legt, um ihn überschwänglich zu küssen, wende ich den Blick ruckartig wieder ab.

Paris. Die Stadt der Liebe. Jedes Mal, wenn ich das höre, würde ich am liebsten laut auflachen und gleichzeitig genervt die Augen verdrehen. Als wäre eine Stadt überhaupt dazu fähig, so was wie Liebe auszulösen oder einen glücklicher zu machen. Ich jedenfalls wohne schon mein ganzes Leben hier und spüre nicht den Hauch davon. Und selbst wenn ein einziger Ort das doch könnte, dann ist es ein allgemeiner Irrglauben, dass die Liebe alles besser machen kann.

Meine Gedanken wandern, wie so oft an diesem Tag, weiter bis nach Kanada. Ich habe geahnt, dass Papa die verhauenen Prüfungen nicht mit einem Nicken abtun und sagen würde ›Beim nächsten Versuch machst du es eben besser‹. Dann würde ich ihn ziemlich schlecht kennen. Aber ich habe nicht damit gerechnet, dass er mich über viertausend Kilometer Luftlinie wegschicken würde.

Vielleicht findest du dort ein paar neue Freunde, schießt mir der Satz durch den Kopf, den er zuletzt zu mir gesagt hat. Als hätte er nach dieser Hiobsbotschaft noch einmal nachtreten wollen, bevor er seinen großen Abgang hinlegt. Ich weiß selbst, dass ich in meinem Leben niemanden habe, den ich tatsächlich als Freund bezeichne. Als reiche Unternehmenstochter, die ›von Daddy alles bezahlt bekommt, wenn sie nur mit den Wimpern klimpert‹, war es in der Vergangenheit nicht immer leicht, wahre Freunde von falschen zu unterscheiden.

Am Verlust einer Freundin bin ich zumindest nicht unbeteiligt. Auch das hängt mit der Qualifikation zur Eiskunstlauf-Weltmeisterschaft im letzten Jahr zusammen, die komplett anders verlaufen ist, als ich es mir erhofft hatte. Sie hat mir gesagt, dass sie in diesen Typen verknallt war, und ich habe mich ihm trotzdem an den Hals geworfen. Keine Ahnung, warum ich das getan habe. Vielleicht wollte ich mir selbst beweisen, dass ich alles haben kann, ohne mich groß anzustrengen. Oder meine Macht demonstrieren. Was weiß ich. Jedenfalls hat es sie so rasend gemacht, dass sie meine Schlittschuhe manipuliert und damit meinen Sturz auf dem Eis zu verantworten hat. Vielleicht war sie doch nie wirklich eine Freundin. Gute Bekannte, die man auf dem Gang grüßt und ein wenig Small Talk austauscht, sind aktuell das Höchste der Gefühle.

Ich ziehe die Jacke enger um mich, als der Wind darunter fährt und mich frösteln lässt. Erst jetzt bemerke ich, dass es hier draußen deutlich kälter geworden ist, als es noch vor ein paar Minuten war. Das werte ich als Zeichen, dass es an der Zeit ist, nach Hause zu gehen. In der Vergangenheit zu wühlen, bringt sowieso nichts. Das befördert nur die ganzen unschönen Dinge ans Tageslicht, von denen ich gehofft habe, sie tief genug verbuddelt zu haben, um nie wieder darüber nachdenken zu müssen. Aber nie wieder ist eine verdammt lange Zeit und wenn ich ehrlich zu mir selbst bin, weiß ich, dass einen alles irgendwann wieder einholt.

Kapitel 1: Chloé

Ich sehe aus dem Fenster und betrachte die Landschaft unter mir, die wie ein Miniatur-Wunderland aussieht. Sie gewinnt immer weiter an Größe, als das Flugzeug zum Sinkflug ansetzt. Obwohl ich weiß, dass es trotzdem noch gute zwanzig Minuten dauern wird, bis wir landen, packe ich mein Buch zurück in die Tasche und trinke einen Schluck aus der kleinen Wasserflasche, die mir die Stewardess gereicht hat.

Kaum zu fassen, dass ich jetzt tatsächlich hier drin sitze. Papa und ich haben in den letzten Tagen unzählige Male darüber gesprochen. Immer wieder habe ich versucht, ihn zu überzeugen, seine Meinung doch zu ändern, aber ich hatte nicht die geringste Chance. Inzwischen bekomme ich eine Ahnung davon, wie seine Geschäftspartner sich fühlen, wenn er mit ihnen verhandelt. Egal, in welcher Situation er ist, er spielt seine Karten immer so aus, als säße er am längeren Hebel. Und Mama hat sich am Telefon wie immer sofort auf seine Seite gestellt, ohne mir überhaupt richtig zuzuhören.

Ich greife nach meinen Stricknadeln, die auf dem leeren Sitzplatz rechts von mir liegen. Wenn ich schon dazu gezwungen werde, eine halbe Ewigkeit zu fliegen, dann will ich nicht auch noch irgendeinen Fremden neben mir sitzen haben. Zumindest das konnte ich aushandeln, was immerhin ein winzig kleiner Sieg war. Beim Start des Fluges habe ich mit einem neuen Muster angefangen und mir fest vorgenommen, es zu beenden, bevor ich lande, um es auf dem Sitz liegen zu lassen.

Meine Stricknadeln klappern, als ich mit fliegenden Fingern Masche um Masche in dem grasgrünen Ton stricke. Eine interessante Farbwahl im Vergleich zu den ansonsten eher knalligen Farben, aber manchmal brauche ich etwas, das zwischendurch Ruhe in das Muster hineinbringt.

Ein Rauschen ertönt in den Lautsprechern und in der nächsten Sekunde erklingt die Stimme einer Stewardess. »Sehr geehrte Damen und Herren, wir erreichen in Kürze den Flughafen Halifax in Kanada. Bitte legen Sie Ihre Gurte an. Vielen Dank, dass Sie sich für einen Flug mit unserer Airline entschieden haben. Wir wünschen Ihnen einen angenehmen Aufenthalt.« Dasselbe folgt noch einmal auf Französisch.

Ich unterbreche meine Strickarbeit nur, um rasch den Gurt anzulegen. Wahrscheinlich würde ich Ärger kriegen, wenn das Flugpersonal sieht, dass ich hier während der Landung mit Stricknadeln herumhantiere. Aber ich bin so im Flow, dass es jetzt unmöglich ist, aufzuhören.

Zufrieden betrachte ich mein Werk und packe die Nadeln weg, kurz bevor die Räder des Flugzeugs kanadischen Boden berühren. Gerade rechtzeitig, da wir doch recht unsanft landen. Wer weiß, ob ich mir die Stricknadeln dabei nicht versehentlich ins Fleisch gerammt hätte. Das wäre nicht unbedingt ein glorreicher Start in meinen zweiten Kanadabesuch gewesen, aber zumindest passend zum Ende des ersten.

Ich hieve mich von meinem Sitzplatz, was nach mehreren Stunden Flug gar nicht so einfach ist. Jedenfalls spüre ich eine Hälfte meines Pos kaum noch und in meinen Füßen kribbelt es unangenehm.

Rasch lege ich das gehäkelte Deckchen auf den Sitz, bevor ich mein Handgepäck aus der Gepäckablage hole. Auf dem Gang drehe ich mich ein letztes Mal um und lächle, als ich den bunten Fleck in dem Meer aus blaubezogenen Sitzen sehe. Irgendwie ist es ein schönes Gefühl, etwas zurückzulassen, das zeigt, dass ich an diesem Ort war. Auch wenn es nur eine Kleinigkeit ist und direkt weggeworfen wird, sobald es jemand von der Crew sieht.

Ich folge dem Menschenstrom aus dem Flugzeug in das Gebäude. Es dauert eine kleine Ewigkeit, bis ich endlich meinen türkisfarbenen Koffer auf dem Gepäckband entdecke und unter lautem Ächzen herunterhebe. Es wäre so viel einfacher, wenn der Fahrer mich schon hier, anstatt in der Eingangshalle abholen könnte. Dann würde mir zumindest das Schleppen erspart bleiben.

Zu allem Überfluss lande ich in einer Routinekontrolle des Zolls und bin gezwungen, meinen Koffer in einem gesonderten Raum für die beiden Beamten zu öffnen. Mit Einweghandschuhen bewaffnet, wühlen sie sich durch meine Sachen. Der junge blonde Mann hält einen meiner knallpinken BHs nach oben, um darunter zu sehen, sodass ihn jeder im Raum genau betrachten kann. In diesem Moment wünsche ich mir nichts sehnlicher, als dass sich der Boden unter mir auftut und mich mit Haut und Haaren verschlingt.

»Haben Sie meine Unterwäsche jetzt lang genug wie ein Reklameschild in die Luft gehalten?«

Er braucht einen Moment, um meine Worte zu begreifen. Doch dann wandert sein Blick von mir zu seiner erhobenen Hand und sein Gesicht läuft so knallrot an, dass ich befürchte, es würde gleich platzen. »Entschuldigung«, nuschelt er in seinen kaum vorhandenen Bart. Selbst seine Ohren haben eine rote Farbe angenommen und er legt den BH eilig zurück in meinen Koffer. Mit fahrigen Bewegungen schließt er ihn und klopft einmal mit der flachen Hand darauf. »Es ist alles in Ordnung. Sie können gehen.«

Ich versuche, mir ein zufriedenes Grinsen zu verkneifen, und halte stattdessen die ausdruckslose Miene aufrecht. Je schneller ich hier rauskomme, desto besser und das klappt eher, wenn ich den Zollbeamten nicht auslache.

»Sehr gut.« Die Worte verlassen meinen Mund schärfer als beabsichtigt.

Der junge Mann, dessen Gesicht wieder eine normale Farbe angenommen hat, holt tief Luft. Doch bevor er dazu kommt, etwas zu sagen, hieve ich den Koffer vom Tisch, ziehe den Griff heraus und laufe mit einem knappen »Einen schönen Tag noch!« davon.

Endlich schaffe ich es in die Eingangshalle, die sich in der Zwischenzeit schon geleert hat. Zumindest im Vergleich zu dem Andrang, der vermutlich noch vor einer Viertelstunde hier geherrscht hat. Ich halte Ausschau und entdecke einen Augenblick später einen Mann mittleren Alters mit einem Schild in der Hand, auf dem in krakeligen Lettern »Ms. Monet« steht. Mit langen Schritten gehe ich auf ihn zu.

»Miss Monet?«, spricht er mich an und grinst breit, wodurch eine Reihe gelbschwarzer Zähne zum Vorschein kommt.

Wie auf Kommando verziehe ich bei dem Anblick das Gesicht. »Ja«, antworte ich knapp und versuche, meinen Ausdruck in den Griff zu bekommen. Doch so ganz will es mir nicht gelingen, meine unbeteiligte Maske wieder aufzusetzen.

»Ich nehme Ihren Koffer und bringe Sie zum College.«

»Danke.« Ich überlasse ihm den Griff und folge ihm hinaus. Nach einem achtzehnstündigen Flug sehne ich mich nur noch nach einem Bett. Das Problem daran ist, dass es dafür eindeutig zu hell hier ist.

Der Fahrer scheint meinen Blick zu bemerken. »Keine Sorge, Miss. Es dauert nicht mehr lang, bis es dunkel werden wird.«

Ich werfe ihm darauf ein knappes Lächeln zu und auf dem Weg zum Wagen schreibe ich eine kurze Nachricht an Papa, dass ich gut gelandet bin und den Fahrer gefunden habe.

Den Großteil der Fahrt bestreiten wir schweigend. Ein paar Mal wäre ich beinahe eingenickt, doch wurde dann durch lautes Hupen oder das Holpern des Wagens auf der Straße wieder aus dem Halbschlaf gerissen.

»Wir sind gleich da«, unterbricht der Fahrer die Stille. Zuvor habe ich der Landschaft nur wenig Beachtung geschenkt. Aus dem Fenster gestarrt, ohne irgendetwas richtig wahrzunehmen. Aber jetzt werfe ich einen genaueren Blick nach draußen. Das Grün der Bäume ist dem eintönigen Grau der Häuser gewichen, das mich missmutig die Lippen zusammenpressen lässt. Zahlreich reihen sie sich so nah aneinander, als müssten sie sich gegenseitig stützen und die Wohngegenden nehmen ab, um Platz für größere Gebäude zu schaffen, die von weiten Arealen umgeben sind.

Wir kommen an einem Schild vorbei auf dem »University of South Royal« in großen Blockbuchstaben steht. Ab diesem Moment geht alles unheimlich schnell. Der Fahrer bringt mich nicht nur direkt vor das Verwaltungsgebäude, sondern versichert mir auch, dort auf mich zu warten, solange ich mich anmelde.

»Chloé Monet«, nenne ich dem Mann am Empfang nun schon zum dritten Mal meinen Namen. Er tippt so langsam auf die Tastatur seines veralteten PCs, dass er dem Faultier aus dem Disneyfilm Zoomania Konkurrenz macht. Wie das Kaninchen bin ich kurz davor auszuflippen, über den Tresen zu springen und meinen Namen selbst in die verdammten Tasten zu hauen.

Mehrmals balle ich meine Hände zu Fäusten und entspanne sie wieder, wie ich es in der Therapie gelernt habe, um Ruhe zu bewahren. Doch als er sich noch weiter vor den Bildschirm beugt, sodass seine Nase ihn fast berührt und dann in Zeitlupe seine runde Brille nach oben schiebt, ist es um meine Contenance geschehen. »Soll ich es Ihnen vielleicht buchstabieren? So schwer kann es ja nicht sein, die zehn Buchstaben zu tippen!«, fahre ich den Mann an und meine Stimme zittert vor Wut.

Er hebt ruckartig den Blick und sieht mich an, als hätte ich ihm eine Ohrfeige verpasst. Ich weiß, dass ich mich entschuldigen sollte, aber wie so oft hält mich etwas davon zurück. Sich zu entschuldigen, bedeutet einen Fehler, eine Schwäche zuzugeben. Und das wiederum ist der Anfang vom Ende. Außerdem sprechen aus mir die Müdigkeit und die Anspannung der letzten Stunden. Ich will einfach nur so schnell wie möglich in mein Zimmer und mich ins Bett legen. Ist das wirklich zu viel verlangt?

»Entschuldigen Sie, Miss.« Der Mann heftet seinen Blick wieder auf den Bildschirm und tippt ein paar letzte Daten in den PC ein. »Hier ist es. Sie sind im dritten Stock des Wohnheims untergebracht.« Er steht schwerfällig auf und macht sich an einem Schrank zu schaffen, aus dem er mehrere Papierbögen und einen Schlüssel hervorzieht und dann vor mir ablegt.

Ich greife nach den Sachen und presse sie an meine Brust, in der Hoffnung, damit endlich entlassen zu sein. »Danke. Kann ich gehen?« Die Ungeduld in meiner Stimme ist kaum zu überhören. Fast wie bei einem quengelnden Kind, das sein Eis möchte. Bei mir ist es nur ein verdammtes Bett, das mich jetzt wirklich glücklich machen würde.

Der Mann nickt und auf seinen Lippen liegt ein undurchsichtiges Lächeln. Ich wende mich ab und gehe auf die Tür zu. »Ihre Mitbewohnerin wird sich sicherlich freuen, dass Sie nun angekommen sind.«

Ruckartig drehe ich mich um. »Meine was?«

Er zuckt unter meiner lauten Stimme zusammen, hält sein Lächeln jedoch aufrecht, als würde er genau wissen, dass er mir mit den folgenden Worten eins auswischt. »Ihre Mitbewohnerin, Holly Turner. Sie ist ein wirklicher Sonnenschein.« Der Mann sieht gequält drein, als würde ihn das, was er als Nächstes sagt, körperliche Schmerzen bereiten. »Ich bin mir sicher, Sie beide werden sich hervorragend verstehen.«

Wenn ich nicht so geschockt von dieser Eröffnung wäre, würde ich jetzt mit den Augen rollen und davonlaufen. »Eine Mitbewohnerin? Das kann nicht sein! Ich bin mir sicher, mein Vater hat mir zumindest ein Einzelzimmer gebucht, wenn ich schon hier wohnen muss. Bestimmt ein Fehler der Verwaltung, sehen Sie bitte noch einmal nach.«

Die Lippen des Mannes kräuseln sich und er scheint sich diebisch darüber zu freuen, dass ich ihm in die Falle gehe, nachdem ich ihn vor ein paar Minuten angeschnauzt habe. »Gebucht? Wir sind hier doch kein Hotel! Jeder unserer Studenten bekommt von uns dieselben Räumlichkeiten zur Verfügung gestellt. Damit sollten Sie sich wohl arrangieren.« Das Gespräch ist damit augenscheinlich für ihn beendet, denn der Mann wendet sich wieder seinem Papierkram zu und würdigt mich keines weiteren Blickes.

Fassungslos starre ich ihn ein paar weitere Sekunden an, glaube einfach nicht, dass ich von ihm in die Pfanne gehauen wurde. Doch er schenkt mir absolut keine Beachtung mehr, worauf ich unter leisem Fluchen den Raum verlasse und zurück zu dem Fahrer gehe, der vor dem Gebäude auf mich wartet.

»Alles in Ordnung, Miss?«

Ich ignoriere seine Frage und laufe an ihm vorbei. Mit einem Wink gebe ich ihm zu verstehen, mir zu folgen, und werfe nebenbei einen Blick auf das Papierchaos in meinen Händen. Zum Glück ist ein Campusplan dabei, denn ich wäre lieber zehn Kilometer in die falsche

Richtung gelaufen, als noch einmal zurück in dieses Gebäude, und den Mann nach dem Weg zu fragen.

Nur leider stelle ich schnell fest, dass das Lesen von Plänen definitiv nicht zu meinen Stärken gehört. Ich bin mehr damit beschäftigt, das Ding in meiner Hand herumzudrehen und alle paar Meter anzuhalten und mich im Kreis zu drehen, als es tatsächlich zu lesen.

»Darf ich?« Der Fahrer taucht in meinem seitlichen Sichtfeld auf und streckt die freie Hand nach dem Campusplan aus, den ich ihm ohne ein Wort zu sagen überreiche. Ich bin echt zu müde, um mich da jetzt selbst durchzukämpfen.

Ich komme mir ein bisschen blöd vor, als wir nur fünf Minuten später vor dem grauen Betonklotz anhalten, der wohl für die nächsten zwölf Wochen mein zu Hause sein wird. Missmutig lasse ich meinen Blick an den zahlreichen Fenstern hinaufgleiten und bleibe an denen im dritten Stock hängen. Irgendeines davon gehört zu meinem Zimmer, wo ein Bett auf mich wartet. Allein dieser Gedanke beflügelt mich und gibt mir zumindest einen kleinen Kraftschub.

»Soll ich Ihnen den Koffer nach oben tragen?« Die Stimme des Fahrers in meinem Rücken reißt mich aus meiner Betrachtung und ich drehe mich um.

»Nein, das wird nicht nötig sein. Ich stelle ihn einfach in den Fahrstuhl.«

Die Augenbrauen des Fahrers wandern in die Höhe. »Sind Sie sicher? Das wäre kein Problem, ich könnte ...«

»Wie schon gesagt. Nein, danke«, sage ich spitz, was er mit einem kurzen Nicken quittiert.

»Auf Wiedersehen, Miss.« Er übergibt mir den Griff des Koffers, dreht sich um und läuft davon. Fast als könnte er es kaum erwarten, so viel Abstand wie möglich zwischen uns zu bringen. Ich schüttle den Gedanken ab und betrete das Gebäude.

Der zweite Schock an diesem Tag lässt nicht auf sich warten: So lange ich auch in den Eingangsbereich starre, es will einfach kein Aufzug darin auftauchen. »Das darf jetzt nicht wahr sein.« Ich bin drauf und dran hinauszurennen und den Fahrer zurückzurufen, aber ich weiß, dass das absolut peinlich wäre, nachdem ich ihn so unwirsch davon geschickt habe. Also entscheide ich mich dafür, meinen überdimensionalen Koffer selbst die Treppen hinaufzuziehen.

Unter lautem Fluchen zerre ich an dem Griff und endlich rutschen die Rollen über die letzte Stufe. Erleichterung durchflutet mich, als ich vor der Tür mit der Nummer 314 zum Stehen komme. Ich stelle bestimmt einen schrecklichen Anblick dar, mit meinen in alle Himmelsrichtungen abstehenden Haaren und dem Schweiß, der auch aus Poren kommt, von denen ich bis zum heutigen Tag nicht einmal wusste, dass ich sie überhaupt habe.

Ich stecke den Schlüssel in das Schloss und betrete den Raum. Er ist noch kleiner, als ich befürchtet habe. An den beiden gegenüberliegenden Wänden stehen zwei schmale Betten. Eines davon ist mit einer langweiligen beige-weißen Wäsche bezogen, das andere ist noch frei. Zahlreiche Bücher sind in dem Regal meiner Mitbewohnerin zu sehen, die die bislang einzigen Farbpunkte im Raum sind. Selbst die beiden Schreibtische und Stühle sind in gedeckten Farben gehalten. Nicht einmal an der Wand hängen irgendwelche bunte Fotografien oder Bilderrahmen und ich frage mich sofort, wie langweilig dann erst meine Zimmergenossin sein würde.

Ich stelle meinen Koffer neben dem großen Kleiderschrank ab. Am liebsten würde ich mich sofort auf das Bett werfen und die Augen schließen, aber dafür muss es erst einmal bezogen werden. Rasch öffne ich den Reißverschluss und ziehe meine bunte Bettwäsche daraus hervor. Irgendwie verschafft es mir ein wenig Genugtuung damit endlich Farbe in diese sterile Hölle zu bringen und wie cool meine Seite des Zimmers erst aussehen wird, wenn ich sie verschönere. Ein Lächeln breitet sich bei diesem Gedanken auf meinem Gesicht aus, das mich zumindest für den Moment vergessen lässt, wo ich hier gelandet bin.

Kapitel 2: Chloé

»Hallo? Bist du tot?«

Viel zu helles Licht trifft erbarmungslos auf meine geschlossenen Lider. Die schrille Stimme, die ich nicht zuordnen kann, lässt meine Ohren klingeln. Ich brauche mehrere Versuche, um meine verklebten Augen zu öffnen, und als ich es endlich schaffe, springe ich fast vor Schreck aus dem Bett. Das Gesicht einer jungen Frau ist so nah vor meinem, dass ich jede einzelne Sommersprosse auf ihren Wangen zählen kann.

Wir knallen mit den Köpfen aneinander, worauf ich ein lautes Fluchen ausstoße. »Merde! Was soll das?«, frage ich sie und reibe mir dabei über die schmerzende Stirn. Das wird eine abartige Beule geben. Vielen Dank auch.

»Dasselbe könnte ich dich fragen. Du bist in meinem Zimmer.«

»Nur halbrichtig. Ist auch mein Zimmer«, nuschle ich und lehne mich gegen die Wand. Für meinen Geschmack ist das viel zu viel Konversation direkt nach dem Aufwachen. Normalerweise flöße ich mir erst mal zwei Tassen Kaffee ein, bevor ich überhaupt dazu in der Lage bin, einen klaren Gedanken zu fassen.

Sie stößt einen leisen Schrei aus und ich würde ihr dafür am liebsten den Hals umdrehen. Zu allem Überfluss wirft sie sich auf mich und schließt mich in die

Arme. »Chloé? Das bist du doch oder? Dachte schon du kommst gar nicht mehr! Ich bin Holly. Du bist direkt vom Flughafen hierhergekommen, oder? Bin zwar echt voll gegen das Fliegen, aber von Frankreich kommst du wohl eher nicht mit dem Boot hierher. Du bist im Winterprogramm, oder?«

Unsanft schiebe ich sie von mir und bringe all meine Willenskraft auf, um sie nicht gleich aus dem Zimmer zu werfen. Ich schaffe es nicht einmal, alles aufzunehmen, was sie da eben gesagt hat.

»Ja, bin ich«, antworte ich kurzangebunden und hoffe, dass sie dadurch endlich versteht, dass ich meine Ruhe will. Doch weit gefehlt.

Holly setzt sich auf die Bettkante, als würden wir uns schon seit Jahren kennen und lächelt mich breit an. »Hast du Hunger oder Durst? Wann bist du eigentlich angekommen? Ich habe das gar nicht mitgekriegt. Dachte eigentlich, die Verwaltung würde mir Bescheid geben. Dann hätte ich dich abholen können. Also mit dem Bus. Ich habe keinen Autoführerschein, viel zu umweltschädlich. Genauso wie das Fliegen. Wir haben einmal vor dem Flughafen sogar demonstriert. War wahrscheinlich gar nicht so einfach das Wohnheim zu finden, oder?«

Perplex blinzle ich ein paar Mal. Keine Ahnung, welches Chaos in Hollys Kopf vorgeht, aber allein die Worte, die so ungefiltert und ohne erkennbare Reihenfolge aus ihrem Mund purzeln, verwirren mich komplett. In diesem Moment bin ich dem Mann aus der Verwaltung unheimlich dankbar dafür, sie nicht benachrichtigt zu haben. Keine Ahnung, wie ich das die nächsten zwölf Wochen aushalten soll. Ausgerechnet mit einer Quasselstrippe, die überhaupt keinen Sinn für Privatsphäre hat, teile ich mir das Zimmer. Das Universum hat wirklich einen schrägen Humor. »Hör mal. Ich habe einen Achtzehn-Stunden-Flug hinter mir und kann es nicht besonders leiden, einfach geweckt und dann vollgequasselt zu werden. Können wir den Small Talk vielleicht auf später verschieben?« Ich gebe mir Mühe, die Worte nicht so hart klingen zu lassen, wie ich sie am liebsten sagen würde. Ich muss mich einigermaßen gut mit ihr stellen und gleichzeitig direkt am Anfang Grenzen aufzeigen, sonst werden das noch schlimmere Wochen, als ich dachte.

Holly verliert ihr Lächeln für keine einzige Sekunde, beeilt sich dann aber, von meinem Bett aufzustehen und ein paar Schritte zurückzutreten. »Sorry, wusste gar nicht, dass der Flug so lang dauert. Bin noch nie geflogen. Zum Glück. Allein bei dem Gedanken an den CO2-Ausstoß krieg ich Ausschlag.« Ich reagiere nicht auf ihre Worte und mustere sie stattdessen zum ersten Mal genauer. Ihre blonden Korkenzieherlocken reichen ihr bis knapp über die Schultern. Sie trägt einen senfgelben Pullover und streicht sich in diesem Moment den olivgrünen Rock glatt. Das erste Wort, das mir durch den Kopf schießt, ist ›altbacken‹.

Da ich jetzt sowieso schon wach bin, kann ich auch aufstehen. Ich schlage den Comforter zurück und setze mich auf. »Kannst du mir sagen, wo ich hier einen brauchbaren Kaffee herbekomme? Ohne bin ich nach dem Aufwachen echt wie ein Zombie. Die lechzen nach Menschenfleisch und ich nach Koffein.«

»Ah, Kaffee-Junkie also. So wirklich weiß ich es nicht. Ich trinke lieber Tee, aber die Straße runter gibt es ein Café. Die haben inzwischen sogar alles als Fair Trade. Eigentlich kann es ja nur gut schmecken, wenn es nicht umweltschädlich ist, oder?« Selbst in ihren Worten schwingt die ganze Zeit das Lächeln mit. Meine schlechte Laune scheint einfach komplett an ihr abzuprallen. Oder sie bemerkt sie gar nicht.

Meine Lust mich jetzt im Bad frisch machen zu müssen, um in irgendein Café zu gehen, hält sich in Grenzen. »Du kannst mir nicht erzählen, dass es hier keine Küche gibt.«

»Doch.« Holly blinzelt mehrmals, während ich warte, dass sie weiterspricht. »Keine Ahnung, ob du da fündig wirst. Wird eher nicht so genutzt. Soll ich sie dir trotzdem zeigen?«

»Vielleicht lässt sich in den Schränken ja irgendwo zumindest ein Pulver finden.« Ich hätte mir selbst die Geschwindigkeit nicht zugetraut, aber wenige Sekunden später stehe ich an der Tür und warte auf sie. Zwar habe ich noch meinen Pyjama an, aber das ist in einer solchen Notfallsituation zweitrangig. »Kommst du?«, frage ich an Holly gewandt, als sie mich nur perplex ansieht, anstatt sich direkt in Bewegung zu setzen.

Endlich tritt sie neben mich und übernimmt die Führung. Ich folge ihr aus dem Zimmer, die Treppen hinunter ins Erdgeschoss und zu einem Gang, der in einen anderen Teil des Gebäudes führt. Die Farbe an der Wand ändert sich von weiß zu etwas, das einmal zitronengelb hat sein können, nun aber eher einem graugelb gleicht.

Wir folgen dem Gang bis zum Ende und treten rechts durch eine Tür, die wiederum in einen weiteren Flur führt. Mich beschleicht der Gedanke, dass wir niemals ankommen, und Holly versucht, mich so durcheinanderzubringen, dass ich im Gebäude verlorengehen und nicht mehr zurückkehren würde. Doch dann treten wir an eine Tür, durch die es deutlich nach Verbranntem riecht.

»Ah, hier müssen wir richtig sein«, sage ich tonlos und verdrehe die Augen.

Der Geruch wird schlimmer, als wir die Küche betreten. Ich habe noch nie etwas so Unappetitliches wie diesen Raum gesehen. Die einst weißen Fliesen sind von unbestimmbaren Flecken übersät, die mich gepaart mit dem Geruch fast würgen lassen.

Holly fängt meinen entgeisterten Blick auf und zuckt entschuldigend mit den Schultern. »Nach Partys werden hier oft Tiefkühlpizzen im Ofen vergessen. Ich weiß, sieht nicht appetitlich aus. Aber wir sind ja nur für Kaffee hier. Auch wenn es hier eher keine Fair Trade Bohnen gibt.«

Ich gehe darauf nicht näher ein und trete stattdessen auf die Küchenschränke zu. Hauptsache, ich bekomme endlich mein Koffein und kann hier so schnell wie möglich wieder raus. »Ich schau mich auf der Seite um, nimm du die andere.«

Wir machen uns sofort an die Arbeit. Meine Stimmung erreicht einen neuen Tiefpunkt, als ich an dem letzten Schrank ankomme und außer abgelaufenen Dosengerichten nichts gefunden habe. »Sag bitte, dass du fündig geworden bist.«

Im selben Moment dreht sie sich schwungvoll mit einer braunen Verpackung in der Hand um. »Nicht mehr viel. Reicht aber für zwei Tassen.«

Sofort stürze ich auf sie zu. Holly scheint sich zu erschrecken, denn sie weicht einen Schritt zurück, aber darauf kann ich gerade keine Rücksicht nehmen. Ich greife nach der Packung in ihrer Hand und halte sie an mich gedrückt, als wäre sie der Heilige Gral. »Gott sei Dank!«, stoße ich erleichtert hervor und sehe mich nach einem Wasserkocher um. Ein verkalktes Exemplar steht auf der Anrichte, das ich sofort mit Wasser fülle und anschalte.

»Wow, du hast das wirklich ernst gemeint.« Ich drehe mich zu Holly um und fange ihren Blick auf. »Vielleicht wäre der Umstieg auf Tee doch besser. Zumindest gesünder. Überleg es dir nochmal.« Wahrscheinlich wirke ich auf sie wie eine Koffeinsüchtige, aber das ist mir egal. Ich habe nicht vor mich mit ihr anzufreunden, daher gebe ich nicht viel auf das, was sie über mich denken könnte.

»Alles, was mit Kaffee zu tun hat, ist immer ernst gemeint. Merk dir das.«

Als ich endlich mit einer dampfenden Tasse wieder auf dem Bett sitze, geht es mir deutlich besser. Die ersten Schlucke sind zwar gewöhnungsbedürftig, aber definitiv besser als nichts. Trotzdem nehme ich mir vor, in den nächsten paar Tagen loszuziehen und eine kleine Kaffeemaschine aufzutreiben, die ich ins Zimmer stellen kann. Jedes Mal in dieses Loch von Küche zu laufen, wäre eine Zumutung. Vor allem für meinen immer noch geschädigten Geruchssinn.

»Hast du für heute irgendetwas geplant?«, fragt Holly und wackelt auf ihrem Bett auf und ab, als könnte sie meine Antwort nicht erwarten.

»Nicht wirklich. Ich versuche, mich mit Kaffee und Schlaf vom Jetlag zu kurieren, damit ich morgen nicht völlig fertig bin.«

Sie nickt und steht mit einem breiten Grinsen auf dem Gesicht auf. Dabei sieht sie so gespannt aus, als würde sie gleich platzen. »Wenn du willst, kann ich dir den Campus zeigen. Es gibt echt viel, was man beachten muss. Zum Beispiel die unterschiedlichen Gebäude und Bibliotheken. Ist am Anfang nicht so einfach, aber ich kann dir sagen, wo am wenigsten los ist. Oder welches die besten Plätze zum Lernen sind. Wenn du eine Freistunde hast oder so. Oh, oder wie es in der Mensa abläuft. Das ist immer so eine Sache für sich.« Ihr Grinsen wird, wenn überhaupt möglich, noch breiter, während sie sich tiefer in ihren Monolog verstrickt. Holly spricht so schnell, dass es mir schwerfällt ihr zu folgen. »Und dann zeige ich dir das fair trade Café, wo wir immer hingehen. Das ist ja nur die Straße runter. Da gibt's paar echt leckere Sachen. Kuchen zum Beispiel. Das Obst und Gemüse dafür ist zu einhundert Prozent Bio. Das bekommt man sonst nirgendwo und ...«

Ich halte die Hand nach oben, um ihrem Redeschwall Einhalt zu gebieten. »Wir müssen ganz dringend eine Regel aufstellen, die verbietet mehr als drei Sätze am Stück zu sagen«, murmle ich vor mich hin und massiere meine Schläfe, die zu pochen anfängt. Doch Holly hört erst mit dem Reden auf, als ich die Stimme erhebe.

»Schon gut, wirklich. Ich weiß das Angebot zu schätzen, habe aber gerade ehrlich gesagt keinen Bock darauf. Lass uns das auf ein anderes Mal verschieben.«

»War ein bisschen viel auf einmal, oder?« Holly lächelt verschmitzt. Sie zieht eine abgetragene Jeansjacke über das senfgelbe Oberteil, die ich am liebsten zusammen mit diesem abartigen Cordrock verbrennen würde.

»Ja, ein bisschen«, antworte ich in meinem besten sarkastischen Unterton, aber den nimmt sie nicht wahr.

Holly greift nach ihrer Tasche. »Dann drehe ich alleine eine Runde. Sollte genutzt werden, solange die Sonne noch scheint. Bisschen Vitamin D tanken. Morgen kann es nämlich schon wieder ganz anders aussehen. Wir sehen uns später.« Als sie an unserem Schrank vorbeigeht, bleibt sie ruckartig stehen. »Könntest du den Koffer vielleicht aufräumen? Ich habe ehrlich gesagt einen ziemlichen Ordnungstick und kann es nicht so leiden, wenn irgendetwas rumsteht.«

»Echt? Ist mir gar nicht aufgefallen.« Ich lasse meinen Blick absichtlich extralang auf ihren Schreibtisch gerichtet. »Aber klar kann ich machen«, sage ich und lächle zuckersüß zurück, während eine Idee in mir heranreift.

»Super, danke dir. Dann bis später.« Sie hebt die Hand, wodurch die Schlüssel darin klimpern. Sobald die Tür sich hinter ihr geschlossen hat, greife ich nach meiner Handtasche und ziehe meine Stricknadeln und die Wolle daraus hervor.

»Was ist denn hier passiert?«, kreischt Holly mit schriller Stimme, als sie ein paar Stunden später mit zwei Tüten in der Hand zurückkommt, aus denen es verlockend nach chinesischem Essen duftet.

Für den Bruchteil einer Sekunde habe ich ein schlechtes Gewissen, doch das verflüchtigt sich bei dem lustigen Anblick von Hollys vor Schock geöffnetem Mund sofort wieder. »Gefällt es dir? Ich dachte, es wäre ganz cool ein bisschen Farbe reinzubringen.«

Sie lässt ihren Blick durch das Zimmer und über die bunten Decken schweifen, die ich in den letzten Stunden gestrickt habe. Allzu viel habe ich nicht geschafft. Nur einen Überzug für den kleinen Blumentopf auf der Fensterbank, ein Deckchen, das ich auf dem Schreibtisch platziert habe und eines das über dem Schreibtischstuhl liegt.

Holly öffnet mehrmals den Mund, doch schließt ihn dann wieder, als könnte sie nicht die passenden Worte dafür finden. »Kannst ... kannst ... Wie hast du das in der Zeit geschafft? Das ist ja ... Wow.« Ihr Gesicht hat jegliche Farbe verloren, als müsste sie die neuen, bunten Farbtupfer im Zimmer damit wieder ausgleichen.

Gespielt betroffen fasse ich mir an die Brust und schiebe die Unterlippe hervor. »Du magst es nicht? Oh nein, ich habe mir so viel Mühe gegeben.«

Sie kann nicht damit aufhören, auf die Guerilla-Strickmuster zu starren und sieht daher nicht, dass ich sie veräpple. »Es ist ... sehr bunt. Das ist nicht so mein Fall ehrlich gesagt.«

»Wie schade. Ich hatte eigentlich vor, das ganze Zimmer damit einzudecken. Ich stricke immer, wenn ich runterkommen will. Also eigentlich jeden Abend. Ich produziere das Zeug ohne Ende.«

Holly versucht zwanghaft, ein Lächeln aufzusetzen, das eher wie eine Grimasse aussieht. »Oh, tolles Hobby.« Ich lese auf ihrem Gesicht genau ab, was sie noch dazu sagen möchte: Solange du es auf deine Zimmerseite beschränkst.

Ich muss mich wirklich zusammenreißen, um nicht in lautes Gelächter auszubrechen. Wer hätte gedacht, dass ich schon direkt am ersten Tag eine Möglichkeit finden würde, meine Mitbewohnerin in den Wahnsinn zu treiben. Hollys Blick wandert weiter zu meinem Koffer, der immer noch an genau derselben Stelle liegt und nicht angerührt wurde. Oh ja, das könnten doch lustige zwölf Wochen werden.

Am nächsten Morgen bereue ich es, mich nicht von Holly herumgeführt haben zu lassen. Der Campus ist ein verdammtes Labyrinth und ich bin schon seit geschlagenen zwanzig Minuten auf der Suche nach dem Gebäude, in dem mein erster Wirtschaftskurs stattfinden soll. Ich werfe einen schnellen Blick auf die Uhr meines Handys und ein lauter Fluch kommt mir bei dem Anblick über die Lippen. Ich bin verdammt spät dran und habe immer noch keine Ahnung, wo ich hinmuss.

Dutzende Studenten in kleinen Grüppchen laufen an mir vorbei. Doch anstatt irgendjemanden nach dem Weg zu fragen, beschließe ich, ihnen zu folgen. Manchmal ist es gar keine schlechte Idee, mit dem Strom zu schwimmen. Als ich dann im Inneren des Gebäudes endlich das Schild mit der Zimmernummer ›LD128‹ entdecke, atme ich erleichtert aus und betrete den Raum.

Die meisten Studenten sitzen bereits auf ihren Plätzen, wodurch ich mich mit einem Stuhl in der vorderen

Reihe begnügen muss. Nicht unbedingt das, was ich am ersten Tag wollte, aber besser als nichts. Zumindest habe ich jetzt endlich den richtigen Ort gefunden und das ist schon einmal ein Fortschritt. Gerade als ich mich herunterbücke, um meinen Laptop auszupacken, höre ich das Ächzen des Stuhles neben mir.

Ich sehe auf. Ein Student mit wirren, braunen Haaren und auffällig blauen Augen hat sich auf den Stuhl gesetzt. Er ist wie ich dabei, seine Sachen aus der Tasche hervorzukramen, sieht dafür aber aus, als wäre er gerade erst aus dem Bett gefallen. Ich löse meinen Blick wieder von ihm, schalte meinen Laptop an und öffne ein neues Dokument, in das ich schon einmal das Thema des heutigen Seminars als Überschrift vermerke.

Ein Fluchen erklingt neben mir und ich drehe mich automatisch wieder zu dem Typen um. Er ficht einen Kampf mit seinem Rucksack aus, dessen Reißverschluss augenscheinlich klemmt und seinen Inhalt dadurch nicht freigibt.

»Fuck!«, flucht er und zieht noch heftiger an dem Verschluss. Blöderweise zu heftig. Mit einem unschönen Knacken kracht das Ding ab.

Ich presse fest die Lippen aufeinander, um ein Lachen zu unterdrücken. Doch als er mit dem Reißverschluss in der einen und dem Rucksack in der anderen Hand so verdutzt aussieht, als würde er die Welt nicht mehr verstehen, ist es um mich geschehen. Wie eine Nadel, die zu nah an einen mit Wasser gefüllten Ballon gerät, bricht das Lachen aus mir hervor.

Sein Kopf schnellt sofort zu mir herum. Mit vor Wut funkelnden Augen unterzieht er mich einer Musterung, aber das bringt mich eher dazu, noch lauter zu lachen. »Vielleicht solltest du ein Buch darüber schreiben, wenn du es so lustig findest. Dann wäre zum Literaturkurs vielleicht noch einer im Kreativen Schreiben gut.«

Mein Gekicher gerät ins Stocken. »Literatur? Wie meinst du ...«

Das Öffnen der Tür und der darauffolgende Klang von Stöckelschuhen auf Fliesen unterbrechen mich. Die Frau tritt hinter den Tisch im vorderen Bereich des Raumes und stellt ihre Umhängetasche ab. Erst als sie in Ruhe einen Stapel Bücher und ein Tablet ausgepackt hat, wendet sie sich uns zu. »Einen wunderschönen guten Morgen, wünsche ich Ihnen und herzlich Willkommen im ersten Kurs des neuen Semesters.« Eine gewisse Panik breitet sich in mir aus, die immer dann aufkommt, wenn ich das Gefühl habe, zur falschen Zeit am falschen Ort zu sein.

»Was meintest du mit Literatur?«, zische ich in die Richtung meines Sitznachbarn. »Das muss ein Wirtschaftskurs sein. Das steht auf meinem Stundenplan.« Doch er lässt seinen Blick stur nach vorne gerichtet und scheint extrem interessiert an der Ansprache der Dozentin zu sein.

Als ich mich wieder umdrehe, trifft mich der kalte Blick der Professorin und ich schlucke fest. »Sie dürfen sich gerne zu einem späteren Zeitpunkt mit Ihren Kommilitonen unterhalten. Am liebsten außerhalb meines Seminars.« Sie räuspert sich und wendet sich dem gesamten Raum zu. »Jetzt soll es erst einmal um eine Lektüre gehen, die ein neues Thema unseres Kurses einläutet.« Ihr gesamter Gesichtsausdruck ändert sich, als sich ihre zahlreichen Falten in ein Lächeln legen. »In den nächsten Wochen werden wir uns mit dem Sommernachtstraum von William Shakespeare beschäftigen.«

Meine Kinnlade klappt herunter. Sommernachtstraum? Shakespeare? Mir wird abwechselnd heiß und kalt und total klar, dass ich mehr als nur falsch hier bin. Am liebsten würde ich sofort meine Sachen packen und flüchten. Ab und zu lese ich gerne. Auf langen Flügen oder wenn ich keine Lust zum Stricken oder Fernsehen habe. Aber dann mit Sicherheit nicht so etwas.

Ein leises Hüsteln erklingt neben mir. »Mund zu, sonst verschluckst du noch eine Fliege. Zumindest machst du einem Frosch gerade Konkurrenz.«

Mein Kopf ruckt in Richtung meines Sitznachbars und ich werfe ihm einen wütenden Blick zu. Meine Wut steigert sich noch mehr, als ich sehe, dass er total gechillt nach hinten gelehnt auf dem Stuhl sitzt, und die Arme entspannt vor der Brust verschränkt.

»Sei einfach ruhig«, zische ich und mache mich eilig daran, meine Sachen wieder einzupacken.

»Willst du uns etwa schon verlassen?«, sagt er so laut, dass die Studenten in unserer Nähe auf uns aufmerksam werden. »Wow, da hat dich Shakespeare aber schnell in die Flucht geschlagen. Dabei gehört der Sommernachtstraum zu seinen besten Werken.« Seine Augen funkeln amüsiert und am liebsten würde ich ihm das blöde, breite Grinsen aus dem Gesicht wischen. Es kostet mich einiges an Überwindung, es nicht zu tun.

»Gibt es ein Problem?«

Ich habe nicht bemerkt, dass auch die Professorin unser Wortgefecht bemerkt hat. Nun steht sie nur wenige Schritte von unserem Tisch entfernt und sieht uns abwechselnd an. »Nein, kein Problem. Es ist nur ...«

»Es ist nur so, dass unsere liebe Kommilitonin nicht gerade der große Shakespeare-Fan ist und deshalb die Flucht ergreifen will. Ungefähr so wie Hermia und Lysander im ersten Akt flüchten wollen, um heiraten zu können.« Er spricht so laut, dass alle Studenten bis zur letzten Reihe seine Worte verstehen können.

Ich würde mich am liebsten an einen anderen Ort beamen. Ganz weit weg von all den Blicken, die sich jetzt bohrend auf meinen Rücken richten. Mein Gesicht brennt vor Scham und ich bete, dass ich genügend Foundation aufgelegt habe, damit es nicht auffällt. Ich gebe mein Bestes, mir nicht anmerken zu lassen, wie verdammt unangenehm mir die Situation ist.

Glücklicherweise wendet die Professorin sich wieder ab und setzt ihren Monolog fort, ohne weiter auf die Sticheleien meines Sitznachbarn einzugehen.

»Das stimmt gar nicht«, sage ich in seine Richtung, ohne den Kopf zu ihm zu drehen. »Ich muss versehentlich im falschen Kurs gelandet sein. Eigentlich sollte ich jetzt in einem Wirtschaftskurs sitzen.« Ich halte ihm meinen Stundenplan vor die Nase und tippe auf den Kurs ganz oben links, um meine Worte zu verdeutlichen.

Er wirft einen knappen Blick darauf. »Das LD vor der Zimmernummer steht für Literature Department. Wenn das ein Wirtschaftskurs wäre, würde da ED für Economic Department oder so was stehen. Dir ist scheinbar nicht klar, dass man in Kanada auch Kurse außerhalb seines Hauptfaches besuchen muss. Bei mir ist es Politikwissenschaft und bei dir augenscheinlich Literatur.«

»Nicht dein Ernst? Das ist ja absolute Zeitverschwendung!«, rufe ich laut aus. Zu laut.

Verhaltene Lacher ertönen. Dieses Mal wünsche ich mir nicht nur, mich wegbeamen zu können, sondern dass eine Alieninvasion stattfindet. Sie sollen mich mit einem Ufo hier herausholen und auf einen Planeten bringen, der so weit wie möglich von diesem entfernt ist. Das Grinsen meines Sitznachbarn ist noch breiter geworden.

»Schön, dass du das so witzig findest, du Arsch«, fauche ich ihn an.

»Vermutlich mit das Lustigste, was heute passiert.«

Die Hoffnung, meinen Sitznachbarn ruhig gestellt zu haben, zerschellt wie eine Welle an einer scharfkantigen Klippe. Jetzt reicht es mir. Ich halte nicht länger als Clown her. Also greife ich nach meiner Tasche, hänge sie mir um und verlasse mit schnellen Schritten den Saal.

»Ms. Monet?«, höre ich die Stimme der Dozentin. Für einen Moment wundere ich mich, dass sie meinen Namen kennt. Doch ignoriere sie dann geflissentlich. Ich weiß, dass ich mir wahrscheinlich eine Standpauke werde anhören müssen. Aber darauf scheiße ich in diesem Augenblick. Das Einzige, was ich will, ist so viel Abstand wie möglich zwischen diesem Vollidioten und mich zu bringen.

Kurzerhand entscheide ich mich dazu, zurück in mein Zimmer zu gehen. Dort kann ich mich bis zum nächsten Seminar, in dem ich mich wieder gefahrenlos blicken lassen kann, verschanzen. Papa würde ausflippen, wenn er wüsste, dass ich die erste Vorlesung verpassen würde, aber ich lasse mir eine Ausrede einfallen. Immerhin bin ich hier, um meine Prüfungen in Wirtschaft zu bestehen und nicht irgendwelche bescheuerten Theaterstücke auseinanderzunehmen. Selbst Papa muss einsehen, dass das absolut keinen Sinn ergibt, einen Literaturkurs zu besuchen. Schon gleich gar nicht nach der Blamage eben.

Ich fasse es immer noch nicht, dass dieser Typ mich so vorgeführt hat. Habe ich ihm irgendetwas getan, dass so ein beschissenes Verhalten rechtfertigt? Definitiv nicht! Doch dann erinnert mich eine leise Stimme in meinem Hinterkopf daran, dass es auch nicht die feine Art war, ihn auszulachen, als er den Reißverschluss an seinem Rucksack abgerissen hat. Andererseits waren seine Sprüche trotzdem alles andere als okay und stehen in überhaupt keinem Vergleich zu meinem kleinen Lachanfall.

Ich greife nach meinem Handy und sehe mir ein paar lustige Videos an, um mich auf andere Gedanken zu bringen. Das funktioniert ganz gut. Zumindest bis das süße Katzenvideo von einem Anruf unterbrochen wird.

»Merde«, fluche ich, als mir das Wort ›Papa‹ darauf entgegenleuchtet. Es kann kein Zufall sein, dass er ausgerechnet jetzt anruft. Für einen Augenblick denke ich darüber nach, das Gespräch nicht anzunehmen, aber er würde es so lange versuchen, bis ich drangehe. Er ist extrem hartnäckig. Wahrscheinlich ist das einer der Gründe, warum er ein so guter Geschäftsmann ist, doch in diesem Moment würde ich ihn am liebsten verwünschen.

»Hallo Papa«, nehme ich den Anruf an und gebe mir Mühe, so ungezwungen wie möglich zu klingen.

»Hast du im Moment keine Vorlesung?« Er kommt direkt zur Sache. Ohne Begrüßung oder ein paar warme Worte, obwohl wir seit dem kurzen Nachrichtenaustausch nach meiner Landung nicht mehr geschrieben haben.

Ich weiß genau, dass das eine Fangfrage ist. Bestimmt hat er sich meinen Stundenplan schon ausgedruckt, um zumindest einen gewissen Grad an Kontrolle zu haben. »Ich musste heute früh noch einmal in die Verwaltung, um ein paar Dinge zu klären. Jetzt bin ich auf dem Weg zu dem Gebäude, in dem die Vorlesung stattfindet.«

Stille schlägt mir entgegen und das kann nur bedeuten, dass er mir kein einziges Wort glaubt. »Das ist interessant. Die Verwaltung hat nämlich angerufen und mich darüber informiert, dass du aus deinem Kurs einfach rausgelaufen bist.«

Nun bin ich es, der die Worte im Hals steckenbleiben. Er hat doch nicht wirklich ...? »Das ist nicht dein Ernst, oder? Sind die Angestellten in der Verwaltung jetzt deine Spione hier?«

»Eher meine Augen und Ohren und wie du bereits am ersten Tag beweist, ist das auch nötig.«

Ich lache trocken auf. Gerade wollte ich ihm noch sagen, warum ich den Kurs verlassen habe. Aber der Wunsch mich zu erklären, wird von meiner Wut überschattet. »Und, was hat dich das kosten lassen?«, frage ich bitter. So erfolgreich er als Geschäftsmann ist, so sehr glaubt Papa an die Macht des Geldes und ist der Meinung, alles und jeden für seine Zwecke kaufen zu können. Und das Schlimme daran ist, dass es in den allerseltensten Fällen nicht funktioniert.

»Ich bin sehr enttäuscht von deinem Verhalten, Chloé. Ab sofort erwarte ich keinen weiteren Fehltritt von dir. Nun, wo du weißt, dass ich von allem erfahre. Du wirst zu der Professorin gehen und dich bei ihr entschuldigen.«

Am liebsten würde ich das Smartphone gegen die Wand pfeffern, aber das würde meine Situation auch nicht verbessern. »Ist gut, ich gehe schon«, presse ich zwischen zusammengebissenen Zähnen hervor und lege auf, bevor ich irgendetwas Falsches sage.

Im Aufstehen greife ich nach meiner Tasche, die ich beim Hereinkommen auf dem Schreibtisch abgestellt habe, und verlasse das Zimmer mit wütenden Schritten. Die Tür knallt so laut hinter mir zu, dass es im ganzen Wohnheim zu hören sein muss. Aber das ist mir in diesem Moment scheißegal. Dafür ist die Wut in mir zu groß.

Kapitel 3: Chloé

»Es tut mir wirklich leid, Mrs. Landry. Ich wusste nicht, dass es in Kanada üblich ist, auch Kurse außerhalb des Hauptfaches zu besuchen. Deshalb dachte ich, ich wäre im falschen Raum gelandet und bin gegangen. Das wird nicht wieder vorkommen, das versichere ich Ihnen.« Das ist zwar nur die halbe Wahrheit, aber ich kann ihr ja schlecht sagen, dass ich ihren Literaturkurs für Zeitverschwendung halte und deshalb gegangen bin.

Mrs. Landry streicht eine imaginäre Strähne in ihrem streng nach hinten frisierten Dutt glatt. Auf ihrer Nasenspitze sitzt eine schmale Brille mit so kleinen Gläsern, dass ich mich frage, ob sie damit überhaupt etwas sieht oder sie nur besitzt, um ihren unnahbaren, strengen Eindruck zu unterstreichen. Leider muss ich zugeben, dass das funktioniert.

Ich werde unter ihrem Blick auf meinem Stuhl immer kleiner und rutsche nervös darauf herum, als das Schweigen zu unangenehm wird.

»Der Literaturkurs mag nicht Ihrem Hauptfach entsprechen, aber wir legen hier großen Wert darauf, unseren Studenten ein breites Spektrum an Wissen zu vermitteln. Ich hoffe, dass Sie Ihr Studium ernstnehmen, Ms. Monet, und Sie uns im nächsten Literaturkurs mit Ihrer vollen Anwesenheit beglücken. Das

Winterprogramm ist wie für viele andere Studenten auch Ihre letzte Chance, die Semesterprüfungen doch noch zu bestehen.« Am liebsten würde ich laut aufstöhnen. Weiß jeder an dieser Universität, wie es um mein Studium steht?

»Das nächste Mal werde ich da sein. Jetzt weiß ich ja, dass der Kurs zu meinem Stundenplan gehört.« Ich zwinge mich zu einem Lächeln, obwohl mir eher nach kotzen zumute ist, und mache Anstalten aufzustehen, doch scheinbar bin ich noch nicht entlassen.

Mrs. Landry verschränkt die Hände auf dem dunklen Holz ihres Schreibtisches und ihr Blick ist so intensiv, dass ich mich darunter winde. »Ich bin der Meinung, dass jeder Mensch dasselbe Recht auf ein Studium seiner Wahl haben sollte. Gleichermaßen bin ich ein Freund harter Arbeit. Doch jungen Menschen, denen im Leben häufig alles zufliegt und die selbst noch nie wirklich für etwas kämpfen mussten, wissen ihr Privileg oftmals erst zu schätzen, wenn es zu spät ist. Seien Sie keine von ihnen, Ms. Monet. Es wird Sie überraschen, wie viel in Ihnen steckt, wenn Sie sich nur ein wenig Mühe geben.«

»Danke für Ihren Rat.« Nach dem ich nicht gefragt habe, setze ich in Gedanken hinzu. »Ich nehme ihn mir zu Herzen.«

Ich bin fast ein wenig stolz darauf, dass die Worte nicht ansatzweise so angepisst klingen, wie ich mich fühle.

Der intensive Blick meiner Professorin bleibt für ein paar weitere Augenblicke auf mir liegen, bevor sie nickt. »Sie dürfen gehen.«

Erleichtert greife ich nach meiner Tasche und verabschiede mich von Mrs. Landry mit einem höflichen Händedruck. Beinahe fluchtartig verlasse ich das Büro. Wenn ich nach diesem ersten Horrortag etwas dringend brauchen kann, dann ist es ein großer Becher Kaffee. Daher beschließe ich, mich auf die Suche nach diesem Café zu machen, von dem Holly schon zweimal gesprochen hat. Der wird definitiv besser sein als die Plörre, die ich am Morgen trinken musste. Dafür nehme ich mir fest vor, nach dem Besuch im Café das Unigelände zu erkunden.

Ich gehe zurück in Richtung Wohnheim, verlasse jedoch kurz davor den Campus auf der Nordseite. Holly meinte, das Café wäre nur die Straße runter. Daher muss es zumindest in der Nähe sein. Hoffentlich ist das auch wirklich der Fall. Ich laufe ein paar hundert Meter den Gehweg entlang und folge einer Biegung, als mir ein paar Läden ins Auge springen. Die meisten von ihnen verkaufen Kleidung, die teilweise in sehr ausgefallenen Varianten vor den Schaufenstern ausgestellt sind. Doch am Ende der Straße erkenne ich endlich eine kleine Eisdiele und noch ein paar Häuser weiter vermute ich das Café.

Meine Vermutung bewahrheitet sich und ich unterdrücke einen erleichterten Seufzer bei dem Anblick. Von außen wirkt es unscheinbar durch die beige Farbe der Hausfassade und das Schild hebt sich farblich aus der Ferne kaum davon ab. In einer belebteren Innenstadt wäre ich daran vorbeigelaufen, ohne es wahrzunehmen.

An die Tür wurden Aushänge mit Klebestreifen befestigt, doch ich öffne sie und betrete mit einem leisen

Klingeln das Café, ohne einen genauen Blick darauf zu werfen. Knapp zwanzig junge Männer sitzen an mehreren zusammengeschobenen Tischen. Ich bleibe ruckartig stehen, als sich ausnahmslos alle Augen auf mich richten. Die meisten schauen verwirrt drein. Nur einer von ihnen trägt ein breites Grinsen zur Schau, als er mich erkennt, und sieht dann kopfschüttelnd auf die Tischplatte.

Dabei handelt es sich um denselben Typen, der mich heute Morgen in dem Literaturkurs vorgeführt und blamiert hat. Dieses fiese Grinsen würde ich zwischen hunderten wiedererkennen. Genauso wie diese strahlend blauen Augen, deren Farbe durch sein dunkles Haar noch intensiver wirkt. Sofort schüttle ich den letzten Gedanken ab und werfe ihm einen wütenden Blick zu.

»Hast du dich verlaufen?«

Ich ignoriere ihn genauso wie die ganzen stechenden Blicke im Rücken und gehe auf den Tresen zu. Dahinter steht eine junge Kellnerin mit bleichem Gesicht und straßenköterblonden Haaren, die sie zu einem Messy Bun frisiert trägt. Sie reagiert zunächst gar nicht auf mich und werkelt stattdessen an der Kaffeemaschine herum, die seltsame Geräusche von sich gibt und nicht gerade vertrauenserweckend klingt. Aber mein Wunsch nach Koffein ist stärker.

»Sorry, könnte ich vielleicht einen großen Kaffee mit einem extra Schuss Milch und einem Löffel Zimt haben?«

Endlich sieht die junge Frau auf, doch ihr Blick ist alles andere als einladend. Sie zieht fragend die Augenbrauen nach oben und kaut dabei so auffällig auf ihrem

Kaugummi herum, dass ich schon befürchte, er würde ihr gleich aus dem Mund fallen. »Gehörst du zu denen?« Sie nickt in Richtung des großen Tisches.

»Nope. Einfach eine normale Kundin, die einen Kaffee möchte.« Meine Nerven sind kurz davor mit mir durchzugehen. Warum ist es hier so schwer, an Kaffee zu kommen? Ein leises Auflachen lässt mich herumfahren und ich sehe direkt wieder in das Gesicht des Typen. Ich muss mehrmals tief durchatmen, um meine aufschäumende Wut in den Griff zu bekommen.

»Montagmittags halten die hier ihr Teammeeting ab. In der Zeit ist das Café für andere Besucher geschlossen«, erklärt die Kellnerin mit unbeteiligter Stimme und hört dabei nicht damit auf, auf diese ekelhafte Art ihren Kaugummi zu kauen. Irgendwie erinnert mich das an eine grasfressende Ziege.

»Nicht im Ernst? Das heißt, ich kriege keinen Kaffee?«

Sie sieht wieder auf und mustert mich zum ersten Mal richtig. Ihr Blick zeigt, dass sie am überlegen ist, ob ich schwer von Begriff bin. »Nein, komm gern später wieder. Aber jetzt ist geschlossen.«

Meine Hände ballen sich zu Fäusten, als ich noch dazu die verhaltenen Lacher der Männer am Tisch höre. Haben die nicht irgendetwas Wichtiges zu besprechen? Ich bin doch keine verdammte Jahrmarktsattraktion! In diesem Moment verliere ich das letzte Fünkchen Zurückhaltung und meine Wut bricht sich Bahn. Meine Hand schließt sich so fest um den Gurt meiner Tasche, dass meine Knöchel schmerzen.

Ohne darüber nachzudenken, stürze ich wie eine Furie auf den Tisch zu und bleibe direkt vor dem Studenten stehen, der heute Morgen neben mir saß. »Was ist eigentlich dein scheiß Problem?«, fahre ich ihn an. »Macht es dir irgendwie Spaß, dich über mich lustig zu machen? Hast du sonst nichts Besseres zu tun?«

Er ist nicht einmal zurückgewichen, als ich wie ein schnaubender Stier so nah vor ihm zum Stehen gekommen bin, was mich nur noch wütender macht. Stattdessen funkeln mich seine meerblauen Augen amüsiert an und bringen das Fass damit zum Überlaufen. »Doch wir haben sogar alle etwas deutlich Besseres zu tun. Aber solange du hier bist, können wir nicht weitermachen. Vielleicht sollte ich dir mal einen Plan schreiben, wie das alles hier funktioniert. Du hast nämlich echt ein Talent dafür, dich in beschissene Situationen zu bringen.« Betont lässig, lässt er sich auf seinem Stuhl nach hinten sinken und sieht mich abwartend an. Als ich nicht sofort antworte, öffnet er wieder den Mund, um selbst etwas zu sagen.

»Spar dir die Luft. Ich habe kein Interesse daran, mich weiter mit dir herumzuschlagen. Das ist nicht mal ein heißer Kaffee wert.«

Ohne ihn eines weiteren Blickes zu würdigen, gehe ich auf die Tür zu. Dabei höre ich die Stimmen im Hintergrund und eine sticht daraus deutlich hervor. »Was geht denn bei der ab? Hast du dir schon wieder Freunde gemacht, Ryan? Sag jetzt nicht, das ist eine deiner neuesten Errungenschaften. Da hat mir die Cheerleaderin besser gefallen, war nicht von ganz so feurigem Temperament.« Das Lachen dröhnt durch den Raum und ich fühle mich noch beschissener als vorher. Meine Schultern spannen sich an, werden steinhart und ich zwinge meine Beine dazu, sich endlich in Bewegung zu setzen.

Ich verlasse das Café und kann nicht fassen, dass mir derselbe Mist jetzt schon das zweite Mal am selben Tag passiert ist. Was ist eigentlich das Problem von diesem Ryan? Er hätte mich normal darauf hinweisen oder einfach direkt die Klappe halten können. Letzteres wäre wohl die beste Entscheidung gewesen. Je länger ich darüber nachdenke, desto mieser fühle ich mich. Mir gehen immer wieder seine Worte durch den Kopf, während ich ziellos durch die Straßen um das Café herumwandere.

In diesem Moment fällt mir wieder ein, was die Kellnerin gesagt hat: Sie halten hier montags ihre Teammeetings ab. Das heißt scheinbar muss es sich dabei um irgendeine Sportmannschaft gehalten haben. Andererseits habe ich niemanden gesehen, der der Trainer sein könnte. Vielleicht haben sie auf ihn gewartet, als ich reingeplatzt bin. Ich gestehe es mir selbst nicht gern ein, aber irgendwie würde mich interessieren, wer dieser Typ ist. Behandelt er jeden so oder hat es einfach mich erwischt, weil ich ihn ausgelacht und dann einen Grund gegeben habe, sich dafür zu revanchieren? Und das schon zweimal. Ich rolle mit den Augen und schnaube bei dem Gedanken daran. Ich würde ihn am liebsten loslassen, aber mein Kopf tut mir diesen Gefallen nicht, sondern verstrickt sich stattdessen immer tiefer in den Überlegungen.

Ich komme an einer kleinen Pizzeria vorbei und mein Magen knurrt wie auf Kommando. Als ich einen Blick durch die Scheibe werfe, erkenne ich nur zwei Jungs an einem der Tische sitzen. Die Pizzen auf ihren Tellern sehen so lecker aus, dass ich den Duft nach Käse fast schon in der Nase habe und bei dem Anblick läuft mir das Wasser im Mund zusammen. Kurzerhand gehe ich rein und bestelle eine mit Salami für mich.

Während ich warte, wandern meine Gedanken wieder zu den Geschehnissen von heute zurück. Als hätte ich einen Gedankenanker ausgeworfen, der mich an Ort und Stelle hält und eine Flucht nur erlaubt, wenn ich ihn selbst löse. Aber das ist gar nicht so einfach, weil ich mich so dermaßen in meinen Ärger hineinsteigere. Nicht unbedingt eine meiner besten Eigenschaften. Ob Holly mir etwas über diesen Ryan erzählen kann? Kennt sie ihn überhaupt?

Kurzerhand bestelle ich noch eine Margherita für sie mit. Ich will es nicht Bestechung nennen, aber wenn ich sie mithilfe von Pizza nach meiner Guerilla-Explosion wieder etwas milder stimmen und ganz nebenbei ein paar Fragen stellen kann, hätte das für uns beide einen Vorteil. Ich sollte mir mit ihr mehr Mühe geben, wenn ich verhindern will, dass die nächsten Monate ein einziger Horror werden.

Ein paar Minuten später mache ich mich mit zwei dampfenden Pizzakartons auf den Rückweg zum Wohnheim. Dort angekommen, klopfe ich mit dem Schuh an die Tür und hoffe, dass Holly überhaupt da ist. So weit habe ich nicht gedacht, als ich meinen glorreichen Plan ausgetüftelt habe. Es dauert ein paar Augenblicke, bis die Tür endlich aufgeht, und sie mich verwundert ansieht. Sie trägt ein zu einem Turban gewickeltes Handtuch auf dem Kopf und ihre Wangen sind gerötet, als hätte sie eine halbe Ewigkeit unter dem heißen Wasser der Dusche verbracht.

»Komm rein.« Sie lächelt mich an und tritt einen Schritt zur Seite, um mich reinzulassen. »Wie war dein erster Tag? Hast du alles gefunden? Du wolltest ja nicht herumgeführt werden. Habe dann echt überlegt, ob du das Gebäude überhaupt findest.«

»Ich habe uns Pizza mitgebracht.« Ich versuche, meine Stimme so freundlich klingen zu lassen wie ihre und gehe erst einmal nicht auf ihre Fragenflut ein. Doch als ich den Raum betrete, bleiben mir die Worte fast im Hals stecken. Holly hat in der Zeit, in der ich nicht hier war, ganze Arbeit geleistet und alle meine bisherigen Strickarbeiten in meiner Hälfte des Zimmers verteilt. Ihre sieht jetzt wieder so makellos, geradlinig – und vor allem langweilig – aus wie vorher. Mit aller Kraft verkneife ich mir eine Bemerkung und zaubere stattdessen ein Lächeln auf meine Lippen und bei der aktuellen Talfahrt meiner Gefühlslage kann man das wirklich zaubern nennen.

»Oh klasse, das ist echt nett von dir.« Holly nimmt mir die Schachtel ab, nachdem ich einen Blick hineingeworfen habe, und setzt sich auf ihr Bett. »Ist das eine Margherita? Ich bin der totale Grünkohl-Fan. Aber das kannst du ja nicht wissen. Das war dann die sichere Wahl. Und du hast Salami? Ich esse schon ewig kein Fleisch mehr.«

»Ja, ich dachte, das wäre ganz nett. Wir sind ja jetzt Zimmernachbarinnen und gestern war ich nach dem langen Flug bisschen schlecht drauf. Daher dachte ich, wir sollten einen Neuanfang versuchen.« Zuerst will ich noch ein ›Vielleicht werden wir ja Freunde‹ hinzufügen, aber das wäre dann doch ein bisschen zu dick aufgetragen.

»Gute Idee. Pizza ist sowieso immer eine gute Idee. So ziemlich alles, was mit Käse überbacken ist ... Oh, da ist ja sogar Extrakäse drauf!«, unterbricht Holly sich selbst und ihre Augen leuchten auf.

Ich schnappe mir kurzerhand den Schreibtischstuhl und setze mich zum Essen an den Tisch, damit wir uns gegenübersitzen. »Erzähl was über dich.« Ich greife nach einem Stück Pizza und hätte beinahe aufgestöhnt, so gut ist sie. Der Extrakäse war die absolut beste Entscheidung, die ich treffen konnte.

Holly schluckt herunter und sieht kurz an die Decke, bevor sie spricht. »Ich habe einen Zwillingsbruder. Will. Er studiert an der North.« Sie deutet zur Seite, als würde er neben uns stehen. »Unsere Eltern leben direkt in Halifax. Also haben wir eigentlich keinen langen Heimweg. Aber ich wollte trotzdem ins Wohnheim ziehen. Du weißt schon. Einfach diese Erfahrung machen. Will geht nach den Vorlesungen nach Hause.« Sie macht eine kurze Pause und sieht mich an. Mit einer winkenden Handbewegung bedeute ich ihr, weiterzusprechen. Irgendwie muss ich sie am Reden halten.

»Sonst gibt es nicht wirklich viel zu erzählen. Ich mache keinen bestimmten Sport oder so.«

Ich schlucke hastig herunter. »Du hast doch bestimmt irgendwelche Hobbys. Irgendetwas, womit du dich in deiner Freizeit beschäftigst«, helfe ich ihr auf die Sprünge und lande damit einen Volltreffer.

»Naja, nicht wirklich ein Hobby, aber ich beschäftige mich mit dem Thema Nachhaltigkeit.« Sie spricht zuerst stockend, doch als ich sie zum Weiterreden ermuntere, lebt sie richtig auf. Dabei habe ich das mit dem Öko-Zeug schon bei der überschwänglichen Begrüßung mitbekommen. »Vor zwei Jahren bin ich einer Gruppe beigetreten. An den Wochenenden starten wir

Aufräumaktionen. Manchmal planen wir auch Veranstaltungen und klären da dann über den Klimawandel auf. Oh, ich kann mich noch voll gut an unsere Demo im Café erinnern. Hab ich schon erzählt, dass sie jetzt nur noch Fair Trade Kaffee und Tee haben?« Holly berichtet vom Müllsammeln in der Gruppe, Unverpacktläden, unserer Konsumgesellschaft im Allgemeinen, der Privatisierung von Wasser und der bedrohten Natur überall auf der Welt.

Ich muss zugeben, dass ich von ihrem großen Wissen und dem Eifer beeindruckt bin. Einige Dinge, die sie mir erzählt, habe ich selbst nicht gewusst. Holly verzichtet nicht nur so gut wie möglich auf Plastik, sondern kauft auch ihre Klamotten sackweise in Secondhandläden. Das erklärt ihren teilweise altbacken wirkenden Kleidungsstil, aber mit dem Wissen, was dahintersteckt, finde ich die Teile nicht mehr ganz so hässlich.

Zugegeben, ich selbst könnte das nicht. Dafür müsste ich alles, was ich von klein auf gelernt habe, über Bord schmeißen und mich einmal auf links drehen. Weder meine Eltern, noch ich, haben je darüber nachgedacht, wie hoch der CO2-Ausstoß bei einem Kurzstreckenflug ist oder ob es wirklich notwendig ist, die neuesten Designerklamotten im Schrank zu haben. Es ist immer so gewesen, war und ist für uns Normalität. Aber Hollys Rede hat etwas in mir berührt und bringt mich zum Nachdenken.

»Wenn ich einmal mit dem Thema anfange, bin ich kaum noch zu stoppen.« Sie lächelt und ihre Wangen färben sich rot.

»Du brennst dafür. Ich mag Menschen, die sich für etwas begeistern können.« Und das ist nicht einmal gelogen. Auch wenn ich es selbst nicht zu einhundert Prozent verstehen oder in meinem Leben integrieren kann, finde ich gut, dass Holly sich für ihre Überzeugung so einsetzt.

»Danke«, murmelt sie so leise, dass ich es eher erahne, als tatsächlich höre. »Aber erzähl jetzt du.«

»Naja, die Kurzversion ist, dass ich aus Paris hierhergekommen bin, nachdem ich meine Prüfungen in den Sand gesetzt habe. Daher dachte mein Vater, es wäre eine tolle Sache, mich für das Winterprogramm hierherzuschicken, um die Prüfungen wiederholen zu können, anstatt das ganze Semester.« Ich denke einen Moment nach und überlege, wie ich nun diesen Ryan ins Gespräch bringe. »Aber hier scheint es für mich auch nicht besser zu laufen.« Ich lache trocken auf, um meine Worte zu unterstreichen, und starre auf den Pizzakarton auf meinem Schoß.

»Du bist doch erst seit einem Tag hier.« Holly kichert. »So viel kann doch noch gar nicht schiefgelaufen sein.«

»Ach echt?« Herausfordernd sehe ich sie an und hebe dabei eine Augenbraue. »Heute Morgen bin ich aus einer Vorlesung abgehauen, weil ich dachte, ich wäre im falschen Kurs gelandet und wurde dafür von einem der anderen Studenten total blamiert.« Ich erzähle ihr in knappen Worten von dem Telefonat mit Papa, dem Gespräch mit der Professorin und dem erneuten Aufeinandertreffen im Café. »Und es war beide Male dieser Ryan, der mich vor allen bloßgestellt hat.«

Hollys Mund hat sich während meiner Erzählung zu einem kleinen ›O‹ geformt und ihre Augen weiten sich.

»Wow, du hast scheinbar echt kein Glück. Das ist ernsthaft alles heute passiert?«

»Ernsthaft«, gebe ich knapp zurück, stelle den Pizzakarton auf dem Boden ab und lasse mich weiter nach hinten in den Stuhl sinken. »Vielleicht sollte ich das als Zeichen werten, direkt wieder abzuhauen. Aber ich glaube eher nicht, dass mein Vater das zulassen wird. Er hat seine Methoden mich an Ort und Stelle zu halten.« Ich presse fest die Lippen zusammen, um mich am Weiterreden zu hindern. Das geht Holly wirklich nichts an.

»Ich würde echt gerne wissen, was ich dem Typen getan habe, damit er sich so arschig verhält«, sage ich mit hinter dem Kopf verschränkten Armen und stoße mich mit den Füßen ab, um mich auf dem Stuhl im Kreis zu drehen. »Kennst du den vielleicht?«

Holly zuckt mit den Schultern. »Wie sieht er denn aus?«

»Dunkelbraune Haare, sehr blaue Augen. Saß in diesem Literaturkurs und scheint zu irgendeiner Sportmannschaft hier am College zu gehören.«

»Ryan Henderson vielleicht? Ich kenne ihn nicht wirklich. Also klar, paar Mal auf dem Campus gesehen. Aber sonst nur vom Hörensagen und was Will so mitbekommt. Er ist der Kapitän von der Eishockeymannschaft hier und studiert Literatur. Ist ziemlich beliebt.«

Das würde zumindest diese Teamsitzung im Café erklären. Die Jungs gehören scheinbar alle zu der Eishockeymannschaft. Kein Wunder, dass sich niemand von ihnen gegen Ryans spitze Bemerkungen gestellt hat, wenn er ihr Kapitän ist. Wahrscheinlich haben sie nicht genug Arsch in der Hose, um ihm zu widersprechen. Doch diesen Gedanken behalte ich für mich.

»Ziemlich beliebt, dabei verhält er sich wie ein arroganter Arsch«, murmle ich vor mich hin, doch Holly hat es trotzdem gehört.

»Wundert mich irgendwie, dass du so über ihn denkst. Vorausgesetzt wir reden vom selben Ryan. Aber von dem, was ich bisher mitbekommen habe, scheint er okay zu sein. Das sagt sogar Will. Und die mögen sich eigentlich wegen dem Eishockey nicht besonders.« Sie zuckt mit den Schultern und schenkt mir ein kleines Lächeln. »Vielleicht schätzt du die Situation falsch ein und er wollte nur einen Spaß machen?«

»Auf solche Ratschläge kann ich verzichten, danke«, zische ich unfreundlicher als beabsichtigt.

Abwehrend hält Holly die Hände nach oben und ich kapiere einfach nicht, wie sie nie aufhören kann zu lächeln. Geht das wirklich alles einfach an ihr vorbei? »Du hast mich nach ihm gefragt. Ich habe dir nur gesagt, was du wissen wolltest.«

Ich reibe mir mit der Hand über die pochende Schläfe. Mit diesem kleinen Ausbruch habe ich meine Pizza-Bonuspunkte wohl wieder eingebüßt. Warum kann ich nicht zuerst in Ruhe darüber nachdenken und dann antworten? Das hätte mir schon die ein oder andere blöde Situation erspart. Aber mein verdammtes Mundwerk ist immer schneller. Das gepaart mit dieser ständigen Wut, die unterschwellig so nah ist, ist es echt nicht einfach, mich unter Kontrolle zu halten.

»Das war blöd von mir, sorry. Wahrscheinlich hast du recht und ich habe überreagiert. Das heute war ganz schön viel auf einmal. Vielleicht sollte ich mich einfach ein bisschen aufs Ohr hauen.«

»Gute Idee. Morgen sieht der Tag schon wieder anders aus. Der erste Tag ist immer komisch. Vor allem wenn man neu irgendwo ist. Ging mir hier am Anfang auch so. Keine Sorge, das wird schon.«

So sicher bin ich mir da zwar nicht. Aber zumindest weiß ich jetzt, mit wem ich es beim nächsten Mal im Literaturkurs zu tun habe. Vielleicht ist das mein entscheidender Vorteil, um zu vermeiden, dass Ryan mich noch einmal vor dem gesamten Kurs blamiert.

Kapitel 4: Ryan

Endlich wieder auf dem Eis.

Gestern hat es sich angefühlt, als würde sich die Teamsitzung bis in alle Ewigkeit ziehen. Ich weiß, dass sie wichtig sind, um uns über den kommenden Gegner auszutauschen. Wir überlegen uns Strategien und verwerfen sie wieder, bis sich aus dem ganzen Durcheinander ein Plan herauskristallisiert, den wir jetzt versuchen, im Training umzusetzen. Aber trotzdem habe ich oft das Gefühl, dass wir die Zeit lieber auf dem Eis verbringen sollten.

Mit dem Schläger in der Hand fahre ich ein paar Runden und genieße das Gefühl von Heimat, das ich überall verspüre, solange meine Kufen nur auf Eis treffen. Dabei ist es völlig egal, wo ich mich befinde. Das ist die einzige Voraussetzung. Ich erinnere mich nicht einmal an einen Moment in meinem Leben, an dem ich nicht Eishockey gespielt habe. Es ist ein so fester Bestandteil von mir, dass es mich in zwei Hälften reißen würde, wenn ich nicht mehr spielen könnte. Für andere klingt das vielleicht übertrieben, aber genau dieses Gefühl beschleicht mich immer wieder, wenn ich mich von negativen Gedanken überfallen lasse.

Ben spielt mir den Puck zu und wir passen ein paar Mal hin und her, bis der Rest der Mannschaft aus der Kabine kommt und das Training losgeht. Ich kann es immer kaum erwarten, auf das Eis zu kommen, und bin daher oft schon als Erster in der Halle. Wenn es nach mir geht, könnten wir auch gleich mehrmals am Tag trainieren, aber ich glaube da würden sich ein paar der Jungs dann doch querstellen.

»Und, was machen deine Bücherwürmer?« Trotz des Helmes erkenne ich das breite Grinsen auf Bens Gesicht. Er zieht mich ständig damit auf, dass ich Literatur studiere und in einer Buchwelt genauso tief versinken kann wie in der Liebe zum Eishockey.

Ich lache auf und passe den Puck zu ihm zurück. »Wir nehmen als Nächstes den Sommernachtstraum von Shakespeare durch. Das müsste sogar dir etwas sagen.«

»Gibt es da nicht auch einen Puck?«

Mein Lachen wird lauter und ich brauche einen Augenblick, um mich wieder zu beruhigen. »Ja, aber dieser Puck hat mit dem hier«, ich deute auf die Hartgummischeibe vor mir, »so ziemlich gar nichts zu tun. Aber es gibt einen Pluspunkt fürs Namen merken.«

Ben reißt seinen Schläger nach oben und stößt ihn wie eine Trophäe in die Luft. »Sag nochmal, ich hätte keine Ahnung von Büchern.«

Entschuldigend hebe ich die behandschuhten Hände. »Sorry, Mann. Ich hab dich echt unterschätzt. Du bist ein absoluter Literaturexperte. Ich verbeuge mich vor deinem Können.« Meine Stimme trieft vor Sarkasmus und Bens lautes Lachen hallt durch die Halle, als ich eine tiefe Verbeugung vollführe.

Meine Gedanken wandern über das Buch weiter zu dem Literaturkurs gestern. Das Gesicht meiner Sitznachbarin taucht vor mir auf. Die grünen Augen, eingerahmt von langen braunen Haaren, die ihr bis weit über die Schultern reichen. Ihr Blick, als sie gemerkt hat, dass sie in einem Literaturkurs sitzt, war unbezahlbar. Automatisch verziehen sich meine Lippen zu einem Grinsen bei der Erinnerung.

Zugegeben war es von mir nicht gerade die feine Art, mich darüber lustig zu machen, aber nachdem sie mich wegen meines zerstörten Reißverschlusses ausgelacht hat, kam mir die Retourkutsche nur fair vor. Und als sie dann in unsere Teamsitzung geplatzt ist, wurde es noch lustiger. Sie hat ziemlich angepisst gewirkt, als die Kellnerin sie darauf hingewiesen hat, dass das Café geschlossen ist.

Nicht zum ersten Mal frage ich mich seitdem, wer sie ist. Ich habe sie auf dem South Royal nie vorher gesehen. Wahrscheinlich gehört sie zu den Leuten aus dem Winterprogramm. Wie ist ihr Name? Monet? Ihrem Akzent nach zu urteilen, kommt sie auf jeden Fall aus Frankreich. Und das ist ein weiter Weg nur, um an einem Lernprogramm teilzunehmen. Irgendwie würde es mich schon interessieren, wer sie ist und was sie hier zu suchen hat.

»Das wollte ich hören. Endlich siehst du es mal ein«, reißt mich Bens Stimme aus meinen Gedanken. Er fährt zu mir und klopft mir auf die Schulter. Das amüsierte Grinsen auf seinem Gesicht ist verblasst. Stattdessen trägt er eine ernste Miene zur Schau. »Können wir später reden?« Ben deutet in Richtung Ausgang der Halle.

Mir wird sofort klar, dass etwas nicht stimmt. »Klar. Ist irgendetwas passiert?«

Ben schüttelt den Kopf und sieht abermals zum Gang, von wo laute Stimmen zu hören sind, als sich endlich der Rest des Teams auf den Weg zu uns macht. »Später«, antwortet er nur und fährt dann ein paar Meter weg von mir.

Ich würde mich selbst belügen, wenn ich sage, dass mir der plötzliche Stimmungswandel keine Sorgen bereitet. Ben hat meistens gute Laune, bringt alle zum Lachen und ist immer für einen blöden Witz zu haben. Ihn jetzt so ernst zu sehen, passt gar nicht zu ihm. Am liebsten würde ich ihn sofort zur Seite nehmen, um mit ihm zu sprechen. Aber es muss irgendetwas sein, dass nicht für die Ohren der anderen bestimmt ist. Und das akzeptiere ich.

Meine Gedanken überschlagen sich, als ich darüber nachdenke, worüber Ben mit mir reden möchte. Um eine Mädchenstory handelt es sich nicht. Das geht er mit deutlich weniger Ernst an und meistens prahlt er vor allen damit. Erst als der Trainer an die Bande tritt und mit lauter Stimme dafür sorgt, dass die Jungs Ruhe geben und sich in einer Reihe vor ihm aufstellen, schiebe ich den Gedanken fort, um ihn später wieder aufzugreifen. Ich muss mich jetzt voll auf das Training konzentrieren – aber das ist gar nicht so einfach. Neben Ben geistert noch eine andere Person in meinem Kopf herum und schiebt sich vehement in mein Gedankenkarussell.

Wir starten mit ein paar Warm-Up Übungen, um unsere Muskeln aufzuwärmen. Täglich auf dem Programm steht dafür die Mobilisierung der Hüfte, um sie auf die schnellen Drehungen vorzubereiten. Dafür müssen wir uns hüftbreit hinstellen, den Schläger in einem neunzig Grad Winkel vor uns halten und sie von links nach rechts drehen.

Das Aufwärmen gehört nicht gerade zu meinem liebsten Teil im Training, aber als ich jünger und deutlich dümmer war, dachte ich, darauf verzichten zu können, und habe mir dabei nicht nur einmal Muskelzerrungen geholt. Großer Fehler, den ich seitdem nicht mehr begehe.

Der letzte Teil des Warm-Ups ist das zwei gegen eins auf engem Raum. Dafür hat der Coach auf dem Eis Markierungen angebracht, die die Größe des Feldes deutlich einschränken. In diesem kleinen Kreis spielen Ben und ich uns immer wieder frei, während Baker, unser Torwart, versucht, den Pass abzufangen. Jedes Mal, wenn das Spiel unterbrochen wird, tauschen wir die Positionen.

Nach ein paar Wiederholungen ertönt ein Pfiff. Damit haben wir diesen Teil endlich geschafft und können richtig loslegen. Heute konzentriert sich das Training auf die Pass- und Torskills. Das bedeutet, dass wir in verschiedenen Konstellationen und Teamgrößen auf engem Raum gegeneinander spielen und versuchen, Tore zu schießen. Dafür werden auf der einen Hälfte des Eises in unterschiedlichen Abständen Hütchen aufgebaut, die als Tore fungieren.

Dieses Mal spielen wir also drei gegen drei auf gleich mehrere Tore. Ben passt zu mir und ich halte den Stock so, dass der Puck nicht weit davon wegspringt. Sonst laufe ich schnell Gefahr, dass einer der Gegner sofort reagiert und mir die Scheibe abluchst, bevor der Zug fertig ist. Im Augenwinkel erkenne ich, dass Jackson auf mich zukommt. Mit einer flinken Drehung bringe ich mich in eine Position, in der ich mit dem Rücken zu ihm stehe und stürme los.

Der Schläger fühlt sich wie die Verlängerung meines Armes an, als ich mit dem Puck vor mir auf eines der gegnerischen Tore zulaufe. Das von den Kufen abgeschabte Eis spritzt, als ich einen ruckartigen Stopp hinlege und mich nach links abwende. Damit hat mein Gegenspieler nicht gerechnet, wodurch ich eine wertvolle Sekunde gewinne. Doch anstatt mich auf das Tor direkt vor mir zu konzentrieren, fahre ich mit aller Geschwindigkeit, die ich aufbringen kann, auf die ungeschützten Hütchen weiter links zu und schieße den Puck hindurch.

»Sehr schön, Ryan!«, ruft der Coach und pfeift einmal, damit ein Wechsel auf dem Feld stattfindet und sechs andere aus dem Team gegeneinander antreten.

Am liebsten würde ich den ganzen Tag auf dem Eis stehen. Es ist kaum zu beschreiben, welche Glücksgefühle es in mir auslöst. Ich lehne mich an die Bande und nur einen Augenblick später taucht Ben neben mir auf.

»Das war nicht schlecht, Mann«, sagt er, ohne den Blick vom Eis zu nehmen. Er beobachtet unsere Teamkollegen genauso aufmerksam wie ich. Um ein gutes Team sein zu können, ist es wichtig, dass ich die anderen Spieler fast so gut kenne wie mich selbst. Wie bei einer Uhr, in der alle Zahnräder ineinandergreifen, damit sie funktioniert. Beim Eishockey ist es ähnlich. Deshalb legt der Coach so viel Wert darauf, dass wir nicht nur zusammen trainieren, sondern auch in unserer Freizeit den ein oder anderen Ausflug unternehmen. Er nennt das gern »teambildende Maßnahmen«, was ihm oft schon ein paar rollende Augen eingebracht hat. Aber am Ende hatten wir trotzdem immer unseren

Spaß dabei. Zu gut erinnere ich mich an das Kanufahren, bei dem wir mehr Zeit im Wasser, als im Kanu verbracht haben. Ein Grinsen breitet sich bei dem Gedanken daran auf meinem Gesicht aus, bis Bens Ellenbogen in meiner Seite landet.

»Wofür war das denn?«, keuche ich. Ben hat nicht gerade wenig Kraft aufgebracht, wodurch ich den Stoß selbst durch die Polster deutlich gespürt habe.

»Nur eine kleine Erinnerung, dass wir wieder an der Reihe sind«, ruft er über die Schulter hinweg, während er in das Spielfeld fährt.

Ich beeile mich, ihm nachzukommen, und wir spielen eine weitere Runde drei gegen drei. Dieses Mal geht es gezielt um das Dribbling und die Stocktechnik. Eishockey verlangt unheimlich viel vom Körper ab. Man muss schnell sein, eine gute Koordination und Kraft haben, um gegen die Gegner zu bestehen, und seine Kollegen bei jedem Manöver im Blick zu behalten. Am Anfang hatte ich oft das Gefühl, meine Augen müssten überall sein. Auf dem Puck, dem Tor, dem Gegenspieler und meinen freistehenden Mitspielern, um ihnen zuzupassen.

Es braucht viel Zeit und Training, um mit der Schnelligkeit dieses Spiels mithalten zu können. Aber wenn es einen erst mal gepackt hat, ist es wie eine Achterbahnfahrt, von der ich einfach nicht genug kriege. Jedes Mal, wenn ich auf dem Eis stehe und spiele, werden so viele Endorphine in meinem Körper freigesetzt, dass ich nicht weiß, ob das wirklich gesund ist. Aber dieses pure Glücksgefühl zeigt mir, dass es genau das Richtige ist.

Normalerweise ist mein Kopf wie freigeblasen, sobald meine Kufen auf Eis treffen, aber heute ist das gleich aus mehreren Gründen nicht der Fall. Oder eher wegen zwei Personen, die mir auf komplett unterschiedliche Art und Weise nicht aus dem Kopf gehen.

»Ey, Ben.« Mein Kumpel dreht sich zu mir um, während er sich das Shirt über den Kopf zieht. »Bist du fertig?« Vielsagend deute ich in Richtung Tür, worauf er nickt. Ich habe trotz des krassen Trainings nicht vergessen, dass er mit mir reden wollte und dachte, er würde das wahrscheinlich am liebsten gleich hinter sich bringen.

Wir verabschieden uns von den anderen Jungs mit einem Handschlag und verlassen dann die Halle. Ben und ich laufen eine Weile schweigend nebeneinanderher. Sein Gesicht ist dem Boden zugewandt und er scheint sich schwerzutun, das Thema anzusprechen. Ich schlage einen Weg ein, der nicht direkt zum Wohnheim führt, um ihm die Zeit zu geben, die er braucht. Auch wenn ich nach dem harten Training echt einiges dafür geben würde, mich ins Bett zu legen und etwas zu lesen oder einen Film anzusehen.

»Mann, das ist echt schwerer, als ich dachte.« Ben lacht trocken auf und als er aufsieht, streicht er sich die blonden Haare mit der Hand zur Seite, die ihm immer wieder in die Augen fallen. »Ich habe ein echt großes Problem und keine Ahnung, wie ich das auf die Reihe kriegen soll.«

»Worum geht's?« Ich sehe meinen Kumpel von der Seite an und versuche, mich für das, was gleich kommt, zu wappnen. Irgendetwas tief in mir sagt, dass da etwas Größeres dahintersteckt. Etwas, das mir definitiv nicht gefallen wird.

Ben bleibt stehen, den Blick zu Boden gerichtet. »Ich kann mir das Studium nicht mehr leisten.« Obwohl er leise spricht, schlägt der Satz wie eine Bombe ein. Er sieht mir direkt in die Augen und der Schmerz in seinen ist so greifbar, dass ich eine Gänsehaut am ganzen Körper kriege.

»Fuck«, murmle ich. Die Gedanken in meinem Kopf fahren Achterbahn und ich muss die Eröffnung erst einmal verdauen. Ich weiß, dass Ben aus einer Arbeiterfamilie stammt. Sein Vater ist Fischer und das Geschäft läuft schon länger nicht mehr so prickelnd.

»Das kannst du laut sagen.« Ben kickt gegen einen Stein, der vor ihm auf dem Weg liegt und ein paar Meter weit rollt, bevor er im Gras zum Liegen kommt. »Es war schon immer schwierig, die Gebühren aufzubringen. Aber Dad hat vor ein paar Wochen sein Boot verloren. Motorschaden. Die Reparaturkosten übersteigen unser Erspartes um Längen und meine Eltern mussten deswegen einen Kredit aufnehmen. Beides können wir uns nicht leisten.«

Beinahe wäre mir wieder ein lauter Fluch entwischt, aber ich schlucke ihn rechtzeitig herunter. »Das heißt, dass du das Royal verlässt?« Meine Hände sind in der Trainingsjacke zu Fäusten geballt, weil der Gedanke, dass Ben das College verlassen muss, so abwegig ist. Im letzten Jahr ist er ein guter Freund geworden und auch das Team bereichert er immer mit seiner positiven Stimmung und den starken Spielen.

»Wenn du nicht gerade paar tausend Kröten aus dem Ärmel schütteln kannst, wird es darauf hinauslaufen.«

Ich schüttle den Kopf und klopfe Ben auf die Schulter. »Wir finden eine Lösung. Wir können doch nicht einen unserer besten Spieler einfach gehen lassen. Zumindest nicht, ohne vorher alles probiert zu haben, um es zu verhindern.«

»Manchmal frage ich mich echt, woher du dir immer die Sicherheit nimmst. Alles, was du anpackst, funktioniert irgendwie.«

Ich lache leise auf und schüttle abermals den Kopf. Sofort schießen meine Gedanken zu Aurora, meiner Ex-Freundin. Das ging sogar mehr als schief, obwohl ich alles versucht habe, damit es funktioniert. »Hoffen wir mal, dass es dieses Mal wirklich so läuft. Lass uns noch etwas essen, da lässt es sich besser denken.«

Ein kleines Lächeln legt sich auf das Gesicht meines Freundes und ich atme erleichtert aus. Zwar ist die große Katastrophe nicht abgewendet, aber ich werde mir schon irgendetwas einfallen lassen. Wir müssen zumindest versuchen, ihm zu helfen. Das Einfachste wäre ein Sponsoring für das Team, mit dem auch Bens Studium finanziert werden könnte. Aber wo sollen wir das auftreiben? Stinkreiche Sponsoren fallen nicht vom Himmel und werden vor unsere Eishalle geweht. Das kostet harte Arbeit und viel Glück, jemanden zu finden.

»Was hältst du eigentlich von einem neuen Sponsoring?«, frage ich Ben, als wir auf das Wohnheim zusteuern.

Er zuckt mit den Schultern. »Neue Trikots hätten schon mal wieder was. Die knallrote Farbe ist nicht gerade schmeichelhaft.«

Ich kann mir ein lautes Lachen nicht verkneifen. »Ich rede nicht von neuen Trikots.« Kurz erkläre ich ihm meine Idee.

»Du weißt genauso gut wie ich, was in so einem Sponsoring alles mit drinhängt. Die Hallenmieten, die Gebühren für die Schiedsrichter, die zigtausend andere Gebühren für irgendwelchen Humbug, die Reisekosten, das Gehalt des Coaches und der Therapeuten ... Wir könnten noch ewig so weitermachen. Wir müssen erst mal jemanden finden, der überhaupt so viel Geld in unser Team pumpt.«

»Zugegeben, der Plan hat noch ein paar Lücken.«

»Lücken? Eher klaffende Schluchten.« Ben grinst mich breit an. »Aber ich würde lügen, wenn ich sagen würde, dass ich nicht verzweifelt genug bin, um es zumindest zu versuchen.«

»Nicht unbedingt der Euphorieausbruch, den ich hören wollte, aber ein Anfang. Wir werden schon jemanden finden, der uns unterstützt. Die nächsten Spiele müssen wir uns einfach noch mehr reinhängen, dann kommen die Sponsoren von ganz allein.«

Ben legt einen Arm um meine Schulter. »Danke, Mann. Bist echt ein Kumpel.«

»Ja ja, genug Gefühlsduselei. Wir müssen erst mal den Plan in die Tat umsetzen.«

Er zieht den Arm zurück und salutiert. »Aye, aye, Captain.«

Grinsend ziehe ich die Tür auf und lasse ihm den Vortritt. Ich bin froh, dass Ben schon wieder ein wenig positiver in die Zukunft schaut. Jetzt müssen wir ›nur noch‹ dafür sorgen, dass der Plan auch hinhaut und wir jemanden finden, der für ein Sponsoring zu haben ist, bei dem mehr als ein paar Trikots herausspringen.

Kapitel 5: Ryan

Schnell stopfe ich den Sommernachtstraum von Shakespeare in meine Tasche und hetze aus meinem Zimmer heraus auf den Flur. Jeden Tag versuche ich, rechtzeitig loszulaufen, um pünktlich bei meinen Kursen anzukommen und dann fällt mir im letzten Moment wieder etwas ein. Das Ergebnis ist immer dasselbe: Ich hetze mich ohne Ende ab, renne über den Campus und komme gefühlt nur einen Wimpernschlag vor den Professoren an – und heute läuft es nicht besser.

Auf den Treppen wäre ich beinahe mit einem anderen Studenten zusammengestoßen, der nach oben rennt. Seinem kalkweißen Gesicht und den Schatten unter den Augen nach zu urteilen, kommt er von einer durchzechten Partynacht zurück. Ich empfinde nur für den Bruchteil einer Sekunde Mitleid mit ihm, da ich erst mal meinen eigenen Arsch retten muss. Gerade bei Mrs. Landry zu spät zu kommen, ist ziemlich unangenehm. Wie sie ein paar Mal schon bewiesen hat, hat sie kein Problem damit, Fehlverhalten vor dem ganzen Kurs auszuschlachten.

Das einzig Positive an meinem morgendlichen Zuspätkomm-Lauf ist, dass ich die vom Coach gewünschte tägliche Laufeinheit von der To-do-Liste streichen kann. Er ist ein großer Fan von Ausdauersport und jagt uns öfter auf die Laufbahn oder durch den nahegelegenen Park. Als Kapitän bin ich seiner Meinung, aber ansonsten könnte ich gut und gerne darauf verzichten, jeden Morgen über den Campus zu rennen.

Keuchend betrete ich das Gebäude, laufe den Gang entlang zum Vorlesungssaal auf der rechten Seite und schlüpfe durch die Tür. Wie so oft sind nur Plätze in der ersten Reihe frei. Zu meinem Erstaunen sitzt dort wieder das braunhaarige Mädchen. Ihr Laptop ist aufgeklappt und sie scheint in ihre Notizen vertieft. Daneben liegt ein Buch, das ich als den Sommernachtstraum identifiziere.

Meine Beine tragen mich wie von selbst auf den Tisch zu, an dem sie sitzt, als würden sie dafür sorgen, dass meine Neugier gestillt wird. »Willst du deine Zeit jetzt doch hier verschwenden?«, frage ich sie, als ich mich wie vor zwei Tagen auf den Platz neben sie sinken lasse.

Sie schnaubt leise auf, ignoriert mich jedoch zunächst. Ich denke schon, keine Antwort mehr von ihr zu bekommen, als ihr wütender Blick auf meinen trifft. Wenn es möglich wäre, würden ihre grünen Augen Laserstrahlen auf mich abschießen und innerhalb eines Wimpernschlags in ein Häufchen Asche verwandeln.

»Mrs. Landry hat mich auch nochmal darauf hingewiesen, dass in Kanada Kurse außerhalb des Hauptfaches belegt werden müssen. Also werde ich wohl oder übel hier mein Dasein fristen müssen. Sie hätte wahrscheinlich nicht einmal gemerkt, dass ich gegangen bin, wenn du es nicht so laut herumposaunt hättest. Danke dafür.« Ihre Stimme zittert vor unterdrückter Wut.

Irgendwie finde ich ihre Reaktion übertrieben. Meine Augenbrauen wandern automatisch nach oben. »Machst du mich gerade ernsthaft dafür verantwortlich, dass du hierherkommen musst?« Dieses Mal macht sie sich nicht die Mühe, mir eine Antwort zu geben. Ihr Blick ist starr nach vorn gerichtet. Vielleicht bin ich doch nicht unschuldig an ihrer Situation. Ich hätte am Montag meine Klappe halten sollen.

»Literatur ist doch ein cooles Fach. Manchmal öffnet es ganz neue Perspektiven«, füge ich versöhnlicher hinzu. Plötzlich ruckt ihr Kopf in meine Richtung und in ihren Augen ist deutlich der Hass zu erkennen, als wäre ich der Ursprung allen Übels. Wow. Ich habe echt noch nie gesehen, dass es möglich ist, in einen einzigen Blick so viel hineinzulegen. »Ich sehe schon, dass du nicht unbedingt Bock darauf hast, dich mit mir zu unterhalten.«

»Gut erraten, Sherlock.«

»Danke, Watson«, rutscht es mir automatisch heraus. Sofort presse ich die Lippen zusammen und wappne mich für ihren nächsten Rundumschlag, doch darauf warte ich vergebens. Stattdessen sehe ich, dass ihr Mundwinkel kurz zuckt, als müsste sie sich ein Lächeln verkneifen. Das wird definitiv als kleiner Sieg in der Kartei verzeichnet.

Ich komme nicht mehr dazu, etwas zu sagen, denn im selben Moment betritt Mrs. Landry den Vorlesungssaal und die anderen Gespräche um uns herum verstummen augenblicklich. Diese Frau hat die Gabe, allein mit ihrer Präsenz dafür zu sorgen, dass alle Studenten sofort die Klappe halten. Auch ich empfinde großen Respekt vor ihr.

»Wie angekündigt, beschäftigen wir uns ab sofort mit dem Sommernachtstraum von William Shakespeare. Wer hat das Buch gelesen und kann in kurzen Sätzen zusammenfassen, worum es geht?«

Automatisch hebe ich die Hand und sofort liegt der Blick meiner neuen Kommilitonin auf mir. Ich drehe mich ein Stück auf meinem Stuhl, um zu ihr zu sehen, doch sie öffnet gerade die Ausgabe ihres Buches. Auf der ersten Seite steht in geschwungenen Lettern ihr Name, doch als ich einen genaueren Blick darauf werfen will, erkenne ich nur die ersten Buchstaben ›Chl‹, bevor sie weiterblättert.

»Ms. Monet?«, ertönt Mrs. Landrys Stimme und der Kopf meiner Sitznachbarin schießt sofort nach oben. »Was wissen Sie über das Buch?«

Sie reißt die Augen weit auf und ich sehe ihr deutlich an, dass sie sich in diesem Moment ganz fest an einen anderen Ort wünscht. »Ich ... also ich ... ähm.« Ein Ruck geht durch ihren Körper und sie richtet sich auf ihrem Stuhl auf. »Entschuldigen Sie, Mrs. Landry. Da ich erst seit vorgestern weiß, dass ich nun auch diesen Kurs besuche, hatte ich noch nicht die Möglichkeit, mich genauer damit zu befassen.« Sie klingt deutlich selbstsicherer als bis vor wenigen Sekunden. Wie ein Schalter, der sich in ihrem Kopf umgelegt und der Autopilot übernommen hat.

Mein Blick wandert zu Mrs. Landry, gespannt auf ihre Antwort. »Shakespeares Werke gehören für mich zu denjenigen Büchern, die jeder kennen sollte. Daher hatten Sie einige Jahre Zeit, sich damit zu befassen«, antwortet sie mit spitzer Stimme.

»Sie sollten nicht von sich auf andere schließen«, murmelt meine Sitznachbarin gezwungen leise, sodass außer mir niemand ihre Worte hört. Die beiden werfen sich feurige Blicke zu und ich komme mir wie in einem stummen Ping-Pong-Match vor. »Ich werde das so schnell wie möglich nachholen.« Ich höre deutlich heraus, wie viel Mühe es sie kostet, nicht unhöflich zu klingen.

Endlich lässt Mrs. Landry mit einem letzten, kühlen Blick von ihr ab und wendet sich mir zu. »Ja, Mr. Henderson? Erhellen Sie uns.«

Es dauert einen Moment, bis ich kapiere, dass ich meine Hand immer noch hebe, um eine Antwort zu geben. Doch dann fließen die Worte aus meinem Mund heraus. »In dem Stück geht es vor allem um die Liebe. Hermia ist Demetrius versprochen, liebt allerdings Lysander, der ihre Liebe erwidert. Die beiden beschließen zu flüchten, doch Helena, die unsterblich in Demetrius verliebt ist, erzählt ihm davon und er folgt den beiden in den verzauberten Wald. Dann gibt es noch den Elfenkönig Oberon und seine Gemahlin Titania. Er beschließt, sie mithilfe einer Zauberblume verzaubern zu lassen, um an das Fürstenkind heranzukommen. Oberon beobachtet auch Helena und Demetrius bei der Verfolgung von Hermia und Lysander und weist seinen Diener Puck an, Demetrius ebenfalls zu verzaubern.

Es kommt jedoch zu einer Verwechslung und er beträufelt Lysanders Augen mit dem Saft der Blume. Demetrius sieht als erstes Helena und verliebt sich in sie. Als Nächstes ...«

Die erhobene Hand der Professorin unterbricht mich in meinem Monolog. »Vielen Dank, Mr. Henderson. Es freut mich zwar, dass Sie das Buch so gut zu kennen scheinen, aber ich hatte dennoch um eine kurze Zusammenfassung gebeten. Die übrigen Studenten sollen auch noch die Chance bekommen, sich mit dem Drama auseinanderzusetzen.« Obwohl ihre Worte etwas barsch klingen, umspielt ein kleines Lächeln ihre Lippen.

Manchmal verliere ich mich zu sehr, wenn ich über Bücher spreche und bemerke dann nicht, wie viel ich schon preisgegeben habe. Doch sie scheint mit meinen Ausführungen zufrieden zu sein. Ich kenne die Geschichte in- und auswendig, weil sie zu meinen liebsten Klassikern gehört. Vermutlich ist es daher besser, dass sie mich unterbrochen hat. Sonst wäre womöglich die Stunde vorbei, bevor irgendjemand anderes zu Wort gekommen wäre.

Automatisch wandert mein Blick nach rechts. Meine Sitznachbarin wirkt vertieft in das Buch, doch ich weiß, dass sie nur so tut als ob. Ich beuge mich zu ihr und sie sieht mich mit großen Augen an. »Du solltest die Seiten auch mal umblättern, damit man dir das Lesen abkauft.« Ich zwinkere ihr zu, worauf ich wieder einmal einen ihrer Feuerwerfer-Blicke zugeworfen bekomme.

»Kümmere dich um deinen eigenen Scheiß.«

»Du zwitscherst süßer als der Lerchenschlag«, zitiere ich Helena aus dem Sommernachtstraum, was mir einen weiteren genervten Blick einbringt.

Sie lässt das Buch mit einer Hand los, wodurch die Seiten wieder zuklappen und ich den vollständigen Namen im Inneren lesen kann. Chloé Monet. Irgendetwas klingelt in meinem Kopf, als ich ihn gedanklich wiederhole, aber ich komme einfach nicht darauf, woran er mich erinnert.

»Sorry, weitermachen.« Ich nicke in Richtung des Buches und lehne mich wieder auf meinem Stuhl zurück.

Den Rest der Stunde verbringen wir mit dem Lesen und Analysieren der ersten Szene des ersten Aktes. Hippolyt und der Herzog Theseus planen ihre Hochzeit, als Hermias Vater Egeus vorspricht. Er klagt, dass seine Tochter eine Heirat mit Demetrius verweigert, da sie in Lysander verliebt ist. Theseus entscheidet, dass Hermia sich dem Willen ihres Vaters beugen und Demetrius heiraten soll, da sie ansonsten ins Kloster geschickt wird. Die Szene endet damit, dass Lysander Hermia vorschlägt, in der Nacht gemeinsam zu fliehen. Sie macht einen Fehler und berichtet ihrer Freundin Helena davon. Die wiederum ist unsterblich in Demetrius verliebt und erzählt ihm von der geplanten Flucht.

Ich habe die Geschichte schon unzählige Male gelesen und sie ist meiner Meinung nach das beste Werk von Shakespeare. Mir gefällt dieser schmale Grat zwischen Realität und Fantasie. Immerhin kommen darin Elfen, ein magischer Wald und eine Zauberblume vor. Sie lässt die Figuren unsterbliche Liebe für die Person empfinden, die sie als Erstes ansehen. Meine eigene Ausgabe des Sommernachtstraums ist schon ziemlich zerlesen. Überall ragen kleine bunte Zettel daraus hervor, mit denen ich Zitate markiert habe, die mir besonders gefallen.

»Das sollte eigentlich selbstverständlich sein, aber ich erwarte von Ihnen, dass jeder das Buch bis nächste Woche gelesen hat. Ab sofort zählen keine Ausreden mehr.« Der Blick der Professorin bleibt einen Moment länger auf Chloé liegen, die ihm jedoch standhält. Ihre Selbstsicherheit ist beeindruckend. Erst als Mrs. Landry sich wieder abwendet, erkenne ich, wie sie in ihrem Stuhl zusammensinkt und sich ein Ausdruck auf ihr Gesicht legt, der erschöpft wirkt.

Ich kaue auf meiner Unterlippe herum und beobachte sie beim Zusammenpacken. Eine Stimme in mir sagt, dass ich mit ihr reden und mich bei ihr entschuldigen sollte. Es ist offensichtlich, dass mein Verhalten sie verletzt hat und sie bei Weitem nicht so selbstsicher ist, wie sie es nach außen hin zeigt. Erst als sie aufsteht und in Richtung Tür geht, kommt Bewegung in meinen Körper. Innerhalb eines Augenblicks werfe ich meine Sachen in die Tasche und stürze auf sie zu.

»Warte!« Chloé macht keine Anstalten anzuhalten, doch ich erreiche sie trotzdem, bevor sie den Raum verlässt. »Können wir kurz reden?«

Sie bleibt stehen und dreht sich wie in Zeitlupe zu mir um. »Warum? Willst du mich mit weiteren Zitaten nerven? Ich habe heute echt genug von dem Buch.« Wie um ihre Worte zu unterstreichen, hält sie es in die Höhe.

»Dafür, dass du es nicht magst, hast du vorhin ziemlich lang hineingeschaut.«

Sie sieht mich herausfordernd an und verzieht die Lippen zu einem schmalen Lächeln. »Lieber das Buch als du.«

»Verstehe.« Ich schmunzle und streiche mir durch die Haare, die bestimmt in alle Richtungen abstehen.

Ungeduldig tippt sie mit den Fingern auf dem Buchumschlag herum. »Was willst du? Ich muss echt weiter.«

Ich vermute, dass sie noch ein paar Minuten Zeit hat, bevor ihr nächster Kurs anfängt, aber komme trotzdem zum Punkt. Wer weiß, wie lange ihre Geduld noch anhält, bevor sie mich stehen lässt. »Ich glaube, wir haben uns irgendwie auf dem falschen Fuß erwischt«, fange ich an und kassiere direkt ein Schnauben von ihr.

»So kann man das auch ausdrücken.«

Sie macht es einem wirklich nicht leicht. »Jedenfalls wollte ich mich bei dir entschuldigen. Ich hätte meine Witze nicht gleich an deinem ersten Tag reißen sollen. Ich dachte, es wäre lustig, aber offensichtlich hat es dich verletzt und das war nicht okay.«

Einen Moment sagt keiner etwas und die Stille legt sich wie ein Gewicht auf meine Schultern. »Woher weißt du, dass es mein erster Tag war?«

Ich blinzle mehrmals. Ich habe mit ganz unterschiedlichen Antworten gerechnet, aber nicht mit dieser Frage. »Naja, du bist nicht von hier und ich habe dich am Royal noch nie gesehen«, antworte ich schulterzuckend. »Daher bin ich einfach davon ausgegangen, dass du zu den Studenten aus dem Winterprogramm gehörst.«

»Gut erraten, Sherlock. An dir scheint ja wirklich ein Detektiv verloren gegangen zu sein.«

Als sie Anstalten macht, sich abzuwenden, halte ich sie mit meiner Stimme abermals zurück. »Wir sollten vielleicht einfach neu anfangen. Ich bin Ryan.« Ohne darüber nachzudenken, strecke ich ihr meine Hand entgegen.

Sie betrachtet sie einen Moment und als sie sie ergreift, wäre mir beinahe ein erleichterter Seufzer entwischt. Wie peinlich wäre es gewesen, wenn sie sich einfach umgedreht hätte und gegangen wäre. »Chloé«, gibt sie knapp zurück.

»Und, Chloé, nimmst du meine Entschuldigung an?«

Abermals mustert sie mich von Kopf bis Fuß. In ihren grünen Augen leuchtet kurz etwas auf, als sie auf meine treffen, dann löst sie den Blick und nickt. »Na gut. Bis nächste Woche.« Ruckartig dreht sie sich um und zieht ab.

Perplex sehe ich ihr hinterher, bis sie um die Ecke verschwindet. Hat sie die Entschuldigung jetzt angenommen oder nur ›Ja‹ gesagt, um mich loszuwerden? Eigentlich ist es egal, was von beiden Möglichkeiten der Fall ist. Hauptsache, die Sache ist geklärt und ich werde von ihren Blicken nicht länger gebraten.

Ich verlasse ebenfalls den Raum, um zumindest einigermaßen pünktlich in den nächsten Kurs zu kommen. Für heute Abend steht außerdem ein weiteres On-Ice Training auf dem Plan, bei dem ich die Sponsoring-Idee mit dem Coach und anschließend mit dem Team besprechen werde. Ich hoffe, dass sie mitziehen, denn um die Sache mit Ben hinzukriegen, müssen wir alle an einem Strang ziehen.

»Bist du dir sicher, dass wir das heute ansprechen sollten?«, fragt Ben mich mit unsicher klingender Stimme, als wir nebeneinander zur Eishalle laufen.

»Ich dachte, es wäre dringend?«, stelle ich ihm eine Gegenfrage.

Er zuckt mit den Schultern. »Schon. Aber irgendwie fühle ich mich dabei auch beschissen.«

»Musst du nicht. Löwen halten zusammen, richtig?«

»Richtig«, erwidert er, klingt dabei aber immer noch nicht überzeugt.

Ich bleibe stehen, wodurch ich auch Ben zum Anhalten bringe. »Du bist doch nicht der Einzige, der Hilfe braucht. Erinnerst du dich noch an Baker? Er hatte so Liebeskummer, dass wir ihn einen Monat lang jeden Samstag abgeholt und ins Kino und zum Burgeressen geschleppt haben, um ihn auf andere Gedanken zu bringen. Oder Kendall, als seine Mom krank wurde und wir ihn abwechselnd ins Krankenhaus gebracht haben.« Ich lasse meine Worte einen Moment wirken, bevor ich weiterrede. »Wir sind ein Team und halten zusammen, Ben. Egal, in welchen Situationen. Ich dachte, das hätten wir jetzt schon ein paar Mal bewiesen. Und so, wie du für die anderen da warst, werden sie es ab heute für dich sein. Das steht gar nicht zur Debatte.«

Ich atme erleichtert auf, als er mich angrinst und diese Unsicherheit endlich aus seinem Blick verschwunden ist. Er klopft mir auf die Schulter. »Danke, Mann. Das hab ich gebraucht, um wieder klarzukommen.«

»Dann lass uns gehen. Der Coach lyncht uns, wenn wir zu spät kommen. Und ich habe heute echt keinen Bock auf Extrarunden.«

»Wann hast du das schon mal?« Ben lacht auf und muss wahrscheinlich an dieselbe Szene aus der letzten Saison denken wie ich. Ich kam satte zwanzig Minuten zu spät, weil ich nach der Vorlesung, aus welchem

Grund auch immer, eingepennt war und vergessen hatte, einen Wecker zu stellen.

Das Ende der Geschichte war, dass ich noch zusätzlich eine halbe Stunde Einzeltraining mit dem Coach einlegen musste. Er nahm mich so hart ran, dass ich dachte, ich würde gleich meine Lunge auskotzen. Ben und die anderen standen an der Bande und haben sich köstlich amüsiert, ihren Kapitän mal so richtig schwitzen zu sehen. Das war noch Monate später der Gag der Saison.

Wir setzen uns wieder in Bewegung und wenige Minuten später kommt die Eishalle in Sicht. Ich folge Ben durch den Gang in den Vorraum von dem aus man in die Kabinen gelangt. Wie von selbst wandert mein Blick zum Feld unter uns.

»Da ist jemand auf der Tribüne.« Ich trete näher an die große Glasscheibe, um besser sehen zu können.

»Was?« Ben sieht von seinem Handy auf und ebenfalls hinunter. »Aber die Halle ist doch nur für das Team zugänglich.«

Je länger ich hinschaue, desto sicherer bin ich, dass ich die Person kenne. »Alles gut. Ich kümmere mich drum. Geh ruhig vor, ich komme gleich.«

Mit einem letzten Blick auf den Eindringling nickt Ben und macht sich auf den Weg zu den Umkleidekabinen, während ich nach unten in Richtung Eis gehe.

Ich öffne die Tür und mein Blick wandert über das Eis zu einem der anderen Durchgänge an der Seite. Meine Vermutung bestätigt sich und ich beobachte Chloé mit gerunzelter Stirn dabei, wie sie bewaffnet mit Schlittschuhen und Handschuhen davor steht. Wie festgefroren starrt sie auf das glitzernde Eis, rührt sich aber keinen Millimeter. Kurz überlege ich, nach ihr zu rufen. Doch ihre angespannte Körperhaltung und die Art, wie sie das Holz der Bande umklammert, hält mich davon ab.

Als ich ein paar weitere Schritte auf sie zu mache, ruckt ihr Kopf in meine Richtung und es sieht aus, als würden sich ihre Augen weiten. Sofort stolpert sie zurück, setzt sich und zieht sich die Schlittschuhe so ruckartig aus, dass sie schon fast fertig ist, bevor ich reagiere.

»Ist alles okay?« Ich gehe auf Chloé zu und beobachte sie dabei, wie sie die Schlittschuhe nacheinander in ihre pinke Sporttasche pfeffert. Dabei ignoriert sie mich komplett, als wäre ich nichts als eine nervtötende Fliege. »Ich weiß, dass du mich hörst. Du hast erst vor ein paar Stunden noch mit mir gesprochen«, versuche ich mich an einem Witz.

»Du bist absolut nicht lustig.« Sie greift nach ihrer Tasche und schiebt sich einfach an mir vorbei.

Ich hole sie mit wenigen Schritten ein. »Kannst du mir das vielleicht mal erklären?« Ich deute zuerst auf sie und dann auf das Eis.

»Warum sollte ich? Bist du hier der Hausmeister?« Der Hohn klingt in ihrer Stimme deutlich mit und langsam spüre ich, wie der Ärger über ihr Verhalten unter der Oberfläche brodelt.

»Nein, aber ich habe dich gerade dabei erwischt, wie du in die Eishalle eingebrochen bist, die eigentlich nur von den Sportteams benutzt werden darf. Vielleicht solltest du ein bisschen netter sein, wenn du willst, dass ich dich nicht verpfeife.«

Ich habe nicht damit gerechnet, dass sie so ruckartig anhält und zu mir herumfährt, und wäre daher fast in sie hineingerannt. »Weißt du was? Verpetz mich doch. Es ist mir scheißegal, ich will sowieso nicht hier sein.« Ihre Augen funkeln mich wild an. »Ich wollte nur etwas herausfinden«, setzt sie leiser nach und ihre Stimme klingt dabei fast verletzlich.

Chloé dreht sich um und läuft davon. Doch dieses Mal gehe ich ihr nicht hinterher. Immer wieder wiederholen sich ihre Worte in meinem Kopf und ich verstehe nur Bahnhof. Vor allem aus dem letzten Satz werde ich absolut nicht schlau. Ich sehe ihr mit gerunzelter Stirn nach, bis sie durch die Tür läuft und diese sich mit einem lauten Knallen hinter ihr schließt.

Kapitel 6: Chloé

Ich bin inzwischen die dritte Woche hier und, ohne es übertrieben klingen lassen zu wollen, fühlt es sich mindestens wie drei Monate an. Das Lernen läuft eher so semigut, weil ich mich kaum auf den Stoff konzentrieren kann. Obwohl seitdem schon fast eine Woche vergangen ist, denke ich immer wieder an den Moment in der Eishalle zurück.

Ich weiß selbst nicht, was mich da geritten hat. Mich hat das Gefühl überfallen, auf dem Eis stehen zu müssen, und das habe ich seit dem Sturz schon lange nicht mehr so intensiv gespürt. Ich musste es versuchen. Nur bin ich kläglich gescheitert. Noch bevor ich überhaupt eine Kufe aufs Eis gesetzt habe, kam ausgerechnet Ryan herein. Von allen verdammten Eishockeyspielern in Kanada, und das sind hier einige, musste er es sein. Als wäre die Situation nicht unangenehm genug gewesen.

Seitdem versuche ich, ihm aus dem Weg zu gehen. Aber das ist gar nicht so einfach, da wir in Mrs. Landrys Kurs zweimal in der Woche nebeneinandersitzen und sie sich leider für Gruppenarbeit begeistert. Ryan und ich sind dann zwar gezwungen, miteinander zu reden, aber er hat bisher keine Anstalten gemacht, das Thema anzuschneiden. In den ersten Tagen nach unserer Begegnung habe ich noch gewartet, ob nicht doch jemand auf mich zukommen und mich des Colleges verweisen würde, weil ich die Halle unbefugt betreten habe. Aber inzwischen weiß ich, dass Ryan es niemandem erzählt hat. Die Frage ist nur: Warum?

Ich schiebe das Buch von mir und greife stattdessen nach meinen Stricknadeln. Es ist im Moment unmöglich, mich aufs Lesen zu konzentrieren. Ich habe diesen einen Satz jetzt bestimmt schon zehnmal gelesen und kein Wort verstanden.

Das Klappern der Nadeln erfüllt den Raum und wie so oft schaffen sie es, mich zu beruhigen. Meine Gedanken geben zwar immer noch keine Ruhe, aber sie werden langsamer, leiser und drohen mich nicht mehr zu ersticken.

»Wie viel Wolle hast du eigentlich dabei? Jedes Mal, wenn ich denke, dass du jetzt neue kaufen gehen musst, ziehst du ein weiteres Knäuel hervor. Wenn das hier ein Film wäre, würdest du da drin Katzenbabys verstecken. Die sind so süß und spielen ja gern mit Wolle.«

Ich hebe den Kopf und schaue rüber zu Holly. Ich habe fast vergessen, dass sie ihre Mittagspause heute auch hier verbringt. »Mein Koffer macht wohl der Tasche von Mary Poppins Konkurrenz. Auch wenn ich nicht mit süßen Kätzchen dienen kann«, gebe ich knapp zurück. »Aber danke für die Erinnerung, ich muss wirklich bald neue kaufen. Kennst du einen Laden hier in der Nähe?«

Holly verzieht das Gesicht und ich verkneife mir ein Grinsen. Sie ist nicht begeistert von meiner Guerilla-Kunst und würde sich im Moment wahrscheinlich am liebsten selbst in den Arsch treten. »Nein, leider nicht.

Aber in der Stadt gibt es bestimmt irgendwo einen. Wenn du mich nach Stoffen gefragt hättest. Dann wäre das etwas anderes gewesen. Nähen kann ich auch.«

Ich nicke nur und halte den Blick gesenkt, um mein Lächeln zu verbergen. Schweigen setzt zwischen uns ein und nur das Klackern meiner Stricknadeln erfüllt den Raum. Während es auf mich beruhigend wirkt, scheint Holly ihrem Gesichtsausdruck nach zu urteilen, nach einem anderen Gesprächsthema zu suchen – und entscheidet sich dann für eines der schlechtesten, das ihr hätte einfallen können.

»Hast du mit deinem Ryan nochmal reden können? Ist es der Eishockeyspieler? Ihr hattet euch ja irgendwie auf dem falschen Fuß erwischt.« Ein neugieriges Lächeln liegt auf ihren Lippen und sie sieht mich abwartend an. Dabei lehnt sie sich gegen die Wand und zieht die Beine in einen Schneidersitz.

»Denke schon, dass er es ist. Er hat sich entschuldigt. Mehr oder weniger«, erwidere ich knapp und hoffe, dass das Thema damit erledigt ist, bevor meine Gedanken wieder auf Wanderschaft gehen.

»Das ist doch super. Ich sage doch, dass er eigentlich ganz in Ordnung ist. Mein Bruder würde jetzt wie du mit den Augen rollen.« Das hat sie von der anderen Seite des Zimmers aus gesehen? Ups. Schnell senke ich den Blick wieder auf meine Stricknadeln. »Keine Ahnung, ob ich das erzählt hab. Will ist der Kapitän der Penguins auf der North. Deshalb können die beiden sich zumindest eishockeymäßig nicht so gut leiden«, spricht Holly unaufgefordert weiter. »Aber sonst sagt er, er wäre okay.«

»Dein Bruder klingt nach einem sympathischen Kerl.«

»Das ist er auch«, stößt sie laut hervor. Sie hat echt eindeutig zu viel Energie, wenn man mich fragt. »Weißt du, er …« Ein Handywecker unterbricht sie und ich schicke ein Dankesgebet zum Himmel dafür. Das ist einer der seltenen Momente, in dem ich mich darüber freue, dass die Mittagspause vorbei ist.

Rasch packe ich das Strickzeug zur Seite und lege mir meine Umhängetasche über die Schulter.

In der Zeit schafft Holly es gerade mal, den Wecker auszuschalten und zieht dabei eine Schnute. »Schade, wir reden einfach wann anders weiter.«

Ich bemühe mich, ein Lächeln zustande zu kriegen und nicke. »Klar, wir wohnen ja hier zusammen. Da gibt es noch genug Möglichkeiten.« In Gedanken setze ich ein ›leider‹ hinterher. Holly scheint ja nett zu sein, aber für mich ist sie einfach von allem zu viel. Zu laut. Zu quirlig. Zu gesprächig. Während ich die Stille genieße, hat sie immer das Gefühl, sie füllen zu müssen. Dabei ist es auch mal schön, wenn nicht ständig jemand quatscht.

Mit einem kurzen Wink verabschiede ich mich von ihr und verlasse das Wohnheim. Zwar bin ich nicht scharf auf den Wirtschaftskurs, aber ich muss mich langsam darauf konzentrieren. Papa hat mich hierhergeschickt, um meine Prüfungen zu wiederholen – und vor allem zu bestehen. Aber die Sterne stehen dafür aktuell schlecht. Das bestätigt sich wieder in der Vorlesung. Ich verstehe nur Bahnhof von dem, was der Professor da vorne quatscht.

Ökonometrie, Geldpolitik, Aktienmärkte, Opportunitätskosten, der Konjunkturzyklus und wer weiß was noch alles, sind nur ein paar der Dinge, mit denen wir regelmäßig gequält werden. Und das Schlimmste ist, dass ich nicht nur einmal ins Zweifeln komme und darüber nachdenke, ob ich einfach nur zu doof für das Fach bin. Selbst wenn ich mir Mühe gegeben und gelernt habe, ist es ein Buch mit sieben Siegeln für mich. Nach außen hin habe ich zwar immer so getan, als wäre mir meine Zeit zu schade zum Lernen, aber da habe ich mich nur selbst belogen.

Papa würde jetzt sagen ›Selbsteinsicht ist der erste Ansatz zur Lösung‹, aber in diesem Fall bringt mir das rein gar nichts. Ich verstehe es dann nämlich immer noch nicht. Ich kritzle ein großes Fragezeichen auf meinen Collegeblock, den ich eigentlich gar nicht brauche, da ich meine Notizen direkt auf dem Laptop schreibe.

»Ms. Monet, wo liegt das Problem?«

Ruckartig sehe ich auf und erkenne, dass nicht nur der Professor mich mit einem verkniffenen Gesicht mustert, sondern auch ein paar meiner Kommilitonen mich anstarren. Automatisch rutsche ich ein wenig auf meinem Stuhl herum, als könnte ich mich so unsichtbar machen. »Es gibt kein Problem«, gebe ich eilig zurück, was der Professor nur mit einer hochgezogenen Augenbraue quittiert. Es ist klar, dass er mir kein Wort glaubt. Aber er ist Gentleman genug, um darüber hinwegzusehen und mit den Kursinhalten fortzufahren. Zumindest dachte ich das, bis er mich nach dem Kurs mit den Worten »Bleiben Sie bitte noch auf ein Wort« zurückhält.

Das ist dann wohl der klassische Fall von zu früh gefreut. Wie schaffe ich es innerhalb so kurzer Zeit, in so viele Fettnäpfchen zu treten? Das sollte eigentlich gar nicht möglich sein. Aber ich beweise mal wieder mit Bravour, wie es doch zu schaffen ist.

»Natürlich.« Ich hänge mir die Tasche um und folge dem Professor zu seinem Pult. Erst jetzt bemerke ich, dass ein Stuhl davor steht, und lasse mich nach seiner Aufforderung darauf sinken.

»Ms. Monet«, beginnt er und allein dadurch weiß ich schon, dass ich mal wieder tief in der Scheiße sitze. Klar, Fettnäpfchen-Queen eben, wie soll es anders sein. »Ich habe den Eindruck, dass Sie Ihr Studium nicht so ernstnehmen, wie Sie es sollten. Normalerweise würde ich meine Studenten dafür nicht zu einem extra Gespräch auffordern. Immerhin sind Sie erwachsen und sollten für sich selbst herausfinden, welchen Weg Sie einschlagen wollen. Doch Ihr Vater ...«

Ab diesem Moment schalte ich ab und die Wut in meinem Inneren fährt von null auf 360 innerhalb des Bruchteils einer Sekunde. Es kostet mich einiges, um nicht einfach aufzustehen und zu gehen.

»Ich merke schon, dass ich damit gerade das falsche Thema angeschnitten habe.« Mit diesen Worten holt er mich zurück in den Raum und nimmt meiner Wut den Wind aus den Segeln. »Es geht nicht um Ihren Vater, Ms. Monet. Ich habe nur den Eindruck, dass es irgendetwas gibt, dass Sie daran hindert, Ihr volles Potenzial auszuschöpfen. Und ein Studium ist nicht nur dazu da, um einen beruflichen Weg zu finden, sondern auch sich selbst. Lassen Sie sich darauf ein. Vielleicht überrascht Sie das Fach.« Ich blinzle mehrmals, bis ich verstehe, dass ich damit entlassen bin.

Ich verlasse den Raum eilig, nachdem ich mich von meinem Professor verabschiedet habe. Warum hat er wie Mrs. Landry, das Gefühl mich überreden zu müssen, weiterzumachen? Ich habe doch keine andere Wahl. Wirtschaft ist ein vernünftiges Fach, mit dem man im Leben viel anfangen kann, hat Papa gesagt – und damit hat er nicht unrecht. Nach dem erfolgreichen Abschluss stehen mir viele Türen offen. Ich weiß nur nicht, ob ich durch eine davon treten möchte. Aber ich weiß auch nicht, was ich sonst machen will.

Aber mit ihm und den Professoren scheinen inzwischen schon drei Personen überzeugt zu sein, dass ich es schaffe. Ob sie jetzt tatsächlich der Meinung sind oder nur meinem Vater helfen, dessen Einfluss bis nach Kanada reicht, weiß ich nicht. Vielleicht sollte ich es erst mal wirklich versuchen, anstatt mir von vorneherein zu sagen, dass ich es nicht kapiere?

Meine Beine biegen automatisch ab und führen mich für die kommende Freistunde zur Bibliothek, anstatt wie sonst zum nächsten Kaffeeautomaten. Ich möchte mir selbst eine Chance geben, indem ich diese Stunde nutze, um den Kurs nachzuarbeiten.

Ich suche mir einen der freien Tische aus, die ein wenig versteckt hinter zwei großen Bücherregalen stehen. So werde ich hoffentlich in Ruhe lernen können. Zwar steht direkt gegenüber von mir ein weiterer Tisch, aber der ist zumindest im Moment zu meinem Glück unbesetzt. Ich packe meine Sachen aus und vertiefe mich in die eher kargen Notizen aus dem Kurs.

Langsam verstehe ich, warum sich meine Kommilitonen in Paris ständig zusammengesetzt haben. Mehr Ohren hören mehr und mehr Finger tippen schneller. Für mich allein ist es fast unmöglich, alles mitzubekommen, was die Professoren sagen. Hinterher betrachtet, wäre es gar nicht schlecht gewesen, mich dazuzusetzen und mit den anderen gemeinsam zu lernen. Vielleicht wäre ich dann gar nicht in dieser Situation. Aber zugegeben ist das ein großes ›Vielleicht‹.

Ich versuche, mich wieder auf meine Notizen zu konzentrieren. Zuerst lese ich alles detailliert durch, füge noch ein paar Dinge hinzu, die hängengeblieben sind, und vertiefe mich immer mehr in das Thema. Mit der Zeit wächst neben mir ein kleiner Bücherstapel und ich habe alles andere um mich herum ausgeschlossen. Zumindest bis laute Stimmen direkt gegenüber von mir mich aus meiner Konzentration reißen.

Das darf doch nicht wahr sein! Gerade habe ich zum ersten Mal das Gefühl, zumindest einen Teil verstanden zu haben und dann das. Ich sehe auf und will den lärmverursachenden Idioten einen meiner Blicke zuwerfen, als er direkt auf Ryans trifft. Er sieht für einen Augenblick genauso überrascht aus wie ich, ihn hier zu sehen.

Schnell senke ich den Kopf und tue so, als würde ich mich wieder in mein Buch vertiefen und ein paar Notizen aufschreiben, bis sein Blick nicht mehr auf mir liegt. Ich sehe auf. Ryan und ein paar andere Jungs, die aus seinem Eishockeyteam sein könnten, haben sich auf die Stühle sinken lassen. Ein betörender Kaffeeduft steigt aus ihren To Go-Bechern, die Holly vermutlich der Umwelt zuliebe direkt konfisziert hätte, und erfüllt meine Nase. Sie packen ebenfalls ihre Bücher aus, doch scheinen sich lieber laut über das bevorstehende Spiel zu unterhalten, als den Unistoff.

Ich zwinge mich dazu, weiter an meinen Notizen zu schreiben. Doch als ich den Absatz zum zehnten Mal lese und immer noch kein Wort verstehe, bin ich kurz davor aufzustehen und in meinem Zimmer weiterzulernen. Laut knalle ich das Buch zu und ziehe damit die Aufmerksamkeit der Jungs auf mich. Mein Blick bringt sie jedoch nur für ein paar kurze Augenblicke zum Schweigen. Kurzerhand stehe ich also auf und fange an, meine Sachen zusammenzupacken.

»Hey«, höre ich eine mir inzwischen bekannte Stimme.

Ich gebe den Versuch auf, das vierte Buch auch noch in die Tasche zu stecken, und sehe stattdessen auf. Direkt in Ryans strahlend blaue Augen.

»Ich bin auf dem Sprung«, gebe ich knapp zurück und nehme den Buch-in-Tasche-stecken-Versuch wieder auf, um ihn nicht die ganze Zeit ansehen zu müssen. Aber innerhalb weniger Sekunden wandert mein Blick doch zurück zu ihm.

»Kannst du keine zwei Minuten für mich opfern?« Sein Augenaufschlag und das Lächeln, das seine weißen Zähne aufblitzen lässt, beeindrucken mich so gar nicht. Na ja, vielleicht ein bisschen.

»Reicht das nicht bis Montag, wenn ich sowieso wieder das zweifelhafte Vergnügen habe, neben dir zu sitzen?«

Ryan schüttelt lachend den Kopf, als hätte ich den Witz des Jahrhunderts gerissen. Dabei habe ich es ernst gemeint. »Ich dachte, das wäre eine passendere Location, um in Ruhe zu reden.«

»Oh, das muss dann mein Fehler gewesen sein. Ich dachte nämlich, das wäre die passende Location, um in Ruhe zu lernen.« Ich betone die Worte ›in Ruhe‹ überdeutlich und schaue dabei vielsagend über seine Schulter hinweg zu seinen Freunden.

Der Wink mit dem Zaunpfahl scheint gefruchtet zu haben. »Sorry, wir wollten dich nicht stören.« Unaufgefordert lässt er sich auf einen der Stühle an meinem Tisch sinken. »Zwei Minuten und dann bin ich weg, versprochen.«

Da er wahrscheinlich keine Ruhe gibt, bevor ich zustimme, setze ich mich auch wieder. »Na gut, aber keine Sekunde länger. Ich muss bald zum nächsten Kurs.« Ich verschränke die Arme vor der Brust und sehe ihn abwartend an. Zugegeben bin ich inzwischen ein bisschen neugierig darauf, was er mir so Wichtiges zu sagen hat, dass es nicht einmal ein paar Tage warten kann.

»Als ich deinen Namen zum ersten Mal gehört habe, hatte ich das Gefühl, dich von irgendwoher zu kennen.« Okay, mit diesem Einstieg habe ich nicht gerechnet. Über meinem Kopf muss ein riesengroßes Fragezeichen schweben, denn Ryan setzt eilig zu einer Erklärung an. »Ich habe von dem Eiskunstlaufwettbewerb letztes Jahr in der Zeitung gelesen.«

Spätestens in diesem Moment entgleiten mir alle Gesichtszüge und ich kann mich nicht mehr rühren. Ich habe mir fest vorgenommen, auf gar keinen Fall hier darüber nachzudenken. Wenn ich schon wieder in Kanada sein muss, dann habe ich zumindest gehofft, hier unerkannt zu bleiben. Wie lang wird mich dieser verdammte Vorfall noch verfolgen?

»Sorry, das war nicht gerade ein guter Einstieg.« Er fährt sich durch das braune Haar und die Gedanken hinter seiner gerunzelten Stirn scheinen, auf der Suche nach den richtigen Worten, Achterbahn zu fahren.

»Ich habe davon gelesen, was passiert ist. Von den manipulierten Schlittschuhen und deinem Sturz«, sagt er mit gesenkter Stimme und ich bin dankbar, dass er zumindest in diesem Punkt ein wenig Feingefühl zeigt. »Wahrscheinlich kann ich mir nicht mal ansatzweise vorstellen, wie beschissen das Ganze für dich gewesen sein muss. Weltmeisterschaft geplatzt, Schulter verletzt und das alles aus Eifersucht.«

»Danke für die ausführliche Beschreibung. Fühlt sich fast an, als wäre ich dabei gewesen.« Das kommt schnippischer heraus, als beabsichtigt. Aber ich will endlich wissen, warum er mir das Alles erzählt.

»Was wolltest du in der Eishalle?« Seine Augen sind direkt auf mein Gesicht gerichtet, als würde er versuchen, darin wie in einem offenen Buch zu lesen.

Plötzlich sprudeln die Worte aus mir heraus, als hätte Ryan mit seinen einen Korken aus einer geschüttelten Champagnerflasche gezogen. »Ich habe keine Ahnung, das war eine bescheuerte Idee. Ich weiß nicht mal, warum ich die Schlittschuhe überhaupt mitgenommen habe. Wahrscheinlich aus Gewohnheit. Seit dem ... Vorfall bei der Qualifikation stand ich kaum noch auf dem Eis. Das Fahren ist kein Problem, aber die Sprünge.« Ich hole tief Luft, bevor ich den nächsten Satz ausspreche. »Ich glaube, ich wollte es einfach nochmal probieren. Aber ...«

»Irgendetwas blockiert dich?«

Ich wende den Kopf ab, um Ryans forschendem Blick zu entgehen, und nicke langsam. Einerseits fühlt es sich befreiend an, das offen auszusprechen. Andererseits hätten mich bis vor ein paar Minuten keine zehn Pferde dazu gebracht, es ihm zu sagen.

»Worauf willst du hinaus?« Meine Stimme klingt bei Weitem nicht so stark, wie ich es mir wünschen würde.

»Ich will dir helfen, deine Angst davor zu verlieren.«

Jetzt bin ich diejenige, die ihn forschend mustert. »Du willst mir beim Eiskunstlauf helfen? Warum?«

Ryan faltet die Hände und beugt sich vor. »Ich möchte dir einen Deal anbieten. Ich trainiere mit dir zusammen, damit du die Angst vor den Sprüngen verlierst und dafür hilfst du uns dabei, einen Sponsor für unser Eishockeyteam zu finden.«

Meine Stirn legt sich in Falten. »Und wie soll ich das anstellen?«

Er presst die Lippen zusammen und senkt die Stimme noch ein wenig. »Ich weiß, dass dein Vater stin… vermögend ist«, verbessert er sich schnell selbst, bevor er es ausspricht. Aber mir ist auch so klar, dass er ›stinkreich‹ sagen wollte.

Ich fasse es nicht. Wieso denkt immer alle Welt, über mich an die Kohle meiner Familie dranzukommen? Im Moment hält Papa mein Budget so gering, dass ich auf drei Kaffees verzichten müsste, um mir einen Lippenstift bestellen zu können, aber das braucht niemand zu wissen. Daher hat sich das mit der eigenen Kaffeemaschine auf dem Zimmer auch erledigt und ich bin dazu gezwungen, ständig von einem Automaten zum nächsten oder ins Café laufen zu müssen.

Es macht mich wütend, wie so oft nur auf das Geld reduziert zu werden. Dadurch weiß ich nie, wer nur um meinetwillen mit mir Zeit verbringt oder es sich hintenrum dann doch wieder nur darum dreht, sich zu bereichern.

Ich balle die Hände zu Fäusten und starre Ryan an. »Ist das gerade dein Ernst?« Ich greife nach meiner Tasche und hänge sie mir um. »Es war so klar, dass es wieder nur darum geht, sobald irgendjemand weiß, wer mein Vater ist.«

Ryan tut mir nicht einmal den Gefallen, sich unter meinem wütenden Blick klein zu machen. Stattdessen sieht er mich offen an, ohne eine Regung im Gesicht, die ich ablesen könnte. »Denk einfach darüber nach«, sagt er mit ruhiger Stimme, während meine eigene im Kopf immer lauter wird und mich dazu zwingt, die Situation zu verlassen.

Ohne ein weiteres Wort zu sagen, schnappe ich das Buch vom Tisch, das nicht mehr in die Tasche gepasst hat, und verlasse die Bibliothek. Innerhalb kürzester Zeit komme ich vor dem Vorlesungssaal an. Mein Atem geht schwer und die Wut pulsiert immer noch in meinen Adern. Was denkt der Typ sich eigentlich?

Kapitel 7: Chloé

Drei Tage später kreisen meine Gedanken immer noch um Ryans Vorschlag. Vor allem, weil ich ihn bald zum ersten Mal seit unserem Gespräch wiedersehen werde. Dieses Mal spielt weniger Wut mit, aber dafür stellen sich mir umso mehr Fragen. Die brennendste davon ist, wieso er mir im Gegenzug überhaupt seine Hilfe anbietet? Die meisten hatten bisher immer nur gefordert, ohne irgendetwas für mich zu tun, und ich gebe zu, dass er sich scheinbar wirklich Gedanken gemacht hat.

Automatisch fällt mein Blick auf meine Schlittschuhe, deren Weiß ein wenig aus der Sporttasche hervorlugt, und ich kaue auf meiner Unterlippe herum. Ich vermisse das Schlittschuhfahren. Nein, nicht nur das Fahren, sondern auch das Springen. Dieses Gefühl, wenn ich mich in der Luft drehe und für einen kurzen Augenblick glaube, zu fliegen. In diesem Moment ist alles so leicht, als hätten die Probleme kein Gewicht mehr. Es ist für mich eine Art von Freiheit, die ich kaum beschreiben kann.

Unzählige Male wurde mir gesagt, dass ich zu kühl bin. Dass es meinen Performances an Gefühl fehlt, aber das stimmt nicht. Wenn ich auf dem Eis stehe, fühle ich zu viel. In meinem Inneren herrscht immer ein reines Chaos aus den unterschiedlichsten Emotionen, die dann wachgerüttelt werden und alle gleichzeitig meine

Aufmerksamkeit verlangen. Ich liebe jede Sekunde davon. Aber ich will diese Fülle an Gefühlen für mich allein.

Das mag selbstsüchtig klingen und für einen zusätzlich sehr ehrgeizigen Menschen, der immer ein perfektes Ergebnis liefern will, passt es auch nicht unbedingt. Doch für mich ist es nicht so einfach, meine Emotionen mit allen zu teilen. Wenn ich das mache und loslasse, weiß ich nicht, was passiert.

Ich würde viel dafür geben, wieder so auf dem Eis stehen zu können, wie es vor dem unheilvollen Auftritt bei der WM-Qualifikation war.

Ich bin gerne zu den Wettbewerben gefahren. Das Eiskunstlaufen ist das Einzige, worin ich wirklich gut war. Das mich zu etwas Besonderem gemacht und mir das Gefühl gegeben hat, genau das zu tun, was ich liebe. Doch ich weiß auch, dass ich aktuell an keinem Wettkampf mehr teilnehmen könnte. Nicht nur, weil ich die Sprünge nicht mehr hinbekomme, sondern weil die Angst immer noch mein ständiger Begleiter ist.

Im Moment wäre es einfach nur schön, das wieder ganz allein für mich zu haben. Aber dafür liegt ein Schritt vor mir, der alles andere als leicht ist. Nicht nur, weil ich dann die Hilfe von jemandem annehme, den ich kaum kenne. Sondern auch, da ich nicht weiß, wie ich meinen Teil der Abmachung überhaupt einhalten soll. Papa hat meine Kreditkarten gesperrt und auf mein Konto überweist er mir nur so viel, dass ich mich versorgen kann. Mit anderen Worten heißt das: Keine Extras mehr. Hauptaugenmerk nur auf das Studium.

»Vermisst du es?«

Ich reiße den Kopf so schnell nach oben, dass er gegen die Wand donnert. »Autsch!«, stoße ich hervor und reibe mir über die schmerzende Stelle. »Erschreck mich doch nicht so.«

»Sorry.« Holly kommt näher und deutet abermals auf die Schlittschuhe. »Du starrst sie schon eine ganze Weile an.«

Ich erwidere ihren Blick ein paar Sekunden lang. »Ja, ich vermisse es. Sogar sehr«, beantworte ich ihre Frage mit etwas erstickt klingender Stimme.

Holly überbrückt die Distanz zwischen uns und setzt sich unaufgefordert zu mir aufs Bett. »Wenn du es liebst, dann tu es.«

Das ist ein so einfacher Rat. Sieben einfache, aneinandergereihte Wörter. Aber komischerweise scheinen das genau die zu sein, die ich hören muss. Nur eben von jemand anderem. Obwohl Holly keine Ahnung hat, zumindest hat sie mich nie darauf angesprochen, gibt sie mir den Schubs in die hoffentlich richtige Richtung. Tu es, Chloé. Was hast du zu verlieren?

»Das sollte ich wohl. Danke Holly.« Ich schenke ihr ein kleines, ehrliches Lächeln. Vielleicht ist sie doch keine so üble Mitbewohnerin.

Sie wirft mir einen perplexen Blick zu, als ich aufstehe und meine Tasche nehme. »Wohin gehst du?«

»Zum Kurs, ich muss vorher noch mit jemandem sprechen. Zumindest, wenn er heute ausnahmsweise nicht erst auf den letzten Drücker kommt.«

Ich sehe ihr an, dass sie mich fragen möchte, von wem ich spreche. Aber bevor ich eine Antwort liefern muss, verlasse ich unser Zimmer und mache mich auf den Weg. Ich weiß nicht, ob das eine gute Idee ist, doch es ist zumindest die einzige Lösung, die sich mir im Moment bietet.

Auch wenn ich zuerst wütend war, dass wieder nur das Vermögen meines Vaters im Vordergrund steht, gebe ich eines zu: Ryan ist einer der wenigen, der es gleich offen angesprochen hat und mir dazu eine Gegenleistung anbietet. Das ist bisher nicht vorgekommen und schwächt das Ganze, zumindest auf den dritten oder vierten Blick, wieder ein wenig ab.

Ich bin zu schnell gelaufen. Die Gänge des Literaturinstituts liegen noch fast wie ausgestorben vor mir, als ich hineingehe. Nur ein Professor kommt aus der einen und verschwindet wieder durch eine andere Tür, ohne mich eines Blickes zu würdigen.

Gerade zweifle ich daran, ob das eine meiner intelligentesten Ideen war, jetzt schon hierherzukommen, als ich Ryan am anderen Ende des Gangs sehe. Er kommt aus dem Büro von Mrs. Landry und verabschiedet sich gerade von ihr. Unter den Arm geklemmt trägt er eine graue Mappe. Die Bürotür schließt sich und er stopft im Umdrehen den schmalen Ordner in seine Tasche. Selbst von der Entfernung aus erkenne ich, dass er überrascht ist, mich zu sehen. Mir geht es genauso, obwohl ich darauf gehofft habe, ihn vorher anzutreffen.

»Bist du aus dem Bett gefallen?«, fragt Ryan mich mit einem schiefen Lächeln auf den Lippen, als er vor mir zum Stehen kommt.

»Dasselbe wollte ich dich fragen.« Nervös streiche ich mir eine Haarsträhne hinter das Ohr. »Eigentlich habe ich gehofft, vor dem Kurs kurz mit dir reden zu können.«

Wie so oft wandert seine Augenbraue nach oben. »Dann schieß los.« Er lehnt sich an die Wand neben mich und stellt seine Tasche auf dem Boden ab, als würde er mir zeigen wollen, dass er mir alle Zeit der Welt gibt.

»Es geht um den Deal, den du mir angeboten hast.« Die folgenden Worte kommen mir nur schwer über die Lippen. »Vielleicht sollte ich mich aber erst mal entschuldigen. Meine Reaktion war ein bisschen daneben.«

Ryan schmunzelt. »Ein bisschen? Ich dachte, du gehst gleich wie ein Teekessel in die Luft.«

»Das ist ernsthaft der beste Vergleich, der dir einfällt?« Das Lächeln, das sich auf meinen Lippen ausbreitet, ist unmöglich aufzuhalten.

Er zuckt mit den Schultern. »Ich muss da irgendwie immer an Madame Pottine aus ›Die Schöne und das Biest‹ denken.«

»Madame Pottine ist eine Teekanne, kein Teekessel.«

Sein Grinsen wird immer breiter. »Ich weiß. Mich hat nur interessiert, ob du es auch weißt. Damit hast du dich als Disney-Fan geoutet.«

Ich stöhne auf. »Ich kenne dich noch keine drei Wochen und du treibst mich jetzt schon in den Wahnsinn. Können wir vielleicht zu dem eigentlichen Grund dieses Gesprächs zurückkommen?« Mit der Hand winke ich zwischen uns hin und her, was ihn nur noch mehr zum Lachen bringt.

»Klar, sorry.« Ryan presst die Lippen zusammen, um das Grinsen zu unterdrücken. Der Versuch klappt aber eher nur so mittelmäßig. »Du warst bei der Entschuldigung.«

Ich rolle mit den Augen, versuche aber trotzdem, den Faden wiederzufinden. »Jedenfalls habe ich mir das nochmal durch den Kopf gehen lassen.«

»Und?«

Ich werfe ihm einen Blick zu, der so viel heißen soll, wie ›lass mich doch ausreden‹. »Und ich würde ihn gerne annehmen. Ich vermisse das Eiskunstlaufen und es könnte sein, dass ich vielleicht doch Hilfe brauchen kann. Aber davon soll niemand erfahren.« Nach der Qualifikation habe ich mich in den Zeitungen oft genug auf dem Eis liegen gesehen. Einige der Überschriften der Zeitungsartikel haben sich mir ins Hirn gebrannt.

WM-Aus für Tochter des Pariser Großunternehmers

Opfer von Manipulation und Intrige

Drama auf dem Eis – Eifersucht bringt Chloé Monet zu Fall

»Woher auf einmal der Meinungswechsel?«, reißt Ryan mich aus meinen Erinnerungen, wofür ich ihm kaum dankbarer sein könnte.

»Wie gesagt, ich vermisse es und scheinbar kriege ich es allein nicht hin. Ich dachte, ich sollte es zumindest mal versuchen. Ich habe nichts zu verlieren.«

Ryan stößt sich von der Wand ab, sodass nur noch wenige Zentimeter Platz zwischen uns sind. Augenblicklich habe ich das Gefühl, dass die Luft immer dünner wird und der Sauerstoff kaum meine Lungen erreicht. »Dann ist es also abgemacht«, sagt er mit seiner tiefen Stimme, die mir eine Gänsehaut über den Körper jagt. Aber daran ist wahrscheinlich diese plötzliche Nähe schuld. »Ich trainiere mit dir und du kümmerst dich um das Sponsoring.«

Ich atme erleichtert auf, als er sich wieder ein Stück zurücklehnt und mir die Hand hinhält. »Deal«, antworte ich mit leiser Stimme und greife nach seiner ausgestreckten Hand, um sie zu schütteln. Für den Bruchteil einer Sekunde meldet sich das schlechte Gewissen, dass ich meinen Teil der Abmachung gar nicht einhalten kann. Doch ich schüttle die Bedenken ab. Immerhin geht es hier um das, was ich wirklich liebe, und im Krieg und in der Liebe ist alles erlaubt.

Ryan sieht mir ein paar Augenblicke tief in die Augen und ich erwidere seinen Blick. In seinen liegt etwas, das ich nicht so recht bestimmen kann. Doch der Ausdruck verschwindet genauso schnell wieder, wie er gekommen ist. Vermutlich war es nur ein Lichtreflex.

»Dann ist das ja geregelt.« Er lässt meine Hand los, als hätte er sich daran verbrannt und tritt zuerst einen und dann einen weiteren Schritt zurück, als bräuchte er eine gewisse Distanz zwischen uns.

»Und wann soll es losgehen?«

Er hält im Umdrehen inne und überlegt einen Moment. »Heute Abend um sechs. Wir treffen uns an der Halle.« Kaum hat er ausgesprochen, wendet er sich ab und betritt den Vorlesungssaal, da der Gang sich in den vergangenen Minuten langsam gefüllt hat. Als könnte er nicht schnell genug von mir wegkommen. Ihm ist klar, dass wir gleich wieder nebeneinandersitzen, oder?

Ich kann mir ein Schmunzeln nicht verkneifen und folge ihm mit ein paar Schritten Abstand in den Raum. Gleichzeitig bin ich etwas erleichtert, dass es gleich heute Abend losgeht. Dann habe ich nicht allzu viel

Zeit, mir den Kopf darüber zu zerbrechen, ob diese Idee nicht doch absolut bescheuert war.

Wir sind trotz unseres Gesprächs recht früh dran. Der Vorlesungssaal ist gerade einmal bis zur Hälfte besetzt und es dauert noch etwa zehn Minuten bis Mrs. Landry kommen wird, um uns mit dem Sommernachtstraum zu quälen. Mein Blick wandert nach links zu Ryan, der das Buch hervorgezogen hat und darin versunken ist.

»Wieso liest du darin eigentlich schon wieder? Du kannst es doch sowieso auswendig.«

Ryan sieht auf und braucht kurz, bis er antwortet. Als müsste er sich nach dem Lesen erst wieder in unserer Welt zurechtfinden. »Selbst wenn man ein Buch schon viermal gelesen hat, entdeckt man immer wieder Kleinigkeiten, die einem vorher nicht aufgefallen sind. Wie Easter Eggs.«

Ich pruste los. »Du bist echt der Einzige, den ich kenne, der Bücher eine Milliarde Mal liest, nur um versteckte Botschaften zu finden.« Und der einzige Sportler, den ich kenne, der noch genug Gehirnzellen dafür übrig hat.

Er zuckt mit den Schultern. »So hat jeder seine Sachen, die er gerne macht. Hast du bestimmt auch.«

»Nicht wirklich«, sage ich, denke dabei aber an meine unzähligen Wollknäuel und Strickdeckchen, die sich in unserem Zimmer verteilen. Meine Wangen brennen bei dem Gedanken daran, weswegen ich mich in die entgegengesetzte Richtung beuge und so tue, als suche ich etwas in meiner Tasche.

Ryan lacht leise und im Augenwinkel erkenne ich, dass er wieder nach dem Buch greift, um darin zu lesen. Auch nicht schlimm, denn das Gespräch ist mir dann doch etwas zu tief in die persönliche Ebene vorgedrungen.

Zu meinem Glück betritt Mrs. Landry den Saal und die nächsten anderthalb Stunden vertiefe ich mich in die Interpretation des Sommernachtstraums. Ich stürze mich förmlich hinein, damit meine Gedanken ja nicht in eine andere Richtung abdriften. Vor allem nicht nach links, wo Ryan völlig entspannt dasitzt und den Kurs praktisch alleine mit der Professorin führt.

Die beiden fachsimpeln schon seit einer Viertelstunde über einen einzigen verdammten Absatz, den ich nicht einmal für wichtig halte. Doch das Literaturgenie Ryan sieht darin mehr, als wir Normalsterblichen – und davon will er Mrs. Landry unbedingt überzeugen. Tatsächlich knickt sie irgendwann ein. Aber ob das an seiner Argumentation liegt, ist schwer zu sagen.

Sie nutzt die letzten Minuten, um uns eine Aufgabe für die erste Hausarbeit im Kurs zu stellen und während mir fast ein lautes, frustriertes Aufstöhnen entwichen wäre, liegt auf Ryans Lippen ein breites Grinsen. Am liebsten würde ich es ihm aus dem Gesicht wischen, aber das würde mir eher keine Pluspunkte einbringen.

Ich packe eilig meine Sachen zusammen, als ich ein Tippen auf meiner Schulter spüre. Mit der Tasche in der Hand drehe ich mich um. »Dann sehen wir uns heute Abend?«

»Ja, um sechs an der Eishalle. Ist gespeichert.« Ich tippe mir vielsagend an den Kopf und entlocke ihm damit ein Lachen.

»Bis dann.« Ryan verabschiedet sich mit einem Wink und ich sehe ihm nach, als er den Raum verlässt.

»Girl, schau ihm nicht so auffällig hinterher. Diese Schmachterei ist ja fast schon peinlich.«

Ruckartig drehe ich mich zu der Stimme um. Eine junge Frau mit schwarzen, lockigen Haaren in einem engen, gelben Rock, weißem Top und ebenso gelber Lederjacke lehnt sich an den Tisch neben mir. Ich friere allein schon bei dem Anblick ihrer nackten Beine. Als sie meinen fragenden Blick bemerkt, nickt sie vielsagend in Richtung Tür, durch die Ryan eben verschwunden ist.

»Ich habe ihn überhaupt nicht angeschmachtet«, stoße ich mit reichlich Verspätung und viel zu laut hervor. Meine Wangen brennen so sehr vor Hitze, dass darauf Spiegeleier gebraten werden könnten.

Sie hebt schmunzelnd eine Augenbraue und tritt zwei Schritte näher. »Du solltest dich ranhalten. Hinter dem sind mehr Studentinnen her, als du an zwei Händen abzählen kannst.« Sie beugt sich ein Stück vor und senkt die Stimme, als würde sie mir ein Geheimnis erzählen. »Es heißt sogar, dass Mrs. Landry und ein paar andere Professorinnen von ihm etwas zu begeistert sein sollen.«

Bei dem Gedanken verziehe ich angewidert das Gesicht. Ein Bild von Ryan und der Literaturprofessorin steigt vor meinem inneren Auge auf und es schüttelt mich. »Allein die Vorstellung bringt mich schon fast zum Kotzen.« Danke liebes Unterbewusstsein für diese bildgewaltige Darstellung. Nur kurz flammt die Erinnerung in mir auf, aus wessen Büro Ryan vor der Vorlesung gekommen ist. Aber diese schiebe ich sofort wieder so weit wie möglich von mir.

»Weil du ihn willst?«

»Nein!«, zische ich. »Wir haben nur einen Deal. Er ... hilft mir bei etwas«, füge ich ausweichend hinzu und streiche eine Haarsträhne zurück hinters Ohr.

»Soso. Er hilft dir.« Sie schmunzelt und stößt sich vom Tisch ab. »Dann viel Glück dabei. Aber falls es doch anders sein sollte, dann halte dich ran.« Verdutzt sehe ich ihr nach, als sie mit schwingenden Hüften den Raum verlässt. Was sollte das denn?

Ich brauche ein paar Augenblicke, bevor ich wieder einen klaren Gedanken fassen kann. Und der lautet: Scheiße! Ich komme zu spät!

Sofort kralle ich meine Tasche und stürme los, den Gang entlang nach draußen. Ich würde es ohnehin nicht mehr rechtzeitig zum Wirtschaftskurs schaffen. Das Gebäude liegt zwar nicht am anderen Ende des Campus, ist aber trotzdem ein gutes Stück entfernt.

Außerdem wühlt mich das Gespräch mit meiner Kommilitonin mehr auf, als ich mir selbst eingestehen will. Ich habe sie vorher nie wahrgenommen, wenn dann eher ihre schrille Kleidung, aber nicht sie als Person. Wie kommt sie darauf, mir auf einmal Tipps in Angelegenheiten zu geben, von denen sie keine Ahnung hat? Immerhin kenne ich weder sie noch Ryan. Sie muss da irgendetwas falsch interpretiert haben.

Mag sein, dass er gut aussieht mit den dunklen Haaren, den blauen Augen und der sportlichen Figur. Das ist unmöglich zu leugnen. Aber das ist es auch schon. Außerdem habe ich ihm nur nachgeschaut, weil er mich an das Treffen heute Abend erinnert hat, und das macht mich nervös. Ich schiebe all diese Gedanken weit von mir. Darüber kann und will ich jetzt nicht nachdenken.

Ich stehe schon seit geschlagenen zwanzig Minuten vor der Halle, als Ryan endlich auftaucht. In der einen Hand hält er einen Eishockeyschläger und über der anderen Schulter hängt eine große Sporttasche. Was er damit wohl vorhat?

»Du bist tatsächlich noch da«, ruft er mir aus paar Metern Entfernung hinzu.

»Hast du etwa gehofft, das wäre nicht so?«

Er lacht und kommt neben mir zum Stehen. »Gut gekontert.« Sein Atem geht etwas schwerer, daher gehe ich davon aus, dass er sich doch beeilt hat, hierherzukommen. »Tut mir echt leid, ich wurde aufgehalten.«

Ich rolle mit den Augen. »Das ist so ziemlich die lahmste Ausrede, die dir hätte einfallen können. Hattest du beim Herlaufen nicht genug Zeit, dir etwas Einfallsreicheres auszudenken?« Zwar versuche ich, es zu unterdrücken, aber das Schmunzeln ist in meiner Stimme deutlich herauszuhören, wodurch die Worte an Härte verlieren.

»Wenn wir noch länger quatschen, verlieren wir noch mehr Zeit. Lass uns reingehen.« Ich folge ihm in die Halle und muss dabei die ganze Zeit an die Worte der Kommilitonin denken. Ob Ryan wirklich etwas mit einer Professorin hatte? Oder ist das nur eines dieser Gerüchte, das ewig die Runde macht, aber nie passiert ist? Und warum mache ich mir darüber verdammt nochmal überhaupt Gedanken?

»Was ist der Plan für heute?«, frage ich drinnen, um mich abzulenken. Zum ersten Mal seit Langem blicke ich mit etwas mehr Motivation und nicht nur mit Angst auf die Eiskunstlaufsache. Ich würde zwar nicht sagen, dass ich vor Tatendrang fast übersprudele, aber da ist dieser Funke, der mir in den vergangenen Monaten gefehlt hat.

Ryan lehnt sich an die Bande. »Sprungtechnisch machen wir erst mal Trockenübungen. Aber das auch nicht heute. Zuerst arbeiten wir an etwas ganz Grundlegendem: Sicherheit auf dem Eis.«

Meine gute Laune vergeht genauso schnell wieder, wie sie aufgetaucht ist. »Du willst mich verarschen.«

»Nope. Ist mein Ernst. Du hast Angst davor, auf dem Eis zu stürzen, also arbeiten wir zuerst an deiner Sicherheit.«

Ich lache trocken auf. »Ich glaube, ich habe noch nie so was Bescheuertes gehört.«

Ryan fährt sich mit der Hand übers Gesicht und sieht so gequält aus, als würde er es jetzt schon bereuen, mir diesen Deal überhaupt angeboten zu haben. »Du musst mir schon einen Vertrauensvorschuss geben, wenn das hier funktionieren soll.«

Ich schnaube laut. »Vertrauen muss man sich bei mir erst mal verdienen.« Okay. Seinem genervten Gesichtsausdruck nach zu urteilen, bereut er es definitiv.

»Lassen wir das. Gehen wir erst mal aufs Eis und dann schauen wir weiter.« Er greift nach seiner Sporttasche und holt die Schlittschuhe hervor. Mit etwas Abstand lässt er sich neben mich sinken und zieht sie an.

Ich tue es ihm gleich und ein paar Minuten später steht er auf dem Eis und dreht ein paar Runden, während ich noch im Durchgang stehen bleibe und ihm zuschaue. Ich starre auf das Eis und das Herz sinkt mir in die Hose. Ich weiß, dass es nicht dieselbe Halle ist und seit dem Sturz stand ich auch schon ein paar Mal wieder auf dem Eis. Nur ist es hier und in diesem Moment etwas anderes.

»Kommst du?« Ryan fährt zur Bande und wirft mir einen fragenden Blick zu.

Ich nicke eilig und setze zuerst einen und dann einen zweiten Schritt auf das Eis. Obwohl ich ein wenig Angst hatte, ist es jetzt ein befreiendes Gefühl. Es ist nicht wie früher. Nicht diese absolute Freiheit. Aber ich spüre, dass es in die richtige Richtung geht.

»Na also. Erster Schritt ist getan.« Ryan lächelt mich an und stößt sich von der Bande ab.

»Das klingt, als hätte ich noch nie auf dem Eis gestanden«, rufe ich ihm hinterher, aber entweder er hört es nicht oder er will es nicht hören. Meiner Vermutung nach ist es eher Letzteres.

Ich stoße mich ebenfalls ab und folge ihm. Wir drehen ein paar Runden auf dem Eis. Er ist unheimlich schnell und ich gebe den Versuch, ihm hinterherzukommen, auf. Stattdessen halte ich mich an mein eigenes Tempo, bei dem ich mich wohlfühle. Außerdem ist es immer noch rasant genug, um mich bald schon leicht ins Schwitzen zu bringen.

»Das müsste reichen zum Aufwärmen«, sagt Ryan im Vorbeifahren zu mir. Er verlässt das Eis kurz und kommt wenige Momente später mit dem Eishockeyschläger und einem Puck zurück.

Er legt die Scheibe vor mir ab und hält mir den Schläger hin. »Der hier ist für dich.«

»Du weißt, dass ich Eiskunstläuferin bin, oder?« Trotzdem nehme ich den Stock entgegen und benutze ihn als Stütze, was Ryans Auge zum Zucken bringt.

»Wie gesagt, heute versuchen wir erst mal, dass du wieder mehr Sicherheit auf dem Eis bekommst.«

»Mit Eishockey?«, frage ich wenig überzeugt und werfe dem Schläger einen kritischen Blick zu.

»Ganz genau. Eishockey verlangt viel Koordination und eine gewisse Präsenz auf dem Eis wie das Eiskunstlaufen eben auch. Und wenn du dich damit wohlfühlst, üben wir das Springen.«

»Na gut.«

Seine Augenbraue schießt nach oben. »Keine Widerworte? Ist alles in Ordnung mit dir?«

»Du wolltest einen Vertrauensvorschuss oder? Hier ist er.«

»Dann legen wir lieber gleich los, bevor du es dir anders überlegst.«

Darauf trainieren Ryan und ich anderthalb Stunden lang verschiedene Techniken. Ich führe den Puck mit dem Schläger über das Eis, mache Wendungen, fahre rückwärts und noch vieles mehr. Meine Muskeln schreien förmlich nach einer Pause, weshalb ich echt dankbar bin, als er das Training endlich für beendet erklärt.

»Und, was sagst du?«

»Für den Anfang gar nicht schlecht«, erwidere ich und ziehe mir die Schlittschuhe von den Füßen. Ich bin es nicht mehr gewohnt, die Teile so lang zu tragen, und spüre das deutlich. Zugegeben haben die Übungen mehr von mir abverlangt, als ich dachte.

»Gib schon zu, dass es für dich zumindest ein bisschen anstrengend war.«

»Niemals.«

Ryan lacht laut auf. »Ich wusste von Anfang an, dass du keine einfache Schülerin sein wirst.« Er räuspert sich und verstellt die Stimme. »Viel zu lernen du noch hast.«

»Ernsthaft? Du hältst dich für Meister Yoda?«

»Mich überrascht gerade mehr, dass du Star Wars kennst.«

»Nur die besonders miesen Stellen. Wirst du mich jetzt täglich mit Buch- und Filmzitaten quälen?«

Sein breites Grinsen auf meine Frage hin ist wohl Antwort genug.

Kapitel 8: Ryan

Ich schlinge die Pizza herunter, als müsste ich einen Weltrekord hinlegen. Immer wieder sehe ich auf die Uhr und weiß genau, dass ich zu spät zum Training mit Chloé kommen werde. Hoffentlich wartet sie auch dieses Mal auf mich und ist nicht allzu sauer. Aber ich hatte den Jungs versprochen, nach der Vorlesung mitzukommen. Als kleine Teamzusammenkunft, bevor das erste Spiel morgen ansteht. Wenn ich da als Kapitän nicht dabei wäre, hätten sie mir nur Fragen gestellt, die ich im Moment lieber nicht beantworte.

»Hey, Ryan.« Ben stößt mir den Ellenbogen in die Seite, wodurch ich mich fast verschlucke. »Bist du noch da, Mann?«

Ich schlucke herunter und trinke einen großen Schluck Cola bevor ich antworte. »Hab es ein bisschen eilig, sorry. Noch einen anderen Termin.«

Er ist einer der wenigen, der über den genauen Deal mit Chloé Bescheid weiß. Immerhin betrifft es vor allem ihn, weswegen er vielsagend die Augenbrauen nach oben zieht. »Verstehe.« Schmunzelnd wendet er sich seiner Pizza zu. »Lass sie lieber nicht zu lang warten. Ich glaube, da kann sie ziemlich ungemütlich werden.«

Ich runzle die Stirn. »Woher willst du das wissen?«

»Man hört halt so Sachen. Und vergiss nicht zu fragen, ob sie schon mit ihrem Dad gesprochen hat.«

Bevor ich genauer fragen kann, was er meint, klingelt mein Handy. Hastig ziehe ich es aus meiner Hosentasche hervor und verziehe das Gesicht, als Chloés Name aufleuchtet. Sie fackelt wirklich nicht lange. »Bin schon so gut wie unterwegs. Warte einfach«, melde ich mich und lege direkt wieder auf, bevor sie überhaupt die Chance bekommt, mich zusammenzustauchen.

Ich stehe auf und ziehe meine Jacke an. »Iss ruhig den Rest. Ich muss los.«

Ben grinst breit und ich würde am liebsten dafür sorgen, dass ihm das Lachen vergeht. Aber dafür ist jetzt definitiv keine Zeit.

»Hast du noch ein Date oder was?«, fragt Jackson, der zumindest meinen Teil des Telefonats mitbekommen hat. »Aber nicht mit der blonden Volleyballerin, oder?« Er wendet sich an Ben, der neben ihm sitzt, und sein Blick nimmt einen verträumten Ausdruck an. »Ich glaube, ich habe noch nie eine mit so langen Beinen gesehen.«

Ich schüttle den Kopf. »Ich kann mich nicht mal mehr an ihren Namen erinnern. Letzte Woche war es eine von der North. Gymnastik«, gebe ich mit einem süffisanten Grinsen und gewissem Unterton zurück, worauf ich von den Jungs ein dröhnendes Lachen kassiere.

Wir verabschieden uns und ich mache mich auf den Weg. Zur Halle brauche ich, wenn ich mich beeile, auf jeden Fall eine Viertelstunde. Nur gut, dass ich meine Sporttasche vorher in weiser Voraussicht in die Kabine gestellt habe.

»Soll ich jetzt jedes Mal zwanzig Minuten später kommen?«, ruft Chloé mir schon aus ein paar Metern Entfernung zu. Die Arme hat sie vor der Brust verschränkt und wippt ungeduldig mit dem Fuß. Dabei erinnert sie mich irgendwie an die Figur Tweety, den süßen gelben Kanarienvogel von den Looney Tunes. Egal wie wütend er war, ich konnte ihn nie ernstnehmen.

»Ich hatte noch ein Treffen mit den Jungs, sorry. Hätte echt nicht gedacht, dass es so lang dauert.« Und ich nicht mal dreiviertel der Pizza schaffe. Schade, aber Ben wird sich schon darum kümmern.

Sie schnaubt leise, wodurch sich ihre Nase kräuselt. Irgendwie sieht das niedlich aus, aber ich habe inzwischen genug Zeit mit ihr verbracht, um zu wissen, dass ich das nicht laut aussprechen sollte.

»Mir ist arschkalt«, sagt sie und tritt auf die Tür zu, kaum als ich zu ihr aufgeschlossen habe. So viel zum Thema süß.

Ich lache leise auf, worauf sie sich mit fliegendem Haar umdreht und mir einen ihrer feurigen Blicke zuwirft. »Ich meine es ernst, Ryan. Paar Minuten länger und ich wäre am Boden festgefroren.«

»Du hast recht, ich hätte dir Bescheid geben sollen, dass es später wird. Tut mir echt leid.« Mein Arm hebt sich wie von selbst, um sich auf ihre Schulter zu legen, wie ich es schon gefühlt hunderte Male bei anderen Mädchen gemacht habe. Doch sie macht einen Schritt nach vorne, wodurch er einfach ins Leere fällt.

»Antatschen musst du mich deshalb nicht.« Das habe ich tatsächlich noch nie gehört.

Ich rechne mit einem wütenden Blick, der mir das Gefühl gibt, dass sie mir am liebsten die Eingeweide ausreißen und über Feuer in einem Topf kochen will, aber stattdessen blitzt in ihren Augen etwas anderes auf. Etwas, das ich nicht kapiere. Und färbt sich ihr Gesicht gerade rot?

Sie lässt das lange, braune Haar nach vorne fallen, bevor ich es richtig erkenne. »Was hast du für heute geplant?«

»Das mit dem Eishockey hat das letzte Mal gut geklappt. Wahrscheinlich wäre es am besten, damit weiterzumachen.«

»Braucht man dafür nicht einen Schläger?« Vielsagend sieht sie hinunter zu meinen leeren Händen und von dem kurzen, seltsamen Moment von vor ein paar Augenblicken ist nichts mehr zu sehen.

»Liegt alles schon bereit. Denk bloß nicht, dass ich komplett unvorbereitet an die Sache herangehe.« Ich zwinkere Chloé zu, worauf sie mit einem Augenrollen reagiert. »Aber um die Trockenübungen kommst du trotzdem nicht herum.«

Sie stöhnt auf. »Können wir dafür nicht irgendeinen anderen Begriff finden? Oder es einfach Off-Ice-Übung nennen, wie es jeder normale Mensch tun würde? So klingt das irgendwie … pervers.«

Damit habe ich nicht gerechnet und pruste laut los. Nur gut, dass ich in diesem Moment nichts getrunken habe. Das hätte sich in einem kompletten Schwall über sie ergossen und dann wäre die Scheiße richtig am Dampfen.

»Bist du jetzt fertig?«, fragt Chloé mich ein paar Augenblicke später, als ich mich weitestgehend wieder beruhigt habe.

Ich wische mir mit dem Ärmel meiner Trainingsjacke über das glühende Gesicht. »Ja, danke der Nachfrage.« Ich muss mich schwer zusammenreißen, bei ihrem genervten Gesichtsausdruck nicht wieder in Gelächter auszubrechen. »Wir sollten loslegen, bevor es zu spät wird. Bin gleich wieder da«, sage ich nun schon gefasster. Ich laufe rasch zu den Umkleidekabinen, hole meine Sporttasche und die Ausrüstung und lasse mich dann auf den untersten Platz der Tribüne sinken, um meine Schlittschuhe anzuziehen.

Chloé hat das in der Zwischenzeit erledigt und dreht schon ein paar erste Runden auf dem Eis. Ich lasse mir Zeit und beobachte sie. Schnell erkenne ich, dass sie sich ein Stück weit sicherer bewegt als bei unserem ersten Treffen. Auch wenn sie zuerst nicht überzeugt von der Hockeysache war, bin ich damit nicht komplett auf dem Holzweg. Zufriedenheit breitet sich in mir aus.

»Glotzt du nur oder kommst du heute noch aufs Eis?«

Grinsend schüttle ich den Kopf, als Chloés Stimme durch die Halle zu mir schallt, und greife nach den beiden Schlägern, um ebenfalls aufs Eis zu gehen. »Du bist echt ein Sklaventreiber«, rufe ich zurück und fahre auf sie zu. »Hier, das ist deiner. Den kannst du für die Trainingseinheiten auch behalten.«

»Ein richtiger Gentleman.« Der Sarkasmus trieft förmlich aus ihren Worten.

»Du hast es erfasst, das ist ganz alte Schule. Nach außen lasse ich es als nette Geste wirken, aber eigentlich habe ich nur keinen Bock, jedes Mal beide Schläger mitzuschleppen.«

Ein Lächeln, das sie dieses Mal nicht versucht zu überspielen, legt sich auf ihre Lippen und bringt ihre Augen zum Glänzen. Ihre Gesichtszüge verlieren an Härte und zum ersten Mal habe ich das Gefühl, dass ich der echten Chloé gegenüberstehe. Einer Chloé, die sich nicht hinter ihren Sprüchen, dem Augenrollen und den Feuerblicken versteckt.

»Hab ich irgendwas im Gesicht?«

Zack ist der Moment schon wieder vorbei. Schmunzelnd schüttle ich den Kopf und lasse den Puck zwischen uns fallen. »Heute erschweren wir die Sache ein bisschen. Wir fahren mit ein paar Metern Abstand nebeneinander und passen uns zu.« Sie zieht eine Augenbraue nach oben. »Glaub mir, das ist schwerer. Du musst aufpassen, wo du hinfährst. Musst genau wissen, wo der Puck gerade ist. Einschätzen, wo ich hinfahre und dann zielgenau passen. Wie gesagt: Koordination und Selbstsicherheit auf dem Eis.«

»Ja ja, schon gut«, winkt sie ab. »Fangen wir endlich an oder willst du Wurzeln schlagen?« Chloé wartet meine Antwort gar nicht erst ab, sondern hebt den Schläger und schlittert mit dem Puck vor sich über das Eis.

Lächelnd sehe ich ihr einen Augenblick hinterher, bevor ich ebenfalls losfahre und schnell zu ihr aufhole. »Wenn du die rechte Hand ein Stück höher nimmst, hast du einen besseren Griff.«

Chloé kommt meiner Anweisung nach und der Unterschied ist sofort zu sehen, da der Puck dadurch nicht mehr so weit wegspringt und sie ihn leichter über das Eis führen kann.

Ich überhole sie und drehe mich um, sodass ich rückwärts vor ihr fahre. »Und versuche, noch öfter nach oben zu schauen.« Sie schnaubt leise, hebt aber direkt den Blick. »Du bist echt ein Angeber.« Chloé vollführt eine kleine Biegung nach rechts und ich folge ihr, immer noch rückwärtsfahrend.

»Gut! Ich weiß, das ist am Anfang nicht so leicht, aber mit mehr Übung wird es immer einfacher. Irgendwann siehst du den Schläger als deinen verlängerten Arm.«

»Ich hatte eigentlich gehofft, nicht so lang Hockey trainieren zu müssen, dass mein Arm mit diesem Ding verwächst.« Vielsagend hebt sie den Schläger ein Stück, verliert dabei aber die Scheibe, die hinter uns auf dem Eis zurückbleibt. »Merde!«, flucht sie. Zumindest glaube ich, dass das ein Fluch ist. Nur habe ich keine Ahnung, was er bedeutet. Aber es klingt deutlich netter, als Fuck. Das muss ich den Franzosen lassen.

Sie bleibt stehen, als ich umdrehe und ihr den Puck zupasse. Doch er springt von der Kelle ab und rutscht wieder ein Stück weg, worauf ich ihn aufnehme.

»Du hast mich abgelenkt.« Chloé deutet mit dem Schläger auf den Puck.

»Beim ersten Mal vielleicht«, gestehe ich. »Aber beim zweiten Mal hat ein bisschen das Gefühl gefehlt.«

In ihren Augen blitzt es auf. »Gefühl? Ernsthaft?«

»Warte, ich zeig's dir.« Ich entferne mich ein paar Meter. »Spiel mir den Puck zu.« Sie kommt meiner Aufforderung nach und ich zeige ihr meine Bewegungen extra langsam, damit sie genau sieht, wie ich ihn annehme. »Du musst den Schläger ein bisschen schräg halten, sonst springt der Puck dir zu weit weg.« Ich fahre wieder zurück zu ihr und zeige ihr die Haltung nochmal aus der Nähe.

»Mal ehrlich, Ryan. Ich glaube nicht, dass mir das irgendetwas bringt. Warum soll ich lernen, wie man einen Puck annimmt? Das hat überhaupt nichts mit den Sprüngen zu tun. Die sind meine Baustelle.« Chloé bindet sich das Haar mit ein paar schnellen Bewegungen nach oben, während sie auf meine Antwort wartet. Doch eine widerspenstige Strähne löst sich daraus und meine Hand zuckt, als würde sie sie zurückstreichen wollen. Rasch schiebe ich sie in die Hosentasche, um sie davon abzuhalten.

Da das aber wahrscheinlich merkwürdig herüberkommt, ziehe ich sie wieder hervor und fahre mir stattdessen durch das eigene Haar. »Ich habe das auch noch nie gemacht«, gebe ich zu. »Ich glaube, dass wir einfach erst mal einen Weg finden müssen, der funktioniert. Das kann gar nicht von heute auf morgen klappen.« Ich sehe ihr tief in die Augen. »Ich weiß, dass es dir am liebsten wäre, mit den Fingern zu schnippen und dadurch die Zeit zurück- oder vordrehen zu können. Aber das geht nicht. Wir trainieren erst das zweite Mal zusammen.«

Chloé senkt den Kopf. »Kann sein, dass ich mir erhofft habe, dass das Ganze schneller geht.«

»Aber doch nicht innerhalb von drei Stunden.«

Sie streicht sich die lose Strähne aus dem Gesicht und senkt den Blick auf das Eis. »Das war ziemlich dumm, ich weiß. Vielleicht dachte ich, dass ein Moment ausreicht und es einfach Klick macht. Immerhin hat es auch nur den Bruchteil einer Sekunde gedauert, alles zu zerstören.« Chloés Stimme klingt so verletzt und wehmütig, dass ich eine gefühlte Ewigkeit brauche, um die richtigen Worte für eine Erwiderung zu finden.

»Das ist nicht dumm. Genau das erhofft sich doch jeder Sportler, der schon Mal auf die Fresse geflogen ist.« Wow, das war poetisch, Ryan. Aber immerhin entlocke ich ihr damit ein kleines Lächeln. »Der Unterschied ist, dass deine Verletzungen verheilt sind. Viele können gar nicht mehr aufs Eis zurück und vermissen es ein Leben lang.«

»Stimmt schon, aber ...«

»Du hast Angst. Aber das ist nichts, was man nicht wieder hinbekommen kann. Du musst dir nur selbst auch die Zeit dafür geben. Außerdem finde ich, dass du heute schon deutlich sicherer wirkst als beim letzten Training.«

Chloé denkt einen Moment über meine Worte nach, bevor sie antwortet. »Netter Spruch. Wo hast du den dieses Mal geklaut? Shakespeare, Star Wars oder Sherlock Holmes?«

Da sie mich jetzt wieder aufzieht, gehe ich davon aus, dass es ihr besser geht, und steige darauf ein. »Aus keinem Buch, das ich kenne. Das kam direkt von hier.« Ich deute auf meine Brust, in der mein Herz mit deutlich höherer Geschwindigkeit schlägt.

»Ganz schön schmalzig.«

»Vielleicht ein bisschen«, antworte ich verschmitzt.

Chloé umgreift den Schläger mit beiden Händen und spielt den Puck ein kleines Stück vor. »Da wir das jetzt geklärt haben, wäre ich stark dafür, dass wir weitermachen. Hauptsache, ich komme um die Trockenübungen herum.«

»Der Begriff hat sich bei dir wohl eingebrannt, was?«
Ich setze mich ebenfalls in Bewegung. »Lass uns ein
paar Passübungen machen. Das passt wieder zum
Thema Koordination. Soll ich es dir einmal kurz zeigen?« Ein ernster Ausdruck legt sich auf Chloés Gesicht
und sie nickt. »Also, du hebst den Schläger mit der linken Hand oben und mit der rechten Hand ungefähr auf
dieser Höhe.«

»Stimmt das so?«

»Noch nicht ganz. Darf ich?« Ich deute auf ihren
Schläger und als sie nicht sofort reagiert, überkommt
mich eine plötzliche Unsicherheit. Doch dann nickt sie.
»Deine rechte Hand muss noch ein Stück nach unten.«
Sanft löse ich ihren Griff und schiebe ihre Hand an die
richtige Position. Obwohl wir Handschuhe tragen,
habe ich das Gefühl, dass ein Blitz von meinen Fingerspitzen durch meinen gesamten Arm einschlägt, und
wäre beinahe zurückgezuckt. Verwirrt ignoriere ich
das seltsame Gefühl und mache weiter, als wäre nichts
gewesen.

»Wenn du jetzt den Schläger schwingst, müssen deine
beiden Arme frei sein und dürfen nicht von deinem
Körper blockiert werden. Der Schlag wird nicht durch
die Handgelenke, sondern aus den Schultern und Ellenbogen heraus gemacht, weil du so deutlich mehr
Kontrolle darüber hast.« Meine Hände legen sich automatisch auf ihre Schultern und ich drehe sie leicht von
links nach rechts, um ihr die Bewegung zu demonstrieren.

»Verstehe«, sagt sie, sobald ich meine Hände sinken
lasse.

»Dann lass es uns gleich mal probieren.« Ich entferne mich ein Stück, sodass wir auf derselben Höhe sind, aber die gesamte Breite der Halle haben, um uns den Puck zupassen zu können. Sie fährt los und führt die Scheibe dabei, wie ich es ihr im ersten Training gezeigt habe.

»Spiel ab!«, rufe ich ihr zu. »Einfach ausholen und draufhauen, wie ich es dir gerade gezeigt habe.«

Im Gegenteil zur Puckführung, beziehungsweise dem Dribbling, das seit dem letzten Training gut klappt, haut das nicht so ganz hin. Anstatt den Kopf zu heben und auf die zwei wichtigen Dinge zu achten – aufpassen, wo sie hinfährt und gucken, wo ich bin – schaut sie nur hinunter auf das Eis.

»Kopf hoch, Chloé. Sonst knallst du gleich gegen die Bande!«

Auf meinen Ruf hin reißt sie den Kopf nach oben – blöderweise viel zu ruckartig. Sie kommt ins Straucheln und ich fürchte, dass sie gleich mit dem Gesicht voran auf das Eis knallen wird. Doch da fängt sie sich wieder und überrascht mich, als sie mir den Puck zuspielt.

»Gut so?«

»Ja, sehr gut sogar! Der hatte Pfeffer drauf. Versuchen wir es gleich nochmal.« So verbringen wir den restlichen Abend auf dem Eis und üben das Passspiel. Mein Gefühl, dass sie mit jeder weiteren Minute in der Halle mehr an Selbstsicherheit auf dem Eis gewinnt, bestätigt sich beim heutigen Training – und ich bin sehr zufrieden damit.

Zum Abschluss drehen wir ohne Schläger und Puck ein paar Runden. Chloés Lachen erfüllt die Halle, als ich rückwärts vor ihr herfahre und das ein oder andere Manöver mache. Scharfe Kurven nach rechts und links, plötzliche Stopps und Richtungswechsel oder als ich sie in weiten Bögen umrunde.

»Du fährst echt wie Kamikaze. Machst du dir keine Sorgen um deine heilen Knochen?«

»Ne«, gebe ich knapp zurück, grinse sie an und drehe mich in einer schnellen Bewegung um. »Ich muss ja auch mal auf meine Kosten kommen.« Ich sehe vor mir, wie sie mit den Augen rollt, obwohl ich mit dem Rücken zu ihr fahre.

»Würde mich nicht wundern, wenn du so weitermachst und dir alle Knochen brichst.«

Ich bremse so ruckartig ab, dass das durch meine Kufen abgeschabte Eis aufspritzt. »Machst du dir etwa Sorgen?« Ich lasse meine Augenbrauen wackeln und entlocke ihr damit ein resigniert klingendes Aufseufzen.

»Wovon träumst du nachts?«

Meine Antwort kommt mindestens genauso schnell hervorgeschossen, wie ihre Frage. »Von heißen Autos und schnellen Frauen.«

Ihre Augen weiten sich für einen kurzen Augenblick und ich freue mich diebisch darüber, sie erwischt zu haben. Sie findet jedoch in Sekundenschnelle zu ihrer vorherigen Fassung zurück. »Du bist echt ein Idiot. Hat dir das schon mal jemand gesagt?«

Ich stoße mich wieder ab und drehe mich um, damit ich ihr ins Gesicht sehen kann. »Ja, die ein oder andere. Aber so charmante Worte wie du hat bisher noch keine gefunden.«

Chloé lacht laut auf, aber ein Handyklingeln unterbricht sie. Sie wirft einen Blick auf ihr Smartphone und ihr Lächeln verrutscht, bis nichts mehr davon zu erkennen ist. »Sorry, da muss ich rangehen.« Sie wirkt ein wenig blass um die Nase, verlässt ohne ein weiteres Wort eilig das Eis und setzt sich auf die untersten Sitze der Tribüne.

Ich komme mir verloren vor, wie ich so allein auf dem Eis herumstehe. Ich könnte noch ein paar Runden drehen, anstatt wie hingestellt und nicht abgeholt mitten auf der Eisfläche zu bleiben. Aber ich muss ständig an ihren erschrockenen Gesichtsausdruck denken und daran, wer diesen wohl ausgelöst hat.

Kapitel 9: Ryan

»Heute müsst ihr voll konzentriert sein, Jungs. Das ist das erste Spiel der neuen Saison. Die erste Partie ist entscheidend dafür, welchen Eindruck wir bei unseren Gegnern hinterlassen und wenn es nach mir geht, sollten sie sich im besten Fall vor einem Spiel gegen uns in die Hose scheißen.«

Die Reden des Coaches sind schon immer etwas speziell gewesen, aber es wäre gelogen zu sagen, dass er es damit nicht schafft, uns in genau die richtige, kämpferische Stimmung zu bringen. In der Hand hält er wie so oft das Spielbuch. Ein einfaches schwarzes Notizbuch, in dem er alles über unsere kommenden Gegner aufschreibt und auf dieser Basis dann gemeinsam mit uns eine Strategie für das bevorstehende Spiel ausarbeitet. Für ihn ist das halbzerfledderte Ding der Heilige Gral.

»Jeder von euch weiß, was zu tun ist.« Dieser Satz kommt vor jedem Match. Wir haben es in den letzten Wochen unzählige Male durchgekaut, darüber gesprochen, auf dem Eis trainiert und bei den Vorsaisonspielen auf Herz und Nieren getestet. Wenn es jetzt noch jemanden gibt, der nicht weiß, was seine Aufgabe ist, zweifle ich echt an uns. Trotzdem sieht der Coach jedem Einzelnen direkt in die Augen und als er bei mir innehält, erwidere ich seinen feurigen Blick.

»Die Eisbären sind ein starker Gegner zum Auftaktspiel. Sie haben einen sehr guten, schnellen Angriff. Dafür ist ihre Verteidigung schwächer und genau das müssen wir für uns nutzen. Das heißt, schnelles Umschaltspiel. Wir müssen auf unsere Geschwindigkeit und den Überraschungseffekt setzen und den Puck nach vorne treiben. Verstanden?«

Wir nicken synchron. »Ja, Coach«, erwidern vereinzelt ein paar Stimmen.

Der Coach greift an den Schrank hinter sich und hält mir den goldenen Helm entgegen, der bei beiden Teams den Topscorer kennzeichnet. Ich lasse den Blick ebenfalls schweifen und erkenne in den Gesichtern zum Glück keinen Funken Zweifel, sondern Entschlossenheit.

»Auf Jungs, raus aufs Eis mit euch und macht sie platt.«

Sofort kommt Bewegung in die Kabine, als wir alle aufstehen, unsere Schläger schnappen und durch den Gang in Richtung Eisfläche gehen. Normalerweise denke ich in diesen Sekunden vor dem Spiel nur an die bevorstehende Aufgabe. Aber dieses Mal ist es anders. Als ich das im Licht glitzernde Eis sehe, wandern meine Gedanken zum gestrigen Training mit Chloé, das nach dem Anruf ein jähes Ende genommen hat.

Ich weiß nicht, wer sie angerufen hat. Aber sie wirkte danach wie ausgewechselt. Kein Lächeln, nicht einmal irgendeinen frechen Spruch auf den Lippen, wie es sonst der Fall ist. Stattdessen hat sie sich knapp entschuldigt und gesagt, dass sie gehen müsse, um zu lernen. Mir kommt das immer noch wie eine lahme Ausrede vor. Und ich würde mich selbst belügen, wenn ich sagen würde, dass mich nicht interessiert, worum es tatsächlich ging.

Eine Hand klopft fest auf meinen Rücken und lenkt mich damit von meinen Gedanken ab. »Bereit?«, ruft Ben mir zu. Erst jetzt fällt mir auf, dass die Lautstärke um einiges zugenommen hat.

Laute Musik schallt durch die Halle und die Rufe der Zuschauer sind dadurch nur im Hintergrund wahrnehmbar. Der Kommentator spricht etwas in sein Mikrofon, das ich nicht verstehe. »Klar. Wir werden das Ding schon reißen.«

Bens Augenbraue wandert nach oben und er mustert mein Gesicht, als würde er irgendetwas darin suchen. »Das klang irgendwie nicht so überzeugt.«

»Ich bin so was von überzeugt davon, dass wir diesen Eisbären einen solchen Arschtritt verpassen, dass sie bis an den Nordpol fliegen.«

»Das klingt schon besser!« Ein Grinsen breitet sich auf dem Gesicht meines Kumpels aus und er stößt mit dem Helm gegen meinen.

Wir stellen uns in einer Reihe vor dem aufgeblasenen Löwenkopf auf, der an eine kleine Hüpfburg erinnert. In der Mitte ist eine Aussparung, durch die wir gleich aufs Spielfeld gelangen, sobald unsere Namen aufgerufen werden. Als Kapitän der Mannschaft werde ich als Letztes aufs Eis fahren und stehe daher am Ende der Reihe.

»Und nun begrüßen wir unsere Löwen auf dem Eis zum ersten Heimspiel der Saison!«, ruft der Sprecher laut und Jubel bricht aus. »Hier kommt unsere Verteidigung. Ben Hawk!« Als sein Name erklingt, fährt Ben durch den offenen Bauch des Löwen aufs Eis und bleibt in der Mitte stehen. Die drei anderen Verteidiger folgen ihm mit knappem Abstand.

Der Kommentator ruft namentlich die Stürmer und unsere Keeper auf, bevor ich an die Reihe komme. »Und hier kommt Ryan Henderson, unser Kapitän und Topscorer!«

Lauter Jubel ertönt und zaubert mir ein breites Grinsen auf die Lippen. Es ist ein wahnsinniges Gefühl, so auf dem Eis begrüßt zu werden. Mein Herz explodiert fast in meiner Brust, als ich meinen Teamkollegen durch den Löwen folge und mit erhobener Hand nach rechts und links den Zuschauern zuwinke. Es sind noch mehr gekommen als beim letzten Spiel, mit dem wir uns auf Tabellenplatz zwei ins Saisonende verabschiedet haben. Dieses Jahr haben wir unser Ziel ganz klar vor Augen: Die Meisterschaft.

Wir haben uns in der rechten Hälfte der Spielfläche in einer Linie aufgestellt, als unsere Gegner aufs Eis kommen. Sie stellen sich uns gegenüber und zuletzt werden die drei Schiedsrichter des heutigen Spiels begrüßt. An den Binden um ihre Arme ist zu erkennen, wer die Hauptspielleitung übernimmt und welche beiden die Linienrichter sind. Sie fahren zwischen unseren Reihen an der Mittellinie entlang und wir applaudieren, indem wir mit unseren Schlägern auf das Eis klopfen.

Ich fahre als Erster vor, worauf die anderen mir folgen, und gebe jedem unserer Gegner einen Handschlag und wünsche ihnen ein gutes Spiel. In ihren Augen erkenne ich denselben kämpferischen Funken, den ich immer im ganzen Körper spüre, wenn es nur wenige Augenblicke vor dem Anpfiff des Matches ist. Als sich alle gegenseitig begrüßt haben, verlassen die Ersatz- und Auswechselspieler das Eis, sodass nur noch jeweils sechs Spieler pro Team übrig sind: Der Keeper im Tor, gut erkennbar an den riesigen Polstern, die seine Bewegungsfreiheit einschränken, zwei Verteidiger und drei Stürmer. Zwei von ihnen kümmern sich um die Flügel, und einer ist der Mittelstürmer, der Center. Diese Rolle fällt mir zu.

Meine Mitspieler begeben sich in unsere Hälfte des Spielfelds. Damit bleiben nur ich, der Linesman und ein ausgewählter Spieler der Gegner im neutralen Mittelkreis übrig, um das Anspiel, den sogenannten Bully, auszuführen. Dafür stellen wir uns gegenüber und halten uns bereit, der Schiedsrichter ist rechts von mir. Ein Pfiff ertönt und er lässt den Puck zwischen unsere Schläger fallen. Ich habe Glück und reagiere schneller als mein Gegner, sodass ich die Scheibe zu einem meiner Winger spielen kann, die sich für diese Situation bereit gemacht haben.

Kendall nimmt den Puck an und schert sofort nach rechts aus, um unsere Gegenspieler mit seiner Geschwindigkeit zu überrumpeln. Ich kämpfe mich derweil parallel in die Mitte vor und als ich einen der Gegner umrundet habe und eine Lücke entdecke, klopfe ich einmal mit dem Schläger aufs Eis und hebe die Hand.

Mein Teamkollege versteht sofort und spielt mir einen scharfen Pass zu, den ich im Sprint annehme. Plötzlich taucht ein dunkelblaues Trikot vor mir auf, doch ich reagiere schnell. Ich drehe mich um hundertachtzig Grad, sodass ich rückwärtsfahre, und spiele Kendall den Puck zurück, der sich in Richtung des

Tores positioniert hat. Ich suche den Blickkontakt, rufe laut seinen Namen und passe ihm zu.

Er nimmt die Scheibe nur kurz an und schießt sie aus der Vorderhandposition in die entgegengesetzte Richtung aus der er gekommen ist ins linke obere Eck. Mir entwischt ein lautes Fluchen, als der Torwart den Puck mit seinem Fanghandschuh erwischt, bevor er im Netz flattert. Ein Pfiff des Schiedsrichters ertönt und führt zu einem weiteren Bully – dieses Mal in der Verteidigungszone der Eisbären.

Während Kendall den Anstoß übernimmt, bleibe ich ein paar Meter zurück und halte mich in der Mitte bereit, um den daraus entstehenden Pass annehmen zu können. Ein lautes Geräusch ertönt, als die beiden Schläger aufeinandertreffen und der Puck in Richtung des gegnerischen Verteidigers geschlagen wird.

Shit, schießt es mir durch den Kopf und ich stürze auf den Spieler zu, um seinen Pass zu verhindern. Doch ich komme den Bruchteil einer Sekunde zu spät und fälsche den Puck nur ein bisschen ab. Er erreicht sein Ziel trotzdem und der Mittelstürmer der Eisbären fliegt über das Eis auf unser Tor zu. Er schert nach rechts aus und führt einen Doppelpass mit einem seiner Mitspieler aus.

Vor dem Tor findet ein ziemliches Getümmel aus rot und blau statt. Der Stürmer entscheidet sich dazu, seinen Weg hinter unserem Tor fortzuführen und einen gezielten Pass in die Mitte zu schlagen. Ben ist rechtzeitig zur Stelle und schiebt seinen bulligen Körper zwischen Puck und Gegenspieler, wodurch dieser nicht mehr an das Spielgerät kommt.

Erleichtert atme ich auf und zeige Ben an, dass er mir zuspielen soll. Aber einer der Gegner ist schneller und luchst meinem Kumpel das Ding mit gestrecktem Schläger ab. Keiner von uns hat damit gerechnet und der Typ steht dadurch völlig frei. Er feuert den Puck aus einigen Metern Entfernung ab und dieser zischt in einem sauberen Schuss an der ausgestreckten Hand unseres Keepers vorbei ins Netz.

Wütende Stimmen, ein lauter Pfiff und die Durchsage des Sprechers bestätigen meine Befürchtung. »Die Eisbären gehen mit einem Tor in Führung. Torschütze ist ihr Topscorer Adam Cosgrove. Zudem ist im ersten Drittel noch eine Minute zu spielen.«

Rasch fahre ich an die Seitenlinie und mache mit einem meiner Teamkollegen einen fliegenden Wechsel, der mit neuem Elan aufs Eis fährt. Ich beiße die Zähne so fest zusammen, dass ich es trotz der nun spielenden Musik in meinem Kiefer laut knacken höre. Es wäre mehr als beschissen, direkt das erste Spiel zu verlieren. Vor allem, weil die Eisbären in der letzten Saison in der Tabelle nur vier Punkte Abstand zu uns hatten und wir uns durch einen Sieg direkt von ihnen abgrenzen könnten. Jedenfalls würde ich mich deutlich wohler fühlen, wenn die Lücke schon zum Saisonstart so groß wie möglich ist.

Ich beobachte, wie durch den erneuten Bully der Puck ins Spiel gebracht wird. Doch in den darauffolgenden anderthalb Minuten, dreißig Sekunden kamen aufgrund von Fouls dazu, passiert nichts mehr. Ein Buzzergeräusch ertönt und beendet damit das erste Drittel des Spiels.

Die Pausen zwischen den Dritteln dauern immer fünfzehn Minuten, weil das Eis in der Zeit von der Eismaschine bearbeitet und vorbereitet wird. Aber es ist auch gut für uns. Zum einen haben wir dadurch Zeit, wieder zu Atem zu kommen und zum anderen hat der Trainer die Möglichkeit, weitere Anweisungen zu geben – und die Chance lässt sich unser Coach nie entgehen.

»Das erste Drittel müssen wir abhaken. Lief scheiße, der Typ hätte nicht so freistehen dürfen. Das heißt, ab sofort noch deutlichere Manndeckung. Sobald sie in unsere Hälfte kommen, will ich, dass ihr euch wie Terrier an ihren Schlittschuhen festbeißt. Dieser beschissene Puck soll nicht mal mehr in die Nähe unseres Tores kommen. Und vorne«, der Coach wendet sich mir zu und sieht mit geweiteten Augen direkt in meine, »müssen wir noch mehr Druck machen. Wir haben den Puck zu oft früh verloren. Spielt mehr auf Sicherheit und sucht die Lücken.«

»Die stehen immer so tief«, brummt Kendall. »Selbst über die Seiten ist es schwierig, dem Tor irgendwie näherzukommen.«

»Weil sie ansonsten verteidigungsmäßig eher schwach sind. Sie stehen tief, um euch ein Durchkommen zu erschweren. Aber trotzdem tun sich irgendwo immer Lücken auf und die müsst ihr nutzen. Schnelles Passspiel, starke Schüsse. Probiert es auch mal aus etwas mehr Entfernung. Unter Druck machen sie Fehler, die wir dann ausnutzen können.«

Wieder ertönt ein Buzzer und die Stimme des Sprechers dringt aus den Lautsprechern über uns. »Noch eine Minute bis zum Beginn des zweiten Drittels. Bitte begeben Sie sich zu Ihren Plätzen. Wie zu Beginn bitten wir Sie darum, nur während Unterbrechungen oder den Pausen Ihre Plätze zu verlassen, um die anderen Zuschauer nicht zu stören. Vielen Dank.«

»Also, Jungs. Macht den Ausgleich. Wir starten wieder mit der Anfangsaufstellung vom ersten Drittel.« Der Coach klatscht laut in die Hände und klopft uns allen nacheinander auf die Schulter, als wir an ihm vorbei aufs Eis fahren.

Ich setze meinen Helm wieder auf. Die Augen schließend, atme ich mehrmals tief ein und aus. Suche nach der inneren Ruhe, die mich nicht kopflos, sondern strategisch auf das Spiel blicken lässt. Wir liegen eins zu null zurück, das ist zwar Fakt, aber es ist auch so, dass wir zwei weitere Drittel haben, um das Ruder wieder herumzureißen.

Mit dem Ertönen des Pfiffes öffne ich die Augen. Kendall eröffnet mit dem Gegenspieler das zweite Drittel und auch dieses Mal landet der Puck auf unserer Seite. Ben nimmt ihn an, läuft ein paar Meter und passt ihn nach vorne links zu unserem zweiten Winger, Jackson, der ihn mit einem ungeheuren Tempo annimmt und sich dem Tor nähert.

Auch ich lege nochmal an Geschwindigkeit zu. Jackson passt mir genau im richtigen Moment zu, bevor einer der Verteidiger auf ihn zustürzt und ihn mit einer Wucht gegen die Bande stößt, dass mir bei dem Anblick schon der ganze Sauerstoff aus den Lungen gepresst wird. Doch ich muss meinen Blick schnell von dem Geschehen losreißen und mich auf mein eigentliches Ziel konzentrieren: Den Puck in diesem Tor unterzubringen.

Ich nehme die Scheibe an, drehe mich einmal und umspiele damit den Gegner, der direkt vor mir steht. Dadurch habe ich endlich freie Schussbahn. Ohne lang darüber nachzudenken, hole ich aus und treffe den Puck genau richtig. Stark genug, um ihm eine hohe Geschwindigkeit mitzugeben, und so gezielt, dass er in das äußerst rechte, untere Eck des Tores knallt.

Jubelnd stoße ich den Schläger nach oben und laute Jubelschreie unserer Fans ertönen. In meinem Körper werden so viele Endorphine freigesetzt, dass ich für einen Moment alles um mich herum nur verschwommen wahrnehme. Ich spüre mehrere Hände, die auf meinen Rücken, den Schultern und gegen meinen Helm klopfen, um mich zu meinem Tor zu beglückwünschen.

»Und da ist es!«, ruft der Sprecher laut. »Das Tor zum Ausgleich unserer Löwen! Torschütze ist unser Kapitän und Topscorer Ryan ...«

»Henderson!«, beendet das Publikum den Satz und verursacht mir damit eine Gänsehaut.

Wieder finden fliegende Wechsel statt und unser Gegner bringt gleich drei neue Spieler aufs Eis. Einer der Linesman zählt nach und als fünf auf jeder Seite auf dem Feld sind, ertönt der Pfiff zum nächsten Bully.

Ab diesem Zeitpunkt läuft es für uns zum Glück deutlich besser. Durch den Ausgleichstreffer haben wir neuen Kampfeswillen und Mut geschöpft und stürzen uns noch mehr rein. Als der Sprecher den Countdown der letzten Minute des finalen Drittels angibt, kann ich vor Erschöpfung kaum noch einen Fuß vor den anderen setzen.

Der schrille Schlusspfiff des Schiedsrichters geht fast im Buzzer und dem Jubel der Zuschauer unter. Als das Lied ›We are the champions‹ von Queen aus den Lautsprechern dröhnt, reiße ich den Schläger nach oben und stoße ihn mehrmals in die Luft. Die Jungs und ich treffen uns auf der Mitte des Eises und umarmen uns. Die Euphorie lässt meinen Körper erbeben und mein Kopf hebt sich wie von selbst zu der großen schwarzen Tafel, auf der in roten Zahlen der Spielstand ›3:1‹ prangt. Es ist immer wieder ein Wahnsinnsgefühl nach so einem Spiel als Sieger vom Eis zu gehen und ich glaube, dass ich mich daran nie gewöhnen werde.

Die Eisbären haben es uns nicht leicht gemacht, aber am Ende hat sich unser Mut, die Lücken zu suchen und auszunutzen, wie der Coach es gesagt hatte, ausbezahlt. Das Grinsen auf meinem Gesicht ist so breit, dass mir schon der Kiefer schmerzt, aber ich kann nicht damit aufhören.

»Darauf erst mal ein Bier und Pizza würde ich sagen.« Ben klopft mir fest auf die Schulter und sein Lächeln ist mindestens so breit wie meins.

»Das klingt nach dem perfekten Plan, um den Abend ausklingen zu lassen.«

»Nicht ganz. Perfekt wäre, wenn jetzt eine Party steigen würde. Du weißt schon. Bisschen trinken, Snacks, paar heiße Mädels.« Ben wackelt vielsagend mit den Augenbrauen, worauf ich ihm einen Punch gegen die Schulter verpasse. »Wofür war der denn?«

»Benutzt du deine Gehirnzellen eigentlich auch mal für etwas anderes?« Ich lasse mich auf die Bank sinken und ziehe die Schlittschuhe aus.

An den Wochenenden gehe ich mit den Jungs gern mal auf Partys, aber Ben würde am liebsten an sieben Tagen in der Woche feiern gehen und manchmal ist es gar nicht so einfach, ihn auf dem Boden zu halten.

»Sagt gerade der Richtige. Du flirtest doch mit jeder, die dir in die Quere kommt.« Ben reibt sich über die Stelle, die ich getroffen habe. »Außerdem habe ich gesagt, dass es perfekt wäre. Nicht, dass ich jetzt noch alles dafür organisiere.«

Ich schaffe es nicht, mir das Lachen zu verkneifen, weil er so zerknirscht aussieht. »Aber ich kenne dich gut genug, um zu wissen, dass du daran gedacht hast.«

Abwehrend hebt er die Hände und lacht ebenfalls auf. »Na gut, erwischt.«

Im selben Moment öffnet sich die Tür und der Coach tritt ein. Die tiefen Falten, die im ersten Drittel auf seiner Stirn noch deutlich zu sehen waren, haben sich jetzt geglättet. Dafür sind die Lachfältchen um seine Augen herum erkennbar. »Das war ein klasse Spiel, Jungs. Ihr könnt echt stolz auf eure Leistung sein. Es war kein einfaches Match, wir haben Zeit gebraucht, um reinzukommen. Daran müssen wir noch arbeiten. Aber ihr habt euch davon nicht unterkriegen lassen und immer weitergemacht. Und genau für diese Hartnäckigkeit wurdet ihr belohnt. Ich will euch jetzt gar nicht mehr lange vollreden. Es gibt nur noch eine Sache.«

Von irgendwo aus der Kabine ertönt ein lautes Aufstöhnen, das uns alle zum Lachen bringt.

Er hebt die Hände, um auch die letzten Lacher zu beenden. »Ja ja, ich weiß. Ich halte mich kurz, versprochen.« Der Coach lässt seinen Blick noch einmal über uns alle schweifen. »Ich bin echt stolz auf eure Leistung. Zur Feier des Tages gehen die Pizzen heute auf mich.«

»Hört, hört!«, ruft Ben und hält einen seiner Schlittschuhe in die Luft, als würde er damit anstoßen wollen. »Warum nicht auch das Bier?«

Der Coach lacht dröhnend auf. »Ich bin Hockeycoach an einem College. Glaubt ihr, ich verdiene mir hier eine goldene Nase? Außerdem schmeißt mich der Dekan raus, wenn er mitbekommt, dass ich euren Alkoholkonsum unterstütze. Offiziell habe ich also gesagt, dass Bier trinken für Sportler ungesund ist und vermieden werden sollte.«

»Stößt du trotzdem mit uns auf den Sieg an?« Ich drehe mich um und erkenne, dass Kendall die Frage gestellt hat.

Der Coach stemmt die Hände in die Seite. »Ist Ryan Reynolds Wade Wilson in Deadpool? Natürlich!« Damit hat er die Lacher der Jungs auf seiner Seite. So hart er manchmal wirkt, so ein guter Kerl steckt in ihm. Wenn zu jemandem der Spruch »Harte Schale, weicher Kern« passt, dann ist es der Coach.

»Jetzt macht euch fertig, damit wir loskommen.«

Nacheinander verlassen die Jungs die Umkleidekabine. Bevor ich ihnen folge, hält der Coach mich jedoch zurück. »Ryan, warte kurz. Ich habe zwar gesagt, dass ich keinem reichen Unternehmer die Stiefel für ein Sponsoring lecken will, aber hast du schon irgendetwas gehört?«

»Wir haben etwas in Aussicht«, gebe ich ausweichend zurück. Ich will dem Coach nicht unbedingt den Deal mit Chloé unter die Nase reiben, da ich genau weiß, dass er das auf diese Weise nicht gutheißen würde.

»Sehr gut, Junge. Ich wusste, dass ich mich da voll und ganz auf dich verlassen kann. Bleib da auf jeden Fall dran und ich kümmere mich um das, was ich am besten kann. Ausgeklügelte Spielzüge, die uns zum Sieg führen.« Er legt den Arm um meine Schulter. »Und ich würde sagen, genau das feiern wir jetzt auch.«

Wir haben mehrere Tische zusammenschieben lassen, um alle an einem Großen sitzen zu können. Die Stimmung ist ausgelassen. Wir reden wild durcheinander. Natürlich über das Spiel, aber auch über alle möglichen anderen Themen und ich genieße diesen entspannten Moment in vollen Zügen.

Zumindest bis mich ein Ellenbogen in die Seite trifft und ich mich zu dem Verursacher umdrehe. Ben lehnt sich ein Stück vor, sodass nur ich seine Worte höre. »Ist das nicht die Kleine, der du hilfst wieder aufs Eis zu kommen?«

Mein Kopf ruckt sofort in die Richtung, in die er weist. Und tatsächlich betritt Chloé im Moment die Pizzeria. Im Gehen öffnet sie die Knöpfe ihres braunen Herbstmantels, der trotz der meist noch milden Temperaturen aktuell ein Muss ist.

Durch unsere große Gruppe belegen wir fast den gesamten Innenraum und sie schlängelt sich an den Stühlen vorbei, um zum Tresen zu gelangen. Ich bin mir nicht sicher, ob sie mich ignoriert oder nur nicht bemerkt hat. Sie scheint komplett auf ihr Ziel fokussiert zu sein. Zugegeben ist es aber auch nicht so einfach, dorthin zu kommen.

Trotzdem schlängelt Chloé sich mit einer Geschmeidigkeit an den Stühlen vorbei, die zeigt, dass sie definitiv mit ihrem Körper umzugehen weiß. Automatisch wandert mein Blick tiefer nach unten und ...

»Hörst du mir eigentlich zu oder glotzt du sie weiter so blöd an?«, erreicht mich Bens Stimme und erst da bemerke ich, dass ich in den letzten Augenblicken absolut gar nichts anderes um mich herum mitbekommen habe.

Ich blinzle mehrmals, reiße meinen Blick von ihr los und wende mich ihm zu. »Klar höre ich dir zu.«

»Und was ist die Antwort auf meine Frage?« Mit einem triumphierenden Lächeln lehnt Ben sich zurück und verschränkt die Arme vor der Brust. »Ich bin ganz Ohr.«

»Wenn du weißt, dass ich sie nicht gehört habe, dann stell sie einfach nochmal.« Ich muss mich echt zusammenreißen, um den Blick weiter auf meinen Kumpel gerichtet zu lassen und nicht zuzulassen, dass er sich wieder auf Wanderschaft begibt.

Ben beugt sich nach vorne und ich bin ihm dankbar, dass er die Frage nicht laut herausposaunt. »Wie läufts mit ihr? Ich würde ja echt gerne mal schauen, was ihr da eigentlich treibt.« Er sieht mich an, als kenne er ein Geheimnis, von dem nicht einmal ich weiß.

»Wir treiben gar nichts, wir trainieren. Und es läuft langsam besser, braucht halt seine Zeit. Das geht nicht von heute auf morgen.«

Er nickt überdeutlich und das überbreite Lächeln verschwindet nicht aus seinem Gesicht. »Dass das hartes Training ist, kann ich mir schon vorstellen. Ist aber gut für die Kondition.«

Ich boxe Ben gegen die Schulter. »Ach, halt doch die Klappe.«

Sein amüsierter Gesichtsausdruck wandelt sich und wirkt besorgt. »Hat sie schon mit ihrem Vater gesprochen?«

Dieses Mal kann ich es nicht vermeiden, dass mein Blick wieder zum Tresen wandert, wo Chloé bezahlt und zwei Pizzakartons entgegennimmt. Sie dreht sich um und macht sich auf den Weg in Richtung des Ausgangs, als sie meinen Blick auffängt. Wie vom Donner gerührt bleibt sie stehen und starrt mich an. Das beantwortet mir die unausgesprochene Frage, ob sie mich beim Hineingehen gesehen oder ignoriert hat.

»Alter, du tust es schon wieder!« Ben schnippt vor meinem Gesicht herum und ich wende mich ihm widerwillig zu. » Sag bloß nicht, dass du ausgerechnet sie als dein neues Ziel auserkoren hast.«

Vehement schüttle ich den Kopf und als ich zu Chloé sehen will, ist sie verschwunden. Mein Blick wandert weiter zur Tür, die gerade zufällt, und ich erkenne einen braunen Haarschopf, der nach draußen verschwindet.

Kapitel 10: Chloé

»Wie läuft das Training eigentlich so?«

Inzwischen bin ich mir sicher, dass es ein Fehler war, Holly zu erzählen, dass ich meine Angst vor den Sprüngen bekämpfen will und Ryan sich dafür als Trainingspartner zur Verfügung gestellt hat. »Sei nicht so neugierig und iss deine Pizza.« Mit dem vor Käse triefenden Stück deute ich vielsagend in ihre Richtung.

Das Letzte, worüber ich im Moment reden will, ist Ryan. Es war komisch, ihn ausgerechnet in der kleinen Pizzeria zu sehen, die ich beim letzten Mal durch Zufall entdeckt habe. Erst die Vorlesung, dann das Café, die Eishalle und jetzt die Pizzeria. Gibt es keinen Ryan-freien Ort, außer dieses Zimmer?

Ich glaube, es war ganz gut, dass wir uns heute nicht zum Training treffen konnten. Beim letzten Mal hat es sich anders angefühlt. Irgendetwas war da, dass mich aus der Bahn geworfen und mir eine Seite an ihm gezeigt hat, die mich nicht nur zur Weißglut treibt. Und dieses ›etwas‹ ist mehr, als ich gerade verstehen kann. Ich habe mich in seiner Gegenwart wohlgefühlt, wie es bisher nur bei wenigen Menschen der Fall war. Und das ist seltsam. Vor allem, weil ich ihn kaum kenne.

Mit dem Gedanken spielen sich die Erinnerungen an unser letztes gemeinsames Training in meinem Kopf ab. Insbesondere die Szene, in der er meine Hand vom

Schläger genommen und sanft ein Stück nach unten geschoben hat. Ich habe wieder seinen Geruch in der Nase, als er mir so nah gekommen ist. Ich kann mich nicht daran erinnern, wann ich das letzte Mal etwas so intensiv wahrgenommen habe wie in diesem Augenblick. Seine Nähe war mir in jeder Faser meines Körpers bewusst.

Ich muss wieder an die Worte der Kommilitonin mit der gelben Lederjacke denken. Unwillkürlich frage ich mich, wie viele andere Studentinnen Ryan schon zum Eishockeyspielen mit in die Halle genommen und sich beim Zeigen, wie es richtig geht, extra viel Zeit gelassen hat.

Ich schüttle die Gedanken ab, die aber sofort weiter zur Pizzeria wandern. Hätte ich gewusst, dass es da drin so voll ist, hätte ich mir etwas anderes zu essen geholt. Anstatt dann nur eine für mich mitzunehmen, habe ich kurzerhand auch eine Grünkohlpizza, von der ich inzwischen weiß, dass sie Hollys Lieblingspizza ist, für sie mitgenommen. Die wäre mir aber fast in hohem Bogen aus der Hand geflogen, als ich Ryan gesehen habe.

»Ja, Mum«, erwidert Holly und kichert leise vor sich hin. Damit reißt sie mich aus meinen Gedanken und ich brauche einen Moment, um mich zu erinnern, worum es ging. Aber dann fällt mir wieder ein, dass ich sie dazu bringen wollte, mir weniger Fragen zu stellen und sich stattdessen um ihre Pizza zu kümmern. »Du hast dich grad echt so angehört. Wie eine Mum. Die Ruhe vor ihrer nervigen Tochter will und das nur, weil sie immer Warum-Fragen stellt. Warum ist die Pizza rund? Oder warum wurde sie in Italien erfunden?«

Ich muss mir eingestehen, dass ich mich sogar genau wie meine Mutter angehört habe. Zumindest wenn man Pizza mit Brokkoli oder Spinat austauscht und es schüttelt mich allein bei dem Gedanken daran. Ich beiße ein extragroßes Stück ab, um den ekligen Geschmack loszuwerden, der bei der Erinnerung direkt mitaufgestiegen ist.

»Ich wollte gar nichts wegen Ryan wissen«, sagt Holly mit leiser Stimme wenig später.

Erstaunt sehe ich zu ihr auf und mustere ihr Gesicht. Sie ist eher selten ernst, daher bin ich verwundert, das ausgerechnet jetzt in ihrer Mimik zu lesen. »Was dann?«

»Du hast vor paar Tagen so verloren ausgesehen, als du an das Schlittschuhfahren gedacht hast.« Ich presse die Lippen zusammen, um sie nicht zu verbessern und zu sagen, dass es um mehr geht, als einfach auf dem Eis herumzurutschen. »Deshalb hat es mich interessiert, wie es dir bisher beim Training geht. Hast du das Gefühl, dass es dir hilft?«

»Zumindest läuft das besser als meine Vorlesungen«, bringe ich trocken hervor, doch Hollys weiterhin ernster Blick bewegt mich dazu, ihr eine ehrliche Antwort zu geben. »Ich habe schon das Gefühl, dass es mir immer leichter fällt. Zuerst habe ich ja echt daran gezweifelt, dass mir ausgerechnet Hockey dabei helfen soll, wieder mutiger zu werden. Mit Eiskunstlauf hat das ja nicht allzu viel zu tun, außer, dass man bei beidem Schlittschuhe trägt und auf dem Eis steht. Aber irgendwie funktioniert es. Ryan macht seine Sache echt gut.«

»Dann war dein erster Eindruck ihm gegenüber also falsch?«

Ich rolle mit den Augen und richte mich auf. »Du willst es unbedingt nochmal hören, oder?«

Ein Grinsen breitet sich auf ihrem Gesicht aus, bringt die Sommersprossen auf ihren Wangen zum Tanzen und ihre Augen leuchten auf. »Ich freue mich einfach, dass es dir jetzt besser geht. Den Unterschied merkt man ganz deutlich.«

»Ach ja?« Ich blinzle Holly perplex an.

»Du bringst mir Pizza einfach aus Nettigkeit mit und nicht, um mich über Ryan auszuhorchen. Das ist doch schon mal ein erster Schritt in Richtung Freundschaft, oder? Und du hast dir sogar gemerkt, dass ich Grünkohl am liebsten mag. Mit Extrakäse.«

Bei diesen Worten verschlucke ich mich und huste laut. Hastig greife ich nach der Wasserflasche neben meinem Bett und stürze die Hälfte davon herunter. Gleichzeitig erkenne ich, dass Holly auf mich zugelaufen kommt, sich sehr nah neben mich setzt und mir auf den Rücken klopft. »Schon gut«, bringe ich erstickt hervor. »Du brichst mir noch das Rückgrat.«

»Sorry«, erwidert Holly und läuft knallrot an. »War wohl etwas zu fest.«

»Nur ein bisschen.« Meine Stimme klingt immer noch heiser, weswegen ich einen weiteren Schluck von der Wasserflasche nehme. »Das hast du also echt bemerkt?«

Holly zuckt mit den Schultern. »Am Anfang nicht gleich, aber später dann schon. Ist aber nicht schlimm.«

Irgendwie bewundere ich Holly für ihre unkomplizierte Sicht auf die Dinge. Sie wirkt weder sauer noch angefressen, dass ich sie nur ausgenutzt habe, um mehr über Ryan herauszufinden. Im Gegenteil macht es den

Anschein, als wäre sie glücklich darüber, dass es dieses Mal nicht so läuft und wir uns langsam annähern.

Holly ist so anders als ich. Öko-Freak, quirlig, immer gut gelaunt und mit sich selbst absolut im Reinen. Nur ihre Ordnungsliebe will nicht so ganz ins Bild passen. Zugegeben, genauso wenig wie das Stricken zu mir. Aber gleichzeitig hat sie eben bewiesen, wie ehrlich und direkt sie sein kann, was wiederum cool ist. Trotzdem bin ich nach meinem ersten Eindruck einfach davon ausgegangen, dass wir zwei nie so etwas wie Freundinnen werden könnten. Aber scheinbar habe ich mich wieder einmal in ihr als Mensch getäuscht wie so oft in der letzten Zeit.

Für mich war es nie leicht Freunde zu finden. Ich konnte nie sagen, ob sie wirklich mich mochten oder nur daran interessiert waren, mit mir zusammen zu sein, weil meine Familie viel Geld besitzt. Als ich jünger war, habe ich mich unzählige Male in Freundschaften gestürzt, weil ich in meiner damaligen Naivität dachte, sie würden mich tatsächlich um meinetwillen mögen. Aber weit gefehlt.

Ich musste nicht nur einmal auf die Fresse fliegen, um zu lernen, dass es ein Fehler ist, anderen Menschen zu schnell zu vertrauen. Wie oft wurde ich schon enttäuscht? So enttäuscht, dass ich den ersten Abend heulend im Bett lag und am Nächsten mir selbst geschworen habe, mich nicht mehr dermaßen verarschen zu lassen. Nur um wenig später wieder verraten worden zu sein. Manchmal habe ich das Gefühl, dass das ein ewiger Kreislauf ist, den ich nicht unterbrechen kann.

Nach so vielen Enttäuschungen ist es so schwer, überhaupt noch daran zu glauben, dass es so etwas wie wahre Freundschaft gibt.

Vermutlich rührt genau daher diese ständige Wut auf die Menschen in meiner Umgebung. Es ist wahnsinnig schwer, nie zu wissen, wem ich trauen kann oder von wem ich als Nächstes links liegen gelassen werde. Vielleicht ist es ein Schutzmechanismus, den ich angelegt habe, ohne es direkt zu planen, um die Menschen auf Abstand zu halten. Gehen und mich enttäuschen werden sie sowieso. Früher oder später.

Bei Holly scheint das aber irgendwie anders zu sein. Sie scheint ein echtes Interesse an mir zu haben. An Chloé und nicht an dem Zusatz Monet. Sonst hätte sie kaum bemerkt, wie sehr mir das Eiskunstlaufen fehlt. Vielleicht könnte aus ihr doch mehr als bloß eine Zimmergenossin werden.

»Du wusstest es und hast mich bis jetzt nie darauf angesprochen?« Meine Stimme rutscht ein Stück in die Höhe, so unwohl fühle ich mich in meiner Haut. Obwohl sie das Wort ›ausnutzen‹ nicht laut ausspricht, schwebt es unheilverkündend über uns.

»Nö, habe keinen Grund gesehen. Ich habe mich zwar gewundert, warum du auf einmal versuchst, nett zu sein. Aber als es dann um Ryan ging, habe ich es ziemlich schnell kapiert.« Als sie mich angrinst, falle ich fast vom Glauben ab, wie entspannt sie damit umgeht. »Am Anfang warst du ziemlich ... kühl und ich hatte das Gefühl, dass du mir aus dem Weg gegangen bist. Seit ihr trainiert, taust du auf. Und das, obwohl ihr stundenlang in der Eishalle seid. Außerdem hast du damit aufgehört zu versuchen, mich mit deinem Strickkram in die Flucht zu schlagen.« Holly kichert über ihren eigenen Witz, während ich sie nur weiterhin anstarre. »Hat es dir jetzt die Sprache verschlagen?«

»Ein bisschen vielleicht. Und das kommt echt nicht oft vor.« Ich massiere mir die Schläfe und sortiere meine Gedanken. »Das hat aber nichts mit Ryan zu tun. Es liegt eher daran, dass ich jetzt seit vier Wochen da bin, und mich langsam daran gewöhne, hier festzusitzen. Und falls du meine Guerilla-Kunst vermisst, kann ich dir gerne noch etwas Größeres für den Kleiderschrank oder das Bett machen.«

Holly hebt abwehrend die Hände und schüttelt heftig den Kopf, wodurch ihre Locken wild herumfliegen. »Bloß nicht.« Sie zieht ihre Beine in den Schneidersitz und ihre Augen funkeln amüsiert auf. »Lenk aber nicht vom Hauptthema ab. Du versuchst zwar, dir einzureden, dass es nicht so ist, aber ich bin mir ziemlich sicher, dass da ein Zusammenhang mit Ryan besteht. Zugegeben, er sieht auch echt gut aus mit den dunklen Haaren und diesen blauen Augen.« Sie seufzt laut auf und lässt sich auf meinem Bett nach hinten fallen. »Du bist nicht die Einzige, die ihn toll findet. Ziemlich viele Studentinnen sind hinter ihm her.«

Ich lege mich ebenfalls nach hinten, wodurch der Pizzakarton beinahe von meinem Schoß rutscht und unsere Köpfe direkt nebeneinander sind. »Das habe ich irgendwo schon einmal gehört«, sage ich zu ihr und denke dabei an den Moment nach der Vorlesung zurück.

Oh Gott, jetzt muss ich wieder an das Bild von ihm und Mrs. Landry denken. Kotz.

»Siehst du, vielleicht solltest du mal darauf hören.«

»Warum? Wenn er so gefragt ist, hat er doch mehr als genug Auswahl. Oder sowieso schon jemanden.«

»Nö, glaub nicht. Hab zwar gehört, dass er öfter Mal auf Dates geht. Aber wirklich was Ernstes war da nicht dabei. Ist aber auch nur Hörensagen.« Sie dreht den Kopf in meine Richtung und anhand des Grinsens auf ihrem Gesicht weiß ich schon, dass mir ihre nächsten Worte vermutlich nicht gefallen werden. »Willst du dich doch anstellen?«

Ich rolle mit den Augen und verschränke die Arme hinter dem Kopf. »Mit Sicherheit nicht. Warum glaubt ihr eigentlich, dass da irgendwie mehr zwischen uns ist? Erstens kenne ich ihn kaum und zweitens haben Ryan und ich einen Deal am Laufen. Nicht mehr und nicht weniger. Und nur weil ein Typ gut aussieht, heißt das nicht gleich, dass ...«

Ruckartig setzt Holly sich auf, indem sie sich auf die Ellenbogen stützt, und unterbricht mich damit. Sie starrt mich aus so großen Augen an, dass ich schon befürchte, sie würden ihr gleich herausfallen. »Einen Deal? Da wir jetzt echte Freundinnen sind, bist du dazu verpflichtet, mir absolut alles darüber zu erzählen.«

Sie sieht mich so abwartend an, dass ich gar nicht anders kann, als laut loszulachen. »Ich glaube, ich kenne niemanden, der so dermaßen neugierig ist wie du.«

»Das ist mein großes Talent. Früher oder später bekomme ich alles mit. Also?«

Ein paar Sekunden lang schießen Gedanken wie Raketen durch meinen Kopf. Wenn ich tatsächlich das Gefühl habe, dass aus Holly eine echte Freundin werden könnte, muss ich ihr einen Vertrauensvorschuss geben. Immerhin läuft das doch so bei Freundschaften, oder?

Im Kopf wäge ich das Für und Wider ab, doch schließlich entscheide ich mich dazu, Holly alles zu erzählen.
Von der Qualifikation für die Weltmeisterschaft, dem
Grund, warum ich überhaupt hier bin, bis zu meinen
ersten Begegnungen mit Ryan und seinem Vorschlag.
»Und so kam es dazu, dass wir zusammen trainieren.
Im Endeffekt hast du mich dazu gebracht, dem Deal zuzustimmen. Zuerst war ich nämlich ziemlich angepisst.«

»Weil dein Vater viel Geld hat und du nicht immer darauf reduziert werden willst?«, fragt sie mit ernster
Stimme und überrascht mich damit ein weiteres Mal.

»Ja, ich weiß irgendwie nie, wer es dann ernst mit mir
meint oder doch nur an die Kohle ran will. Bei Ryan ist
es zumindest klar, worum es geht. Vielleicht macht es
das auf den zweiten Blick dann doch irgendwie weniger schlimm.«

Ein paar Augenblicke vergehen, in denen niemand
von uns etwas sagt. Doch dann erhebt Holly wieder die
Stimme. »Ich frage mich nur, warum gerade alle Mannschaften auf Sponsoringsuche sind. Wills Mannschaft
sucht auch einen neuen großen Sponsor, aber er hat
mir bisher nicht gesagt, wofür genau. Er ist ziemlich
eingespannt durch das Training im Moment.«

»Will ist dein Bruder, oder?« Holly nickt, scheint in ihren Gedanken aber weit weg zu sein.

»Sportmannschaften suchen doch ständig nach jemandem, der noch mehr Geld reinpumpt. Vielleicht
brauchen sie das Sponsoring einfach für eine neue Ausrüstung. Ich glaube diese Polster und das ganze Zeug,
was die noch so brauchen, ist alles andere als günstig.«

»Das könnte sein. Die T-Shirts von den Jungs sehen auch nicht mehr gerade taufrisch aus. Und ich glaube, die haben einen ziemlichen Schlägerverschleiß. Wenn ich so an unsere Garage denke. Da drin stehen bestimmt zehn bis zwanzig von diesen Dingern herum.«

»Da hast du deine Antwort.« Ohne es zu wollen, wandert mein Blick zu der Uhr, die über der Tür hängt, und ich bereue es sofort. »Mist, ich muss dringend noch was für die Hausarbeit in einem meiner Wirtschaftskurse machen. Aber ich kann mich einfach nicht dazu aufraffen.«

»Eins muss man dir lassen. Du bist echt gut darin, vom eigentlichen Thema abzulenken. Aber ich bin eine gute Freundin und Mitbewohnerin. Deshalb sehe ich jetzt darüber hinweg und helfe dir bei deinem anderen Problem, das keine dunklen Haare und megamäßige blaue Augen hat. So richtig, richtig megamäßige blaue Augen.«

Wie kann es sein, dass ich in den letzten Wochen nicht wahrgenommen habe, wie lustig Holly ist?

»Tja, das ist eben mein Spezialgebiet. Und ja, dafür wäre ich dir echt dankbar.«

»Also«, sie rappelt sich auf und setzt sich hin, was ich ihr gleich tue. »Hast du einfach nur keinen Bock, weiter daran zu arbeiten oder gibt es irgendeinen bestimmten Grund dafür?« Ohne zu fragen, schnappt sie sich ein Pizzastück aus meinem Karton, nimmt die Salamischeibe herunter und beißt genussvoll hinein.

Jetzt fehlt nur ein Schreibblock mit Kugelschreiber und eine Brille auf ihrer Nasenspitze und Holly würde als Therapeutin durchgehen. Na gut, vielleicht nicht unbedingt mit der vor Fett triefenden Pizza in der

Hand, aber es geht in diese Richtung. »Ich check es einfach nicht. Absolut null, zero. Dieses Wirtschaftszeug macht mich fertig. Selbst wenn ich fünfzig Bücher täglich darüber lesen würde, würde ich wahrscheinlich keinen Schritt weiterkommen.«

»Habe ich schon erzählt, dass Will auch Wirtschaft studiert? Er ist ein Semester über dir und hatte die Themen alle schon mal. Vielleicht kann er dir ja helfen. Wenn du willst, kann ich dir seine Nummer geben.«

Bevor ich überhaupt einen Ton sage, springt Holly schon auf, geht zu ihrem Bett rüber und kommt mit ihrem Handy wieder zurück. »Hast du nicht gemeint, er wäre durch das Training ziemlich eingespannt?«

Sie winkt ab und tippt dann ein paar Mal auf dem Smartphone herum. »Will hat anderen schon immer gern geholfen. Ich habe ihn früher deshalb immer den barmherzigen Samariter genannt, weil er einfach nie ›Nein‹ sagen konnte. Das macht er bestimmt gern. Außerdem habe ich bei ihm noch etwas gut.« Ein Piepen ertönt und kündigt damit eine Nachricht an. Ein Lächeln breitet sich auf Hollys Lippen aus und sie hält mir ihr Handy vors Gesicht. »Siehst du? Ich sag doch, dass er nicht ›Nein‹ sagen kann.«

Das Smartphone ist so nah vor meinen Augen, dass ich einen Moment brauche, bis ich die Nachricht von Hollys Bruder entziffern kann. »Klar, schick mir ihre Nummer. Dann können wir ein Treffen ausmachen«, murmle ich die Message vor mich hin.

Wir tauschen rasch unsere Nummern aus und irgendwie habe ich dabei gemischte Gefühle. Einerseits, weil Holly und ihr Bruder beide gleichermaßen total hilfsbereit sind, ohne irgendetwas dafür zu verlangen.

Andererseits ist es mir nie leichtgefallen, Hilfe anzunehmen. Das kostet mich Überwindung, aber der Druck des Studiums wird immer höher, und wenn ich es wieder verkacke, will ich mir die Reaktion meines Vaters nicht mal ausmalen.

»Du musst dich schneller drehen, damit du die Kurve steiler bekommst«, ruft Ryan mir zu, während er an der Bande lehnt und mich beobachtet.

Nach dem Gespräch mit Holly gestern denke ich immer wieder über ihre Worte nach und dadurch fällt es mir schwer, mich zu konzentrieren. Dazu kommt, dass er entschieden hat, dass wir heute ›richtig mit dem Training loslegen‹, nachdem ich mich bei den Hockeyübungen nicht mehr so blöd angestellt habe und wieder mit einer gewissen Selbstsicherheit auf dem Eis stehe.

Ich halte an, um eine kurze Verschnaufpause einzulegen. Wir haben das jetzt schon so oft wiederholt, dass mein Atem schwer geht und mir der Schweiß kalt den Rücken herunterläuft. Meine Kondition hat unter den letzten Monaten, in denen ich rein gar nicht trainiert habe, echt gelitten. Das spüre ich in diesem Moment extrem deutlich.

»Ich krieg es einfach nicht hin.« Frustriert lasse ich die Arme an die Seite fallen. Das Schlimmste ist, dass ich in dem Augenblick, als Ryan auf mich zufährt, merke, dass mir verräterische Tränen in die Augen steigen. Rasch wende ich mich ab und blinzle mehrmals, um sie loszuwerden.

Ryan legt sanft seine Hände auf meine Schultern und dreht mich zu sich um. »Du machst dir viel zu viele Gedanken. Schalte einfach mal den Kopf aus. Im Moment geht es nur darum, dass du in diese ganze Materie wieder reinkommst. Es sitzt keine Jury hier irgendwo, um Punkte zu vergeben. Du darfst dich nicht selbst so dermaßen unter Druck setzen.« Er spricht die Worte mit einem so sanften Klang in der Stimme, dass ich mir noch kleiner vorkomme, als ich mich in diesem Augenblick ohnehin fühle.

Trotzdem sagt mir die Stimme in meinem Inneren, dass es stimmt. Dass ich aufhören sollte, mir über jeden noch so winzigen Schritt den Kopf zu zerbrechen. Ich muss es einfach tun, ohne zu viel nachzudenken. Aber genau da liegt das Problem. »Es kotzt mich einfach an, dass ich es nicht hinbekomme. Und jetzt heule ich auch noch rum wie so eine Vollidiotin. Wahrscheinlich gibt es niemanden sonst, der sich so bescheuert anstellt.«

Ryan sieht mich forschend an. Seine meerblauen Augen blicken dabei so tief in meine, dass ich das Gefühl habe, er könnte bis in die Grundtiefen meines Innersten sehen. Komplett unter die Oberfläche und erkennen, wie viele Risse darunterliegen, die ich immer wieder versuche zumindest kurzzeitig zu kitten. »Hast du das eigentlich schon Mal nur so zum Spaß gemacht? Einfach nur für dich?«

Ich weiß sofort, was er meint. Eislaufen, ohne Vorbereitungen auf Wettkämpfe oder Ähnliches. »Ja, aber das ist schon Jahre her. Seitdem gab es immer nur das Training für die Meisterschaften.«

Er nickt und sieht dabei so ernst aus, als wüsste er jetzt genau, wo das Problem liegt. »Pack deine Sachen, wir machen für heute Schluss.«

»Aber wir sind doch erst seit einer Stunde hier«, versuche ich ihm zu widersprechen, doch er schafft es, mich mit einem einzigen Wink mit der Hand zum Schweigen zu bringen.

»Das bringt so nichts. Du bist fix und fertig und wenn wir so weitermachen heute, wird es wahrscheinlich nur schlimmer. Ich habe eine andere Idee.« Ein sanftes Lächeln legt sich auf seine Lippen, das seine Augen zum Leuchten bringt. »Du gehst jetzt im Wohnheim unter die Dusche und ich hole dich in einer Stunde ab.«

Er wartet meine Zustimmung nicht einmal ab, sondern dreht sich um und fährt vom Eis. »Darf ich wissen, was du vorhast?«

»Das wirst du dann schon sehen. Zieh dir einfach bequeme Sachen an und sei in einer Stunde fertig«, antwortet er und ist im nächsten Moment vom Eis verschwunden.

Kopfschüttelnd sehe ich ihm ein paar Sekunden hinterher und obwohl ich es nicht will, breitet sich eine gewisse Aufregung in mir aus, die mein Herz zum Flattern bringt. Was er wohl vor hat?

Eine Stunde später klopft es an unserer Zimmertür und ich frage mich nur für etwa eine Sekunde, woher Ryan überhaupt weiß, welches mein Zimmer ist. Holly quietscht und ich werfe ihr einen warnenden Blick zu, kann mir das Lächeln aber trotzdem nicht verkneifen.

»Bleib cool«, sage ich mit leiser Stimme zu ihr und trete an die Tür. Holly setzt sich, wie so oft, in den

Schneidersitz und schließt die Augen, um mehrmals tief durchzuatmen, während ich eine Hand auf die Klinke lege. Als sie die Augen wieder aufmacht, mir zunickt und zumindest nach außen hin einen ruhigeren Eindruck macht, öffne ich die Tür.

»Hast du dich noch schnell anziehen müssen, oder warum hat das so lang gedauert?«, begrüßt Ryan mich und versucht, sich an mir vorbei in unser Zimmer zu schieben.

»Wollen wir nicht gleich los?«

Ohne auf meine Gegenfrage einzugehen, betritt er den Raum und entdeckt sofort Holly, die sichtlich versucht ihr extrem breites Grinsen zu verbergen. Sie rappelt sich vom Bett auf und geht auf Ryan zu, der noch dabei ist mit hochgezogenen Augenbrauen meine Strickarbeiten zu betrachten. Erst als sie direkt vor uns zum Stehen kommt, wendet er sich ihr zu.

»Du musst Chloés Mitbewohnerin und diejenige sein, die diese hübschen Sachen aus Wolle macht.« Er schenkt ihr ein einnehmendes Lächeln, das bei so einigen Studentinnen für Schnappatmung gesorgt hätte.

Holly kichert leise. »Einmal richtig, einmal falsch. Ja, ich bin Holly, Chloés Mitbewohnerin, aber diese hübschen Strickarbeiten«, vielsagend sieht sie mir direkt in die Augen und ich versuche, ihr zu verstehen zu geben, dass sie die Klappe halten soll, »sind nicht von mir.«

»Du strickst?«

»Sie sagt, dass es beruhigend auf sie wirkt. Wenn es nach ihr geht, würde sie am liebsten jedes Möbelstück einstricken.« Holly grinst Ryan frech an und deutet vielsagend auf das Deckchen, das den Schreibtisch bedeckt. Habe ich ernsthaft gestern noch gedacht, dass ich es cool finde, wie ehrlich und direkt Holly ist? Das nehme ich spätestens jetzt wieder zurück. Absolut. Nicht. Cool.

Meine Wangen brennen und ich würde Ryan am liebsten aus dem Zimmer stoßen und hinter ihm die Tür abschließen. »Wollten wir nicht irgendwohin gehen?«

Er nickt und löst langsam den Blick von dem regenbogenfarbigen Deckchen. »Wir sollten wirklich los.« Ryan wendet sich Holly zu. »War schön, dich kennenzulernen, Holly. Keine Sorge, ich werde dir deine Mitbewohnerin vor zehn zurückbringen.« Wieder schenkt er ihr dieses Lächeln und scheint genau zu wissen, was er damit bewirkt. Wie viele andere haben genau dieses Lächeln wohl schon von ihm geschenkt bekommen und sich davon um den Finger wickeln lassen?

Sie kichert und spielt mit einer ihrer blonden Korkenzieherlocken herum. »Klar, viel Spaß euch zwei!«

Auf dem Weg zum Uniparkplatz kann Ryan es einfach nicht lassen, mich weiter aufzuziehen. »Ich hätte echt nicht gedacht, dass du eine von denen bist. Ich dachte, das machen nur alte Omis vor dem Fernsehen.«

»Das lässt dich wohl nicht los, was?«

»Dass du versuchst, einen mit Stricknadeln zu bedrohen? Okay. Aber jetzt weiß ich, dass ich eher Angst davor haben muss, dass du mich lebendig einstrickst.«

Ich knirsche mit den Zähnen. »Glaub mir, das klingt gerade extrem verlockend.« Das werde ich Holly definitiv heimzahlen.

Kapitel 11: Chloë

»Ist es noch weit?«, frage ich im selben Moment, als Ryan den Blinker setzt und von der Hauptstraße auf einen schmaleren Seitenweg abbiegt.

»Gleich da.«

Glücklicherweise ist das Thema stricken nach einer gefühlten Ewigkeit nicht mehr interessant genug gewesen, um mich weiter damit zu nerven. Leider kenne ich Ryan nicht gut genug, um ihn als Revanche mit Irgendetwas aufzuziehen, wodurch wir doch wieder bei seinem Lieblingsthema gelandet sind: Bücher.

»Wie kommt es eigentlich, dass du so gerne liest?«

»Weil ich ein Typ bin?«

Ich schüttle den Kopf, obwohl ich nicht sicher bin, ob er das beim Fahren überhaupt sieht. »Weil du Eishockeyspieler bist und ... wahnsinnig viel Zeit auf dem Eis verbringst.«

Ryan schmunzelt. »Du wolltest etwas anderes sagen. Spucks schon aus, immerhin habe ich dich gerade lange genug auf den Arm genommen.«

»Ich dachte immer, dass Hockeyspieler nicht mehr allzu viel in der Birne haben, weil sie so oft gegen die Bande geklatscht werden.«

»Du bedienst dich also gerne an den Sportler-sind-dumm-Klischees. Interessant.« Er klingt alles andere als sauer, eher amüsiert. »Wir sind da.« Ryan lenkt das

Auto auf einen Schotterparkplatz und ich versuche, einen Blick nach draußen zu werfen. Doch da es im Herbst in Nova Scotia abends schon so früh dunkel wird, erkenne ich kaum etwas.

»Sagst du mir jetzt, was du vorhast? Bist du eigentlich so was wie ein irrer Entführer, der die jungen Frauen irgendwohin bringt, um sie in Ruhe um die Ecke bringen zu können?«

Ryan lacht auf und steigt aus, was ich ihm gleichtue. »Glaub mir, dann wäre ich nicht bis hierher gefahren. Wir sind an genug einsamen Wäldern auf dem Weg vorbeigekommen.«

Ich erwidere darauf nichts, sondern folge ihm zu einem hell erleuchtenden Gebäude. Wir treten hinein und als Erstes fällt mir die Discomusik auf, die im Hintergrund spielt. Ryan tritt im Vorraum an das Kassenhäuschen, in dem eine ältere Dame mit weißem Haar sitzt und uns durch das Fenster freundlich anlächelt. »Was kann ich für euch tun, Liebchen?«

»Zwei Paar Rollerskates, bitte.«

»Für den Verleih einfach einmal durch die Tür und rechts. Ich wünsche euch Täubchen viel Spaß.« Ich kann in ihren Augen genau ablesen, dass sie denkt, Ryan und ich wären ein Paar, verkneife mir aber einen Kommentar.

»Danke.« Ryan schenkt ihr ein Lächeln und macht sich auf den Weg zum Verleih. »Eigentlich wollte ich mit dir Schlittschuhlaufen gehen, aber das ist bei dem Wetter praktisch unmöglich. Das hier geht in dieselbe Richtung.«

»Du fährst mit mir extra weg von der Uni, wo wir eine ganze Eishalle für uns hätten, nur damit ich auf einer

Rollerskate-Bahn herumfahren und anderen Menschen ausweichen kann?«

Nun ist Ryan derjenige, der mit den Augen rollt. Doch dabei verblasst das Lächeln auf seinem Gesicht nicht. Im Gegenteil wird es eine Spur breiter. »Beschwerden sind erst erlaubt, wenn du es ausprobiert hast. Du solltest einfach mal die Erfahrung machen wie alle anderen, die so was einfach zum Spaß machen. Ob Schlittschuhfahren oder Rollerskates ist dabei komplett egal. Inklusive schlecht passender Skates.«

»Na meine bis gerade noch heilen Zehen werden sich freuen«, grummle ich vor mich hin und entlocke ihm damit ein leises Lachen.

Wie von der älteren Dame beschrieben, betreten wir die Halle und halten uns rechts. Ich lasse meinen Blick wandern, der sofort an der riesigen Rollerskate-Bahn in der Mitte hängenbleibt. Die Lautstärke der Discomusik hat deutlich zugenommen und viele der Menschen, die sich bereits auf der Bahn tummeln, haben sich in bunte Klamotten geworfen und sogar farbige Bänder in die Haare gebunden.

Obwohl der Raum abgedunkelt und nur von einigen bunten Neonlichtern erhellt wird, ist der Verleih schnell zu finden. Mehrere große Regale sind darin aufgebaut, die mit Schuhgrößen beschriftet und zahlreichen Rollerskates gefüllt sind.

Ein junger Mann, er ist ungefähr in unserem Alter, bedient ein anderes Pärchen, bevor er sich uns zuwendet. »Welche Größen darf ich euch bringen?«

»Für mich dreiundvierzig, bitte. Und für meine Begleitung?«

»Sechsunddreißig.«

Der junge Mann händigt uns die Rollerskates aus und Ryan gibt ihm dafür den Papierfetzen, den wir an der Kasse bekommen haben. »Viel Spaß euch zwei. Falls sie euch nicht passen sollten, kommt einfach nochmal.«

Ryan und ich bedanken uns und er führt mich zu den Sitzplätzen, die im Kreis um die Bahn aufgebaut wurden. »Dreiundvierzig? Ernsthaft?«, stoße ich hervor, als wir uns ein paar Meter von dem Verleih entfernt haben. »Das sind ja halbe Boote!«

»Kann ja nicht jeder so Zwergenfüße haben«, erwidert er grinsend.

»Vielleicht ...« Mein Blick bleibt an einem Pärchen hängen, das Händchen haltend über die Bahn fährt. Das bunte Licht spiegelt sich auf ihren Gesichtern wider und ich habe das Gefühl, ihr glückliches Lächeln bis hierher sehen zu können. Der Anblick versetzt mir einen Stich, ohne dass ich weiß, warum überhaupt.

»Ich weiß schon, mein Aussehen haut dich um. Aber warte erst mal, bis du die coole Rollerskate-Bahn siehst«, frotzelt er und reißt mich damit aus meiner Betrachtung.

»Ach, halt die Klappe.« Ich versuche zwar, mein Lächeln zu unterdrücken, aber so ganz will es mir nicht gelingen. Dafür haue ich ihm im Vorbeigehen den spitzen Ellenbogen in die Seite als Retourkutsche.

»Autsch, wofür war das denn?«, ruft Ryan mir hinterher, während ich mich auf den Weg zur Bahn mache. Irgendwie kann ich es kaum erwarten, loszulegen. Aber das braucht er nicht unbedingt zu wissen.

Ich drehe mich halb um und sehe, dass er fast wieder direkt hinter mir ist. »Du bist manchmal einfach unerträglich«, erwidere ich mit einem süffisanten Grinsen.

Blöderweise achte ich nicht darauf, wo ich hintrete, und verpasse eine der Stufen zu den Sitzplätzen. Ich stoße einen erstickten Schrei aus und rudere wild mit den Armen in der Luft herum, um mich auf den Beinen zu halten, bevor ich mich vor aller Welt auf die Schnauze lege. Doch soweit kommt es gar nicht. Zwei starke Arme legen sich um mich und fangen mich auf.

Mein Herz rast und mein Atem geht von dem Schreck immer noch schnell, als ich direkt in Ryans Augen sehe. Ich versinke förmlich in ihrem tiefen Blau und bin ihm so nah, dass ich jede seiner Wimpern zählen könnte. Mehrere Augenblicke vergehen, bis er die Stimme erhebt und den Bann bricht.

»Ich hätte nicht gedacht, dass du so gefangen von meinem Anblick bist, dass du die Stufe herunterfällst.« Eigentlich sollen seine Worte wie ein Scherz klingen, stattdessen ist seine Stimme ein wenig heiser und sein Adamsapfel hüpft auf und ab, als er fest schluckt. Sein Blick wandert über mein Gesicht, als würde er sich jedes noch so kleine Detail einprägen wollen und in diesem Moment geschieht irgendetwas zwischen uns. Etwas, das ich nicht benennen kann.

Ryan blinzelt mehrmals und sein Blick verändert sich. Er lässt ruckartig seine Arme sinken und weicht einen Schritt von mir zurück, als hätte ich ihm einen Stromschlag verpasst und er deshalb einen Sicherheitsabstand wahrt. Für den Bruchteil einer Sekunde zuckt derselbe verwirrte Ausdruck über sein Gesicht, den ich tief in mir spüre. Doch er verschwindet schnell wieder und weicht einem spöttischen Lächeln.

»Rede dir ruhig ein, dass es an dir und nicht daran liegt, dass ich die Stufe zu spät gesehen habe«, gebe ich verspätet und mit deutlich weniger Spott in der Stimme zurück.

»Du hast schon mal besser geknurrt, Tiger.« Ryan zwinkert mir zu und schiebt sich an mir vorbei, um die Führung zu übernehmen.

Noch immer spüre ich die Wärme, die Ryans Berührung durch meinen Körper geschickt hat und will mir trotzdem nicht eingestehen, was dahinterstecken könnte. Ich weiß genau, was Holly tun würde, wenn sie hier wäre. Zuerst würde sie sich mit der flachen Hand gegen die Stirn klatschen und mir sagen, dass ich mich wie ein blindes Huhn auf der Suche nach einem Korn anstelle. Und die Antwort doch fast wie Leuchtreklame in Vegas direkt vor mir in Großbuchstaben aufblinkt.

Ich schiebe diesen Gedanken weit von mir. Das ist dieser romantische Ort, der mir Dinge vorspielt, die so gar nicht passiert sind. Ich wäre fast gestürzt, Ryan hat mich aufgefangen und dabei berühren sich Menschen eben – nicht mehr und nicht weniger ist vorgefallen. Ryan und ich haben einen Deal am Laufen. Wir trainieren zusammen, haben beide ein Ziel und ziehen deshalb am selben Strang. Mehr ist da nicht.

Ich ignoriere die kleine Stimme in meinem Kopf, die mir sagt, dass das nicht die erste Berührung von ihm ist, die mich so durcheinanderbringt. Die mich wie ein Stromschlag trifft, mein Herz zum Rasen bringt und meinen Körper in Brand gesetzt hat. Glücklicherweise erreichen wir den Eingang zur Bahn und meine wirren Gedanken werden unterbrochen, bevor ich mich tiefer in dieses Karussell hineinziehen lasse.

Rasch lasse ich mich einfach auf den nächstbesten Platz sinken und ziehe die Rollerskates an, während

Ryan innerhalb weniger Augenblicke schon auf der Bahn steht und mir zuwinkt.

»Chloé, komm schon. Wo bleibst du?«

Ich rolle mit den Augen und sehe ihm kopfschüttelnd einen Moment zu, auch wenn er Ersteres mit großer Wahrscheinlichkeit aus der Entfernung nicht erkennt. Den Gedanken daran, wie viele Leute die Dinger schon vor mir anhatten und wie oft sie desinfiziert werden, schiebe ich in den hintersten Winkel meines Kopfes.

Eine Minute später stehe ich ebenfalls auf der Bahn. Ich sehe mich nach Ryan um, der mich im selben Moment entdeckt und mit nach außen weisenden Zehenspitzen in Kreisen umrundet. »Hast du es auch endlich geschafft?«

»Lass das, mir wird schwindelig beim Zuschauen.« Und das ist nicht einmal gelogen, denn Ryan nimmt immer mehr Speed auf und fährt so schnell um mich herum, dass wir schon die ersten Blicke auf uns ziehen. »Außerdem schauen die anderen Leute schon.«

Ein Grinsen breitet sich auf seinem Gesicht aus, von dem ich mit Sicherheit weiß, dass es nichts Gutes bedeutet. »Bin ich dir etwa peinlich?« Kaum hat er die Frage beendet, fährt er einen weiten Bogen, um dann direkt vor mir scharf zu bremsen.

»Wenn du dich so aufführst schon ein bisschen.« Mit Daumen und Zeigefinger zeige ich ihm den größtmöglichen Abstand.

»Oh, da habe ich aber noch etwas viel Besseres auf Lager.«

Ich schaffe es nicht einmal mehr einen protestierenden Laut von mir zu geben, als er schon Anlauf nimmt und einen weiten Bogen macht. Er dreht sich um, fährt mehrmals super nah rückwärts an mir vorbei, um ein weiteres Mal auszuholen. Plötzlich knickt er in der Hüfte ein und fängt damit an sie, alles andere als zum Rhythmus der Musik passend, von rechts nach links zu schwingen. Dabei stützt er eine Hand in die Hüfte und die andere schwingt er mit ausgestrecktem Zeigefinger von oben schräg nach unten. In diesem Moment erinnert er mich an einen miesen Elvis Presley-Abklatsch.

Mir entschlüpft ein lautes Lachen und spätestens nach dieser Vorführung ist uns die Aufmerksamkeit der anderen Besucher sicher.

»Und, wie sieht's jetzt mit deiner Peinlichkeitsschwelle aus?«, fragt er mich mit einem Glitzern in den Augen.

»Deutlich überschritten«, gebe ich immer noch lachend zurück. »Außerdem hast du echt Null Taktgefühl. Warst du jemals in deinem Leben schon mal tanzen?« Ich werde das Bild vor meinem inneren Auge nicht los, wie Ryan sich als Disco-Clown aufführt. »Eins muss man euch Eishockeytypen lassen, ihr kennt echt keine Grenzen. Egal, ob auf Schlittschuhen oder Rollerskates.«

»Das nehme ich trotzdem als Kompliment. Auch wenn mein Tanzkönnen vielleicht ein bisschen zu wünschen übriglässt, scheinst du tief beeindruckt von meinen kleinen Tricks zu sein.« Ryan stößt sich ab und fängt schon wieder damit an, mich rückwärtsfahrend zu umkreisen. »Bist du nicht auch zum Fahren da? Irgendwie macht es wenig Sinn, nur herumzustehen.«

»Danke für den Tipp, Sherlock. Wenn du damit aufhören würdest«, ich fuchtle mit meiner Hand in der Luft vor mir herum, »dann würde ich ja fahren.« Ich bin mir mehr als sicher, dass er nicht zum ersten Mal hier ist. Und obwohl ich daran überhaupt nicht denken will, frage ich mich trotzdem, mit wem.

Ryan bremst mit einem Ruck direkt vor mir ab. »Wusstest du, dass Sherlock Holmes zuerst Sherrinford heißen sollte?«

»Nein. Aber danke für diese superinteressante Randnotiz.« Ich fahre an ihm vorbei, um auch endlich mal die Bahn zu testen. Immerhin sind wir nur deswegen hierhergefahren und es wäre verlorene Zeit nur Ryan zuzusehen, ohne es selbst probiert zu haben. Doch er folgt mir und redet in meinem Rücken einfach weiter.

»Und das wahrscheinlich nur, weil ein Cricketspieler so hieß und der Autor ein großer Fan des Sports war.«

Ich ignoriere seine Weisheiten und drehe eine große Runde am Rand und weiche dabei den anderen Besuchern aus, die sich mal mehr, mal weniger elegant überall verteilt fortbewegen. Ein Unterschied, der mir sofort auffällt, ist die Beschaffenheit im Vergleich zum Eis.

Ich brauche ein paar Runden, bis ich mich daran gewöhnt habe. Auch die ausgeliehenen Rollerskates passen alles andere als perfekt und stellen das zweite Handicap dar. Ohnehin ist es komplett anders auf den Dingern zu fahren als mit Schlittschuhen auf dem Eis.

»Einen Penny für deine Gedanken.« Ryan taucht neben mir auf und sieht mich fragend an. »Irgendwie siehst du immer noch nicht so richtig gelöst aus.«

Ich zucke mit den Schultern und vollführe eine enge Wendung, um zwei Kindern auszuweichen, die sich ohne Rücksicht auf Verluste gegenseitig jagen. »Es ist nicht so leicht, einfach loszulassen.«

Ryan fährt vor mich und zwingt mich dadurch dazu, anzuhalten. »Dann lass mich dir helfen.« Er streckt auffordernd seine Hand nach mir aus. Verwirrt betrachte ich sie ein paar Wimpernschläge lang. »Komm schon, ich werde dich schon nicht kidnappen.«

Ein leises Lachen entschlüpft meinen Lippen und ich greife nach seiner Hand. »Hast du das nicht schon, als du mich hierhergebracht hast?«

Als Ryan laut auflacht, breitet sich bei dem Klang ein warmes Gefühl in meinem Inneren aus. Sanft zieht er an meiner Hand und wir setzen uns zusammen in Bewegung. Seine Hand sendet kleine Blitze durch meinen Arm in meinen ganzen Körper.

Ich versuche, alles abzuschalten. Die Gedanken, die Unsicherheiten, die Erinnerungen an das, was einmal war und einfach im Hier und Jetzt zu bleiben. Mir dem Boden unter meinen Rollschuhen bewusst werden, die Musik nicht nur zu hören, sondern auch zu spüren, dem fröhlichen Lachen und Geplapper der Menschen um mich herum und Ryan an meiner Seite, der meine Hand immer noch hält und mit mir gemeinsam fährt.

Und es hilft. Nicht nur seine Nähe, sondern auch das bewusste Steuern meiner Gedanken auf das Hier und Jetzt. Ryan und ich werden immer schneller, gleiten über die Bahn als hätten wir zusammen nie etwas anderes gemacht und zum ersten Mal interessiert es mich null, ob und wenn ja wer mich beobachtet. In diesem Moment bin ich wie alle anderen hier und nur da, um Spaß zu haben. Ohne den Druck, irgendwelche schwierigen Figuren, Sprünge oder Schrittabfolgen hinkriegen oder irgendetwas beachten zu müssen. Ohne perfekt sein zu müssen.

Mit einem Mal wird die Musik heruntergedreht und eine Stimme schallt aus den Lautsprechern. »Es ist Zeit für unseren allabendlichen Line-Dance, Freunde! Jeder sucht sich einen Partner und dann ab in die Mitte mit euch.«

Ryan verstärkt den Griff um meine Hand, um mich in die Bahnmitte zu ziehen. Meine Proteste ignoriert er einfach und erst, als wir uns in die sich bildende Tanzgruppe eingereiht haben, lässt er mich los.

»Das mache ich auf gar keinen Fall.« Vehement schüttle ich den Kopf, doch kassiere dafür von ihm nur ein breites Grinsen.

Er legt beide Hände auf meine Schultern und macht Bewegungen, als würde er sie massieren wollen. »Komm schon, Chloé. Werde mal bisschen locker. Das macht bestimmt Spaß.«

Bevor ich auch nur die Möglichkeit habe, etwas zu erwidern, stellt Ryan sich gegenüber von mir auf und Musik setzt ein. Die Lichter blitzen noch stärker und mir klappt beinahe die Kinnlade auf, als dann auch noch eine Discokugel aus der Decke kommt und über uns schwebt.

Oh Gott. Das kann nicht sein Ernst sein. Die Fluchtgedanken müssen mir ins Gesicht geschrieben stehen, denn er schüttelt nur leicht den Kopf und hebt beruhigend die Hände. Als würde er mir sagen wollen, dass alles gut wird und ich mich einfach darauf einlassen soll. Einfacher gesagt, als getan.

Doch dann dringt, passend zum Takt der Musik, abermals eine Stimme aus den Lautsprechern. Dieses Mal in einem Sprechgesang, der uns die Schrittabfolge vorgibt. »Links, rechts und vor, zurück. Drehung links, Schritt nach rechts.«

Während es bei Ryan, der das fehlende Taktgefühl offensichtlich nur vorgetäuscht hat, ziemlich einfach aussieht, habe ich das Gefühl, dass meine Beine gleich eher zu einem Knoten werden.

Es dauert ein bisschen, bis ich den Dreh raushabe. Doch als es soweit ist, macht es richtig Spaß. Ich spüre die Musik vom Kopf bis in die Zehen. Nehme das Lachen der Menschen um mich herum wahr und spüre, wie sich auch auf mein Gesicht ein immer breiteres Lächeln legt.

»Schritt nach vorn, greift die Hände eures Partners und Drehung links«, dröhnt es aus den Lautsprechern.

Ryan und ich fahren aufeinander zu und strecken unsere Hände aus. Seine liegen rau über meinen und umschließen sie beinahe komplett. Augenscheinlich habe ich nicht nur Zwergenfüße, sondern auch Zwergenhände. Dabei ist sein Blick die ganze Zeit auf meine Augen gerichtet und auch ich kann mich nicht von seinen lösen.

Wenn es eine Farbe gibt, die ich mit Freiheit verbinde, dann ist es dieses Meerblau. Ich könnte stundenlang darin versinken. Nach der Drehung müssen wir uns schon wieder voneinander trennen. Aber das ist vermutlich besser so, weil mir durch die Nähe schon ziemlich heiß geworden ist.

Ich habe jegliches Zeitgefühl verloren und absolut keine Ahnung, wie lange Ryan und ich schon am Tanzen sind. Es fühlt sich alles mit einem Mal so leicht und frei an, dass ich mich die ganze Zeit frage, ob es manchmal wirklich so einfach ist. Eine ausgestreckte Hand ergreifen und spüren, was es bedeutet, diesen Schritt gewagt zu haben.

Bis vor ein paar Stunden hätte ich das nie gedacht, aber das Rollerskaten macht mir wirklich Spaß. Ryan und ich tanzen bis zum Schluss und anschließend legt er noch ein paar seiner seltsamen Eishockeystunts auf Rollschuhen hin und bringt damit nicht nur mich zum Lachen, sondern auch einige der Besucher, die seine Show beobachten. An ihm ist wirklich ein Entertainer verlorengegangen.

»Lass uns eine Pause einlegen«, unterbricht er dieses Hochgefühl und deutet auf die Sitzplätze außerhalb der Rollschuhbahn. Als er meine Hand loslässt, verschwindet ein kleiner Teil der Wärme aus meinem Körper. Und das obwohl ich vom Tanzen immer noch ziemlich erhitzt bin.

»Lust auf eine Abkühlung? Draußen kann man sich ans Lagerfeuer setzen und Würstchen braten.« Wie auf Kommando gibt mein Magen ein lautes Brummen von sich. »Das nehme ich als ja.«

Wenige Minuten später finden wir uns vor dem Gebäude wieder. Sein Atem bildet weiße Wölkchen in der kühlen Abendluft und ich merke erst jetzt, dass mich das Rollerskaten deutlich mehr angestrengt hat, als ich zuerst vermutet habe.

»Willst du einen Tee oder so?«

Ich schüttle den Kopf und hebe belehrend den Zeigefinger. »Immer Kaffee. Das ist die einzige richtige Antwort. Merk dir das.«

Ryan deutet auf eine kleine Hütte halb versteckt hinter der Halle, in der die Heißgetränke ausgeschenkt werden. »Dann eben Kaffee.«

Die meisten Tische mit Heizpilzen sind belegt, weswegen wir uns mit unseren Bechern ans Lagerfeuer setzen. Zugegeben gefällt mir das ohnehin viel besser.

Es ist um einiges gemütlicher auf den Baumstämmen rund um das Feuer, als ich zuerst angenommen habe. Ryan reicht mir eine der Decken, die in kleinen Holzkisten links und rechts gestapelt liegen. »Falls dir kalt ist.«

Ich schenke ihm ein dankbares Lächeln, stelle meinen Becher zur Seite und wickle mich in den weichen Stoff ein. Es hat etwas Heimeliges hier zu sitzen, in die Flammen zu starren und dem Knistern zu lauschen. Zumindest bis mein Magen beim Duft der gebratenen Würstchen ein weiteres, forderndes Knurren von sich gibt.

Sofort spüre ich Ryans Blick auf mir liegen. Ich drehe mich zu ihm und erkenne direkt das amüsierte Funkeln in seinen Augen. »Ich hole sofort unsere Würstchen, aber bitte friss mich nicht auf.«

Bevor ich antworte, steht er auf, reicht mir seinen Becher und geht auf das Holzhäuschen zu. Wenige Minuten später kommt er mit zwei auf Stöcken aufgespießten Würstchen wieder zurück. »Hier, für dich.«

»Danke.« Meine Stimme klingt viel zu leise und ich bin mir nicht sicher, ob er mich überhaupt hört.

Ryan lässt sich wieder neben mir auf den Baumstamm sinken. »Wir wollen ja nicht, dass du vor Hunger umfällst.« Er zwinkert mir zu und mir wird augenblicklich wärmer. Auch wenn ich das auf das Feuer schiebe, das weiterhin vor uns hin flackert.

Wir halten die Würstchen in die Flammen und es dauert nicht lange, bis von ihnen ein wunderbarer Duft ausgeht. Ryans Blick liegt auf mir und ich schaffe es nicht länger, ihn zu ignorieren. »Warum schaust du so?«

»Du guckst so konzentriert, als müsstest du irgendeine mathematische Gleichung lösen.«

»Ich will einfach nur nicht, dass mir das Würstchen ins Feuer fällt.«

Ryan rutscht ein wenig näher und legt seine Hand knapp über meiner um den Stock. Mit einer einfachen Bewegung zieht er ihn ein Stück aus den Flammen heraus, sodass sie nur noch leicht an dem Würstchen lecken. »Du solltest nur nicht versuchen, gleich den ganzen Stock mitsamt der Wurst abzufackeln.« Er löst seine Hand, doch mir ist nur allzu bewusst, dass er weiterhin so nah bei mir sitzen bleibt und nicht zurückrutscht.

»Man lernt wohl nie aus«, gebe ich zurück und hoffe, dass nur mir das leichte Zittern in meiner Stimme auffällt.

Ryan beugt sich zu mir und ich bin mir seiner Nähe mit jeder Pore meines Körpers bewusst. »Sie wollen mir doch nicht weiß machen, dass Sie noch nie ein Würstchen über einem Lagerfeuer gebraten haben, Ms. Monet?«

Kapitel 12: Chloe

»Versuch, dich an unseren Ausflug zu erinnern, wenn du gleich loslegst. Nicht wieder zu sehr verkrampfen, sondern ohne Druck drangehen«, ruft Ryan mir zu, während er an der Anlage herumwerkelt.

»Das sagt sich so leicht«, murmle ich vor mich hin und sobald ich ausgesprochen habe, schallt Musik aus den Boxen. Glücklicherweise keine Discomusik. Die hat zwar perfekt zum Line Dance beim Rollerskaten gepasst, aber beim Eiskunstlaufen fühle ich das eher nicht.

Behände springt Ryan über die Bande und kommt zu mir aufs Eis. »Bereit?«

Ich nicke fest, obwohl ich mich alles andere als bereit fühle. Die Leichtigkeit, die mich gestern Abend auf der Rollschuhbahn überkommen hat, spüre ich nicht mehr. Dafür rutscht mir der Magen beinahe bis zu den Kniekehlen runter, wenn ich nur daran denke, mich gleich zum ersten Mal wieder an einem Sprung zu versuchen.

»Dann los. Das wird schon klappen.« Ryan fährt ein paar Meter rückwärts, um mir Platz zu machen, und streckt mit einem aufmunternden Lächeln dabei beide Daumen in die Höhe.

Ich atme tief durch und fahre los. Zuerst drehe ich ein paar Runden, um mich zu beruhigen, und rufe mir dabei das Gefühl zurück ins Gedächtnis, das ich gestern gespürt habe. Ich lege das linke Bein über das rechte und mache eine Schraubenpirouette, die ich nach ein paar Drehungen wieder auflöse.

Mit aller Kraft versuche ich meinen Körper an die Leichtigkeit und die Freiheit zu erinnern, die ich sowohl gestern, als auch sonst beim Eiskunstlauf empfunden habe. Wie von allein finde ich in die nächste Pirouette. Endlich scheint sich mein Körper an die Aufgaben zu erinnern, die ihn so viele Jahre lang begleitet haben. Wie von selbst biegt sich mein Oberkörper nach hinten, während mein rechtes Bein angewinkelt ist und ich die Arme ausstrecke.

Von der Himmelspirouette finde ich schnell in die Biellmannpirouette, indem ich die Drehungen verlangsame, mein Bein hebe und an die Kufe meines Schlittschuhs greife, um es damit nach oben zu ziehen. Ein Grinsen breitet sich auf meinem Gesicht aus, weil es sich so unheimlich gut anfühlt.

Durch die Pirouetten habe ich neuen Mut gefasst und fühle mich bereit. Bereit, einen Sprung zu wagen. Endlich, nach all der Zeit. Ich fahre einen Bogen und drehe mich um, bin sicher in meinem Vorhaben – bis ich abspringe. Im Bruchteil einer Sekunde legt sich ein Schalter in meinem Kopf um und ich weiß, dass ich fallen werde, noch bevor ich aufkomme.

Als ich hart auf dem Eis aufschlage, presst es mir den gesamten Sauerstoff aus den Lungen und für einen Moment wird mir schwarz vor Augen. Ein schmerzerfülltes Stöhnen verlässt meine Lippen, als ich versuche mich aufzusetzen.

»Fuck, Chloé!« Nur einen Wimpernschlag später kniet Ryan neben mir. »Alles okay?« Er greift nach meiner Hand und zieht mich vorsichtig in eine sitzende Position.

»Geht schon«, knurre ich und fahre mir mit der Hand über das Knie. »Das war eine richtige scheiß Idee.« Der Schmerz verflüchtigt sich und macht einem Gefühl Platz, das ich definitiv nicht in mir will: Enttäuschung. Für einen Moment habe ich wirklich geglaubt, dass es klappt. Dass ich meine Angst überwunden habe und mir der Sprung glücken würde. Und dann ist wieder so eine verdammte Scheiße passiert.

»Komm, ich helfe dir hoch.« Ryan richtet sich auf und streckt mir die Hand hin, um mich auf die Beine zu ziehen. »Was war los?«

Ich zucke mit den Schultern. »Es war alles gut, bis ich abgesprungen bin. Da ist irgendetwas passiert, ich weiß nicht, wie ich es beschreiben soll. Es hat sich angefühlt, als hätte sich in mir irgendetwas verändert und mit einem Schlag wusste ich, dass es nicht hinhauen wird.« Die Worte kommen genauso wirr aus meinem Mund, wie sie in meinem Kopf umhergeschwirrt sind.

»Du blockierst dich selbst. Das alles steckt in dir drin.« Er deutet mit der freien Hand auf meine Brust, auf Höhe meines Herzens. Keine Ahnung, ob er bemerkt, dass er mit der anderen meine Hand immer noch festhält. Aber da es sich im Moment so gut anfühlt, mache ich ihn nicht darauf aufmerksam. »Wir müssen das nur rauskitzeln und dafür sorgen, dass dein Gedankenchaos nicht wieder alles kaputtmacht.«

Ich beobachte, wie es hinter seiner Stirn arbeitet. Falten bilden sich darauf und sein Blick wandert zuerst über das Eis und dann zu der Musikanlage, die immer noch vor sich hin dudelt. Der Song von Eminem, der gerade läuft, passt so gar nicht zu der Situation.

»Du heckst gerade irgendetwas aus, oder?«

Ryans Augenbrauen schießen in die Höhe und ein winzig kleines Lächeln lässt seine Mundwinkel ebenfalls nach oben wandern. »Ich habe eine Idee. Das ist nur ein Versuch, aber vielleicht klappt es.« Er lässt meine Hand los und sofort spüre ich eine Kälte, die kein Handschuh dieser Welt verhindert.

Ich sehe ihm dabei zu, wie er zu der Anlage fährt und auf seinem Handy herumtippt, worauf ein anderes Lied erklingt: »Love Story« von Taylor Swift.

»Ich wusste gar nicht, dass du ein Swiftie bist«, rufe ich Ryan zu, der zurück aufs Eis springt und zu mir in die Mitte fährt.

»Taylor erwähnt in diesem Lied eine der tragischsten Liebesgeschichten der Weltliteratur. Ich liebe es.« Ryan sagt die Worte mit so viel Ernst in der Stimme, dass ich laut auflache. Trotzdem erkenne ich sofort dieses schelmische Aufblitzen in seinen Augen. »Darf ich um diesen Tanz bitten?« Er verbeugt sich vor mir und streckt seine Hand aus, was mein Herz schon wieder zum Stolpern bringt.

»Willst du mir vorher erklären, was du dir ausgedacht hast?« Ich bete, dass nur mir auffällt, wie wackelig meine Stimme klingt. Wenn sie eine Brücke wäre, würde ich jedenfalls keinen einzigen Schritt darauf setzen.

Lächelnd schüttelt er den Kopf. »Lass dich einfach mal darauf ein. Ohne groß darüber nachzudenken oder dir Sorgen zu machen. Du kannst mir vertrauen, okay?«

»Okay«, antworte ich leise. Dann lege ich meine Hand in seine und als sie sich darum schließt, pocht mein Herz wie wild.

Gerade als Taylor in den Refrain übergeht, führt Ryan mich in einem weiten Bogen um sich herum. Zuerst fühle ich mich unsicher, weiß nicht so recht wohin mit meinen Armen und Beinen. Es ist schon eine halbe Ewigkeit her, seit ich das letzte Mal mit einem Mann auf dem Eis getanzt habe. Rührt die plötzliche Nervosität davon oder hat Ryan da seine Finger im Spiel?

Ich gestehe es mir nur ungern ein, aber etwas hat sich in der letzten Zeit zwischen uns verändert. So richtig benennen kann ich es nicht. Es ist dieser Funke. Er glüht immer dann in mir, wenn Ryan bei mir ist. Ich weiß nicht, ob es nur mir so geht, aber unser gemeinsames Training hat sich zu mehr entwickelt. Zu mehr als einem einfachen Deal. Es ist, als würde alles in den Hintergrund rücken, sobald er mich berührt. Und trotzdem darf ich nicht vergessen, dass genau das der Grund dafür ist, warum wir überhaupt hier sind.

Ich schlucke fest und schüttle die Gedanken von mir ab. Konzentriere mich voll auf Ryan, seiner Hand in meiner, die mich in Figuren führt, von denen ich nicht einmal wusste, dass ein Eishockeyspieler sie überhaupt beherrscht. Die Musik klingt in meinem Körper wider, berührt mich und macht diesen Moment zu etwas Besonderem.

Ryan hebt den Arm und ich vollführe eine kleine Pirouette, bevor er mich loslässt und ich ein Stück von ihm entfernt rückwärtsfahre. Er streckt seine Hand aus und ich ergreife sie. Mein Bein hebt sich wie von selbst zu einer Standwaage und ich spüre wieder diese Leichtigkeit, die mich auf der Rollschuhbahn ergriffen hat. Sie flutet meinen gesamten Körper und setzt sich in meinem Herzen fest, das immer weiter zu wachsen scheint.

Ein Lachen verlässt meine Lippen, als Ryan die Hände um meine Taille legt und ich mich in einer Standpirouette drehe. Wir lösen die Figur gemeinsam auf und ich habe zum ersten Mal seit einer Ewigkeit wieder das Gefühl, alles schaffen zu können. Dass nur ein winzig kleiner Schritt fehlt, um die letzte Mauer einzureißen. Ich fahre einen Bogen und entferne mich so ein Stück von Ryan. Als ich einen weiteren mache, liegt sein Blick immer noch auf mir. Ich verschwende keinen Gedanken daran, ob das wieder schieflaufen könnte. Ob ich wieder fallen und dadurch dieses Gefühl der Leichtigkeit verlieren würde. Denn irgendetwas sagt mir, dass es dieses Mal anders sein wird.

Mein rechtes Bein kennt seine Aufgabe und schwingt von hinten nach vorne. Ich springe ab und drehe mich dreimal in der Luft, bevor ich rückwärts auf dem rechten Bein lande und das linke nach hinten ausgestreckt ist. Ich kann es kaum fassen und bleibe stehen. In diesem Augenblick bekomme ich rein gar nichts mehr von der Musik oder sonst irgendetwas um mich herum mit. Ich habe es geschafft, zu springen. Einen Axel. Den schwersten der sechs Grundsprünge. Dreifach. Mit perfekter Landung.

»Das war unfassbar!«

»Ich kann es nicht glauben. Ich habe es geschafft!« Wie zuvor denke ich nicht darüber nach und ehe ich mich versehe, finde ich mich in Ryans Armen wieder. Meine schließen sich um seinen Nacken und mein Kinn kommt auf seiner starken Schulter zum Liegen. Ich umarme ihn so stürmisch, dass er für einen Augenblick das Gleichgewicht verliert, aber zum Glück fängt er sich schnell wieder, bevor wir gemeinsam auf dem Eis landen.

Ryan versteift sich kurz, doch legt dann ebenfalls seine Arme um mich. »Das war wirklich der absolute Wahnsinn. Zugegeben, ich dachte kurz, dass du dir gleich wieder das Eis aus der Nähe anschaust. Aber als du abgesprungen bist, wusste ich, dass es dieses Mal klappt.«

Ein Schauder rieselt meinen Rücken hinunter, als ich seine Stimme so nah an meinem Ohr höre, und ein leichtes Beben ergreift von meinem Körper Besitz, das in eine Gänsehaut übergeht. Sind das seine Lippen, die ich sanft wie einen Lufthauch an meiner Wange spüre? Oder bilde ich mir das nur ein?

»Danke«, murmle ich und meine Knie werden weich.

Plötzlich wird mir die Nähe zu viel. Ich spüre Ryan überall. Seine Hände auf meiner Taille, sein leichter Bart, der sanft an meiner Wange kratzt, während er spricht und sein Atem auf meiner Haut. Ich löse mich ein Stück von ihm, wodurch seine Hände einfach herunterfallen.

»Alles okay?« Seine Stimme klingt heiser.

Ich versinke in seinen blauen Augen, die gerade wie ein offenes Tor zu seiner Seele wirken. Darin ist so viel zu lesen, dass die unterschiedlichsten Empfindungen meinen Körper durchfluten und ich nicht weiß, wie ich damit umgehen soll.

»Sorry, das war gerade ein bisschen zu stürmisch«, gebe ich zurück und spüre, wie mir die Hitze in die Wangen steigt. Das passiert mir in seiner Nähe eindeutig zu oft. Aber er überspielt meine Unsicherheit mit einem sanften Lächeln, das seine Augen aufleuchten lässt.

»Soll ich es gleich nochmal probieren?«

Spätestens damit ist der Moment zwischen uns vorbei. Er schließt die Augen und als er sie wieder öffnet, hat er die kleine Mauer hochgezogen, von der ich dachte, sie in den vergangenen Tagen Stein für Stein abgebaut zu haben. Eine Mauer, die sich immer dann bildet, wenn es wieder rein um das Training und den Deal geht – und irgendwelche Gefühle, die vielleicht eine Rolle spielen, zur Seite geschoben werden.

Ryan macht eine ausladende Handgeste, wirkt aber in Gedanken. »Nur zu. Übung macht den Meister.«

Wir bleiben eine weitere Stunde in der Eishalle. Zwar stürze ich nicht mehr, aber mir gelingt gleichzeitig kein einziger Sprung mehr so gut, wie bei unserem gemeinsamen Tanz auf dem Eis. Dafür bin ich zu sehr in meinen Gedanken verstrickt. Vor allem eine Frage in mir wird immer präsenter und drängender: Was hat das zwischen uns zu bedeuten? Leugnen kann ich es nicht länger, dass da mehr ist, als der Deal vorgegeben hat. Spätestens seit dem Abend gestern auf der Rollschuhbahn, an dem wir zusammen getanzt haben, Würstchen gegessen und so viel gelacht haben, ist es um mich geschehen. Und einen mieseren Zeitpunkt könnte es dafür kaum geben.

Mein Blick wandert zu Ryan, der die Musikanlage ausstellt und mit dem Rücken zu mir steht. Es ist, als würde er ihn wie magisch anziehen. Wenn ich weiß, dass er im selben Raum ist, schaue ich ihn automatisch an und das klingt dermaßen ekelhaft süß, dass mir bei dem Gedanken daran beinahe übel wird. Ich glaube, ich habe das noch nie gefühlt. Zum ersten Mal will ich jemanden nicht nur, weil er gut aussieht. Sondern um seinetwillen.

»Denk nicht so viel nach, das gibt nur Falten.« Obwohl ich ihn die ganze Zeit angesehen habe, habe ich nicht gemerkt, dass Ryan sich umgedreht hat.

»Wir wissen beide, dass ich mir notfalls eine Ladung Botox leisten könnte.« Kaum habe ich die Worte ausgesprochen, bereue ich es. Durch diesen absolut bescheuerten Spruch habe ich ihm mit Bravour vor Augen geführt, warum wir hier sind. Ich, weil ich endlich wieder ohne Angst auf dem Eis stehen will und er, weil er die Kohle meines Vaters braucht.

Doch Ryan steigt überhaupt nicht auf meinen Spruch ein, wie ich es erwartet habe. Stattdessen sieht er mir ein paar Sekunden lang mit ernstem Gesichtsausdruck tief in die Augen. »So einen Kram hast du gar nicht nötig.«

Mein dummes Herz stolpert bei seinen Worten und schlägt dann in einem doppelt so schnellen Rhythmus wie vorher weiter. »War auch nur ein Witz.«

»Lass uns für heute Schluss machen. Das war schon echt gut. Bald bist du wieder ganz die Alte auf dem Eis.« Ryan schenkt mir ein Lächeln, das mein Herz schon wieder flattern lässt, wofür ich es am liebsten zurechtweisen würde. »Konntest du eigentlich schon mit deinem Vater sprechen? Der Coach hat gefragt, ob ich das nochmal abchecken könnte. Wenn du willst, habe ich auch eine Slideshow vorbereitet mit allen wichtigen Infos zum Team. Die könntest du ihm weiterleiten.«

Enttäuschung macht sich in mir breit. Nicht nur, weil ich gerne weiter trainiert hätte. Ich weiß, dass es für heute keinen Sinn mehr ergibt, weiter zu üben. Ein paar Sprünge habe ich geschafft und ich bin mir sicher, dass es in den nächsten Trainingseinheiten wieder klappen und mit jedem Mal besser und leichter werden wird. Ich bin auch enttäuscht, weil Ryan noch einmal das Sponsoring angesprochen hat und mir verdeutlicht, warum wir hier sind. »Ich habe ihn erst gestern nochmal daran erinnert, dass er sich dazu noch melden wollte. Aber er ist gerade an irgendeinem größeren Geschäft dran und deshalb ziemlich eingespannt. Aber ich rede nochmal mit ihm.« Die Lüge kommt mir viel zu leicht über die Lippen. »Und das mit der Präsentation ist eine echt gute Idee. Schick sie mir durch, dann leite ich sie an ihn weiter. Geschäftsmänner lieben so Zeug.«

»Das wäre super. Für uns ist das echt eine große Sache.« Er lächelt mich an und wendet sich dann der Anlage zu, um sie abzustellen. »Und sonst? Hast du am Wochenende irgendetwas vor?«

Ich schlucke fest den Kloß in meinem Hals herunter und nehme den Themenwechsel fast schon dankbar an. Holly ist nach den Vorlesungen zu ihren Eltern gefahren, da ihr Vater am Wochenende Geburtstag hat und so sehr ich es sonst geliebt habe, meine Ruhe zu haben, so ungern will ich in mein leeres Zimmer im Wohnheim zurück. Das nenne ich eine Ironie des Schicksals, denn als ich hier angekommen bin, hat mich der Gedanke den Raum teilen zu müssen, fast zum Ausflippen gebracht.

Ich zucke mit den Schultern. »Nicht wirklich. Meine Mitbewohnerin ist ausgeflogen, ich habe also sturmfrei. Vielleicht mache ich mir in der Küche Popcorn und schaue mir einen Film an.« Wow, das klingt ausgesprochen genauso traurig, wie es sich in meinem Kopf angehört hat.

»Ich kenne ein kleines Autokino ein bisschen außerhalb der Stadt. Die machen echt geiles Zimtpopcorn. Das ist so süß, dass du denkst, dir würde gleich die Zunge am Gaumen kleben bleiben.« Er legt eine kurze Pause ein und mustert jede Regung in meinem Gesicht. »Wir könnten hinfahren.«

Ohne, dass ich etwas dagegen unternehmen kann, reiße ich erstaunt die Augen auf. Ich habe mit allem gerechnet, aber nicht mit diesem Angebot. »Wir müssen nicht. Ich dachte nur, das wäre besser, als allein im Bett herumzuliegen und Mikrowellenpopcorn in dich reinzuschaufeln.«

»Nein, das ist eine gute Idee. Wäre schön, nicht das ganze Wochenende allein zu sein.« Die Worte kommen nicht ganz so flüssig aus meinem Mund, wie ich es mir gewünscht hätte. Trotzdem spüre ich dieses kleine, nervöse Vibrieren in meinem Inneren bei dem Gedanken daran, mehr Zeit mit ihm zu verbringen.

»Dann hole ich dich morgen Abend ab und wir schauen einfach, was läuft.« Ryan schenkt mir ein warmes Lächeln und ich nicke auf seine Worte hin.

»Alles okay? Du siehst aus, als hättest du ein Gespenst gesehen«, fragt Holly mich, als ich unser Wohnheimzimmer betrete. Die Sporttasche werfe ich unachtsam vor den Kleiderschrank und mich selbst aufs Bett.

»Wolltest du nicht schon los zu deinen Eltern? Und nein. Kein Gespenst, nur Ryan.«

»Will und ich treffen uns in einer Stunde auf dem Parkplatz. Wir müssen doch nicht so früh los. Und er wollte noch irgendetwas für seinen Kurs fertigmachen.« Sie zuckt mit den Schultern. »Aber zurück zu Ryan. Ihr trainiert ja jetzt schon täglich. Und? Erzähl! Hilft es?« Irgendetwas liegt in ihrem Blick und ich weiß, dass sie mir einige Fragen mehr stellen würde, aber sich zumindest im Moment noch damit zurückhält.

Ich setze mich auf und lehne mich im Schneidersitz gegen die Wand. »Ich habe heute zum ersten Mal wieder ein paar Sprünge geschafft.« Ohne, dass ich es verhindern kann, breitet sich ein Lächeln auf meinem Gesicht aus bei dem Gedanken daran, wie Ryan und ich gemeinsam über das Eis getanzt sind.

»Das ist doch super!«, kreischt Holly ein paar Dezibel zu laut und ich bin kurz versucht, mir die Ohren zuzuhalten. »Ryan scheint es ja echt draufzuhaben.«

»In ihm steckt auf jeden Fall mehr, als ich zuerst gedacht habe.«

Holly setzt sich sofort ruckartig auf und starrt mich aus großen Augen an. »Das musst du jetzt genauer erklären. Inwiefern steckt mehr in ihm?«

Am liebsten würde ich mich mit einem blöden Spruch aus der Affäre ziehen und das Thema weit von mir schieben. Aber das wäre Holly gegenüber unfair, die sich wirklich Mühe gibt, dass wir Freundinnen werden. Und ich gebe zu, dass ich es inzwischen echt cool fände, auf dem Campus neben Ryan jemanden zu haben. Dafür darf ich mich ihr gegenüber aber nicht wieder verschließen und einen auf taffe Einzelgängerin machen.

In knappen Sätzen erzähle ich ihr daher von Ryans Idee, die mir dabei geholfen hat, den ersten Sprung seit einer gefühlten Ewigkeit zu wagen und zu landen, ohne mir fast das Gesicht auf dem Eis aufzuschlagen. »Ich hätte einfach nicht gedacht, dass ein Eishockeyspieler sich so gut zur Musik auf dem Eis bewegen kann«, beende ich meine Erzählung.

Holly grinst in sich hinein. Ihr ist deutlich anzusehen, wie sie versucht, sich zusammenzureißen, aber ihr leichtes Vor- und Zurückwippen verrät sie. »Das klingt so romantisch. Aber ich glaube, dass du das Eishockeyspielen echt unterschätzt. Da steckt auch mehr drin, als seine Gegner einfach nur gegen die Bande zu klatschen und den Puck vor sich her zu schieben. Glaub mir, ich habe Will unzählige Male zugesehen.«

»Vielleicht sollte ich auch mal bei einem Spiel von den Jungs zuschauen.«

»Das würde Ryan bestimmt sehr gefallen.« Holly zieht das Wort ›sehr‹ extra in die Länge.

Ich stöhne auf und greife nach einem Kissen, um es nach ihr zu werfen. »Oh Gott, hör bloß auf damit.«

Sie bückt sich zur Seite, wodurch mein Wurfgeschoss sie nur leicht an den Haaren erwischt. »Du wirst direkt handgreiflich. Er muss dir wirklich gefallen.«

»Wenn ich noch ein Kissen hätte, würdest du es jetzt zu spüren bekommen.« Es ist befreiend, mit Holly Witze darüber zu reißen. Zuerst fand ich ihre quirlige Art extrem anstrengend, aber inzwischen erkenne ich immer mehr die positiven Seiten daran. Ich bin mir sicher, dass sie jemand ist, mit dem man den Spaß seines Lebens haben und Pferde stehlen kann. Ich befürchte sogar, dass sie den Spruch ziemlich ernstnehmen könnte, daher behalte ich diesen Gedanken lieber für mich.

Sie nimmt mein Kissen, drückt es fest an sich und legt das Kinn darauf ab. »Und trefft ihr euch morgen wieder fürs Training?« Hollys Versuch, die Frage leichthin und nicht zu neugierig klingen zu lassen, gelingt ihr nicht.

»Nicht ganz«, weiche ich aus, worauf mich ihr auffordernder Blick trifft. Da sie es spätestens morgen sowieso mitbekommen würde, erzähle ich es ihr dann doch.

»Du weißt schon, was in Autokinos abgeht? Kein Mensch geht dorthin, um einen Film anzuschauen.«

Da ich vorher nie mit einem Typen im Autokino war, kann ich das nicht beurteilen und winke leichthin ab. »Und was soll da groß passieren?«

Ein wissendes Lächeln breitet sich auf Hollys Gesicht aus, das mir ein mulmiges Gefühl verursacht. »Oh, ich habe nur so ein paar Sachen gehört. Alle die ich kenne, waren dort jedenfalls mit anderen Dingen beschäftigt. So beschäftigt, dass sie hinterher nicht einmal mehr sagen konnten, welcher Film überhaupt lief.«

»Das wird bei uns definitiv nicht passieren. Wir sind so was wie Freunde und gehen gemeinsam ins Kino, um uns einen Film anzusehen. Nicht mehr und nicht weniger.«

Holly kichert leise. »Oh ja, Freunde. Das waren die, von denen ich das gehört habe, auch. Ausgestattet mit gewissen Vorzügen. Und dann haben sie rum geknutscht. Wild.«

In diesem Moment wünsche ich mir mit aller Kraft ein zweites Kissen herbei, um es in Hollys Gesicht zu pfeffern und damit dafür zu sorgen, dass sie dieses blöde Grinsen sein lässt. »Halt einfach die Klappe.«

»Ich kann dir die Mordlust förmlich anhören.« Sie schmunzelt und wirft mein Kissen zurück zu mir. »Ich wollte nur meine Weisheiten mit dir teilen und dich warnen. Du solltest dich auf jeden Fall rasieren. Aber bitte nicht mit diesem Einweg-Zeug! Wenn du willst kannst du dir meinen Rasierhobel ausleihen. Der ist total nachhaltig.«

»Holly!«, rufe ich laut aus, aber kann das Lachen dabei nicht zurückhalten. »Du bist echt einfach unglaublich!«

»Ich weiß, danke. Vergiss nicht, mir am Montag dann alles zu erzählen. Und zwar wirklich alles. Jedes noch so kleine Detail. Willst du jetzt meinen Rasierhobel ausleihen?«

Meine Gedanken wandern weiter zum morgigen Abend. Meine Nervosität steigert sich ins Unermessliche und ich bin mir sicher, dass ich mich heute weder auf meine Hausarbeiten konzentrieren kann, noch viel Schlaf abbekommen werde. Verdammt.

Kapitel 13: Ryan

»Alter, was läuft da zwischen euch?« Ben sieht mich mit so weit nach oben gezogenen Augenbrauen an, dass sie fast unter seinem blonden Haarschopf verschwinden. »Ich dachte, du hast gerade was mit dieser Volleyballspielerin am Start.«

Müde reibe ich mir über das Gesicht. Hinter mir liegt eine lange Nacht und ich hätte definitiv ein paar weitere Stunden im Bett vertragen. Stattdessen steht unser Teammeeting vor dem heutigen Training und dem Spiel morgen auf dem Plan, für das ich im Moment echt keinen Kopf habe. Aber noch weniger bin ich bereit für das Gespräch, das Ben scheinbar ausgerechnet jetzt mit mir führen will. »Wovon redest du?«

»Von dir und dem reichen Unternehmertöchterchen.«

Ich stöhne auf und lehne mich auf meinem Stuhl nach hinten, der ein protestierendes Ächzen von sich gibt. »Da läuft gar nichts«, gebe ich mit lauter Stimme zurück. Gleichzeitig pumpt der Muskel in meiner Brust deutlich heftiger, als ich unweigerlich an Chloé denke. »Genauso wenig wie mit der Volleyballspielerin. Hab gerade definitiv keine Zeit mehr für irgendwelche Tussis.«

Sofort reißt Ben abwehrend die Hände nach oben. »Sorry, Mann. Ich wollte nur fragen, weil ich euch gestern gesehen habe und das sah irgendwie nach mehr als Training aus.«

Mein Kopf ruckt herum und ich sehe meinem Kumpel direkt in die Augen. »Spionierst du mir jetzt nach oder was? Ich habe doch gesagt, dass ich alles im Griff habe. Der Deal läuft und sobald ich meinen Teil erfüllt habe, kümmert sie sich um das Sponsoring. Das geht aber nicht von heute auf morgen.« Ich klinge viel zu wütend und sollte dringend einen Gang runterschalten. Immerhin kann Ben nichts dafür, dass ich kaum gepennt habe und meine Laune daher am Tiefpunkt angekommen ist.

Auch den Gedanken an heute Abend versuche ich, weit von mir zu schieben. Keine Ahnung, was mich da geritten hat, Chloé ins Autokino einzuladen. Ich war dort nicht mehr, seit mit Aurora Schluss ist. Aber es kam einfach über mich, weil sie so verloren aussah nach unserem Training. Vielleicht liegt es aber auch daran, dass ich inzwischen anfange, ihre Nähe zu genießen. Sie ist humorvoll, kein Prinzesschen, wie man es aufgrund der Kohle ihres Vaters erwarten würde. Allein schon weil sie manchmal flucht wie ein Bergarbeiter, wenn sie sich über etwas aufregt. Zugegeben – das kommt recht oft vor.

Seit der Trennung war ich mit einigen Mädels aus. Zum einen, weil sie ständig auf mich zukommen und ich einfach gern flirte. Und zum anderen, weil ich für jede Ablenkung echt dankbar war. Egal welcher Form. Aber mit keiner einzigen, nicht einmal mit Aurora, ist es so wie mit Chloé.

Meine Wut klingt immer mehr ab, als ich an unsere letzten gemeinsamen Trainings denke. Vor allem die Zeit beim Rollerskaten war wirklich schön. Genauso wie das darauffolgende Würstchenbraten am Lagerfeuer mit den leuchtenden Sternen über uns. Einerseits extrem kitschig, andererseits hat es sich richtig angefühlt. Dabei war das gar nicht meine Intention dahinter. Ich habe nur daran gedacht, dass es ihr helfen und ich meinen Teil der Abmachung so erfüllen könnte. Genauso wie das Tanzen auf dem Eis gestern. Nur die Einladung ins Kino geht darüber hinaus. Egal, wie ich es drehe und wende, ich schaffe es nicht, irgendein Argument zu finden, das dafür spricht, dass das mit dem Training und unserem Deal zusammenhängt.

Die Szene auf dem Eis spielt sich seit gestern fast in Endlosschleife vor meinem inneren Auge ab. Immer wieder sehe ich ihre grünen Augen vor mir, die ich so faszinierend finde. Ihr Lachen hat sich in mein Gedächtnis gebrannt und wenn ich mich noch mehr in die Situation zurückdenke, spüre ich sogar ihre Hand in meiner liegen – und was diese einfache Berührung mit mir gemacht hat.

Fuck. Ich glaube, ich bin dabei, Gefühle für sie zu entwickeln.

»Was? Hörst du mir überhaupt zu?« Ben mustert mich mit fragendem Gesichtsausdruck. Erst da bemerke ich, dass ich laut vor mich hin geflucht habe.

»Sorry, war in Gedanken«, gebe ich knapp zurück.

Bens Stirnrunzeln vertieft sich. Er sieht mich ein paar Augenblicke lang stumm an, bevor er den Blick abwendet und auf die Tischkante starrt. »Schon gut. Lass uns über etwas anderes reden.«

Mir ist klar, dass er in diesem Moment dicht macht und ich gerade nicht unbedingt einen Award für den besten Kumpel erhalten würde, aber ich stecke einfach zu tief in meinem eigenen Kram. Ich muss mir erst einmal klar darüber werden, was das alles bedeutet und was das für den Deal mit Chloé heißt. Denn eins ist sicher: Wir brauchen die Kohle für Ben. Egal, was zwischen mir und ihr läuft oder auch nicht.

Angespannt fahre ich mir durch das Haar und starre die grauen Schlieren auf der weißen Wand an. Ich bin heilfroh, als nur wenige Augenblicke später der Coach hereinkommt und ich mich in den darauffolgenden Stunden auf seine Anweisungen für das morgige Spiel konzentriere. Wir schauen uns unzählige Videoclips an, sprechen detailliert über die Aufstellung und die Strategie des gegnerischen Teams. Gemeinsam überlegen wir, wie wir dagegenhalten können, um das Spiel für uns zu entscheiden. Wie immer schreibt der Coach stichpunktweise alles in das schwarze Spielbuch, das er nur selten aus der Hand legt.

Als wir drei Stunden später entlassen werden, bleibt mir gerade mal genug Zeit, um mich umzuziehen und meine Haare in Ordnung zu bringen. Ich bin mit der Hand so oft durch sie hindurchgefahren, dass sie wild in alle Richtungen abstehen. Es dauert ein paar Minuten, bis ich sie wieder hinbekommen habe. Anschließend ziehe ich mir die schwarze Lederjacke an und verlasse mein Zimmer, um Chloé abzuholen.

Ich klopfe an die Tür zu ihrem Zimmer, hinter der es erstaunlich still ist. Hat sie unsere Verabredung etwa vergessen? Ein ungutes Gefühl macht sich in meiner Magengegend breit und ich beschließe, es noch einmal zu versuchen. Also klopfe ich dieses Mal lauter gegen die Tür, worauf ein unüberhörbares Poltern ertönt.

»Chloé? Alles okay oder hast du dir gerade den Kopf aufgeschlagen?«

»Komme gleich!«, höre ich einen gedämpften Ruf durch die Tür und lehne mich, erleichtert darüber, dass sie es doch nicht vergessen hat, in den Türrahmen. Es dauert ein paar Minuten, bis Chloé die Tür aufreißt und ziemlich gehetzt wirkt. Sie hält einen Moment inne und betrachtet mich von Kopf bis Fuß mit immer größer werdenden Augen.

Ich mustere sie auch und schlucke bei ihrem Anblick fest. Sie trägt eine enge schwarze Hose und eine dunkelgrüne Bluse, die ihre Augen betont und darüber einen braunen Mantel. Mein Blick wandert höher. »Du hast da etwas in deinen Haaren vergessen. Sieht irgendwie aus wie eine Mini-Schwimmnudel«, durchbreche ich die Stille. Meine Mundwinkel zucken, als sie ihre Augen noch weiter aufreißt und mit den Händen ihren Kopf abtastet.

»Merde, die habe ich übersehen.« Chloé läuft knallrot an und irgendwie finde ich es süß, wie verlegen sie auf einmal wirkt. Das passt so gar nicht zu ihrem sonst so selbstbewussten Auftreten. Sie legt das Ding auf den Schreibtisch und tritt dann wieder zu mir heraus.

»Du hättest dich für mich nicht so hübsch machen müssen. Die kleinen Schwimmnudeln wären echt nicht nötig gewesen.«

Wie so oft rollt Chloé mit den Augen. »Bilde dir nur nichts drauf ein. Mir war einfach nur danach, meine neuen Lockenwickler auszuprobieren.« Ich lache auf, als sie sich eng an mir vorbeischiebt und mit wiegenden Hüften in den Flur schlendert. »Kommst du?«

Die Fahrt zum Autokino dauert nur eine Viertelstunde. In der Zeit unterhalten wir uns vor allem über unseren Literaturkurs, da bald die Abgabe unserer nächsten Hausarbeit ansteht. »Wenn du Hilfe brauchst, sag ruhig Bescheid.«

»Du bist wahrscheinlich schon längst fertig und machst irgendetwas Zusätzliches, um Mrs. Landry noch mehr zu beeindrucken. Weißt du eigentlich, dass das Gerücht herumgeht, Mrs. Landry und du hätten mal ...«

»Hätten mal was?«

»Hättet mal was miteinander gehabt«, beendet sie ihren Satz und ich pruste laut los.

»Da kann ich dich beruhigen. Mag sein, dass Gerüchte über meine vielen Dates die Runde machen. Aber bei Professorinnen hört's echt auf.« Die Worte sind kaum raus, da bereue ich sie auch schon. »Viele Dates«. Das ist zwar keine Lüge, aber ich wollte es Chloé definitiv nicht so unter die Nase reiben. Scheinbar hat sie schon mehr als genug über mich gehört und ich will ihr keinen Grund geben, auf irgendeines davon Wert zu legen.

Ich richte den Blick wieder nach vorne, wo sich vor dem Ticketschalter eine kleine Autoschlange gebildet hat und kurz wundert es mich, dass wenige Tage vor Thanksgiving hier so viel los ist. »Aber um auf deine vorherige Frage zurückzukommen. Ich bin noch nicht ganz fertig mit der Hausarbeit. Die finale Zusammenfassung und der Ausblick fehlen noch. Das Training nimmt im Moment ziemlich viel Zeit ein, deshalb muss ich die Freistunden für das Schreiben nutzen.«

»Willst du eigentlich mal professionell Eishockey spielen?«

Überrascht ziehe ich die Augenbrauen nach oben »Nein, in meinem Alter wäre ich sonst schon Newbie in der NHL. Es gibt ganze Camps für Nachwuchsspieler und da reinzukommen, ist echt nicht einfach. Mir reicht es jetzt auf dem College zu spielen und später einfach weiter hobbymäßig. Ich habe andere Pläne.«

»Und die wären?«

Im selben Moment fährt das Auto vor uns durch die Schranke und ich lasse das Auto zum Schalter rollen, wodurch ich davon verschont werde, eine Antwort auf diese Frage zu geben. Ich kaufe zwei Karten für uns, nehme die Lautsprecher entgegen und folge dann der Beschilderung zu der Wiese, auf der eine riesige Leinwand aufgebaut ist.

Ich parke neben einem alten, weinroten Mercedes und stelle den Motor ab. »So, jetzt haben wir noch zwanzig Minuten, bis der Film anfängt. Wir können uns also noch kurz Popcorn und etwas zum Trinken holen gehen.«

»Trinken habe ich dabei.« Chloé öffnet die Handtasche auf ihrem Schoß und zieht zwei Colaflaschen und eine Thermoskanne hervor, in der bestimmt Kaffee drin ist. »Aber zu Popcorn sage ich nicht nein.«

Sie grinst mich an und ich erwidere das Lächeln. »Okay, bin gleich wieder da.« Doch bevor ich ausgesprochen habe, springt Chloé aus dem Wagen und macht sich auf dem Weg zu dem kleinen Kiosk. Kopfschüttelnd sehe ich ihr hinterher.

Chloé reicht mir eine der beiden gigantischen Popcorntüten, als sie zurückkommt. »Ich bin echt froh, dass sie hier auch süßes Popcorn haben. Nichts für ungut, aber das Salzige geht gar nicht.« Kaum hat sie den Satz beendet, stopft sie sich eine Handvoll in den Mund und kaut wohlwollend das Zuckerzeug.

»Ich hätte auch gehen können.«

»Schon gut«, erwidert sie, als sie heruntergeschluckt hat. »Du hast die Tickets gekauft und ich habe von Anfang an beschlossen, mich um Getränke und Essen zu kümmern. Das ist ja kein Date oder so.« Sie lacht auf und ich weiß nicht, ob es nur der Minifunke in mir ist, der hofft, dass das Lachen in meinen Ohren etwas zu schrill klingt, um echt zu sein. Ob sie sich wünschen würde, dass das so was wie ein Date ist?

Ich schüttle den Gedanken von mir ab und steige stattdessen in ihr Lachen mit ein. »Das nenne ich Arbeitsteilung.«

Schweigen breitet sich zwischen uns aus und wird schnell unangenehm. Aber ich habe keine Ahnung, was ich sagen soll, um dieses seltsame Gefühl loszuwerden. Am liebsten würde ich fluchtartig den Wagen verlassen, weil ich mit solchen Situationen nicht umgehen kann. Andererseits wäre das aber auch ziemlich idiotisch.

Außerdem liegt eine gewisse Spannung im Raum. Nicht etwa eine schlechte Spannung, sondern ein Knistern, das ich nicht länger ignorieren kann. Es treibt mich immer wieder dazu, zu Chloé zu sehen. Sie zu berühren, wie ich es in der Eishalle getan habe.

Mein Blick wandert automatisch zu ihr. Sie sieht aus dem Autofenster, doch als sie ihn bemerkt, schaut sie zu mir und ein kleines Lächeln breitet sich auf ihrem

Gesicht aus. »Irgendwie komisch, dass wir jetzt hier sind, oder?«

Erleichterung durchflutet mich und ich freue mich fast darüber, dass sie dasselbe spürt. »Ziemlich komisch. Und das nur, weil ich dich davor bewahren wollte, dich das ganze Wochenende lang von Mikrowellenpopcorn zu ernähren und allein im Bett herumzuliegen.«

Als sie dieses Mal lacht, erhellt sich ihr ganzes Gesicht und ihre Augen leuchten auf. »Das war wirklich edel von dir, Ryan. Was würde ich nur ohne dich tun?«

Gespielt nachdenklich tippe ich mir ans Kinn. »Na ja, wahrscheinlich immer noch nach jemandem suchen, der dir beim Training und im Literaturkurs hilft.«

»Ohne dich wäre keinem Menschen aufgefallen, dass ich aus dem Kurs abgedampft bin. Ich meine mal ganz ehrlich. Der Typ ist seit über vierhundert Jahren tot. Warum müssen wir uns immer noch durch seine Werke quälen? Es gibt so viele gute Bücher aus dem 21. Jahrhundert.«

»Weil diese Geschichten noch etwas Besonderes an sich haben. Es steckt so viel versteckt hinter den Zeilen, das für uns kaum greifbar ist. Gerade beim Sommernachtstraum arbeitet Shakespeare mit so viel Humor und dramaturgischen Feinheiten, dass es unmöglich ist, alles zu verstehen. Wir könnten wahrscheinlich nochmal vierhundert Jahre damit verbringen, alles herausfinden zu wollen und könnten es trotzdem nicht. Und genau das ist an der alten Literatur so interessant. Am Ende haben wir keine Ahnung, was der Schriftsteller uns eigentlich damit sagen wollte und nachfragen geht in den Fällen leider nicht mehr.«

»Wow. Du würdest wahrscheinlich einiges dafür geben, mal mit ihm sprechen zu können, was?«

Ich beuge mich ein Stück weiter vor und sehe Chloé tief in die Augen. »Ganz ehrlich? Wenn es jemals den Prototypen einer Zeitmaschine geben und ein Versuchskaninchen gesucht werden würde. Ich melde mich freiwillig. Sofort.«

»Und das nur, um Shakespeare über seine Bücher auszufragen?« Chloés Mundwinkel zucken amüsiert bei dem Gedanken daran. Ich bin froh, dass wir endlich wieder zu unseren alten Frotzeleien zurückgefunden haben und diese Spannung damit ein Ende hat.

»Nicht nur Shakespeare. Jane Austen und Charles Dickens wären auch definitiv einen Halt in der Vergangenheit wert. Oh oder J. R. R. Tolkien.«

»Ist das nicht der Typ, der Herr der Ringe geschrieben hat?«

»Ja, genau!«, rufe ich viel zu laut aus. »Sag jetzt nicht, dass du die Bücher gelesen hast.« Meine Stimme zittert ein wenig vor Aufregung.

»Nö, ich kenne nur die Filme. Da sind doch auch diese komischen kleinen Menschen mit den großen Füßen.« Mein Gesichtsausdruck muss Bände sprechen, denn Chloé bricht in lautes Gelächter aus. »Du guckst, als hätte ich gerade gedroht dein Auto zu stehlen und im nächsten See zu versenken.«

Ich presse eine Hand getroffen auf meine Brust. »Das tut mindestens genauso weh. Ich hatte kurz Hoffnung, aber die ist gerade gestorben. Mittelerde, also die Welt die Tolkien in den Büchern erschaffen hat, ist der absolute Wahnsinn. Das können die Filme nicht mal ansatzweise abdecken.« Auch wenn sie trotzdem krass gut und mindestens einmal im Monat Pflicht sind. Aber das behalte ich lieber für mich.

»Obwohl du Literatur studierst, hätte ich nicht gedacht, dass in dir so ein Fantasy Nerd steckt. Das ist irgendwie echt knuffig, wie du dich in das alles reinsteigern kannst.« Sie grinst mich an und schiebt sich eine weitere Ladung Popcorn in den Mund.

»Knuffig? Oh Gott, du schaffst es echt, auch den letzten Funken Männlichkeit in mir zum Sterben zu bringen.«

Chloé zuckt mit den Schultern und nimmt noch mehr Popcorn, obwohl sie die letzte Ladung nicht einmal aufgegessen hat. »Es ist eben einfach niedlich«, stichelt sie weiter. »Du hast mir übrigens vorhin meine Frage nicht beantwortet.«

»Welche Frage?«

»Was willst du nach deinem Studium machen?« Chloé sieht mich neugierig an. Aber es liegt mehr in ihrem Blick. Es scheint ihr, aus mir unerfindlichen Gründen, wichtig zu sein, darüber zu sprechen.

»Erst mal müssen noch meine Pläne für die Zeit während des Studiums hinhauen. Ich habe noch anderthalb Jahre vor mir und in der Zeit würde ich gerne verschiedene Praktika machen, um schon ein paar erste Erfahrungen zu sammeln. Zum Beispiel an Schulen oder bei Zeitungen. Am coolsten wäre es, bei einem Verlag ein Praktikum zu ergattern und hinter die Kulissen schauen zu können. Das würde mich auch für nach dem Studium total interessieren. Ist aber auch nicht so einfach da reinzukommen. Zu viele Bewerber, zu wenig freie Stellen. Deshalb muss ich jedes Semester, und das Studium insgesamt, mit Bestnoten abschließen.«

»Wow, du hast ja schon einen ziemlich genauen Plan von deinem Leben.«

Ich glaube, ich habe sie damit eben ziemlich überrollt. »Glaub mir, mit einer alleinerziehenden Mutter und drei jüngeren Geschwistern im Haus hast du keine andere Wahl, als alles selbst in die Hand zu nehmen. Ich kenne das gar nicht anders. Aber trotzdem gibt es da noch etwas.« Keine Ahnung, warum ich das überhaupt anspreche. Vielleicht liegt es an der Unsicherheit in Chloés Blick, nachdem ich ihr von meinen durchstrukturierten Plänen gesprochen habe. »Das ist definitiv nicht so zukunftssicher. Und eigentlich habe ich das auch gar nicht wirklich selbst in der Hand.«

»Jetzt machst du mich neugierig.«

»Ich sage es dir, aber nur wenn du nicht lachst und mit niemandem darüber sprichst. Ich weiß selbst, dass die Chancen nicht allzu gut stehen und habe deshalb bisher mit keinem darüber gesprochen.«

Sie hebt beide Hände und überkreuzt Zeige- und Mittelfinger. »Ich schwöre, nicht zu lachen und meine Klappe zu halten.«

Ich richte den Blick nach vorne aufs Lenkrad, da es einfacher ist, es auszusprechen, wenn ich Chloé dabei nicht direkt in die Augen sehe. »Ich habe da schon seit ein paar Jahren diese ... Idee. Seit ich studiere ist es zu mehr geworden. Zu einem Traum, wenn man so will.« Ich lege eine kurze Pause ein, da es mich doch mehr Überwindung kostet, die folgenden Worte hervorzubringen, als ich dachte. »Ich will nicht nur die Werke von anderen Schriftstellern lesen, sondern auch selbst schreiben.«

Chloé hat keine Möglichkeit, darauf zu reagieren oder etwas zu sagen, da ich sofort weiterspreche. »Ich weiß, dass es nur wenige Menschen, die schreiben, auch schaffen, davon zu leben. Bisher habe ich auch nur eine grobe Idee und noch nicht wirklich angefangen. Irgendwie fehlt mir der letzte Push, der mich endlich loslegen lässt. Ich meine, wer will schon von irgendeinem Neuling etwas lesen? Aber der Traum verfolgt mich jetzt schon so lange, dass ich immer wieder daran denken muss. Ich weiß, dass es blöd ist. Wie hoch ist da schon die Wahrscheinlichkeit, aber ...«

»Ryan«, unterbricht Chloé meinen Redeschwall und ich sehe ihr zum ersten Mal seit meiner Eröffnung wieder in die Augen. »Sobald du über Bücher redest, bist du kaum noch zu stoppen. Du weißt mehr über Literatur, als alle anderen in den Vorlesungen und ich bin mir sicher, dass du genauso gut schreiben kannst. Probier es doch einfach! Was hält dich davon ab? Wenn dich die Idee schon so lange festhält, dann solltest du endlich mal damit anfangen und nicht nach irgendwelchen Gründen suchen, die dagegensprechen, nur weil du Angst hast, nicht gut genug zu sein. So wirst du jedenfalls nie herausfinden, was daraus werden kann.«

Mir klappt die Kinnlade herunter. Ich weiß selbst nicht warum, aber ich habe mit allen möglichen Reaktionen gerechnet – nur nicht mit diesem Zuspruch. Daher habe ich auch überhaupt keinen Plan, was ich darauf antworten soll. Mein Mund klappt mehrmals auf und zu, ohne, dass irgendein Ton herauskommt.

»Tu es einfach, Ryan. Und wenn du nur für dich schreibst und nicht für das breite Publikum. Aber tu es.

Ich finde das echt cool und wenn dein Buch dann irgendwann in den Buchhandlungen ausliegt, werde ich es kaufen und lesen. Versprochen.«

Euphorie schießt durch meinen Körper hindurch und zieht meine Mundwinkel so weit nach oben, dass es schon beinahe schmerzt. Ohne nachzudenken, lehne ich mich über die Mittelkonsole und schließe Chloé in die Arme.

»Hey, du zerquetschst mich und das Popcorn!«

Eilig ziehe ich mich wieder zurück und reibe mir verlegen den Nacken. »Sorry, das wollte ich nicht. Ich wollte eigentlich nur Danke sagen. Ich glaube, dass ich genau das von irgendjemandem hören musste.«

»Gern geschehen. Nimm es dir zu Herzen. Es ist cool, dass du schon so genau weißt, in welche Richtung es für dich nach dem Studium gehen soll. Und nur weil der Weg nicht leicht wird, heißt das nicht, dass es nicht zumindest einen Versuch wert ist.«

»Was ist mit dir?«

Chloé wirkt für einen Augenblick überrumpelt, doch ihre Gesichtszüge glätten sich schnell wieder. »Nach deiner coolen Ich-will-Schriftsteller-werden-Rede willst du ernsthaft, dass ich jetzt zugebe absolut keinen Plan zu haben, was ich machen will?«

»Nein, aber da du mich gefragt hast, dachte ich es wäre nur fair, dass du jetzt auch auspackst.« Damit entlocke ich ihr ein Augenrollen und weiß, dass ich gewonnen habe.

»Ich habe es dir gerade schon gesagt. Absolut keine Ahnung. Ich wusste nicht einmal nach dem Abitur, was ich machen soll und war fast schon dankbar dafür, dass mein Dad dann meinte, ich solle Wirtschaft studieren, weil ich danach so viele unterschiedliche Möglichkeiten habe. Der aktuelle Stand ist, dass ich meine Prüfungen verkackt habe und deshalb hier festsitze. Jetzt könntest du natürlich sagen: Warum wechselst du dann nicht das Studienfach oder machst irgendetwas anderes?« Ich komme überhaupt nicht dazu, irgendeine Frage zu stellen, weil Chloé sofort weiterredet. »Tja, ohne Studium würde ich keinen guten Job bekommen. Also müsste ich in Papas Firma einsteigen. Versteh mich nicht falsch, auch das wäre eine mega Chance. Aber ich will auf meinen eigenen Beinen stehen, also versuche ich es nochmal mit den Prüfungen und hoffe, dass ich sie hier wie durch ein Wunder bestehe.«

Ich blinzle mehrmals, um das Gehörte erst mal sacken zu lassen. »Ich verstehe, dass du auf eigenen Beinen stehen willst. Du willst deinen eigenen Weg gehen und dass du erst noch herausfinden musst, wie dieser aussehen soll, ist mutig. Viele würden einfach die vorgefertigte Chance aus Bequemlichkeit annehmen. Aber du willst sehen, was dir das Leben sonst bieten kann und was dich glücklich machen könnte. Und ich bin mir sicher, dass du das auch herausfinden wirst.«

»Danke«, sagt Chloé mit leiser Stimme und einem Lächeln auf den Lippen. Sie nickt mir zu und lässt sich auf dem Beifahrersitz etwas tiefer sinken. Das Gespräch ist damit wohl beendet. Erst als sie nach vorne deutet, folge ich ihrem Blick. »Der Film hat schon angefangen.«

»Oh, Mist. Das hab ich total vergessen.« Eilig stelle ich die beschriebene Frequenz der Lautsprecher ein und lege einen vor mich auf das Armaturenbrett. Den Zweiten reiche ich Chloé, die ihn einhändig auf die andere Seite stellt. »Laut genug so?«

Sie nickt und stopft sich eine weitere Handvoll Popcorn in den Mund, worauf ich mich ebenfalls zurücklehne und den Blick der Leinwand zuwende. Doch er wandert immer wieder zu ihr rüber, ohne, dass ich etwas dagegen unternehmen kann. Trotz der Dunkelheit um uns herum erkenne ich das kleine Lächeln, das auf ihren Lippen liegt, während sie dem Geschehen auf der Leinwand folgt. Ich bin froh, dass das vorherige Gesprächsthema nicht unseren Abend ruiniert hat. Nie hätte ich gedacht, dass wir heute so tief in private Angelegenheiten vordringen. Aber wir haben uns gegenseitig etwas über unsere Zukunft anvertraut und das hat etwas sehr Intimes an sich.

Ich selbst bekomme kaum etwas von dem Film mit. Wenn mich hinterher jemand fragen würde, um was es gegangen ist, könnte ich keine Antwort darauf geben. Es ist, als würde mein Blick von ihr magisch angezogen werden. Ich habe da überhaupt kein Mitspracherecht.

»Hast du noch Popcorn?«, fragt Chloé im Flüsterton und knüllt ihre leere Tüte zusammen.

»Klar, hier nimm.« Ich strecke ihr meine entgegen, die fast voll ist.

»Ich will mich ja nicht beschweren, weil es mir zugutekommt, aber da fehlen ja höchstens ein paar Krümel.«

Lächelnd zucke ich mit den Schultern, weiß aber nicht, ob sie das in dem schwachen Licht, das von der Leinwand herrührt, überhaupt erkennt. »Ich will ja morgen nicht durchs Eis brechen«, gebe ich genauso leise zurück.

»Ihr habt morgen ein Spiel und du bist trotzdem mit mir hier?« Chloés Augen weiten sich, was ich an dem Weiß darin erkenne.

»Keine Sorge, ich bekomme genug Schlaf, falls das deine Sorge ist.«

Sie schüttelt den Kopf, wodurch ihre Schwimmnudel-Locken hin- und herfliegen. »Das meinte ich nicht. Aber ich dachte, dass ihr euch am Abend vorher immer irgendwie seelisch und moralisch darauf vorbereitet oder so.«

»Die Jungs sind wahrscheinlich Pizzaessen gegangen, aber das machen wir ständig. Es fällt kaum auf, wenn ich einmal fehle.«

Chloé kaut sich auf der Unterlippe herum und wirkt dadurch wahnsinnig unsicher. Diesen Teil von ihr zeigt sie nur selten nach außen. Beim Training ist es mir, gepaart mit der Verzweiflung, schon das ein oder andere Mal aufgefallen, aber sonst hat sie immer versucht, das mit ihren Sprüchen zu überspielen. Nicht in diesem Moment.

Sie starrt auf ihre ineinander verschränkten Hände in ihrem Schoß und alles in mir schreit danach, meine daraufzulegen und sie zu drücken. Es sieht aus, als wäre sie in einen Gedankenstrudel geraten, der alles andere um sie herum ausblendet.

»Was ist los?« Ich bin mir sicher, dass dieser plötzliche Stimmungsumschwung nicht mit dem verpassten Pizzaessen zusammenhängt. Er hat irgendeinen anderen, wichtigeren Grund.

Als sie nicht sofort antwortet, kann ich nicht anders und gebe meinem Wunsch nach. Ganz leicht lege ich meine Hand auf ihre. Dadurch schaffe ich es, ihre Aufmerksamkeit auf mich zu ziehen. Doch obwohl sie mich jetzt ansieht, lasse ich meine Hand dort liegen, wo sie ist. Es fühlt sich einfach zu gut, zu richtig an.

»Alles okay?«, frage ich sie noch einmal. Meine Stimme klingt ein wenig atemlos und stockend durch die plötzliche Nähe zwischen uns.

Chloé nickt langsam, ihre Mimik verrät nichts mehr über ihre wahren Gedanken. Sie gibt mir zwar keine direkte Antwort auf meine Frage, doch sie dreht ihre Hand in meiner um und verschränkt ihre Finger mit meinen.

Mein Atem gerät ins Stocken und der Muskel in meiner Brust wird zu Höchstleistungen angetrieben. Eine ganze Wagenladung an Glückshormonen wird in meinem Körper ausgeschüttet und für einen Moment höre ich nichts anderes, als das Pochen in meinen Ohren.

Spätestens jetzt rückt der Film, der einfach weiter über die Leinwand flimmert, als würde hier im Wagen nichts Wichtiges passieren, komplett in den Hintergrund. Ich hebe die Hand und streiche Chloé eine ihrer glänzenden, braunen Haarsträhnen hinter das Ohr und lege meine leicht zitternde Hand auf ihre Wange.

Als sie sich daran schmiegt und die Augen schließt, ist es um mich geschehen. Ich werfe alle störenden Gedanken mitsamt der Stimme in meinem Kopf, die mir sagt, dass Chloé und ich einen Deal am Laufen haben und sie noch dazu nur für einen begrenzten Zeitraum hier ist, über Bord und handle nur noch.

Ich beuge mich über die Mittelkonsole zu ihr. Unsere Nasenspitzen berühren sich. Ich spüre ihren Atem an meiner Wange entlangstreichen und nur den Bruchteil einer Sekunde später, fährt ihre Hand durch meine Haare. Es liegen nur Millimeter zwischen unseren Lippen, nur noch diese kleine Distanz, bis sie aufeinandertreffen. Eine gefühlte Ewigkeit vergeht, bis es endlich so weit ist.

Aber als es passiert, kommt es in meinem Inneren zu einer Explosion an Gefühlen. In diesem Moment gibt es nur mich und Chloé. Ich nehme nichts anderes mehr wahr, als ihre weichen Lippen auf meinen, ihre Hände in meinen Haaren und ihrem Atem auf meiner Haut – und jede Pore meines Körpers schreit in mir, dass ich diese Empfindungen nie wieder missen will.

Kapitel 14: Chloe

Ich kann immer noch kaum glauben, was gestern im Autokino passiert ist. Es ist einerseits so unwirklich, dass Ryan mich geküsst hat, und andererseits prickeln meine Lippen jedes Mal bei der Erinnerung daran wie verrückt. Ich habe mit vielem gerechnet, aber nicht damit, dass ich ausgerechnet hier Gefühle für jemanden entwickle. Vor allem nicht für die Person, mit der ich einen Deal am Laufen habe. Der denkbar schlechteste Moment, doch gleichzeitig hat es sich so schön angefühlt.

Sobald ich die Augen schließe, finde ich mich in diesem Augenblick wieder. Spüre seine Lippen auf meinen, die eine Milliarde kleiner Schauer über meinen Rücken jagen und die Schmetterlinge in meinem Bauch zum Leben erwecken. Als hätte er ihnen durch seinen Kuss Leben eingehaucht und sie wieder daran erinnert, wie man fliegt. Ich bin mir sicher, noch nie in meinem Leben so viele verschiedene Empfindungen innerhalb einer Sekunde gefühlt zu haben.

Wie von selbst hebe ich meine Hand und fahre mit den Fingerspitzen über meine Lippen, als könnte ich die Erinnerung auf diese Weise länger festhalten. Dabei ist sie ohnehin in mein Gehirn eingebrannt.

Ich muss mich zusammenreißen. Vielleicht hat Ryan nur situationsbedingt gehandelt und bereut es inzwischen? Andererseits hat er mich zu seinem Hockeyspiel eingeladen, was bedeutet, dass er mich dabei haben will. Das Spiel geht bald los und ich sollte mich so langsam fertig machen.

Ich hasse es, wenn mich diese Selbstzweifel überfallen. Ich hasse dieses Gefühl wie die Pest und weiß oft nicht, wie ich damit umgehen soll. Aber seit der Qualifikation zur Weltmeisterschaft tauchen sie immer wieder in den unterschiedlichsten Situationen auf. Stürzen sich wie wildgewordene Affen von den Bäumen auf mich und krallen sich an mir fest. Beim Studium, beim Schlittschuhlaufen ... und jetzt auch bei Ryan, den ich bei dem allgemeinen Chaos in meinem Leben aktuell so gar nicht auf dem Schirm hatte und der plötzlich ständig in meinen Gedanken herumspukt.

Mein Handy legt einen Breakdance auf meinem Nachtkästchen hin und reißt mich damit aus meinen Überlegungen, die sowieso zu nichts führen. Es ist keine Nachricht, wie ich zuerst gehofft habe, sondern nur mein Wecker, der mich daran erinnert, dass ich mich jetzt wirklich fertig machen muss, um rechtzeitig in die Eishalle zu kommen.

Ich rapple mich vom Bett auf, ziehe ein paar frische Klamotten aus dem Schrank hervor und verschwinde im Bad, um mich umzuziehen und das Unheil auf meinem Kopf in so was Ähnliches wie eine Frisur zu verwandeln. Noch ein wenig Make-Up aufgelegt und ich erinnere zumindest wieder mehr an einen Menschen als einen Zombie. Auch wenn es mir nicht so ganz gelungen ist, die Ringe unter meinen Augen zu verdecken, die davon zeugen, dass ich den Großteil der Nacht wach gelegen und nachgedacht habe.

Als der nächste Wecker klingelt und die Erinnerung aufpoppt, dass ich jetzt loslaufen muss, greife ich nach meiner Handtasche und verlasse nach einem letzten prüfenden Blick das Wohnheimzimmer. Beim Zuschauen brauche ich ohnehin nicht viel, daher wäre es nicht allzu schlimm, wenn ich etwas vergessen habe.

Zwanzig Minuten später erreiche ich die Eishalle. Irgendwie ist mir der Weg dieses Mal länger vorgekommen als sonst und ich frage mich, ob ich unbewusst langsamer gelaufen bin, um der Konfrontation mit Ryan aus dem Weg zu gehen. Nach dem Zwischenfall, dem sehr schönen Zwischenfall gestern, habe ich keine Ahnung, wie ich mich ihm gegenüber verhalten soll.

Aber jetzt ist es zu spät, um einen Rückzieher zu machen. Ich habe ihm zugesagt und stehe ohnehin schon fast mit einem Fuß in der Halle. Der Mann an der Tür fragt nach meinem Ticket und mir wird auf eine unangenehme Weise zuerst eiskalt und dann superheiß.

»Ähm, einer der Spieler hat mich eingeladen. Er hat nichts davon gesagt, dass ich ein Ticket brauche.«

Der Mann wirft mir einen Blick zu, der wohl so viel heißt wie: Ernsthaft? Du denkst, hier kommt jeder einfach so rein, ohne dafür zu bezahlen? »Dein Name?«

»Chloé Monet.«

Da huscht ein anderer Ausdruck über sein Gesicht und er nickt mir zu. »Ryan hat mir vorhin Bescheid gegeben, dass du wahrscheinlich kommst. Bist aber spät dran. Dein Platz ist auf der A-Tribüne. Dritte Reihe, vierter Platz.«

Ich ignoriere seinen Einwurf und schiebe mich mit einem leisen »Danke« an ihm vorbei durch die Tür. Dabei versuche ich mir meinen Sitzplatz zu merken und gleichzeitig mit niemandem zusammenzustoßen. Mit den vielen Menschen, die mit Poutine, Pommes mit einer Bratensauce mit Käse darauf, und Getränken in den Händen an mir vorbeilaufen, hätte ich nicht gerechnet. Jedenfalls geht es mir nicht in den Kopf, dass das dieselbe Halle ist, in der Ryan und ich normalerweise komplett alleine trainieren.

Ich sehe mich um und erkenne über den Köpfen der Menschen endlich ein Schild, das in die Richtung der A-Tribüne weist, und wenige Minuten später sitze ich auf meinem Platz. Ryan hat sich wirklich Mühe gegeben, denn ich habe einen perfekten Blick aufs Eis, auf dem gerade die beiden Tore überprüft werden. Das Problem ist nur, dass ich von Eishockey absolut keinen blassen Schimmer habe. Ich hoffe, dass neben mir niemand landet, der mich mit Fragen löchert oder meine Meinung zu irgendetwas wissen möchte. Ich bin nicht scharf darauf, mich zu blamieren. Was habe ich mir eigentlich gedacht, als Ryan gefragt hat, ob ich komme und ich wider besseren Wissens mit »Ja« geantwortet habe? Offensichtlich nicht viel.

Die Ränge füllen sich in den nächsten paar Minuten und neben mir taucht ein Typ auf, der etwa in meinem Alter ist. Er trägt einen Gips am Bein und versucht, mit den Krücken irgendwie durch den schmalen Gang zwischen den Sitzen zu kommen. Ich will gerade Platz machen, als er neben mir stehen bleibt.

»Du musst Chloé sein. Ryan meinte schon, dass ich heute Gesellschaft bekomme.« Er nimmt beide Krücken in eine Hand und streckt mir die nun Freie entgegen. »Ich bin Tony.«

»Richtig geraten«, erwidere ich mit einem Lächeln und ergreife seine Hand, um sie kurz zu schütteln. »Und du spielst eigentlich auch Hockey?« Mein Blick wandert zu seinem Gips, worauf sich sein Gesicht verzieht.

»Ja, in der Verteidigung. Aber es wird noch paar Monate dauern, bis ich wieder aufs Eis kann. Deshalb komme ich zu jedem Heimspiel her und unterstütze die Jungs von der Tribüne aus.«

»Verletzungen sind echt der Horror jedes Sportlers. Ist das während eines Spiels passiert?«

Tony lacht auf und ich sehe ihn erstaunt an. »Leider nicht. Das wäre wenigstens noch irgendwie … cool. Zumindest verglichen zu der peinlichen Story, wie es tatsächlich passiert ist.« Er klappt den blauen Sitz nach unten, nimmt umständlich den Rucksack ab und lässt sich etwas ungelenk auf seinen Platz sinken. Die Krücken lehnt er gegen den Sitz neben sich.

»Falls Ryan dir auch nur die kleinste Kleinigkeit über mich erzählt hat, dann weißt du, dass ich spätestens jetzt unbedingt wissen will, was passiert ist.«

Tony stöhnt betont laut auf und wendet kopfschüttelnd den Blick ab, doch ich erkenne die Spur eines Lächelns auf seinen Lippen. »Das habe ich befürchtet.« Er holt einmal tief Luft, als würde es ihn unendlich viel Kraft kosten, die nächsten Worte auszusprechen. Tony würde einen echt guten Schauspieler abgeben, wenn da nicht immer dieses kleine Schmunzeln mitschwingen würde.

»Ich war mit meinem kleinen Bruder auf dem Spielplatz. Es ging alles gut. Das Schaukeln, das Rutschen. Bis ich meinte, ihm zeigen zu müssen, wie einfach es ist, auf den Eisenstreben herumzulaufen, die eigentlich zum Entlanghangeln gedacht sind. Blöderweise hat es geregnet und ich bin ausgerutscht, mit dem Kopf gegen eine der Stangen geknallt und habe mir im Fallen das Bein irgendwie so blöd verdreht, dass der Knochen beim Aufschlag gebrochen ist. Das war so peinlich, dass ich zuerst so tun wollte, als wäre nichts. Aber das fiel spätestens dann auf, als ich nicht mehr laufen konnte. Oder vielleicht auch daran, dass der Winkel vom Bein nicht so ganz gepasst hat.« Gespielt nachdenklich tippt er sich an die Unterlippe und zuckt dann mit den Schultern. »Wenn ich genauer darüber nachdenke, eher Letzteres.«

Obwohl es nicht lustig ist, wenn sich andere verletzen, muss ich aufgrund der Art, wie Tony die Geschichte erzählt, leise kichern.

»Glaub mir, das war in doppelter Sicht ein Denkzettel für mich. Nicht nur, weil ich mir das Bein auf einem Kinderspielplatz gebrochen habe. Ich durfte mir noch im Krankenhaus eine zwanzigminütige Standpauke meiner Mum anhören, die damit endete, dass sie hofft, der Ausgang der ganzen Sache wäre für mich und meinen Bruder eine Lehre gewesen.« Er macht eine kurze Pause, um seine Wasserflasche aus dem Rucksack zu ziehen und einen Schluck zu trinken. »Ich versuche, das inzwischen mit Humor zu nehmen. Außerdem bringt die Story alle zum Lachen. Das ist doch auch was, wenn sich so viele an meinem Leid ergötzen.«

Obwohl ich Tony erst seit ein paar Minuten kenne, mag ich ihn. Seine humorvolle Art und die Tatsache, dass er sich scheinbar selbst gerne auf den Arm nimmt, sind echt erfrischend. »Du bist echt ein Original, was?«

Tony zwinkert mir zu und erinnert mich dabei sofort an Ryan. Doch nur er schafft es, mir durch diese kleinen Gesten ein höherschlagendes Herz und ein Kribbeln am ganzen Körper zu verpassen.

Laute Musik dringt plötzlich aus den Lautsprechern und Tony reibt sich die Hände. »Jetzt geht es los.«

Erst in dem Moment fällt mir auf, dass in der Zwischenzeit ein riesiger Löwe aufgeblasen wurde, hinter dem sich Spieler in roten Trikots aufgestellt haben. Nacheinander werden Namen aufgerufen, worauf die Jungs aufs Eis fahren und die Schläger zur Begrüßung nach oben strecken. Als Ryans Name fällt, recke ich meinen Hals ein Stück weiter, um einen guten Blick auf ihn zu erhaschen. Er fällt allein schon durch den goldenen Helm auf, der aus den übrigen Roten deutlich hervorsticht. Später erfahre ich, dass das Gold die Spieler mit den meist geschossenen Toren des jeweiligen Teams kennzeichnet.

Während meiner Beobachtung spüre ich, dass Tonys Blick auf mir liegt und als ich kurz zu ihm sehe, erkenne ich ein wissendes Lächeln auf seinen Lippen. Doch ich ignoriere es und konzentriere mich wieder auf das, was auf dem Eis stattfindet.

Als alle Spieler der Lions durch den Bauch des aufblasbaren Tieres gefahren sind, wird das gegnerische

Team auf dem Eis begrüßt. Wenn auch mit deutlich weniger Aufsehen.

Zwei Spieler, einer in Rot und der andere in Gelb, stellen sich an der Mittellinie gegenüber. Ein Schiedsrichter in schwarz-weiß gestreiftem Oberteil stellt sich davor auf und lässt den Puck fallen, als der Pfiff ertönt. Nur einen Sekundenbruchteil später, treffen die beiden Schläger mit einem Knall aufeinander und ich verliere den Puck kurz aus den Augen.

»Hat der Schiedsrichter keine Angst, dass ihm die Finger gebrochen werden?«, stoße ich entsetzt hervor.

Damit bringe ich Tony abermals zum Lachen. »Er zieht die Hand rechtzeitig wieder weg. Und er lässt den Puck ja mit etwas Abstand fallen. Dann geht das schon.«

Ich schaffe es kaum, den Blick vom Eis loszureißen. Es ist der Wahnsinn. Obwohl Eiskunstlaufen und Eishockey auf demselben Feld stattfinden, könnten die Sportarten nicht unterschiedlicher sein. Beim Eislaufen geht es um Eleganz und Körperbeherrschung. Eishockey dagegen ist geprägt von Schnelligkeit und … Brutalität. Mir fällt in diesem Moment einfach kein besseres Wort ein, um es zu beschreiben.

Es ist faszinierend, wie schnell der Puck von einem Spieler zum Nächsten gepasst wird. Wie sie rückwärts und vorwärts in einer Geschwindigkeit über das Eis gleiten, dass mir beim Zusehen beinahe schwindelig wird. Ich erwische mich selbst immer wieder dabei, wie ich zusammenzucke und befürchte, dass es zu einer Massenkarambolage kommt.

Auf der Tafel werden nur noch etwas über zehn Minuten angezeigt. Damit ist laut Tony gleich die Hälfte des ersten Drittels vergangen und es wird die sogenannte Powerbreak stattfinden.

Unzählige Male während des Spiels verliere ich den Puck aus den Augen und bin dann völlig überrascht, wenn ich ihn plötzlich am anderen Ende des Feldes, eingekesselt von mehreren Spielern – oder im Tor des Gegners – entdecke. Dadurch kommt mein Jubel das ein oder andere Mal etwas verspätet, doch daran scheint sich niemand zu stören.

Tony wirft mir in unregelmäßigen Abständen Seitenblicke zu, schmunzelt, wenn ich vermutlich zu ratlos aussehe, und erklärt mir dann die ein oder andere Sache. Dadurch weiß ich jetzt, dass die Uhr bei jeder Spielunterbrechung gestoppt wird, und das kommt wirklich oft vor, wodurch die Drittel meistens länger als nur zwanzig Minuten dauern. Dafür blicke ich bei den Fouls absolut nicht durch. Erst vor ein paar Augenblicken wurde einer der Lions von einem anderen Spieler heftig gegen die Bande gerammt, doch der Schiedsrichter hat das Spiel weiterlaufen lassen. Im nächsten Moment ertönt ein Pfiff und zwei Spieler aus beiden Mannschaften stellen sich in einem der vier Kreise wieder gegenüber. Wofür dieses Foul gepfiffen wurde, kann ich beim besten Willen nicht sagen.

Ein lautes Stöhnen und Buhrufe gehen durch die Reihen, als die gegnerische Mannschaft kurz vor Ende des letzten Drittels den Ausgleichstreffer erzielt. Sie haben vor allem in den vergangenen zwanzig Minuten eine richtige Aufholjagd gestartet, wodurch es drei zu drei steht. Zwei der drei Tore auf unserer Seite hat Ryan geschossen und spätestens jetzt weiß ich, warum er der

Torjäger der Mannschaft ist. Er scheint wirklich ein Gespür dafür zu haben, Lücken in der Abwehr des Gegners zu finden und diese direkt auszunutzen.

Tony neben mir bewegt sich so ruckartig, und würde wohl am liebsten aufspringen, wodurch die Krücken neben ihm gefährlich ins Schwanken geraten. »So ein Mist!«, ruft er aus.

»Ein Unentschieden ist doch auch nicht so übel, falls sie es jetzt nicht schaffen noch ein Tor zu schießen. Oder?«

Er schüttelt den Kopf und lehnt sich wieder in seinem Sitz zurück. »Im Eishockey gibt es kein unentschieden. Entweder sie schießen jetzt in den nächsten zwei Minuten noch ein Tor oder es geht in die Verlängerung. Da spielen dann nur noch drei gegen drei und sobald das erste Tor fällt, ist das Spiel beendet.«

Und genau so kommt es auch. Obwohl ich ein Stück weg vom Eis sitze, ist den Jungs die Frustration über den bisherigen Spielhergang deutlich anzusehen. Ryan stoppt kurz auf unserer Höhe und hebt die Hand zum Gruß, bevor er das Eis verlässt. Er wirkt bei Weitem nicht so unzufrieden wie die anderen, eher konzentriert auf das, was gleich kommen wird.

Mein Handy vibriert und ich ziehe es hervor. Automatisch breitet sich ein Lächeln auf meinem Gesicht aus, als ich sehe, dass die Nachricht von Ryan ist.

Gefällt dir das Spiel bisher?

Ich beiße mir auf die Unterlippe und überlege kurz, was ich ihm antworten soll.

Interessanter als ich dachte. Ehrlich!
Noch besser gefällt es mir, wenn ihr gewinnt.
Deshalb solltest du dich jetzt konzentrieren
und nicht Nachrichten verschicken ;-)

Seine Antwort kommt beinahe postwendend.

Aye, aye Ms.
Sehen wir uns nach dem Spiel?

Bevor ich das Handy wegpacke, schreibe ich noch schnell:

Ich warte auf dich.

Ryan sollte sich jetzt wirklich auf das Spiel und die Verlängerung konzentrieren und mir nicht die ganze Pause über Nachrichten schreiben. Auch wenn ich mich zugegeben darüber freue, dass er an mich gedacht hat. Bei dem Gedanken an später kribbelt es in mir.

Mein Handy vibriert schon wieder und ich ziehe es noch einmal hervor.

Vergiss nicht, für deinen Dad ein paar Aufnahmen zu machen!
Er will bestimmt sehen, wofür er sein Geld ausgeben will.

Sofort schiebe ich das Smartphone wieder zurück in meine Handtasche. Das schlechte Gewissen schnürt mir beinahe die Kehle zu. Hat Ryan mich doch nur wegen des Deals eingeladen und das hat gar nichts mit dem Kuss gestern zu tun?

Ich presse fest die Lippen zusammen und versuche, mich auf das Feld unter mir zu konzentrieren. Es kommt mir vor, als würde eine halbe Ewigkeit vergehen, bis die Eismaschine ihre Arbeit getan hat und die Jungs wieder aufs Eis kommen. Wie Tony schon erklärt hat, stehen dieses Mal nur jeweils drei Spieler, anstatt sechs pro Mannschaft, auf dem Feld. Da das erste Tor entscheidet, ist es schwer zu sagen, wie lange die Verlängerung dauert. Das kann von wenigen Sekunden bis zu maximal fünf Minuten alles sein. Doch sollte innerhalb dieser Zeit kein Tor fallen, kommt es zum Penaltyschießen.

Ryan schafft es, den Puck zu einem seiner Mitspieler zu passen, der sofort den Angriff einleitet. Durch die Halbierung der Spieler auf dem Eis ist deutlich weniger Gewusel da unten, aber ihr Schlittschuhfahren definitiv nicht weniger beeindruckend. Die Geschwindigkeit wird noch weiter erhöht, was ich zuerst gar nicht für möglich gehalten habe.

Das Passspiel läuft so schnell hin und her, dass ich dem Puck kaum mit dem Blick folgen kann. Die Lions schaffen es vor das Tor ihres Gegners und einer von Ryans Teamkameraden fährt hinter dem Tor herum, passt den Puck weiter und ein Schuss folgt. Doch der Torwart lässt sich zu Boden fallen und der Puck prallt an den gigantischen Beinschonern ab, die er trägt.

Mir liegt schon ein Fluch auf den Lippen, doch da erkenne ich, dass Ryan den Puck wieder vor dem Schläger hat. Er passt ihn nach rechts zu einem freistehenden Mitspieler, der die Chance nutzt und schießt. Ich reiße die Arme nach oben und applaudiere, als der Puck im Netz landet und ein lauter Buzzerton ertönt.

»Ja, Mann!«, ruft Tony mit knallrotem Gesicht und an seinem Hals tritt deutlich eine Ader hervor. »So habe ich mir das vorgestellt!« Es ist ihm sowohl anzusehen, als auch anzuhören, wie sehr ihn dieser Sport begeistert. Ich bin mir sicher, dass er gerade viel dafür geben würde, jetzt mit den anderen unten auf dem Eis zu stehen und zu feiern.

Ich muss etwa zwanzig Minuten im Eingangsbereich der Halle warten, bis Ryan und ein paar der anderen Jungs aus der Kabine kommen. Sie reden wild durcheinander und auf all ihren Gesichtern liegt ein breites Grinsen.

Ryan kommt direkt auf mich zu und lehnt sich neben mich an die Wand, nachdem er seine Kollegen mit einem Handschlag verabschiedet hat. »Und? Wirst du jetzt zum größten Lion-Fan aller Zeiten?«

»Hmm.« Ich kaue betont auf meiner Unterlippe herum und richte meinen Blick zur Decke, um ihn ein wenig zappeln zu lassen. »Es war ganz okay«, sage ich schließlich und verkneife mir ein Lächeln. »Aber Papa werden die Aufnahmen bestimmt überzeugen.« Lüge. Lüge. Lüge. Doch ich weiß einfach nicht, was ich machen soll.

»Ganz okay? Da hat Tony aber etwas anderes erzählt. Ich glaube, dass du es sogar ganz spannend gefunden hast. Und gut, dass du die Nachricht noch gesehen hast. Ich hätte mir am liebsten selbst den Kopf gegen die Bande geklatscht, weil mir das erst so spät eingefallen ist.« Als wäre es selbstverständlich, greift er nach meiner Hand und ich glaube, ich werde mich nie an dieses Gefühl gewöhnen, das meinen Körper bei jeder seiner Berührungen erfüllt.

»Na ja, es wurde spannend, als sie euch dann doch fast den Arsch versohlt hätten.« Wir verlassen das Gebäude und Ryan führt mich in Richtung der Wohnheime. Die Blätter der Bäume, an denen wir vorbeikommen, verlieren mit jedem verstreichenden Tag mehr ihr Grün und färben sich gelb, orange und braun. In Massen fallen sie von den Ästen und säumen die Wege und bei dem Anblick ziehe ich meinen Mantel ein klein wenig enger um mich.

»Zugegeben, beim Ausgleichstreffer ist mir auch die Düse gegangen. Aber ist zum Glück ja noch alles gutgegangen.«

»Spaß beiseite. Ich fand es schon ganz cool. Es ist Wahnsinn, in welcher Geschwindigkeit das ganze Spiel abläuft. Keine Ahnung, wie oft ich nach diesem verdammten Puck gesucht habe.« Ich sehe zu ihm auf und als unsere Blicke aufeinandertreffen, ist es, als würde die Welt stehen bleiben. Ich versinke in seinen wunderschönen blauen Augen, die tiefer als das Meer wirken.

Ryan und ich stehen plötzlich so nah voreinander, dass kaum noch ein Blatt Papier zwischen uns passt. Aber ich kann nicht sagen, wer von uns die Distanz überbrückt hat. Alles andere rückt komplett in den Hintergrund. Sein warmer Atem streift meinen, als er den Kopf nach unten beugt und ich ihm entgegenkomme.

Im nächsten Moment liegen unsere Lippen aufeinander und der Kuss entfacht ein Feuerwerk in meinem Inneren. Meine vorherigen Sorgen, er könnte mich nur wegen des Sponsorings eingeladen und unseren Kuss vergessen haben, sind wie weggewischt. Jeder Zentimeter meines Körpers steht in Flammen, die sich zu einem ausgewachsenen Feuer ausbreiten, als er seine Hand in meinem Haar vergräbt. Es mag sein, dass ich ihn erst seit ein paar Wochen kenne, und trotzdem ist mir klar, dass das zwischen uns etwas Besonderes ist. Echt ist. Eine solche Flut an Gefühlen hat bisher noch niemand in mir verursacht und das macht mir einerseits Angst. Aber andererseits brauche ich genau das. Ohne danach gesucht zu haben, habe ich etwas gefunden, dass so viel mehr bedeutet, als alles, was ich bisher gekannt habe.

Wie so oft meldet sich diese kleine Stimme in meinem Kopf, die ich am liebsten zum Verstummen bringen würde und die mir sagt, dass ich mein Herz nicht verschenken sollte. Schon gleich gar nicht an jemanden, mit dem ich einen Deal am Laufen habe. Und den ich bald wieder verlassen muss.

Aber dafür ist es zu spät. Es ist längst passiert.

Ich bin unwiderruflich verknallt. Mit jeder Zelle meines Körpers, bis in die Haarspitzen und allem, was dazugehört.

In Ryan.

Der dasselbe für mich zu empfinden scheint.

Und den ich von Anfang an eiskalt belogen habe.

Verdammt.

Kapitel 15: Chloé

»Du bist jetzt schon seit Wochen hier und willst mir erzählen, dass du noch nichts anderes als die Uni und den Campus gesehen hast?«

Ich schüttle eilig den Kopf. »Das stimmt so nicht ganz. Erstens war ich schon mal hier in der Nähe für die Qualifikation und habe da zumindest eine andere Eishalle und Halifax gesehen und zweitens warst du mit mir beim Rollerskating und beim Autokino. Das sind schon vier Sachen mehr, als du gerade aufgezählt hast.« Ich stoße Ryan spielerisch in die Seite, der daraufhin in Chloé-Manier die Augen verdreht.

»Es gibt so viele schöne Orte hier. Du solltest dir auf jeden Fall etwas davon ansehen, bevor ...« Er verstummt und lässt den Rest des Satzes unausgesprochen. Doch er schwebt unheilvoll in der Luft zwischen uns und die Worte sind beinahe mit den Händen greifbar. ›Bevor du wieder zurück nach Frankreich gehst.‹

Manchmal ist es schon lustig, wie das Leben so spielt. Zuerst wollte ich absolut nicht hierherkommen und habe Möglichkeiten gesucht, dem irgendwie zu entgehen. Und jetzt verursacht mir der Gedanke daran, nach den Prüfungen nach Hause zu fliegen, ein unangenehmes Ziehen im Herzen. Und Übelkeit. Als hätte ich fünf Tüten Popcorn mit Zimttopping auf einmal verschlungen.

»Er hat recht«, sagt Holly, die ihre Beine an der Wand entlanggelegt hat und mit dem Kopf vom Bett hängt, wodurch bei ihr alles auf dem Kopf steht. Sie setzt sich auf und bekommt langsam wieder eine normale Gesichtsfarbe. Mir hängt immer noch ihr Gekreische in den Ohren, als ich ihr unter Zwang von Ryan und mir berichtet habe. Sie wollte alles über unser Autokino-Date wissen und war zuerst enttäuscht, dass nicht noch mehr passiert ist. Das hat sich aber geändert, als ich ihr gesagt habe, dass ich Gefühle für ihn habe. Bei der Erinnerung muss ich lächeln.

Ryan klatscht laut in die Hände und ich schrecke aus meinen Gedanken hoch. »Also dann ist es abgemacht. Wir machen über das lange Wochenende einen Ausflug und ich zeige dir meine Lieblingsorte.«

»Die Bücherei kenne ich doch schon«, necke ich ihn.

»Ich denke da tatsächlich an ein bisschen mehr als einen großen Raum voller Bücher. Auch wenn das verlockend ist, da drin mal zu übernachten.« Für einen Augenblick hängt er dem Gedanken nach, als würde er es sich wirklich vorstellen, eine Nacht lang mit hunderten von Büchern eingeschlossen zu werden. Sein verträumter Blick bringt mich zum Schmunzeln und ich höre auch Holly leise vor sich hinkichern. Zumindest, bis der nächste Satz fällt. »Aber das heißt nicht, dass das Training ausfällt.«

Das wird ein anstrengender Tag heute. Nicht nur wegen des Trainings, auf das freue ich mich eigentlich. Sondern auch, weil ich mich gemeinsam mit Holly zum ersten Mal mit ihrem Zwillingsbruder Will zum Lernen treffen werde. Ich habe es lange vor mich hingeschoben, was ich leider recht schnell bereut habe, nachdem ich meine letzte Hausarbeit in einem meiner Wirtschaftskurse mit einer miesen Note zurückbekommen habe. Wenn ich nicht bald die Kurve kriege, habe ich ein fettes Problem am Hals. Allein bei dem Gedanken daran, in Papas Firma einsteigen zu müssen, könnte ich schwören, Ganzkörperausschlag zu bekommen.

»Können wir heute vielleicht ein bisschen früher anfangen? Ich treffe mich später noch mit Holly zum Lernen.« Es wäre gut, zwischen Training und Lernen zumindest Zeit zum Duschen und Rucksackabholen zu haben. Sonst muss ich den ganzen Kram mit in die Halle schleppen.

Ryan zuckt mit den Schultern. »Wäre mir auch recht. Der Coach hat für später einen Sondertermin angesetzt für das nächste Spiel.« Er wirft einen Blick auf die Uhr. »Wir können auch gleich losgehen. Jetzt ist die Halle auf jeden Fall noch für eine gute Stunde frei.«

»Perfekt. Bin gleich wieder da.« Mit eiligen Schritten ziehe ich ein paar Sachen aus dem Kleiderschrank und verziehe mich in das Badezimmer, wo ich mich umziehe und meine Haare zu einem hohen Pferdeschwanz zusammenbinde.

Keine fünf Minuten später stehe ich wieder vor Ryan, der mir ein anerkennendes Lächeln zuwirft. »Respekt. Das war echt schnell. Ich habe gerade angefangen zu bereuen, kein Buch dabei zu haben, um es mir auf deinem Bett gemütlich zu machen.«

»Immer diese Vorurteile.« Ich rolle mit den Augen und stoße ihn im Vorbeigehen mit der Hüfte an. »Und ich dachte, du hättest immer eins dabei, sobald du dein Zimmer verlässt. So für alle Fälle.«

»Wer ist jetzt die Person mit den Vorurteilen? Ich stecke Bücher nur ungern einfach in meine Sporttasche. Kann es nicht leiden, wenn sie Knicke bekommen.«

Ich versuche, mir ein Schmunzeln zu verkneifen, aber das klappt eher weniger. »Wenn du willst, kann ich dir ein Buchcover stricken. Vielleicht in diesem schönen Pink.« Vielsagend halte ich eines der knalligsten Deckchen hoch, dessen Neonpink die Augen fast zum Brennen bringt, wenn man es nur lang genug ansieht. Ich lege es wieder zurück auf den Schreibtisch und greife stattdessen nach meiner gepackten Sporttasche.

Holly kreischt vor Lachen auf, als Ryan abwehrend die Hände hochhält und das Gesicht verzieht. »Nein, danke. Das wäre echt nicht nötig. Wollen wir?« Er deutet auf die Tür und läuft ein paar Schritte darauf zu.

Ich verabschiede mich von Holly und folge ihm aus dem Zimmer zur Eishalle. Genauso eilig wie Ryan es hatte, den Strickdecken zu entkommen, geht es mir damit, aufs Eis zu kommen. Diese Zeit in der Halle ist zu meinem absoluten Ruhepol geworden. Der Unialltag ist superstressig und obwohl ich mir Mühe gebe, in allen Kursen mitzukommen und gute Arbeiten zu liefern, scheitere ich daran in den meisten Fällen kläglich – und das ist echt zermürbend.

Da kommt mir diese Zeit auf dem Eis wie gerufen. Ich brauche diese Auszeiten, um Kraft zu schöpfen, und ich bin unheimlich glücklich darüber, dass Ryan mir dieses Gefühl durch seine Hilfe wieder zurückgegeben hat. Wenn ich an das letzte knappe Jahr denke, in dem ich kaum einen Fuß in Eishallen gesetzt habe, kann ich es mir jetzt nicht erklären, wie ich das überhaupt ausgehalten habe. Mir wird erst wieder so richtig bewusst, wie sehr mir das Alles gefehlt hat. Endlich fühle ich mich vollständig und Ryan hat daran einen großen Anteil.

Während er sich um die Musik kümmert, drehe ich meine ersten Runden an der Bande entlang. Ohne Hektik oder darauf zu achten, wie meine Körperhaltung ist. Einfach nur Schlittschuhlaufen. Entspannt. Frei. Wie es gemeinsam mit Ryan hier in der Halle war, worauf ich meinen ersten richtigen Sprung geschafft habe. Das Lied Lovestory von Taylor Swift hat sich seitdem in meinem Kopf festgesetzt und spielt in meinen Gedanken jedes Mal dann automatisch ab, wenn ich eine besondere Situation erlebe. Wie unseren ersten Kuss im Autokino.

Mein Körper reagiert direkt auf diese Erinnerung und es kostet mich einiges an Selbstkontrolle, um ihr nicht komplett zu verfallen. Doch da taucht Ryan neben mir auf und greift nach meiner Hand. Unsere Finger verhaken sich, als hätten sie unser ganzes Leben lang nie etwas anderes gemacht. Allein das reicht schon aus, um meine Hand schwitzig werden zu lassen, und ich hoffe, dass er das nicht bemerkt.

Irgendwie ist es für mich kaum vorstellbar, was Ryans Anwesenheit und seine Berührungen mit mir machen. Es ist seltsam und gleichzeitig wunderschön. Immerhin ist er nicht der erste Typ, dem ich näherkomme. Aber es ist völlig anders und ich komme ins Grübeln, ob ich wirklich zum ersten Mal verliebt bin. Also so richtig. Mit Herzklopfen, prickelnden Lippen und unter Strom stehendem Körper, wenn er nur in meiner Nähe ist.

»Warum grinst du so?«

Ich sehe zu Ryan auf, der mein Gesicht mit seinem Blick abtastet, als würde er sich jeden Millimeter davon einprägen wollen. Kurz wundert es mich, dass wir bisher nicht gegen die Bande gekracht sind, denn scheinbar hat keiner von uns beiden darauf geachtet, wohin wir überhaupt fahren. »Ich war nur in Gedanken«, antworte ich ausweichend.

»Jetzt machst du mich neugierig. Worüber hast du nachgedacht?«

Ich strecke unsere ineinander verschränkten Hände hoch. »Darüber.« Fragend zieht er eine Augenbraue nach oben, worauf ich zu einer Erklärung ansetze. »Ich frage mich einfach, wie es dazu kam. Ich meine, ganz ehrlich? Am Anfang konnte ich dich nicht ausstehen. Und jetzt das.«

Ryan bricht in lautes Lachen aus. Der Ton kommt tief aus seiner Brust und verursacht mir eine Gänsehaut auf dem ganzen Körper. Ich liebe dieses Geräusch. »Ging mir ähnlich.« Er schließt seine Finger stärker um meine. »Aber da kannten wir uns noch nicht. Eigentlich bist du ganz okay.«

»Ganz okay?« Erbost schnaube ich durch die Nase und werfe ihm einen meiner geübt giftigen Blicke zu, der ihn nur noch mehr zum Lachen bringt.

Er hält an und zieht mich so ruckartig an sich, dass ich gegen seine Brust pralle. Sanft löst er seine Finger und platziert dafür beide Hände auf meiner Taille, während meine sich auf seine Brust legen. Mein Kopf schaltet sich aus. Das Einzige, woran ich noch denken kann, sind seine Nähe und die Muskeln, die ich am liebsten aus dieser verdammten Winterjacke schälen würde.

Ich versinke wieder einmal in seinem Blick. Erkenne diese kleinen andersfarbigen Sprenkel in dem ansonsten so tiefen Blau, das mich jedes Mal aufs Neue fasziniert. In diesem Moment vergesse ich komplett, warum wir hier sind. Alles rückt in den Hintergrund. Das rutschige Eis unter unseren Füßen, mein Lerntreffen heute Nachmittag, zu dem ich definitiv nicht zu spät kommen sollte und vor allem der eigentliche Grund, warum wir hier sind.

Alles in mir drängt danach, endlich diese letzten Zentimeter zu überwinden. Schreit nach seiner Nähe, seinen Lippen auf meinen. Fast erschrecke ich mich über meine heftigen Empfindungen, weil sie mir so unbekannt sind und so gar nicht zu mir passen.

Meine Hände wandern höher und ich lege die Arme um seinen Nacken, damit ich ihn sanft zu mir herunterziehen kann. Als unsere Lippen endlich aufeinandertreffen, entweicht Ryan ein leises Stöhnen, das jede meiner Zellen in Aufruhr versetzt und genauso gut von mir hätte stammen können. Ich lasse meine Hände durch seine Haare gleiten, worauf er mich noch näher an sich zieht.

Der Kuss gewinnt an Intensität und ich habe gleichzeitig das Gefühl, auf Wolken zu schweben und keine Luft mehr zu bekommen. Ryans Hände, die gerade noch auf Wanderschaft gegangen sind, legen sich wieder um meine Taille und er schiebt mich rückwärts zurück, bis ich etwas Hartes in meinem Rücken spüre. Dabei hat er den Kuss nicht einmal unterbrochen. Er schließt mich zwischen der Bande und seinem Körper ein und ich habe trotzdem das Gefühl, ihm nicht nahe genug zu sein.

Ich verliere jegliches Zeitgefühl. Es könnten Sekunden, Minuten oder Stunden vergangen sein. Ich habe absolut keine Ahnung. Das Einzige, was mir vollkommen klar ist, ist, dass ich all diese Empfindungen für immer fühlen will. Obwohl es so viele sind, dass ich manchmal befürchte, gleich einfach aus allen Nähten zu platzen, und es beinahe körperlich schmerzt.

Plötzlich lässt ein schrilles Klingeln Ryan und mich auseinanderfahren, als hätten wir uns verbrannt und ich falle von Wolke sieben zurück auf den Boden der Tatsachen. Ich brauche einen Augenblick, bis ich kapiere, dass es mein Handy ist. Unser beider Atem geht schwer und meine Lippen fühlen sich geschwollen an.

»Willst du da nicht drangehen?« Ryans Stimme klingt ein wenig atemlos genauso wie ich.

»Oh, ähm, ja.« Rasch ziehe ich das immer noch klingelnde Ding aus meiner Jackentasche. »Das ist Holly«, sage ich mit gerunzelter Stirn und mein Blick wandert nach oben rechts, wo die Uhrzeit steht. Shit! Schon so spät. Eilig nehme ich das Gespräch an. »Holly?«

»Endlich! Ich dachte schon, du gehst nie dran. Hast du vergessen, dass wir uns im Zimmer treffen wollten, bevor wir in die Bibliothek gehen? Bist du schon dort? Soll ich direkt dorthin kommen?« Diese ganzen Wörter sprudeln förmlich aus ihr hervor, wodurch ich gar keine Chance habe, überhaupt eine ihrer Fragen zu beantworten.

»Nein, ich bin noch nicht da. Ich habe total die Zeit vergessen und bin noch mit Ryan in der Eishalle.«

»Und sind euch schon die Pos abgefroren?«

»Ich habe keine Ahnung, wovon du redest.«

Sie kichert leise. »Du kannst mir nicht erzählen, dass du die Zeit vor lauter Training vergessen hast.«

Ich hasse es, wie oft Holly ins Schwarze trifft, was Ryan angeht. Trotzdem will ich ihr das nicht unter die Nase reiben. »Wenn du mir meinen Rucksack mitbringst, können wir uns in einer Viertelstunde in der Bibliothek treffen. Es dauert zu lang, wenn ich zuerst ins Wohnheim komme.«

»Na gut. Aber ich habe trotzdem recht. Du und Ryan habt bestimmt wild in der Kabine rumgeknutscht. Oder noch besser direkt auf dem Eis. Ich kann mir das bildlich vorstellen.«

»Oh Gott«, murmele ich und würde am liebsten dieses verdammte Eis zum Schmelzen bringen, um darin zu versinken. Ein Blick zu Ryan verrät mir, dass Holly laut genug spricht, dass er zumindest einen Großteil davon verstanden hat. Eilig klicke ich auf die Lautstärketaste, damit die Stimme meiner Mitbewohnerin nur noch für mich zu hören ist.

»Ihr würdet ziemlich hübsche Kinder haben, wenn ich mir das so überlege. Aber damit solltest du echt noch warten. Ihr kennt euch ja noch nicht so lang. Frag mal meine Cousine. Die hat mit sechzehn Zwillinge bekommen von einem Typen, den sie im Club kennengelernt hat. Das war echt eine krasse Nummer. Wenn es aber bei euch doch irgendwann so weit ist, bestehe ich darauf, Taufpatin zu werden. Oder noch besser wäre es, Trauzeugin bei eurer Hochzeit zu sein. Das wäre der absolute Burner!«

Ich verberge mein Gesicht in der Hand und schüttle den Kopf. Ich kann direkt vor mir sehen, wie Holly aufgeregt auf und abspringt. Irgendwie muss ich sie zum Schweigen bringen. »Du wirst beides, versprochen. Ich muss jetzt auflegen, sonst kommen wir zu spät. Bis gleich!« Rasch drücke ich auf den roten Button und beende das Gespräch, bevor sie noch irgendetwas sagt.

»Deine Mitbewohnerin ist echt ...« Ryan sucht nach den richtigen Worten, um Holly zu beschreiben.

»Crazy, durchgeknallt, aufdringlich, hyperaktiv, peinlich?«, versuche ich, ihm mit ein paar Schlagworten auf die Sprünge zu helfen.

»Und du magst sie trotzdem.«

Damit hat er seltsamerweise Recht. Holly hat sich in der letzten Zeit durch ihre verrückte Art in mein Herz geschlichen. Bis vor ein paar Wochen hätte ich auf alles, was mir heilig ist, geschworen, dass ich mich niemals mit so einem crazy Menschen anfreunden könnte. Oder mich in Kanada verlieben würde.

Vielleicht kenne ich mich selbst nicht einmal ansatzweise so gut, wie ich dachte ...

»Da bist du ja endlich!« Holly springt von einem Fuß auf den anderen, als würde sie auf glühenden Kohlen stehen. »Will ist schon da und hat uns einen Tisch gesucht. Ich habe gesagt, dass ich draußen auf dich warte.«

»Danke und sorry, dass es später geworden ist.«

»Schon gut.« Neugierig lässt Holly ihren Blick über mein Gesicht wandern und scheint irgendetwas darin zu entdecken, denn mit einem Mal legt sich ein triumphierendes Grinsen auf ihre Lippen. »Ich wusste doch, dass du ordentlich durchgeknutscht wurdest.«

Ich wende mich ab und trete an die Tür. »Hat dir schon mal jemand gesagt, dass du viel zu ehrlich bist und nicht immer laut aussprechen solltest, was dir durch den Kopf geht?«

»Allein Will schon eine Milliarde Mal.«

»Das habe ich befürchtet. Dann bringt es vermutlich eher nichts, wenn ich es dir auch nochmal sage oder?«

Holly schüttelt den Kopf so fest, dass ihre Locken hin und her fliegen. »Nope, da muss ich dich leider enttäuschen. Mich bekommt man nicht mehr umgedreht.«

»Weißt du was? Eigentlich ist das auch ganz gut so.«

»Danke«, erwidert Holly mit einem fast schon seligen Lächeln auf den Lippen. »Ah, da ist er. Will!«, ruft sie so laut, dass sich gleich mehrere Personen umdrehen, und winkt heftig.

Sie hält zielstrebig auf einen jungen Mann mit kinnlangen dunkelblonden Haaren zu, die zum Großteil von einem schwarzen Beanie bedeckt sind. Vor ihm auf dem Tisch liegen ein großer Ordner und ein aufgeklappter Laptop. Als er knapp die Hand zum Gruß hebt, weiß ich sicher, dass das Hollys Zwillingsbruder ist.

»Ich dachte schon, ihr kommt gar nicht mehr«, sagt er, während wir uns auf die anderen beiden Stühle am Tisch sinken lassen.

»Chloé war noch beschäftigt mit ...«

»Ich habe die Zeit beim Training vergessen«, fahre ich dazwischen, bevor Holly mein gesamtes Liebesleben vor den Füßen ihres Bruders ausbreitet.

Will winkt ab und schenkt mir ein etwas schüchtern wirkendes Lächeln. »Schon gut. Ehrlich gesagt dachte ich, dass es an Holly liegen würde. Mein Schwesterherz kommt gerne öfter mal zu spät oder auf den letzten Drücker.«

»Dafür bist du immer eine halbe Stunde zu früh. Das ist auch nicht gerade der Burner. Ich stehe mir einfach nicht gerne noch ewig die Beine in den Bauch.«

Das Gekabbel zwischen den beiden geht noch ein paar Mal hin und her, bevor Will sich zurück in den Stuhl lehnt und die Hände hinter dem Kopf verschränkt. »Sorry, das ist jedes Mal so, wenn wir uns sehen. Ich glaube, das ist so ein Geschwisterding.« Entschuldigend zuckt er mit den Schultern.

»Ich kenne das gar nicht. Einzelkind«, setze ich als Erklärung nach. »Ihr zwei seid echt absolut grundverschieden.«

Holly grinst. »Ich sage immer, dass wir uns perfekt ausgleichen. Will ist der Ruhepol und ich ...«

»Du bist der Wirbelsturm, der alles umfegt«, beendet er ihren Satz. »Aber jetzt, wollen wir mal loslegen, oder? Wir sind ja nicht zum Quatschen da. Damit sind wir beide übrigens quitt.«

»Ja ja.« Holly winkt leichthin ab und die beiden tauschen noch ein paar Blicke aus, die ich nur als Zwillings-Telepathie-Ding bezeichnen kann.

Mir bleibt fast die Spucke weg, als Will den sehr, sehr dicken Ordner näher zu sich heranzieht und aufschlägt.

Die nächste Zeit verbringen wir damit, meinen aktuellen Stand durchzugehen. Will schreibt dabei alle übergeordneten Themen auf und notiert, wie ich mich selbst in dem Gebiet einschätze. Das Ergebnis ist ziemlich ernüchternd, obwohl ich schon damit gerechnet habe, dass ich hohen Nachholbedarf habe.

Wie soll ich das alles in den vier Wochen bis zur Prüfung nur schaffen? Die Verzweiflung schnürt mir die Kehle zu. »Das ist echt übel. Bist du dir sicher, dass du dir das antun willst?« Obwohl ich versuche, es zu verbergen, klingen meine Zweifel deutlich heraus.

»Keine Sorge, das sieht jetzt nach viel aus, aber das kriegen wir schon hin. Für mich ist das auch nicht schlecht, alles nochmal zu wiederholen. Die Klausuren stehen ja bald schon wieder vor der Tür.«

Ich vergrabe das Gesicht in den Händen und atme stöhnend aus. »Erinner mich da bloß nicht dran.« Das wird richtig in die Hose gehen. Das darf es aber einfach nicht.

Jemand berührt sanft meine Hände und nimmt sie von meinem Gesicht. Ich sehe direkt in Wills braune Augen, die mich zusammen mit seinem freundlichen Blick irgendwie an einen Golden Retriever erinnern. »Steck den Kopf nicht direkt in den Sand. Noch haben wir Zeit, um das alles hinzukriegen. Wir brauchen nur den passenden Lernplan. Wenn wir die Themen und Wiederholungen richtig einteilen, ist das bis zu den Prüfungen überhaupt kein Problem.«

»Und Will macht richtig gute Lernpläne«, wirft Holly ein, die wieder zu uns an den Tisch tritt. Sie war zwischendurch in der Bibliothek unterwegs, um sich ein paar Bücher herauszusuchen und Kaffee für uns zu holen.

Sehnsüchtig atme ich den Geruch ein und sehe dankbar zu ihr auf. »Du bist ein Engel«, sage ich, als ich ihr meinen dampfenden Becher abnehme.

»Den Becher darfst du übrigens behalten. Ich habe für uns umweltfreundliche To Go-Becher im Partnerlook besorgt. Bei deinem Kaffeekonsum konnte ich nicht mehr länger diese Pappbecher sehen, ehrlich.«

Ich grinse sie an und proste ihr zu. »Mein Kaffee wird in nichts anderem mehr landen, versprochen.« Dann wende ich mich wieder Will zu. »Ich kann dir echt nicht genug dafür danken. Das mit dem Lernen habe ich bisher nie wirklich ernst genommen und das zieht mir jetzt voll den Boden unter den Füßen weg.«

Wir verbringen eine halbe Ewigkeit in der Bibliothek und arbeiten gemeinsam einen Lernplan aus. Will und ich werden mindestens zweimal pro Woche zusammen lernen, wenn es von unseren Kursen her zusammenpasst. Dafür werde ich zwar das ein oder andere Training mit Ryan ausfallen lassen müssen, aber das versteht er sicher. Immerhin geht es hier um mein Studium, das wichtig für meine Zukunft ist. Auch wenn ich dafür zuerst hierherkommen musste, bin ich froh, dass ich das endlich kapiert habe. Hat aber auch lange genug gedauert. An den anderen Tagen werde ich selbstständig versuchen, ein paar der einfacheren Themen aufzuarbeiten.

»Und falls da irgendwelche Fragen aufkommen sollten, kannst du mir schreiben. Meine Nummer hast du ja.«

Ich bin wirklich erstaunt, wie nett und hilfsbereit Will und Holly sind. Nicht nur, dass sie mich von Anfang an mit offenen Armen empfangen hat, obwohl ich mich teilweise ziemlich beschissen ihr gegenüber verhalten habe. Sondern auch, dass sie ihren Bruder überredet hat, mir zu helfen und er sofort ›Ja‹ gesagt hat. Ja, wie ich es mitbekommen habe, hatte Holly noch etwas gut bei ihm und Will hat deshalb zugestimmt. Trotzdem ist das nicht selbstverständlich. Ich glaube, ich kenne niemanden, der das sonst für mich getan hätte.

»Vielen, vielen Dank. Ich könnte euch echt beide abknutschen für eure Hilfe.«

»Da wäre ein bestimmter Jemand vermutlich nicht allzu begeistert davon«, sagt Holly und Will hebt abwehrend die Hände.

»Ne, lass mal. Mir reicht wöchentlich ein Schokokuchen mit Streuseln als Dankeschön.«

»Damit du das ganze Tor verdeckst und kein Puck mehr durchkommen kann?«, frotzelt Holly, worauf Will laut loslacht.

»Das wäre mal eine neue Taktik, was?«

»Mal eine Frage«, werfe ich ein und beide richten ihre Blicke auf mich. »Du bist Torwart in deinem Team?« Will nickt, worauf ich weiterspreche. »Ich habe beim letzten Spiel der Lions zugeschaut und da ist mir die ganze Zeit eine Frage im Kopf herumgespukt, als ich den Torwart gesehen habe.«

»Was denn?« Wills Mundwinkel zucken amüsiert, als könnte er sich schon denken, dass das keine gescheite Frage sein kann.

»Habt ihr Bänder aus Gummi? Ich hatte jedes Mal Schmerzen, wenn ich gesehen habe, wie ihr die Knie immer so komisch nach innen machen müsst, damit der Puck von den Schonern abprallt.«

»Das ist alles Gewöhnungssache. Aber ja, als Keeper ist man in der Hinsicht leider schon ziemlich verletzungsanfällig. Allgemein ist es nicht so einfach. Zum einen sind diese ganzen Schoner und Polster echt unhandlich und zum anderen ist es fast schon ein Glücksspiel, den Puck abzuwehren. Oft sieht man gar nicht, wo er gerade ist und wenn man sich dann in die falsche Richtung dreht, kann es das schon gewesen sein. Im Eishockey entscheiden oft Sekundenbruchteile über Sieg oder Niederlage.«

»Das war jetzt aber sehr dramatisch ausgedrückt. Aber ganz ehrlich? Das mit den Knien habe ich mich auch schon oft gefragt. Ich bin jedenfalls so gelenkig wie eine Kuh.«

»Super Vergleich, Schwesterherz.« Holly streckt Will die Zunge heraus, worauf dieser mit den Augen rollt. Er wirft einen Blick auf seine Armbanduhr. »Ich muss los. Wir haben noch ein Coaching heute.« Er packt Ordner und Laptop in den Rucksack und schiebt mir den Lernplan zu. »Nicht vergessen, melde dich, falls du Hilfe brauchst.«

»Danke, Will. Das ist echt supernett von dir.«

»Kein Ding, mache ich gerne, um meiner kleinen Schwester nichts mehr schuldig zu sein.« Er schenkt mir ein Lächeln und wuschelt anschließend Holly durch die Locken, als wäre sie fünf Jahre alt.

»Lass das!« Sie tritt einen Schritt zurück und wirft ihrem Bruder einen Blick aus zu schmalen Schlitzen geformten Augen zu. »Und spiel dich nicht immer so auf. Du bist gerade mal drei Minuten älter.«

»Was mich zum großen Bruder macht. Sorry, Kleine.« Ich muss mich zusammenreißen, um nicht zu lachen.

Die beiden sind echt wie Feuer und Wasser und trotzdem ergänzen sie sich perfekt, wie Holly gesagt hat. »Also macht's gut Mädels, bis Montag.«

Wir verabschieden uns von Will und ich lasse mich wieder an den Tisch sinken. »Ich würde mir auch gleich noch ein paar Bücher zusammensuchen für das erste Thema.« Vielsagend tippe ich auf den Lernplan. »Du musst nicht bleiben, wenn du lieber zurück ins Wohnheim willst.«

Holly winkt ab. »Wenn dir der Kopf noch nicht genug raucht, kann ich dir auch helfen. Ich habe auch noch etwas zu erledigen. Damit bin ich vorhin nicht ganz fertig geworden.«

Meine Lust hält sich zwar echt in Grenzen, aber ich will nicht gleich am ersten Tag nachlassen. Daher beiße ich die Zähne zusammen, suche mir mit Hollys Hilfe zum Thema passende Lektüren heraus und schreibe schon einmal ein paar Stichworte auf.

»Jetzt ist aber gut für heute.« Holly lässt sich mit einem lauten Seufzer nach hinten fallen und atmet tief durch, als wäre sie einen Marathon gelaufen. »Ehrlich, wenn ich auch nur einen weiteren Satz lese, explodiert mein Kopf.«

Ich lasse den Stift fallen und klappe das Buch zu. »Mir geht es ähnlich. Wahrscheinlich steigt schon Rauch über meinem Kopf auf.«

Holly wirft mir einen prüfenden Blick zu. »Ich kann dich beruhigen. Kein Rauch in Sicht.«

»Ich sag's dir. Der Tag hatte es echt in sich.«

»Was war eigentlich anstrengender? Das Knutschtraining mit Ryan oder das Lernen mit meinem Bruder?«

Hitze kriecht in meine Wangen, als mir sofort die Bilder vom heutigen Training in den Kopf steigen. Bilder, wie Ryan mich gegen die Bande gepresst und so geküsst hat, dass ich geglaubt habe, mir würden gleich die Knie nachgeben.

»Der ganze Tag war anstrengend«, antworte ich ausweichend. Doch durch Hollys süffisantes Grinsen weiß ich, dass sie mich nicht so einfach vom Haken lässt.

»Komm schon, das Training ist doch nur noch ein Vorwand, damit ihr euch sehen und in Ruhe knutschen könnt. Du brauchst es doch eigentlich gar nicht mehr.«

Ich schüttle den Kopf. »Das stimmt so nicht ganz. Die Sprünge klappen zwar schon besser, aber ich bin mir immer noch irgendwie unsicher. Da ist diese Stimme in meinem Kopf, die kurz vor jedem Absprung zu mir sagt, dass ich gleich wieder stürzen werde. Inzwischen kann ich sie schon besser ignorieren und diese kleine Barriere überwinden, aber die Mauer sollte da gar nicht sein. Verstehst du, was ich meine?«

Holly bewegt unschlüssig den Kopf von links nach rechts. »Ich glaube schon. Du willst, dass es wieder genauso ist wie vor dem Sturz.«

»Genau. Das braucht aber Zeit und Übung. Ständige Wiederholung, bis diese verdammte Stimme endlich ihre Klappe hält.« Ich richte den Blick auf meine Hände, die verschränkt in meinem Schoß liegen. »Und dann ist da auch noch der andere Teil des Deals, den ich erfüllen muss.«

»Das Sponsoring?«

Ich presse die Lippen zusammen und nicke. Der Gedanke kam mir in den letzten Tagen immer öfter und ich weiß, wie enttäuscht Ryan von mir wäre, wenn ich ihm die Wahrheit sage. Selbst jetzt, gegenüber Holly, kommen mir die Worte nur schwer über die Lippen. »Ich weiß überhaupt nicht, wie ich das Geld für das Team beschaffen soll. Mein Vater ist wegen der verhauenen Prüfungen gerade nicht sonderlich gut auf mich zu sprechen und hat mir auch das Extrageld gestrichen, bis ich die Nachholprüfungen bestanden habe. Ich hatte nie vor mit ihm über das Sponsoring zu reden. Ich habe nur zugesagt, damit Ryan mir hilft. Und jetzt, wo ich die Jungs wirklich unterstützen will, könnte ich das bei meinem Vater trotzdem niemals ansprechen.«

»Und Ryan weiß nichts davon?«

Ich weiche Hollys Blick aus und schüttle den Kopf. »Nein, er hat keine Ahnung. Ich ... ich habe ihn deswegen sogar angelogen und gesagt, ich hätte meinem Vater Videos vom letzten Spiel geschickt.«

»Shit.«

Oh ja, großer Shit. Richtig großer Shit. Ich habe nämlich keine Ahnung, wie ich aus der Nummer wieder rauskommen soll. Ohne Ryan zu verlieren, weil ich ihm die ganze Zeit vorgemacht habe, dass es kein Problem wäre, das Geld zu beschaffen.

Kapitel 16: Chloé

»Und bereit für unseren Ausflug?«

Ich kann nicht fassen, dass er das wirklich durchzieht. Einerseits habe ich ein schlechtes Gewissen, weil ich am Wochenende nicht lernen kann. Andererseits freue ich mich darauf, zwei ganze Tage mit Ryan zu verbringen. Allein.

Bei dem Gedanken daran wird mir augenblicklich warm. Gleichzeitig macht sich eine Gänsehaut auf meinem gesamten Körper breit, die zu einem Kribbeln anwächst. »Klar.« Ich schenke ihm ein Lächeln, das er erwidert. »Wohin soll's denn gehen?«

»Das wirst du schon sehen. Ich hab paar super Sachen geplant. Wenn auch zugegeben nicht allein. Holly hat ein bisschen geholfen.«

»Du hast meine Mitbewohnerin als Travelguide eingespannt?«

Er zuckt mit den Schultern und greift dann nach meiner gepackten Sporttasche, die auf dem Boden steht. »Sie kommt direkt von hier und hatte noch einen Geheimtipp zum Übernachten. Das musste ich ausnutzen.« Das Lächeln auf seinem Gesicht wird eine Spur breiter und lässt meine Knie weich werden. Mein Herz gerät ins Stolpern und braucht ein paar Takte, um wieder in den normalen Rhythmus zurückzufinden. »Brauchst du noch irgendwas?«

Ich schüttle den Kopf, während ich meine Boots anziehe und die dicke Winterjacke vom Haken nehme. Über Nacht hat es ein paar Zentimeter geschneit, daher gehe ich bei der Kleiderwahl lieber auf Nummer sicher.

Wir verlassen das Wohnheim und draußen erwartet uns eine zugegeben eher karge Winterwunderlandschaft. Trotzdem schafft es der eisige Wind, sich durch meinen dicken Schal einen Weg in meinen Kragen zu bahnen. »Es ist ja arschkalt«, stoße ich hervor. »Bist du dir sicher, dass es das richtige Wetter für Ausflüge ist?«

»Du hast den Großteil deines Lebens in der Eishalle verbracht und willst mir erzählen, dass dir die zwei Grad über Null zu kalt sind?«

»Zumindest ist das definitiv nicht meine Wohlfühltemperatur.«

Ryan lacht auf, doch sagt kein weiteres Wort über die Wetterverhältnisse und ich denke an nichts anderes mehr als die Heizung im Auto. Und das, obwohl ich gerade einmal ein paar Minuten hier draußen bin und die Temperaturen für November noch mild sind.

Endlich erreichen wir den Parkplatz und ich bin erstaunt, als ich sehe, dass Ryans Auto schon vom Schnee befreit ist.

Wir fahren etwa anderthalb Stunden, bis Ryan dem Schild zu einem Parkplatz folgt. Allein die Fahrt war es schon wert, diesem Ausflug zuzustimmen. Wir sind ein paar Mal direkt an der Küste des Atlantiks entlanggefahren und ich weiß nicht, was es ist, aber irgendetwas passiert in mir, sobald ich das Meer erblicke. Ich fühle mich wieder einige Jahre in meine Kindheit zurückversetzt, als meine Eltern und ich unseren Sommerurlaub am Strand der Bretagne verbracht haben, und mich befällt dieselbe Aufregung, wie damals, als ich diese Unmengen an Wasser sehe. Für mich war die Weite der Meere schon immer das Abbild von Freiheit.

Ryan parkt den Wagen und springt heraus, noch bevor ich überhaupt dazu komme, mich abzuschnallen. Er umrundet das Auto und öffnet meine Tür mit einer kleinen Verbeugung. »Mylady, darf ich bitten?« Er streckt mir eine Hand entgegen, die ich lachend ergreife. »Achten Sie auf den Weg, es könnte rutschig sein.«

»Du willst jetzt nicht die ganze Zeit so bescheuert reden, oder?«

Das katapultiert ihn glücklicherweise aus seiner Rolle und lässt ihn schmunzeln. »Keine Sorge. Mir war schon klar, dass ich das nicht lange durchziehen kann und du mich ganz schnell wieder auf den Boden der Tatsachen bringst.« Während er spricht, öffnet er den Kofferraum, um einen Rucksack daraus hervorzuholen. »Wollen wir?«

Er greift nach meiner Hand und führt mich von dem gut gefüllten Parkplatz. Mich hat es beim Herfahren schon gewundert, dass hier so viel los ist, obwohl es für einen Samstag früh ist. Für mich als Langschläferin war es schon eine Tortur, als mich mein Wecker um halb sechs aus dem Schlaf gerissen hat. Um die Uhrzeit stehe ich nicht einmal auf, wenn ich unter der Woche morgens Vorlesungen habe.

»Willst du mir jetzt sagen, wo wir sind?«

»In Lunenburg. Die älteste deutsche Siedlung in Kanada. Sie ist aber eher bekannt für ihre lange Schiffsbau- und Fischereitradition.«

Ich denke einen Moment nach, bin mir aber sicher, dass ich noch nie von dem Ort gehört habe. Doch als wir den Dorfkern erreichen, verstehe ich, warum Ryan mich hierhergebracht hat. Ich kann mich kaum sattsehen an all den bunten Häuschen, die sich nah aneinanderschmiegen und im Wasser des Hafens spiegeln.

»Also Herr Stadtführer. Was gibt es sonst noch so zu berichten? Wenn das einer deiner Lieblingsorte ist, weißt du vermutlich alles darüber, so wie ich dich kenne.«

»Nicht alles, aber einiges. Der Ort hier war mal als britische Kolonialstadt geplant. Ich glaube, es war Mitte des achtzehnten Jahrhunderts, als die Einwanderer hierherkamen. Die meisten kamen aus Deutschland, aber auch viele aus Frankreich und der Schweiz. Ihnen wurde hier Ackerland und ein Grundstück zur Verfügung gestellt. Mit der Zeit hat sich das Dorf zu einer kleinen Hafenstadt entwickelt und das ist heute noch ziemlich sichtbar.«

»Gib's zu. Du hast bis heute früh noch Bücher über die Geschichte Lunenburgs gewälzt, um angeben zu können.«

Ryan hebt die freie Hand und zeigt mit Daumen und Zeigefinger einen winzig kleinen Abstand. »Vielleicht habe ich mal einen ganz kurzen Blick ins Internet geworfen. Aber vieles weiß man einfach, wenn man schon ein paar Mal hier war.« Er schaut zu den bunten Häuschen auf. »Es ist einfach faszinierend, wie die Leute damals das alles geschafft haben. Immerhin kamen sie aus Regionen, die sich überhaupt nicht damit ausgekannt haben und wenig bis keine Kenntnisse darüber hatten, wie sich das Leben an der Küste gestaltet.

Dass sie das alles hier trotzdem aufgebaut und das Dorf so weit gebracht haben, ist erstaunlich.«

Ich nicke ihm bestätigend zu und lasse meinen Blick ebenfalls wandern. Über den breiten Holzsteg, der einige Meter am Wasser entlangführt und den roten Häuserfassaden. »Das stimmt. Es ist wirklich beeindruckend.« In meiner Stimme klingt die Ehrfurcht mit, die ich bis in meine Fingerspitzen spüre.

»Das da vorne ist das Fisheries Museum of the Atlantic.« Ryan deutet auf eines der roten, länglichen Häuser direkt am Hafen. Die weiße Schrift darauf ist mir zuerst gar nicht aufgefallen. »Die Ausstellungen sind echt vielfältig. Es gibt Aquarien und alles Mögliche rund um die Fischerei. Es gehört sogar ein Boot zum Museum dazu, das hier am Hafen liegt und das man betreten kann. Mein absolutes Highlight war aber der Segeltörn mit der Bluenose II vor zwei Jahren. Das ist ein Nachbau von einem ziemlich berühmten Fischerboot, das siebzehnmal in Folge den Fisherman's Cup gewonnen hat. Eine echte Legende hier in der Gegend. Falls du das nächste Mal eine kanadische Zehncentmünze in der Hand hast, musst du dir das Bild mal genauer anschauen. Da ist nämlich auf einer Seite die Bluenose abgebildet.«

»Ich wusste gar nicht, dass du dich so sehr für Fischerei begeistern kannst.«

Ryan wird ein wenig rot, was ich ziemlich süß finde. Das will so gar nicht zu dem durchtrainierten Eishockeykapitän passen, aber macht es noch knuffiger. »Meine Eltern waren mal mit uns hier als Kinder und der Ort hat sich einfach in mein Gedächtnis gebrannt.

Wahrscheinlich lag es am Meer und daran, wie farbenfroh hier alles ist. Als ich dann ein paar Jahre später selbst noch einmal herkam, war ich genauso begeistert wie beim ersten Mal.«

»Das kann ich total verstehen. Es ist wirklich wunderschön und irgendwie heimelig. Obwohl ich noch nie hier war, gibt es einem das Gefühl anzukommen. Das ist seltsam, oder?«

Ryan lächelt mich liebevoll an und drückt kurz meine Hand, um sie dann an seine Lippen zu führen. Sein Kuss auf meinem Handrücken ist nur ein Hauch und trotzdem kribbelt die Stelle noch Sekunden später. »Nein, das ist gar nicht seltsam. Mir ging es genauso. Seitdem versuche ich, öfter herzukommen, wenn ich den Kopf freikriegen will und Lesen oder Hockeyspielen nicht hilft. Der Ort strahlt eine Ruhe aus, die sich direkt auf den ganzen Körper überträgt.«

»Bestimmt kommst du nicht nur deshalb nach Lunenburg.« Sein fragender Blick trifft mich und ich schmunzle. »Du bringst auch die Mädels hierher, um sie mit deinem Fischwissen zu beeindrucken.«

Ryans Mundwinkel zucken amüsiert. »Du bist die Erste, die ich mit hierhergenommen habe.«

Seine Worte wärmen mich von innen heraus und beruhigen meinen Kopf, der mich zu gerne immer wieder an die Worte meiner Kommilitonin erinnert. Es ist ein schönes Gefühl zu wissen, dass er nicht regelmäßig andere mit zu seinen Lieblingsorten nimmt. Diese Bestätigung habe ich komischerweise gebraucht.

Diese Unsicherheit kenne ich von mir so gar nicht. Vielleicht liegt das daran, dass mir noch keiner so wichtig war wie er? Die vorherigen Beziehungen kann ich fast nicht als solche bezeichnen. Eher als Mittel zum Zweck, von beiden Seiten, worauf ich nicht gerade stolz bin. Mit Ryan ist das anders. Ich fühle mich wohl bei ihm. Aufgehoben. Als hätte ich schon immer genau hier sein sollen. Bei ihm.

Fast muss ich bei diesen rührseligen Gedanken den Kopf über mich selbst schütteln. Diese Art von Gefühlsduselei ist gar nicht mein Ding, aber mit Ryan ist so einiges anders, als ich es bisher gekannt habe, und meine innere Stimme sagt mir, dass das genau so ist, wie es sein sollte.

Die nächsten Stunden bummeln wir durch das malerische Örtchen, folgen Gassen, die durch die bunten Häuschen führen und betreten kleine Läden, die verschiedene Souvenirs anbieten. Ich entdecke einen Fischerhut in einem auffälligen Grün, den ich Ryan prompt aufsetze. Er verzieht das Gesicht, als er sich selbst in einem der kleinen Spiegel sieht, und ich lache bei dem Anblick laut auf.

Zumindest bis er mir einen ebenso ausgefallenen Hut in kackbraun aufsetzt. Wir kommen aus dem Lachen gar nicht mehr heraus und ich kriege kaum genug von all den süßen Läden, die dieses Dorf bereithält. Aber am Nachmittag knurrt mein Magen trotz der Sandwiches, die Ryan eingepackt hat, so laut, dass wir uns nach einem Restaurant umsehen.

Er sucht eines aus, das zumindest durch die Fenster einen Blick auf den Hafen und das Meer bietet. Wie schön muss es sein, im Sommer hierherzukommen und beim Essen draußen auf dem Steg zu sitzen? Wenn der Wind einem sanft durch das Haar streicht und der salzige Geruch des Meeres in der Luft liegt? Für einen

Moment verliere ich mich in dieser Vorstellung, bis zwar nicht der Duft von Salzwasser, aber der von Fisch in meine Nase steigt.

Mir läuft das Wasser im Mund zusammen, als eine der Angestellten des Restaurants einen gut gefüllten Teller mit Fischsuppe vor mir abstellt. »Einmal Seafood Chowder und die Muscheln für den jungen Mann. Lasst es euch schmecken.«

Ryan und ich bedanken uns bei der Frau und wünschen uns gegenseitig einen guten Appetit, bevor wir in ein wohliges Schweigen versinken, das nur von dem Geklapper des Bestecks unterbrochen wird. Mir entwischt ein leiser Seufzer, so lecker ist die Suppe.

»Schmeckt dir, was?«

Da mein Mund voll ist, nicke ich in großer Geste und verdrehe die Augen so stark, dass er fast nur noch das Weiße davon sieht. Ich schlucke und öffne die Augen wieder, wodurch ich Ryans Schmunzeln erkenne. »Ich könnte mich da reinlegen. Das ist, glaub ich, das Beste, was ich bisher in Kanada gegessen habe.«

»Du hattest ja auch noch nie den Truthahn von Mum«, erwidert er grinsend. »Aber ernsthaft? Reinlegen? Du würdest dir echt eine Badewanne voll Fischsuppe einlassen wollen?« Er rümpft die Nase, als hätte er jetzt schon die ganze Zeit den beißenden Geruch darin.

Ich pruste los bei der Vorstellung und bin froh, dass ich in diesem Moment keinen weiteren Löffel der Suppe genommen habe. »Vielleicht wirkt das ja genauso Wunder, wie das Milchbad von Kleopatra.« Vielsagend wackle ich mit den Augenbrauen, was Ryan noch mehr zum Lachen bringt.

Zum Glück ist das Restaurant gerade nicht so voll, wodurch sich nur vereinzelt Menschen zu uns umdrehen und diese haben ein Lächeln auf den Lippen und scheinen nicht wütend zu sein. In Paris wäre das anders. Da wirst du schon mit dem Todesblick bestraft, wenn du dich in der überfüllten Métro nirgendwo festhalten kannst, versehentlich das Gleichgewicht verlierst und jemanden leicht touchierst. Daheim ist alles so schnell und unpersönlich. Das hier ist das komplette Gegenteil und auch wenn ich das echt nicht für möglich gehalten habe, vermisse ich dieses Getümmel mit jedem verstreichenden Tag weniger.

»Du hast von Lieblingsorten gesprochen«, sage ich und wische mir mit der Serviette den Mund ab. Die Suppe hat wirklich unheimlich gut geschmeckt und ich nehme mir fest vor, irgendwann einmal wieder hierherzukommen. »Willst du dann heute noch woandershin?«

Ryan lehnt sich in seinem Stuhl zurück und verschränkt die Arme lässig vor dem Bauch. »So ist es, Watson. Wir übernachten woanders, aber mehr wird nicht verraten.«

Ich rolle mit den Augen. »Warum eigentlich schon wieder Watson? Ich bin jawohl definitiv Sherlock.« Ich versuche, einen finsteren Blick aufzusetzen, der mir aber nicht ganz gelingt.

Ryan setzt sich wieder gerade auf und hebt belehrend den Finger. »Bildung endet nie, Watson. Es ist eine Abfolge von Lektionen, von denen die Letzte die Größte ist.«

»Oh Gott«, stoße ich prustend hervor. »Du zitierst jetzt nicht ernsthaft Arthur Conan Doyle. Kann es sein, dass Sherlock Holmes zu deinen Lieblingsbüchern gehört?«

Ryan schmunzelt. »Ich bin überrascht, dass du den Namen des Autors kennst.«

»Paris liegt doch nicht am Arsch der Welt außerhalb der Zivilisation. Wir haben Schriftsteller wie Victor Hugo hervorgebracht. Falls du den kennst.«

Obwohl ich es mit einem Lächeln im Gesicht sage, reißt Ryan die Hände nach oben, als würde ich mit einer Waffe vor ihm stehen. Dann greift er sich an die Brust und ich kann über diese schauspielerische Darstellung nur mit dem Kopf schütteln.

»Das trifft mich. Zutiefst. Natürlich kenne ich den Schriftsteller von ›Der Glöckner von Notre Dame‹.«

»Wie du mir, so ich dir«, gebe ich mit einem süffisanten Grinsen zurück und trinke einen Schluck Wasser.

Ryan legt sich eine Hand auf Höhe des Herzens auf die Brust und sieht in die Ferne. Ich sehe ihm förmlich an, wie sehr er sich zusammenreißt, um ein ernstes Gesicht zu bewahren, und weiß schon, dass das nichts Gutes bedeutet. »Wenn wahre Liebe stets vergeblich war, dann ist das ein Gesetz im Buch des Schicksals.«

»Nein, nein, nein!«, rufe ich viel zu laut aus und spüre abermals ein paar Blicke im Rücken. »Quäle mich an meinem freien Wochenende nicht mit dem Sommernachtstraum, Ryan.«

»Ich merke schon, das ist ganz dünnes Eis. Dabei dachte ich, etwas Abwechslung zu Sherlock Holmes wäre ganz gut.« Er legt sich eine Hand in den Nacken und schenkt mir ein sanftes Lächeln. »Wollen wir weiter? Wir fahren noch knapp anderthalb Stunden zum

...« Ryan unterbricht sich selbst, als hätte er sonst zu viel verraten. »... zum nächsten Ort«, rettet er sich schließlich.

Die Autofahrt geht sogar schneller, als Ryan zuerst angenommen hat. Wir brauchen nur etwas über eine Stunde und eines der Straßenschilder hat mir bereits verraten, wo es hingeht. Zum Kejimkujik-Nationalpark.

Meine Vermutung bestätigt sich, als wir auf den Parkplatz fahren. Ich habe schon einiges über die Nationalparks in Kanada gehört und gelesen und kann es kaum erwarten, mich dort umzusehen. Auch wenn das heute eher schwierig wird, da die Sonne schon am Untergehen ist.

Ryan holt seinen Rucksack aus dem Auto und hängt ihn sich über die Schulter. »Ich kann es echt kaum erwarten, dein Gesicht zu sehen.« Ich frage gar nicht erst nach, was er damit meint. Vermutlich würde ich ohnehin nur eine kryptische Antwort bekommen und folge ihm daher stumm.

Wir müssen ein ganzes Stück laufen, aber werden dafür belohnt. Ich schnappe laut nach Luft, als wir aus der bewaldeten Umgebung heraustreten und freien Blick auf den inzwischen schwarzen Himmel haben.

»Wow«, hauche ich und wäre fast gegen Ryan gelaufen, weil ich nur nach oben schaue.

»Der Wahnsinn, oder?« Er zieht aus seinem Rucksack zwei Lampen hervor. »Der Keji ist ein Lichtschutzgebiet und es soll jegliche Lichtverschmutzung vermieden werden. Daher sind hier nur diese roten Lampen erlaubt.« Ryan reicht mir eine davon und ich nehme sie dankend entgegen.

Der Anblick ist wirklich atemberaubend. Der Himmel ist so dunkel, dass er schwarz wirkt. Dafür leuchten die Abermilliarden von Sternen unfassbar hell. Ich kann es kaum erwarten, mir einen Beobachtungsplatz zu suchen und es genauer anzusehen. Die Müdigkeit, die mich nach dem Essen im Auto ergriffen hat, ist wie weggewischt.

»Übernachten können wir hier leider nicht«, sagt Ryan, als könnte er meine Gedanken lesen, dass ich am liebsten die ganze Nacht hier verbringen würde. »Der Campingplatz ist von Ende Oktober bis zum Victoria Day geschlossen. Das heißt, wir müssen später nochmal ein paar Minuten fahren.«

Ich greife nach seiner Hand und ziehe ihn mit mir. »Nicht schlimm. Solange ich mir das hier jetzt endlich richtig ansehen kann.«

Ryan lacht leise über meine Ungeduld, lässt sich aber ohne Widerworte mitziehen. »Langsam, bevor wir beide noch der Länge nach hinfallen. Die Sterne rennen nicht weg.«

Ich nehme seine Worte kaum wahr, so ergriffen bin ich von dem Anblick, der sich mir bietet. Noch nie in meinem Leben habe ich irgendetwas Vergleichbares gesehen. Ich bin so gefangen, dass ich mitten auf dem Weg stehen bleibe und den Kopf gen Himmel strecke. Hätte mir jemand gesagt, dass ich jemals so etwas zu Gesicht bekomme, ich hätte ihn für verrückt erklärt. Ehrlicherweise wusste ich nicht einmal, dass das ohne Teleskop überhaupt möglich ist.

Es sind so viele Sterne am Himmel, dass vermutlich kein Menschenleben ausreichen könnte, um sie alle zu zählen. Aber es ist nicht nur das. Die Sterne leuchten nicht einfach. Der Himmel ist nicht nur schwarz. Er strahlt in verschiedenen Farben. In leichten Gelb- und Orangetönen, grün und blau. Es gibt so viel zu sehen, dass ich kaum entscheiden kann, wohin ich meinen Blick als Nächstes richten soll.

Ryan legt die Arme von hinten um mich. Er schmiegt seinen Kopf seitlich an meinen und ich genieße die Wärme seines Atems auf meinen kühlen Wangen. »Wenn wir Glück haben, ist bald sogar die Milchstraße zu sehen, wenn es noch dunkler wird«, flüstert er so nah an meinem Ohr, dass seine Lippen beim Sprechen sanft daran entlangstreichen.

»Das wäre der verdammte Wahnsinn«, stoße ich hervor und meine es genauso. Bisher konnte ich mich weder für Astronomie noch sonst irgendetwas begeistern, das damit zu tun hat. Aber verdammt, das hier ist etwas komplett anderes. Sobald ich den Blick nach oben richte, fühle ich nichts als Ehrfurcht und Erstaunen darüber, wie wunderschön unsere Welt ist.

Ryan führt mich zu einer Holzbank. Ringsherum sind ein paar weitere Mutige, die sich bei dem Schneefall heute hierher getraut haben. Doch wir sind weit genug weg, um uns gegenseitig nicht zu stören.

Er befreit die Bank vom Schnee und öffnet dann den Rucksack, um etwas hervorzuziehen, das wie zwei Decken aussieht. Nachdem er eine davon auf der Bank ausgebreitet hat, vollführt er eine einladende Handbewegung. »Wenn ich bitten darf, Ms. Monet.«

»Danke, Mr. Henderson«, gebe ich mit verstellter, näselnder Stimme zurück und lasse mich auf die Bank sinken. Zuerst befürchte ich, dass ich gleich einen nassen Arsch habe und den ganzen Abend so herumlaufen muss, aber zum Glück scheint die Decke wasserfest zu sein.

Ryan setzt sich neben mich, legt die zweite Decke auf unseren Schoß und seinen Arm um mich. Automatisch lehne ich meinen Kopf an seiner Schulter an und schaue hinauf in den Himmel. Genieße den Ausblick, seine Nähe und Wärme. Er küsst meinen Scheitel und ich schmiege mich enger an ihn. Wenn es nach mir geht, könnten wir die ganze Nacht hierbleiben. Ich spüre die kalte Winterluft kaum, aber ich weiß nicht, ob es an den Decken oder an ihm liegt.

»Jedes Mal wenn ich gedacht habe, dass ich gerade den schönsten Sternenhimmel ever gesehen habe, war das eine Lüge. Absolut gar nichts kann das hier toppen«, murmle ich vor mich hin.

»Das ist auch etwas Besonderes. Ich bin durch Zufall hierhergekommen. Einer meiner Kumpel ist ein ziemlicher Astronomie-Geek und wollte mich unbedingt mit zum Dark Sky Weekend schleppen.« Als er meinen fragenden Blick auffängt, setzt er zu einer Erklärung an. »Das ist ein Event der Royal Astronomical Society of Canada, das hier zweimal im Jahr stattfindet. Man erfährt dabei echt unglaubliche Dinge über das Universum.«

»Und jetzt bist du auch ein Astronomie-Geek?«

Ryan lacht auf. »Nicht mal ansatzweise. Ich schaue mir einfach nur gerne wunderschöne Dinge an.« Zuerst denke ich, dass er immer noch von dem Sternenhimmel redet, aber seine Augen sind direkt auf mich gerichtet.

Mir wird abwechselnd heiß und kalt bei dem Kompliment. »Danke«, sage ich leise und beuge mich gerade vor, um ihn zu küssen, als ich etwas über seiner Schulter im Himmel hell aufleuchten sehe.

»Never!« Ich setze mich ruckartig auf. »Hast du das gesehen?«, rufe ich viel zu laut aus und senke meine Stimme sofort. »Ich glaube, das war eine Sternschnuppe.« Mir klappt die Kinnlade herunter, da auch das auf die lange Liste meiner ersten Male kommt, von der viele Punkte hier in Kanada dazugekommen sind.

Ryan beugt sich zu mir vor. So nah, dass ich seinen Atem im Gesicht spüre und seine Lippen leicht an meinen entlangstreifen, als er spricht. »Dann musst du dir etwas wünschen.«

Als ich die Augen schließe, verschließt er meine Lippen mit seinen. Mir entwischt ein wohliger Seufzer und ich wünsche mir, dass dieser Moment nie endet.

Kapitel 17: Ryan

Meine Gedanken wandern immer wieder zurück zum vergangenen Wochenende. Mein Kopf kann es einfach nicht sein lassen, die Bilder von Chloé wie eine Diashow vor meinem inneren Auge abzuspielen. Wie sie lacht, wie sie mit diesem gleichzeitig beeindruckten und glücklichen Blick in den Sternenhimmel sieht. Wie sie mich küsst – und wie sie in meinen Armen einschläft und wieder aufwacht.

Vor allem Letzteres bringt mich fast um den Verstand. Diese zwei Tage waren der absolute Wahnsinn und ich wünschte, es wären nicht nur Tage, sondern Wochen, Monate gewesen. Ich hätte nie gedacht, dass ich jemals für jemanden so empfinde. Mir mit jemandem dieses ›für immer‹ vorstellen kann, das überall in Büchern, Filmen und Songs beschrieben wird. Und definitiv nicht mit Chloé, die am Anfang so abweisend, distanziert und arrogant gewirkt hat. Das zeigt einmal mehr, wie sehr man sich in Menschen täuscht. Manchmal muss man ihnen einfach Zeit geben und wird dafür überrascht.

Genauso war es bei ihr. Sie würde jetzt sagen, es passt wie Arsch auf Eimer. Allein dieser kurze Gedanke bringt mich zum Schmunzeln.

Am liebsten würde ich heute den ganzen Tag mit ihr verbringen. Nachdem wir die letzten 48 Stunden ununterbrochen zusammen waren, ist es komisch, sie nicht bei mir zu haben. Das liegt vor allem daran, dass ich in ihrer Nähe vor Glück übersprudeln könnte. Manchmal weiß ich gar nicht, wohin mit all den Gefühlen, die mich überfallen.

Ich erwische mich oft dabei, wie ich darüber nachdenke, was sie gerade macht. Geht es ihr auch so? Hat sie denselben, seltsamen Druck auf der Brust, wenn wir nicht zusammen sind? Kann sie wie ich an nichts anderes denken und spürt meine Lippen auf ihren, sobald sie die Augen schließt? Oder interpretiere ich in unsere Beziehung mehr hinein, als da eigentlich ist?

Nein. Ich bin mir sicher, dass das zwischen uns ernst ist. Echt ist. Dass sie dasselbe für mich empfindet, wie ich für sie. Und wenn das nicht diese Art von Liebe ist, die in den Büchern beschrieben wird und alles bekämpfen, überstehen und heilen kann, dann liegt meine Menschenkenntnis wirklich eine Milliarde Kilometer unter der Erde.

Ich habe die Darstellung von dieser absoluten und vollkommenen Liebe in den Büchern immer belächelt. Immer gedacht, dass es das auf diese Art gar nicht gibt. Dass es nicht möglich ist, einem Menschen mit Haut und Haar zu verfallen. Weil das weder bei Aurora, noch bei einem der anderen Mädchen, mit denen ich mal mehr, mal weniger Zeit verbracht habe, bisher der Fall war. Wie falsch ich lag. Komplett daneben. Als hätte ich mich einmal um 180 Grad gedreht und den Dartpfeil in die blanke Wand geworfen, statt auf die Scheibe. Netter

Vergleich, den sollte ich mir merken, wenn ich tatsächlich mal die Ideen in meinem Kopf aufs Papier bringe.

Auch hier war es Chloé, die mich dazu ermuntert hat, es zu probieren – und sie hat recht. Was soll schon groß passieren? Außer, dass ich merke, dass es doch nicht mein Ding ist? Ich brauche es nicht einmal jemandem zeigen, wenn ich nicht davon überzeugt bin. Aber ein Versuch ist es wert und wer weiß, ob nicht mehr dabei herausspringt.

Ein lauter Knall direkt neben mir reißt mich aus meinen Gedanken und erst in diesem Moment wird mir wieder klar, dass ich mich in der Eishalle befinde. Shit, ich habe von der letzten Übung absolut nichts mitbekommen. Ich war zu sehr in meine Überlegungen über Chloé verstrickt.

»Alter, geht's dir gut? Du stehst seit zwei Minuten da, starrst Löcher in die Luft und lehnst dich gegen die Bande, als würdest du gleich umkippen. Ist irgendwas?«

Ich schüttle den Kopf. »Hab nur über ... etwas nachgedacht«, verbessere ich mich eilig. »Sorry, Mann. Ich bin jetzt da.«

Ben wirft mir einen Blick zu, den ich nicht ganz einordnen kann. »Das wäre besser. Der Coach guckt alles andere als begeistert.«

Wie auf Kommando schrillt nur ein paar Sekunden später die Trillerpfeife und wir versammeln uns um den Coach. Seine Stirn liegt in tiefen Falten und sein Gesicht ist wieder einmal puterrot. Ich kann mir schon vorstellen, welche Tirade gleich auf uns niederfahren wird – und auch ich behalte recht.

»Was ist nur los mit euch?« Der Coach wirft jedem Einzelnen von uns einen Blick zu, der uns am liebsten direkt in die Hölle schicken würde. »Ihr steht auf dem Eis, als würdet ihr zum ersten Mal spielen. Reißt euch gefälligst zusammen und was auch immer gerade in euren Köpfen vorgeht, sorgt dafür, dass es ganz schnell wieder verschwindet. Denn wenn ihr so morgen spielt, dann verspreche ich euch, werden die Blue Wings euch unangespitzt in den Boden rammen. Wir brauchen den bestmöglichen Ausgangspunkt für das Match gegen die Penguins, wenn die Meisterschaft auch nur in unsere Reichweite kommen soll. Dieses Mal will ich nicht in der Tabelle unter ihnen stehen.«

Der Blick des Coaches, der mich jetzt trifft, ist so eindringlich, dass ich mich zusammenreißen muss, um mich nicht abzuwenden und ihm standzuhalten. Es kommt mir vor, als würde dieses Blickduell eine halbe Ewigkeit andauern und als der Coach sich einem meiner anderen Mitspieler zuwendet, atme ich erleichtert auf. Ich habe jedes Wort, das er mir am liebsten an den Kopf knallen würde, nur durch diesen Blick gespürt: Konzentrier dich, Junge. Du bist der Kapitän dieses Teams. Wenn du keinen klaren Kopf behältst, kannst du sie nicht führen und es braucht immer eine führende Person auf dem Eis.

»Und jetzt, ab mit euch! Ich will sehen, dass ihr doch etwas draufhabt und ich nach dem Spiel nicht diese beschissene Cap an den Nagel hängen muss.« Wie um seine Worte zu betonen, nimmt er die Schildmütze vom Kopf, auf der ein großes ›C‹ prangt.

Das hat gesessen. Ich lese es in den Gesichtern meines Teams und spüre es ebenfalls: Wir müssen uns jetzt zusammenreißen und morgen unser Bestes geben, wenn wir auch nur den Hauch einer Chance haben wollen, gegen unsere größten Rivalen, die Penguins, zu gewinnen.

»Herzlich Willkommen zum Heimspiel der Lions gegen die Blue Wings!«, schallt die Stimme des Sprechers gedämpft in die Umkleidekabine.

Das Aufwärmen ist vorbei und das heißt, dass es nur noch ein paar wenige Minuten bis zum Anpfiff sind. Ich ziehe den rechten Handschuh aus und fahre mir wieder mit der Hand durch die Haare, als könnte mich das beruhigen. Tut es aber nicht. Stattdessen ist da die ganze Zeit schon diese unterschwellige Nervosität. Nicht die Aufregung, die ich sonst vor Spielen empfinde und die mich anstachelt, mein Bestes zu geben. Es liegt etwas in der Luft, das nichts Gutes verspricht.

Auch Ben sagt kein einziges Wort. Normalerweise versucht er immer mit seinen miesen Witzen die angespannte Stimmung in der Kabine aufzulockern, aber dieses Mal sitzt er schweigend auf seinem Platz und starrt auf seine Hände, die sich fest um den Schläger gelegt haben. Ich stehe auf, um zu ihm zu gehen und zu fragen, ob alles in Ordnung ist, als der Coach hereinkommt.

»Also Jungs, jetzt zählt es. Seht das als einen Test für das Spiel gegen die Penguins. Unser Ziel ist es, dass es auf diesen Showdown herausläuft. Haltet euch das Ziel immer vor Augen: Der Sieg gegen die Penguins. Und bestenfalls am Ende der Saison die Meisterschaft. Der erste Tabellenplatz vor ihnen. Und genau dafür müsst ihr heute kämpfen. Es zählt jetzt schon jeder Punkt. Also geht aufs Eis und zeigt ihnen, dass sie mit euch immer rechnen müssen.«

Eines muss ich dem Coach lassen: Seine Ansprachen haben immer eine Wirkung, wenn auch auf unterschiedliche Weise. Beim Aufwärmen hat er uns zurück auf den Boden der Tatsache gebracht und einen Realitätscheck vom Feinsten dagelassen. Jetzt motiviert er uns und es fehlt nur noch, dass er sagt, wir müssten nur die Flügel spreizen, um zu fliegen. Aber es hilft. Die zuvor unsicher wirkenden Mienen und die gedrückte Stimmung haben sich, zumindest größtenteils, verflüchtigt. Auch ich spüre wieder diesen Kampfeswillen in mir und richte mich mit jedem Wort des Coaches automatisch mehr auf der Bank auf. Und dafür bin ich ihm dankbar. Ich darf vor lauter Verknalltseins-Taumel mein Team nicht vergessen und im Stich lassen. Ich bin der Kapitän, ich muss nicht nur mit dem Kopf bei der Sache sein, sondern auch mit dem Herzen und allem, was dazu gehört.

Wir verlassen die Kabine mit einer deutlich gestärkten Grundstimmung und ich hoffe, dass wir diese auf dem Eis beibehalten. Andernfalls sieht nicht nur der Coach mit einem etwas dunkler gefärbten Blick auf die zukünftigen Matches.

Stopp. Konzentration, Ryan. Auch das gehört zu den Gedanken, die jetzt definitiv fehl am Platz sind. Ich schüttle den Kopf, als könnte ich diese nervigen Abschweifungen auf diese Weise einfach abschütteln, aber das gelingt nicht so ganz.

Es kommt mir vor, als würde nur ein Wimpernschlag vergehen, als wir den Part mit der Begrüßung auf dem Eis hinter uns gebracht haben und das Spiel losgeht.

Zunächst läuft das Match echt gut – vor allem im Vergleich dazu, dass das Aufwärmen ein absolutes Desaster war. Wir sind deutlich mehr im Puckbesitz als die Wings, aber trotzdem gelingt es uns einfach nicht, das scheiß Ding im Netz zu versenken. Egal welche der trainierten Offensiv-Strategien wir auch versuchen, jedes Mal ist irgendein Spieler, Schläger, Pfosten oder der Keeper dazwischen. Es ist wirklich zum Kopf ins Eis rammen.

Das Glück ist heute Abend nicht auf unserer Seite. Nachdem die Wings im letzten Drittel das zwei zu drei erzielen und wir gerade noch kurz vor Schluss ausgleichen, kommt es zur Verlängerung. Es dauert keine zehn Sekunden, als Ben durch einen groben Fehlpass, den ich mir überhaupt nicht erklären kann, da er normalerweise zu den passgenauesten Spielern gehört, den Puck an unsere Gegner liefert, und diese kurzen Prozess machen.

Fuck!

Das ist das erste Wort, das mir in den Kopf kommt, als der Puck in unserem Netz zappelt und darauf der Pfiff des Schiedsrichters ertönt. Das Spiel ist vorbei und wir haben verloren. So eine Scheiße!

Die Stimmung in der Kabine ist ziemlich geladen. Wut und Enttäuschung gehen Hand in Hand und es ist nicht so einfach, dabei zu versuchen, ein paar positive Worte loszuwerden. Ein Schultertätscheln und »Jungs, Kopf nicht hängenlassen« bringt leider eher nicht so viel. Vor allem, weil ich selbst angefressen bin. Ein Fehler und wir wurden dafür direkt bestraft.

Ich gehe auf Ben zu, der auf seinem Platz sitzt und Löcher in den Boden starrt. Er hat nicht mal den Helm abgesetzt und wirkt, als wäre er an einem komplett anderen Ort, weit weg von hier.

»Mach dir nichts draus, Kumpel«. Ich klopfe ihm auf die gepolsterte Schulter und setze mich neben ihn. »Das war einfach echt mega Pech heute. Erst geht kein verficktes Tor rein und dann kriegen wir direkt drei eingeschenkt. Das Nächste reißen wir wieder.«

Ben hat nur einmal kurz aufgesehen, als ich mich neben ihn gesetzt habe. Jetzt starrt er wieder seine Hände und den Boden an. »Gerade läuft so ziemlich alles beschissen.«

Meine Stirn legt sich automatisch in nachdenkliche Falten und mir kommt nur eine Situation in den Sinn, in der ich ihn so niedergeschlagen erlebt habe. Und das war, als er mir von den Problemen mit seinen Studiengebühren erzählt hat. »Willst du nachher auf dem Weg zum Wohnheim drüber reden?«

Er sieht auf und in seinen Augen liegt etwas, das deutlich tiefer geht, als das beschissene Gefühl nach einem verlorenen Match. Ben öffnet den Mund, schließt ihn wieder und zuckt schließlich mit den Schultern. Die Geste wirkt so hilflos, dass ich ihn am liebsten sofort zur Seite nehmen würde. Doch zuerst müssen wir Ansprache Nummer drei des Coaches über uns ergehen lassen und uns umziehen.

Ich laufe neben Ben im Gang und überlege, wie ich nochmal auf das Thema zum Sprechen komme, als mein Handy klingelt und damit eine Nachricht ankündigt. Ich ziehe es hervor und werfe einen kurzen Blick darauf. Ben ist ebenfalls stehen geblieben und sieht mich fragend an.

»Die ist von Chloé. Sie konnte heute nicht kommen, weil sie lernen musste«, erkläre ich ihm und ein Lächeln legt sich auf meine Lippen. »Sie fragt, ob ich später noch vorbeikomme, wenn wir essen waren.« Sofort merke ich, dass diese Worte falsch waren, denn das Gesicht meines Kumpels verdüstert sich noch mehr. Ich hätte gar nicht gedacht, dass das überhaupt möglich ist, weil den ganzen Tag schon diese imaginäre, dunkle Wolke über seinem Kopf schwebt.

Mir wird sofort klar, dass ich dringend das nachholen sollte, was ich in der Kabine schon tun wollte: Mit Ben reden und ihn fragen, was ihm zur Hölle über die Leber gelaufen ist. »Komm, lass uns eine Pizza essen gehen und du sagst mir, was los ist. Ich bin nicht blöd, irgendetwas ist passiert.«

Ben schüttelt den Kopf und schaut zu Boden. »Schon gut. Ich habe nur echt beschissen gepennt und sollte mich einfach nur aufs Ohr hauen.« Er hebt die Hand und ich schlage automatisch ein.

Mein Gefühl sagt mir sofort, dass das nicht einmal ansatzweise die Wahrheit war und ich ihn zurückhalten, als guten Kumpel dazu zwingen sollte, mit mir zu sprechen. Aber stattdessen sage ich nichts und schaue ihm nach, als könnte ich ihn allein so davon abhalten, irgendetwas Dummes zu tun. Denn das ist das zweite, ungute Gefühl, das mich beschleicht.

Der Hunger ist mir ordentlich vergangen nach dieser komischen Situation mit Ben. Unmöglich aufzuhören, daran zu denken, dass er mir den ganzen Tag über etwas sagen wollte und sobald die Sprache auf Chloé kam, meinen Versuch abgeblockt hat. Die Vermutung liegt nahe, dass das Sponsoring eine Rolle spielt. Ich verstehe, dass es ihm nicht schnell genug gehen kann. Aber Chloé hat mit ihrem Vater gesprochen und ihm das Material über das Team zukommen lassen. Jetzt müssen wir ihm auch die Zeit geben, das Zeug zu sichten.

Ich atme tief durch. Dieser Tag war echt eine absolute Achterbahnfahrt der Gefühle. Zuerst konnte ich mich nach dem Wochenende mit Chloé auf nichts konzentrieren, dann haben wir das Spiel verloren und jetzt die Sache mit Ben, die mir nicht aus dem Kopf geht. Es wäre am besten, direkt zu ihr zu laufen und zu versuchen, runterzukommen. Doch ich beschließe, zuerst einen Kaffee zu holen. Nach so einem langen Tag vertrage ich echt einen und Chloé trinkt das Zeug sowieso rund um die Uhr. Für einen Latte würde sie nach der Lernsession heute vermutlich töten.

Bei dem Gedanken an ihre Kaffeesucht grinse ich. Erst da bemerke ich, dass ich ihre Nachricht immer noch geöffnet, aber nicht darauf geantwortet habe. Ich beschließe, es dabei zu belassen und sie stattdessen zu überraschen.

Glücklicherweise ist es nur ein Fußweg von fünfzehn Minuten zu unserem Stammcafé. Es macht den mit Abstand besten Kaffee im Umkreis von zehn Kilometern. Daher ist es manchmal gar nicht so einfach, einen Platz darin zu ergattern. Vor allem jetzt, wo es draußen wettertechnisch immer ungemütlicher wird. Wenn man an einem normalen Tag hingeht, ist es überfüllt von

Studenten, die die rechteckigen Tische mit ihren Laptops und Ordnern in Beschlag nehmen. Anders ist es nur, wenn einmal die Woche unsere Teammeetings hier stattfinden und das Café für diese Zeit geschlossen ist. Dafür legt die Uni aber auch einen ordentlichen Betrag hin, da alle sonstigen Einnahmen in dem Zeitraum verlorengehen.

Ich sehe von meinem Handy auf, als ich vor dem Café zum Stehen komme, und mein Blick wandert automatisch durch das Glas der Scheibe und fällt auf … Chloé.

Ich trete einen weiteren Schritt nach vorne, obwohl ich bereits jetzt erkenne, dass sie es ist. Das lange seidige, braune Haar fällt ihr über den Rücken, als sie es lachend zurückwirft. Ihr Blick ist ausgerechnet auf diesen einen Typen gerichtet, den ich am allerwenigsten in ihrer Nähe sehen möchte: Will Turner. Kapitän der Penguins und Vollidiot, der meine Freundin zum Lachen bringt und definitiv zu nah neben ihr sitzt.

Mir kommt die Galle hoch und ein kaltes, grauenvolles Gefühl ergreift Besitz von mir, das mir in diesem Ausmaß unbekannt ist: Blanke, hässliche Eifersucht, die jeden Zentimeter meines Körpers in wütende Flammen steckt. Ich balle die Hände zu Fäusten und zwinge mich dazu, den Blick abzuwenden, als sich beide über einen Papierstapel beugen und ihre Köpfe dabei nah nebeneinander sind. Ruckartig wende ich mich ab und laufe davon.

Im selben Moment ziehe ich mein Handy hervor und schreibe Chloé, dass ich es heute nicht mehr schaffen werde, vorbeizukommen und dafür morgen vor unserem Training vorbeischaue. Ich muss erst einmal auf das klarkommen, was ich gesehen habe. Nachdenken. Und danach mit ihr darüber sprechen.

Vermutlich ist diese Reaktion völlig überzogen. Sie hat mir erzählt, dass sie mit Hollys Bruder lernt. Nur wusste ich nicht, dass das ausgerechnet Will fucking Turner ist. Warum ausgerechnet einer der Penguins, die nicht nur unsere größten Konkurrenten sind, sondern aktuell auch ein Sponsoring suchen? Als wäre es nicht schon immer schwer genug, einen Geldgeber zu finden, aber bei zwei annähernd gleich starken Mannschaften im selben Gebiet wird das zur Herkules-Aufgabe.

Shit, das Sponsoring! Ich bleibe ruckartig stehen, als wäre ich gegen eine unsichtbare Mauer gelaufen. Fehlt nur, dass ich zurücktaumele und auf den Arsch falle. Das würde den Tag wirklich noch abrunden und die Krone aufsetzen.

Wäre Will so dreist, sich über einen solchen Vorwand an Chloé ranzumachen, um das Sponsoring bei ihr abzugreifen? Hat er von unserem Deal erfahren und versucht es jetzt selbst, über sie an ihren Dad heranzukommen? Die Wut in meinem Bauch verstärkt sich um ein Vielfaches. Jetzt ist es nicht nur eine Frage der Eifersucht, sondern zusätzlich eine Bedrohung für das Team. Wir brauchen das Geld! Nicht nur für die Mannschaft an sich, auch für Ben. Vor allem für ihn.

Oder tue ich den beiden gerade unrecht? Wieder bleibe ich stehen und starre den kleinen Stein an, der vor mir auf dem Weg liegt, als könnte er mir eine Antwort auf diese Frage geben, was er natürlich nicht tut. Wie hoch ist die Wahrscheinlichkeit, dass Will ihr nur beim Lernen hilft? Ich kenne ihn außerhalb vom Eis nicht. Und selbst dort kam er mir immer wie ein fairer Typ vor. Zumindest bis eben, aber da spricht wohl wieder die Eifersucht in mir.

Fuck, was bedeutet das? Und genau das ist die Frage, auf die ich keine Antwort habe. Ich muss morgen mit Chloé reden, dann wird sich das alles schon klären. Im gleichen Moment, als ich mir selbst bekräftigend zunicke, kündigt ein Piepen eine weitere Nachricht an.

Wir sind heute mit dem Thema nicht durchgekommen und haben ausgemacht, morgen weiterzumachen.
Können wir das Training verschieben?
Chloé

Die Eifersucht kommt mit einem so heftigen Schlag zurück, dass ich glaube, gleich wie eine Rakete in die Luft zu gehen. Hat sie mir gerade ernsthaft abgesagt, um sich mit Will zu treffen? So viel zum Thema ›Ich werde morgen mit ihr sprechen und das alles klären, bevor ich mir irgendetwas zusammen spinne, das gar nicht so ist‹.

Shit, was ist, wenn es doch nicht nur ein beschissenes Hirngespinst ist, das meine Eifersucht mir vorgaukelt?

Wütend stecke ich das Handy zurück in die Hosentasche, ohne Chloé zu antworten. Das hat Zeit. Alles, was ich ihr jetzt am liebsten schreiben würde, würde ich spätestens in ein paar Stunden bereuen.

Kapitel 18: Ryan

Die Anspannung ist auf dem ganzen Campus deutlich spürbar. Immer mehr Studenten mit blassen Gesichtern und dunklen Augenringen kreuzen meinen Weg. Und jeder von uns weiß, woran das liegt: Die Prüfungen rücken in greifbare Nähe und verursachen uns allen Kopf- und Bauchschmerzen vom Feinsten.

Auch wenn meine Augenringe im Moment eher von etwas anderem herrühren. Nachts, wenn alles dunkel und still um mich herum ist, werden die Gedanken in meinem Kopf besonders laut. Einer jagt den Nächsten und ich schaffe es oftmals gar nicht, überhaupt irgendeinen klar zu verfolgen, bevor auch schon ein Weiterer mich vom Schlafen abhält. Chloé, Ben, die Prüfungen, das Team, das Sponsoring. All das geistert Tag und Nacht in meinem Schädel herum und bringt ihn fast zum Platzen.

Ben fragt inzwischen immer öfter nach dem Sponsoring. Zuletzt sogar, ob ich weiß wie hoch es ausfällt – und ich hatte wieder keine zufriedenstellende Antwort für ihn.

Auch wenn ich es gestern zumindest kurz geschafft habe, Chloé zu sehen, bevor sie zu einer weiteren Lernsession gegangen ist und mich das Teammeeting gerufen hat. Wir hatten kaum Zeit über das Geld oder Will Turner zu reden. Ich habe nur herausgehört, dass er

Chloé bei ihren Wirtschaftskursen wirklich zu helfen scheint und sie endlich ein Gefühl für ihr Studienfach entwickelt, das nicht nur aus »beschissen« besteht – und das freut mich für sie. Ehrlich. Auch wenn es dafür diesen Typen braucht, den ich echt nicht in ihrer Nähe sehen will.

Sie hat nicht mal gemerkt, dass ich versucht habe, herauszufinden, ob es irgendeinen Zusammenhang zum Sponsoring gibt oder dass ich eifersüchtig bin. Darüber bin ich zugegebenermaßen echt froh. Ich weiß nicht einmal, ob ihr bewusst ist, dass er der Kapitän unserer größten Konkurrenten ist. Sie spricht nur über das Lernen und die Prüfungen. Für etwas anderes scheint aktuell kein Platz zu sein.

Mein Handywecker reißt mich zu einem weiteren Extratraining vor dem nächsten Spiel aus dem Halbschlaf. Am liebsten hätte ich es gegen die Wand geklatscht, mich umgedreht und so getan, als würde ich es nicht hören. Momentan ist einfach so viel los, dass ich das Gefühl habe, alles würde aus verschiedenen Richtungen an meinen Gliedmaßen reißen, bis ich wie eine Puppe auseinanderfalle. Alles braucht gleichermaßen meine Aufmerksamkeit und ich habe keine Ahnung, wo ich anfangen und aufhören soll.

Mein Handy klingelt schon wieder, dieses Mal noch lauter, worauf ich mich murrend aufrichte. Ich werde nicht drumherum kommen und wenn ich länger warte, wird es nur noch stressiger. Also stehe ich auf, wackle ins Badezimmer, putze mir die Zähne, ziehe mich um, fahre mir mit den Händen durch die Haare und greife nach meiner Tasche, um zur Eishalle aufzubrechen.

Die kalte Winterluft weckt zumindest meine Lebensgeister. Auch wenn meine Laune so langsam aber sicher an ihrem Tiefpunkt ankommt. Die letzten zwei Spiele haben wir verloren und das große Match gegen die Penguins rückt immer näher. Die Chance auf den bestmöglichen Ausgangspunkt für dieses Spiel haben wir bisher ziemlich verkackt. Im Gegenteil zu uns, haben sie die letzten beiden Matches gewonnen und sich damit einen, wenn zum Glück auch kleinen, Vorsprung herausgearbeitet.

Nicht nur ich bin neben der Spur. Auf dem Weg zur Halle taucht Ben ein paar Meter entfernt von mir in meinem Sichtfeld auf. Ich rufe nach ihm, doch er nimmt es nicht wahr.

Ich hole zu ihm auf und greife nach seiner Schulter, um ihn auf mich aufmerksam zu machen. »Hey, ignorierst du mich?«

Mit einem Ruck dreht Ben sich zu mir um. Die Ringe unter seinen Augen sind so dunkel, dass augenscheinlich nicht nur meine letzten Nächte ziemlich beschissen waren. Noch dazu wirkt er so weiß wie ein Laken und ich befürchte, dass er gleich wie ein gefällter Baumstamm umkippen wird, weswegen ich meine Hand vorsichtshalber an seiner Schulter lasse.

»Alter, erschreck mich doch nicht so.« Der Schock verschwindet aus seinen Gesichtszügen und jetzt wirkt er noch abgekämpfter als vorher. Selbst das Lächeln auf seinen Lippen ist so schwach, dass es ihm immer wieder verrutscht.

»Sorry. Ich habe nach dir gerufen, aber du hast mich nicht gehört. Du siehst übrigens echt scheiße aus.«

»Danke, Mann.« Ben zieht sich das Beanie tiefer ins Gesicht. »Du hast aber auch schon besser ausgesehen.«

Ich lache auf, aber es liegt keine Freude darin. »Glaub mir, das weiß ich. Die letzten Tage laufen einfach beschissen.«

»Wie? Probleme auf Wolke sieben oder was?« Bens zuvor normalklingende Stimme nimmt einen zynischen Ton an, weswegen meine Augenbrauen fragend in die Höhe wandern. »Ich bin nicht blöd, Mann. Mir war wahrscheinlich noch vor dir klar, dass zwischen euch was läuft. Von wegen Deal und so.«

»Das war nicht geplant. Es ist einfach so passiert.«

Ben wirft mir einen Seitenblick zu. Darin liegt irgendetwas zwischen Unsicherheit und ... Enttäuschung? Er setzt mehrmals zum Sprechen an und wendet dann den Blick ab, als müsste er sich die richtigen Worte erst zurechtlegen. »Wann habt ihr das letzte Mal ernsthaft über das Sponsoring gesprochen? Steht das überhaupt noch, wenn ihr jetzt zusammen seid?«

Ben unterbricht mich, bevor ich überhaupt die Möglichkeit habe, ihm zu antworten.

»Nimm es mir nicht übel. Ich freue mich für dich. Echt. Du verdienst es, glücklich zu sein und das Alles. Nicht wie mit den ganzen Mädels vorher, sondern eine, die du wirklich magst. Aber bist du dir echt sicher ... mit dem Ganzen?« Ben sieht mich beinahe flehend an und ich verstehe in diesem Moment nur Bahnhof.

»Der Deal steht, das habe ich dir doch gesagt. Chloés Dad wird unser neuer Sponsor und das Problem ist gelöst. Versprochen, wir kriegen das hin. Er hat schon die Präsentation und Videos vorliegen. Chloé meinte nur, dass er noch irgendein größeres Geschäft am Laufen hat. Wenn das über die Bühne ist, kriegen wir das auch unter Dach und Fach. In der richtigen Höhe, versprochen.«

»Fuck«, murmelt er vor sich hin. »Du hast echt keine Ahnung.«

»Keine Ahnung von was?« Langsam ist meine Geduld am Ende. Der wenige Schlaf und die ganze Anspannung der letzten Tage ist kurz davor sich zu entladen und wenn das passiert, garantiere ich für nichts.

Ben bleibt ruckartig stehen und sieht mir mit verkniffener Miene direkt in die Augen. »Die Tussi verarscht dich. Ich habe sie mit ihrer Mitbewohnerin in der Bibliothek gehört. Sie weiß nicht mal, wie sie an das Geld fürs Team überhaupt rankommen soll.«

»Was gehört?«

»Ihr Vater ist wegen der verkackten Prüfungen dermaßen angepisst, dass er ihr die ganze Kohle gestrichen hat, bis sie die Nachholprüfungen besteht. Deshalb hat sie ihn noch nicht einmal gefragt und wird das wohl auch nie machen. Nix da mit Deal und Sponsoring. Deine Kleine hat dich die ganze Zeit angelogen. Richtig dreckig ins Gesicht.«

Damit hat er es geschafft. Ich packe ihn am Kragen seiner Winterjacke. »Sei ja vorsichtig, wie du über sie redest«, sage ich mit gefährlich leiser Stimme und komme ihm dabei so nah, dass sich unsere Nasenspitzen beinahe berühren.

Bens Augen weiten sich und er hebt abwehrend die Hände. »Beruhig dich, Mann. Ich sage dir nur, was ich gehört habe. Sie hat das selbst so gesagt. Das mit dem Sponsoring können wir vergessen.« Ich lasse ihn los, worauf er einen Schritt zurücktaumelt.

»Das glaube ich nicht«, sage ich mit vor Überzeugung fester Stimme. Mein Atem geht immer noch schwer, aber die plötzliche Wut hat sich verflüchtigt. Ich weiß, dass Ben das nur so gesagt hat, weil er unter heftigerem Druck steht, als wir alle. »Du musst irgendetwas falsch verstanden haben. Ehrlich, mach dir keine Sorgen. Wir kriegen das hin.«

Ben lacht trocken auf und äfft mich mit spöttischem Tonfall nach. »Mach dir keine Sorgen. Das sagt sich an deiner Stelle so einfach.« Jedes seiner Worte klingt bitter und die Enttäuschung schwingt deutlich mit. »Du glaubst mir nicht? Bitte. Dann lauf ins offene Messer, aber komm hinterher nicht angekrochen. Ich dachte, unsere Freundschaft wäre dir mehr wert.«

Er gibt mir nicht einmal die Chance, etwas darauf zu antworten. Mit einem letzten, wütenden Blick dreht er sich um und haut in die entgegengesetzte Richtung zur Eishalle ab. Und ich kann mir nicht vorstellen, dass er zum Training auftauchen wird.

Und es stimmt. Ben lässt sich zum Sondertraining nicht blicken und da wir normalerweise immer zusammen anzutreffen sind, fragt der Coach mich, wo er abgeblieben ist.

»Der hat irgendwas Falsches gegessen und kotzt sich die Seele aus dem Leib. Glaub mir, Coach. Kein schöner Anblick.« Es dauert keine zwei Sekunden, um mir die Ausrede aus der Nase zu ziehen. Immerhin möchte ich ihm auf gar keinen Fall die Wahrheit sagen, dass würde weder für Ben noch für mich etwas Gutes bedeuten.

Einerseits tut es mir leid, wie ich meinen Kumpel angegangen bin. Es war definitiv falsch, ihn am Kragen zu packen, und es hat auch nur ein weiteres kleines Körnchen auf der Waage gefehlt und ich hätte ihm eine verpasst. Dabei bin das überhaupt nicht ich. Normalerweise bin ich derjenige, der die Ruhe bewahrt und immer versucht, solche Auseinandersetzungen mit Worten zu klären und nicht mit den Fäusten. Das ist für mich ein Warnzeichen. Ich brauche echt dringend eine Auszeit von allem, was gerade passiert.

Als würde mein Kopf mir erst richtig einheizen wollen, spielt mir mein Gedächtnis Bens Worte immer wieder ab. »Sie hat dich verarscht. Deine Kleine hat dich die ganze Zeit angelogen. Richtig dreckig ins Gesicht.« Am liebsten würde ich den Aus-Knopf drücken, damit die Scheiße endlich aufhört. Aber so einfach ist es leider nicht.

Ich glaube es nicht, dass Chloé die ganze Zeit gelogen haben soll. Warum sollte sie? Sie konnte mich am Anfang nicht einmal leiden. Also hat sie die Wahrheit definitiv nicht zurückgehalten, weil sie gerne mehr Zeit mit mir verbringen wollte. Aber was, wenn ...?

Nein. Sie hat mich nicht belogen. Das kann ich mir nicht vorstellen und wenn dann hätte sie mir es inzwischen längst gesagt. Oder? Fuck.

Ich fahre mir mit der Hand über die Stirn, als könnte ich diesen mitreißenden Gedankenfluss auf diese Weise endlich zum Verstummen bringen. Spoileralarm: Funktioniert natürlich nicht. Im Gegenteil habe ich das Gefühl, dass es mit jeder verstreichenden Sekunde schlimmer wird. Auch wenn ich es nicht wahrhaben will, ist da diese Unsicherheit. Diese immer lauter werdende Stimme in meinem Kopf, seit ich Chloé mit Will Turner zusammen gesehen habe. Und ich weiß, dass sie erst die Klappe halten wird, wenn ich das Sponsoring-Thema offen bei Chloé anspreche. Nur dann werde ich absolute Sicherheit haben.

»Ryan!« Die scharfe Stimme des Coaches lässt mich beinahe von der Bank aufspringen und salutieren. Ich habe von den vergangenen Sekunden – oder Minuten? – nichts mitbekommen. Zu sehr war ich schon wieder in meine Gedanken verstrickt. Das wird mir noch zum Verhängnis. »Hör zu, Junge. Das ist eine unserer letzten Chancen vor dem Spiel gegen die Penguins. Wir müssen mit dem Kopf und dem Herzen jetzt voll bei der Sache sein.« Der Blick des Coaches ist so eindringlich, dass es im Raum gefühlt ein paar Grad kälter wird.

Er tritt näher zu mir heran, ohne den Blick zu lösen, und setzt sich dann zu meiner Überraschung neben mich. Perplex sehe ich mich um und bemerke jetzt erst, dass wir allein in der Umkleidekabine sind. Wo sind die anderen hin?

Obwohl ich die Frage nicht laut stelle, scheint er sie mir an meinem Gesichtsausdruck ablesen zu können. »Ich habe sie zum Aufwärmen aufs Eis geschickt, um mit dir ein paar Takte allein sprechen zu können. Dafür brauchen sie mich hoffentlich nicht.« Er stößt einen Seufzer aus und rückt seine Cap zurecht, bevor er sich nach vorne lehnt und mit den Ellenbogen auf den Schenkeln abstützt, die Hände ineinander verschränkt. »Was ist los mit dir?«

Das ist eine Frage, auf die ich eine total einfache Antwort geben könnte. Aber es steckt so viel mehr dahinter. So viele weitere Fragen, die sich alle in dieser einen zusammenfassen lassen. Warum bist du nicht bei der Sache? Was raubt dir deine Konzentration? Wo ist dein

Biss hin? Was verwirrt dich dermaßen? Warum bist du nicht der führende Spieler, für den ich dich gehalten habe? Vor allem die Letzte lese ich in seinen Augen deutlich und gerade diese schmerzt am meisten.

In den vergangenen Wochen bin ich beim Hockey viel zu selten hundertprozentig bei der Sache gewesen. Dabei war mir das zusammen mit meinen Büchern für so lange Zeit das Wichtigste im Leben. Das, was mich erfüllt und glücklich gemacht hat. Mich überkommt sofort eine Welle der Schuldgefühle, weil ich mein Team durch meine Unaufmerksamkeit dermaßen im Stich gelassen habe. Unsere Performance hängt zwar nicht nur von mir als Spieler, sondern von der Teamleistung ab, aber als Führungsspieler muss ich auch so handeln – und genau das habe ich in der letzten Zeit eben nicht.

»Es tut mir leid, Coach. Ab sofort wird es wieder anders laufen, versprochen. Voller Fokus bei den Trainings und Spielen. Du kannst dich auf mich verlassen.«

Das ist zwar keine Antwort auf seine Frage, entlockt ihm aber trotzdem ein kleines Lächeln und ein zufriedenes Nicken. Er steht auf und legt eine Hand auf meine Schulter, die er kurz drückt. »Ich merke schon, dass gerade irgendetwas im Argen liegt und dafür sind meistens Mädels verantwortlich.« Mein Kopf ruckt nach oben und ich sehe erstaunt zu ihm auf. »Stell dir vor, auch ich war mal jung und habe da die ein oder andere Erfahrung gemacht. Lass dir den Kopf nur nicht zu sehr verdrehen, okay? Das endet meistens böse.«

Er zwinkert mir zu und verlässt so schnell die Kabine, dass ich nichts darauf hätte antworten können, selbst wenn ich in dem Moment dazu imstande gewesen wäre. Wenn mir irgendeiner der Jungs gesagt hätte, dass ich mit dem Coach mal ein fast schon väterliches Gespräch über Mädchen führen würde, hätte ich mich vor Lachen auf dem Boden gekugelt. Irgendwann kommt doch immer der Zeitpunkt, in dem man eines Besseren belehrt wird.

Nachdem ich den kleinen Schock überwunden habe, hieve ich mich von der Bank hoch. Ich gehe zu dem Spiegel, der über dem Waschbecken hängt, und sehe mir selbst tief in die Augen. »Konzentration. Jetzt das Training, später das Gespräch mit Chloé.« Ich ignoriere die fiese kleine Stimme, die mir sagt, dass Chloé das Treffen immer noch absagen könnte.

Erstaunlicherweise hat das Gespräch mit dem Coach geholfen. Das Training lief deutlich besser, als die letzten und ich war endlich mal wieder komplett bei der Sache. Es hat mich gefühlt doppelt so viel Konzentration gekostet, mich nicht von dem ganzen Drumherum ablenken zu lassen, aber es hat sich gelohnt. Der Coach war nach dem Sondertraining zufrieden und hat sogar ein paar positive Sachen in Hinblick auf das kommende Spiel gesagt.

Dafür schreien die Gedanken, die ich zuvor so vorsorglich weit weggeschoben habe, umso lauter auf. Aber auch diese werden nach dem Gespräch mit Chloé verstummen. Ich bin mir sicher, dass sie nicht gelogen hat. Eher hat Ben etwas falsch aufgeschnappt. Das wird sich gleich aufklären. Mich trennen nur noch ein paar Meter von Chloés Wohnheimzimmer, wo wir uns für einen Filmabend verabredet haben. Sie hat versprochen uns nach ihrer heutigen Lerneinheit etwas zum

Essen mitzubringen, um zusammen den Tag gemütlich ausklingen zu lassen.

Trotzdem ist da wieder diese leise Stimme, die mir widerspricht. Die mir sagt, dass Bens Worte doch der Wahrheit entsprechen könnten und Chloé den Deal eingegangen ist, ohne uns je mit einem Sponsoring unterstützen zu wollen. Diese Unsicherheit verfolgt mich auf leisen Sohlen wie ein Schatten bis zur Zimmertür, an die ich zögerlich anklopfe.

»Komm rein! Habe schon alles fertig«, höre ich Chloés Stimme und öffne darauf die Tür.

Sie schenkt mir ein strahlendes Lächeln, das ihr aber direkt wieder verrutscht, als sie meinen gequälten Gesichtsausdruck auffängt. »Ist irgendetwas passiert? Lief das Training nicht gut?« Unsicherheit flackert in ihrem Blick auf und ich verfluche mich selbst dafür, nicht zumindest versucht zu haben, meine Gefühlswelt zu überspielen und das Gespräch auf eine andere Art und Weise einzuleiten.

Ohne etwas zu sagen, schließe ich die Tür. Ich lasse mich auf das Bett sinken und klopfe auf den Platz neben mir. »Ich muss mit dir über etwas reden.« Ihre Stirn legt sich in tiefe Falten, doch sie kommt meiner stummen Aufforderung nach. Müde fahre ich mir mit der Hand über das Gesicht und durch die sowieso schon wirr abstehenden Haare. »Werde jetzt nicht sauer, okay?«

»Das ist nicht gerade die beste Einleitung«, versucht Chloé sich an einem Scherz, aber ich habe dafür nur ein müdes Lächeln übrig. »Aber okay, schieß los.« Sie legt ihre Beine in den Schneidersitz und sieht mich abwartend an.

»Ich hatte heute vor dem Training einen Streit mit Ben. Er hat ein Gespräch in der Bibliothek zwischen dir und Holly gehört.« Bilde ich mir das nur ein oder ist Chloé bei der Erwähnung leicht zusammengezuckt? Vermutlich spielt mir mein Hirn jetzt auch schon Streiche und ich sehe Dinge, die so gar nicht passiert sind.

Chloé streicht ihr Haar zurück. »Zwischen mir und Holly? Und was hat er gehört?«

»Es ging um das Sponsoring«, sage ich mit stockender Stimme. »Er meint, gehört zu haben, dass du es für das Team gar nicht besorgen könntest, weil dein Dad ... weil er wegen den verhauenen Prüfungen gerade nicht gut auf dich zu sprechen ist und dir den Geldhahn zugedreht hat. Und, dass du deinen Dad deshalb nie auf das Sponsoring angesprochen hast.«

Sie richtet sich gerade auf und sieht mir fest in die Augen. »Das ist völliger Unsinn. Da muss er echt irgendetwas missverstanden haben. Mein Dad weiß Bescheid und er meinte, dass er sich bald bei dem Vorstand der Uni melden wird, um das mit dem Sponsoring klar zu machen.«

Erleichterung durchflutet mich bei diesen Worten und eine Last fällt von meinen Schultern, deren Schwere ich erst in diesem Moment spüre. »Das ist eine mega Nachricht. Du bist echt ein Engel!« Überschwänglich ziehe ich Chloé in meine Arme. Ich küsse sie auf den Scheitel und als sie sich wieder zurücklehnt, blitzt etwas in ihren Augen auf. Doch der Ausdruck verschwindet genauso schnell, wie er aufgetaucht ist, und wird von einem kleinen Lächeln ersetzt.

Kapitel 19: Chloé

Die letzten Tage waren der absolute Horror. Sie gehen einfach ineinander über und springen von einer Lerneinheit in die Nächste. Nur unterbrochen von ein paar Stunden unruhigen Schlafes, bevor es dann genauso weitergeht wie am Tag zuvor.

Will redet mir immer wieder Mut zu und versucht sein Bestes, um mir das Gefühl zu geben, dass ich auf dem richtigen Weg und kein komplett hoffnungsloser Fall bin. Aber obwohl ich täglich so viele Stunden in den Büchern wälze, bin ich doch nie zu einhundert Prozent bei der Sache. Ein kleiner Teil meines Gehirns denkt immer an ihn, Ryan, und mischt dabei einen so wirren Gefühlscocktail in meinem Inneren, dass ich nicht weiß, wie ich damit umgehen soll.

Unser gemeinsamer Ausflug ist noch gar nicht lange her. Der Tag im Fischerdörfchen, der Abend unter den Sternen und die Nacht in dem kleinen Chalet gehören zu meinen schönsten Erinnerungen und ich hüte sie wie einen Schatz. Aber seitdem hat sich auch etwas verändert. Ryan und ich sehen uns immer seltener – und dafür bin ich verantwortlich.

Das Lernen mit Will kostet einfach so unheimlich viel Zeit, dass ich es oft nicht mehr schaffe, gemeinsam mit Ryan zu trainieren. Ersteres ist aber nötig, weil ich sonst bis zu den Prüfungen in zwei Wochen niemals durchkommen werde. Sie rücken immer näher und wenn sie einen Körper besäßen, könnte ich schon ihren heißen Atem im Nacken spüren. Allein bei dem Gedanken überzieht meinen Körper eine Gänsehaut, der unangenehmen Art.

Zudem verhält Ryan sich in letzter Zeit seltsam. Ich weiß, dass es auch für ihn im Moment viel ist. Das Hockey nimmt ihn sehr ein und bald legt er seine Prüfungen in Literatur ab, die zu allem Überfluss direkt in der Woche nach dem Spiel gegen die Penguins stattfinden. Es steht etwas deutlich zwischen uns. Ich habe schnell gespürt, dass er von Will als meinen Lernpartner alles andere als begeistert ist, auch wenn er versucht, es zu überspielen. Nur den Grund kapiere ich nicht. Will und ich haben kein einziges, verdammtes Mal übers Hockey gesprochen. Mag sein, dass sie auf dem Eis Konkurrenten sind, aber das ist doch eine völlig andere Situation. Keine Ahnung, wie ich Ryan klarmachen soll, dass Will tatsächlich nur mit mir lernt und sonst absolut gar nichts läuft.

Und dann ist da noch die andere Sache.

Ich ziehe die Unterlippe zwischen die Zähne und kaue bei der Erinnerung darauf herum, bis sich ein metallischer Geschmack in meinem Mund ausbreitet. Ich hätte ihm die Wahrheit sagen sollen, als er mich auf das Sponsoring angesprochen hat. Das war mir klar, noch bevor eine weitere verdammte Lüge meine Lippen verlassen hat. Ich hätte ihn einweihen, ihm gestehen sollen, dass ich keine Möglichkeit habe, das Geld fürs Team zu beschaffen. Stattdessen glaubt er, dass ich mit Papa gesprochen und ihm die Materialien geschickt habe. Dass der Deal schon fix ist. Ich reite mich immer tiefer in die Scheiße, aber die Angst, als er mich darauf angesprochen hat, hat überwogen. Ich konnte es einfach nicht laut aussprechen. Wollte alles dafür tun, dass dieser enttäuschte Ausdruck in seinen meerblauen Augen verschwindet. Aber was wird passieren, wenn er die Wahrheit früher oder später doch erfahren wird? Denn das wird unweigerlich kommen.

Ich vergrabe das Gesicht in meinen Händen und presse die Fäuste so fest auf meine Augen, bis ich nur noch bunte Sterne tanzen sehe. »Merde!«

Ein Arm legt sich um mich und eine Hand streicht in sanften Kreisen über meinen Rücken. Holly. Ich habe total vergessen, dass sie im Raum ist. Langsam nehme ich die Hände herunter und drehe den Kopf zu meiner Mitbewohnerin, die sich in die Hocke neben mich gesetzt hat. »Geht es wieder um Ryan?«

Ich presse die Lippen zusammen und nicke, da ich nicht weiß, wie lange ich die Tränen noch zurückhalten kann. »Ich habe echt Scheiße gebaut, Holly. So richtig.«

»Du hast immer noch die Chance, es ihm zu sagen.« Ihre Stimme klingt sanft, als würde sie mit einem verängstigten Tier sprechen, das jeden Moment davonrennt. Ich habe ihr nach dem Treffen mit Ryan direkt davon erzählt und seitdem versucht sie, mich zu überzeugen, nochmal mit ihm darüber zu reden.

»Das kann ich nicht. Es ist gerade sowieso schon schwierig, weil ich so wenig Zeit habe. Damit würde ich es dann komplett vor die Wand fahren.«

Holly seufzt. Wir haben dieses Gespräch in den letzten Tagen unzählige Male geführt und vermutlich weiß sie selbst nicht mehr weiter. »Dafür gehst du heute zum Spiel, oder?«

Ich nicke. »Das habe ich ihm versprochen. Wenn ich ihm diese Woche noch einmal abgesagt hätte, um mit Will zu lernen ...« Den Rest des Satzes lasse ich unausgesprochen. Wir können uns beide vorstellen, dass das nicht förderlich für unsere Beziehung wäre.

»Warum Jungs jedes andere männliche Wesen immer gleich als Nebenbuhler wahrnehmen müssen. Du und Will lernt miteinander, Punkt. Nicht mehr und nicht weniger.«

»Schon. Aber die beiden sind eben durch das Hockey nicht gerade gut aufeinander zu sprechen, weil das Spiel kurz bevorsteht. Im Sport ist das nicht immer so einfach zu trennen.« Ich spreche da leider aus Erfahrung, aber ich werde Holly meine zahlreichen, beschissenen Vergehen der letzten Jahre besser nicht auf die Nase binden. Wichtig ist, dass ich inzwischen selbst erkenne, wie blöd das war.

»Werde ich wohl nie kapieren. Muss ich zum Glück aber auch nicht.« Sie klatscht sich auf die Schenkel und steht mit knackenden Gelenken aus der Hocke auf. »Ich würde dich ja begleiten, aber da ist diese Demo und ich habe im Club versprochen, dass ich bei der Unterschriftenaktion aushelfe.« Holly deutet auf das bemalte Pappschild auf dem Bett, an dem sie die ganzen letzten Tage gewerkelt hat.

Rasch setze ich ein Lächeln auf und winke ab. »Ryan hat wahrscheinlich sowieso wieder nur einen Platz reservieren können. Bestimmt kann ich mich zu Tony setzen, der kann mir zumindest erklären, was ich da eigentlich sehe. Mach dir keinen Kopf und sammle viele

Unterschriften, okay?« Kurzerhand nehme ich Holly in die Arme. Ihre Locken kitzeln in meiner Nase und ich lächle, als sie den Griff verstärkt.

»Okay, wenn du das sagst. Wir sehen uns dann später?«

»Kaffee und Popcorn, wie versprochen«, gebe ich zurück und zaubere ihr damit ein Grinsen ins Gesicht. Manchmal wünsche ich mir, ein wenig mehr wie Holly zu sein. Sie ist einer dieser Menschen, die in allem etwas Gutes sehen und nur selten bedrückt sind. So etwas wie schlechte Laune ist bei ihr sowieso ein Fremdbegriff. Es könnte so viel einfacher sein, wenn ich mit ein bisschen mehr Leichtigkeit an alles herangehe.

Stattdessen begleitet mich den ganzen Weg zur Eishalle der Knoten in meinem Bauch, der sich nicht lösen will. Ich freue mich, Ryan heute zu sehen. Aber das ungute Gefühl wegen der Lüge bleibt bestehen. Vielleicht sollte ich mir Hollys Worte doch mehr zu Herzen nehmen. Es ist besser, ich erzähle ihm die Wahrheit, bevor er es auf andere Weise herausfindet.

Ich nicke fest, um mir selbst Mut zu machen, und beschleunige meine Schritte. Nach dem Spiel werde ich mit ihm sprechen und wenn ich ihm alles erkläre, versteht er es vielleicht. Immer wieder lege ich mir die Worte zurecht, die ich ihm später sagen möchte, und fühle mich gleich um einiges besser. Ich bin immer noch müde und geschafft, aber der Knoten löst sich langsam und ich freue mich sogar darauf, ihn wieder auf dem Eis zu erleben.

Wenige Minuten später erreiche ich den Gang vor der Umkleidekabine, um dort auf Ryan zu warten, wie wir es ausgemacht hatten. Ich muss nicht lange dastehen, bis die Türen aufgehen und die Jungs herauskommen. Ryan kommt auf mich zu und schenkt mir ein kleines, aber aufrichtiges Lächeln und küsst mich auf die Stirn, als er mich erreicht.

»Schön, dass du heute da bist.« Auch wenn er es nicht sagt, weiß ich, dass er mich bei dem letzten Heimspiel gerne dabei gehabt hätte.

»Ich bin auch froh. Wehe, ihr gewinnt heute nicht.« Ich boxe ihm spielerisch gegen die Schulter, was ihn zum Lachen bringt.

»Wir geben unser Bestes.« Ryan zwinkert mir zu und wirft einen Blick über die Schulter. »Mist, ich muss nochmal in die Kabine. Ich bin mir nicht sicher, ob ich meinen Spind richtig abgeschlossen habe.« Er sieht noch einmal seinen Teamkollegen nach, die in Richtung Eis laufen, als könnte er sich nicht entscheiden, ob er ihnen nachgehen, oder doch nach dem Spind sehen soll.

»Ich kann schauen, ob er abgeschlossen ist. Geh du, bevor der Coach dich zum Strafdienst verdonnert.«

Ryans Augenbraue wandert nach oben und seine Mundwinkel zucken amüsiert. »Strafdienst? Gab es so was bei euch etwa?«

Ich zucke mit den Schultern. »Nur eine Extrastunde je Fehltritt. Es gab Wochen, da habe ich jeden Tag nach der Schule noch vier Stunden in der Eishalle verbracht.« Sein Lächeln verrutscht und Mitleid flackert in seinen Augen auf, das ich sofort mit einem Wink abtue. »Geh jetzt aufs Eis. Ich schaue nach deinem Spind.« Ich stelle mich auf die Zehenspitzen und hauche ihm einen Kuss auf die Wange, bevor ich ihn sanft, aber bestimmt in Richtung Durchgang schiebe.

»Ich gehe ja schon.« Trotz seiner Worte wirft er mir einen letzten Blick zu.

Sobald er außer Sicht ist, gehe ich zur Umkleidekabine der Jungs. Auch wenn seit Minuten keiner mehr herausgekommen ist, klopfe ich zur Sicherheit an die Tür. Da keine Antwort folgt, öffne ich sie ein kleines Stück. Es schreit immer noch niemand auf, weswegen ich sie ganz aufschiebe und auf Ryans Platz zusteuere. Das ist deutlich durch das Ersatztrikot mit der Nummer 77 gekennzeichnet, das am Haken hängt. Er sitzt am äußersten rechten Rand direkt neben den Spinden, wodurch ich seinen schnell finde.

Ich kann mir ein Grinsen nicht verkneifen, als ich sehe, dass er abgeschlossen ist und auf der Bank vor Ryans Platz keine Wertsachen mehr herumliegen. Manchmal ist es wirklich süß, wie zerstreut er ist. Sicherheitshalber bücke ich mich und schaue unter die Sitzbank, doch auch da ist nichts. Ich will mich gerade wieder aufrichten, als mein Blick auf etwas Schwarzes fällt, dass ein Stück weiter rechts liegt.

Rasch greife ich danach und ziehe es hervor. Erstaunt stelle ich fest, dass es sich bei dem Gegenstand um ein schwarzes Notizbuch handelt. Ich werfe einen Blick hinein. Die Schrift ist für mich kaum zu entziffern und wirkt, als würde immer in großer Eile in das Büchlein geschrieben werden. Aber als ich ein paar Seiten weiterblättere, erkenne ich Aufzeichnungen mit Rechtecken und Punkten, die klar ein Eishockeyfeld und die Spieler darauf kennzeichnet. Einige Pfeile zwischen den Punkten und in freie Flächen sind eingezeichnet, wobei es sich vermutlich um verschiedene Passmöglichkeiten handelt. Das muss so was wie ein Strategiebuch sein. Vielleicht hat der Coach es hier vergessen? Kurzerhand beschließe ich, das Buch in meine Umhängetasche zu packen und Ryan nach dem Spiel zu zeigen.

Ein paar Minuten später lasse ich mich auf den Platz neben Tony auf der Tribüne sinken. »Hey, was macht das Bein?«

»Es wird. Aber nur langsam.« Die Bitterkeit in seiner Stimme ist kaum zu überhören. Doch er fängt sich schnell wieder und setzt ein breites Lächeln auf. »Ich dachte schon, du würdest nicht mehr auftauchen.«

Ich will gerade antworten, als meine Aufmerksamkeit durch den lauten Ausruf des Sprechers auf das Eis gelenkt wird. Nacheinander ruft er die Spieler auf, die unter Jubelrufen begrüßt werden. Ich stehe auf und recke den Kopf, um einen Blick auf Ryan zu erhaschen, der mit zwei seiner Teamkameraden aufs Eis fährt.

»Los, Lions!«, ruft Tony und klatscht laut in die Hände. »Heute müssen sie einfach gewinnen. Die letzten Spiele waren echt jenseits von Gut und Böse.«

»So schlimm?«

»Mehr als schlimm«, gibt er mit geweiteten Augen zurück, wirkt aber gleichzeitig irritiert. »Hat Ryan das nicht erzählt? Sie müssen heute gewinnen, sonst stehen die Chancen gegen die Penguins schlecht.«

Ich schüttle den Kopf und mein Blick wandert zurück zu Ryan, der in einem weiten Bogen das Tor umrundet und dann auf seiner Anfangsposition nahe der Mittellinie zum Stehen kommt. »Er hat kein Wort gesagt«, murmle ich vor mich hin. Gleichzeitig verfluche ich mich dafür, nicht zumindest nachgefragt zu haben, wenn ich schon bei den Spielen nicht zusehen konnte. Vor lauter Lernen habe ich es komplett verpennt.

Ein Pfiff ertönt und das Spiel beginnt. Mich fasziniert immer noch diese unfassbare Geschwindigkeit, und mit welcher Selbstverständlichkeit die Jungs in allen möglichen, und meiner Meinung nach unmöglichen, Formationen über das Eis jagen. Aber selbst ich als Laie bemerke schnell, dass irgendetwas nicht stimmt. Dass etwas falsch läuft – und das liegt nicht nur daran, dass die Gegner in den knallgelben Trikots schon nach wenigen Minuten mit einem Tor in Führung gehen.

»Was ist das denn?« Tony keucht auf, als der Puck nur wenig später zum zweiten Mal in unserem Netz flattert. »Wir kommen kaum über die scheiß Mittellinie!« Der Schock ist ihm deutlich ins Gesicht geschrieben und er wirkt so verständnislos, wie viele andere Lion-Fans um uns herum.

Durch die zwei Gegentore ist das Spiel der Lions noch unkoordinierter. Selbst ich habe das Gefühl, dass sie kaum wissen, was sie gegen ihre Gegner ausrichten sollen. Es war nur eine Frage der Zeit, bis der Puck zum dritten Mal in unserem Tor landet. Die Verständnislosigkeit und Wut in der Halle ist fast schon mit den Händen greifbar und ein einstimmiges, erleichtertes Aufatmen geht durch die Reihen, als das erste Drittel vorbei ist und die Jungs in der Kabine verschwinden.

»Shit«, sagt Tony und starrt immer noch auf das jetzt leere Eis. »Ich checke echt nicht, was da gerade abgeht.«

Weitere Stimmen werden um mich herum laut. Die Jungs haben vorher so motiviert und konzentriert auf mich gewirkt. Ich verstehe nicht, was jetzt auf einmal

los ist. Oder ist die gegnerische Mannschaft wirklich so
stark?

Ich richte die Frage an Tony, der auflacht und den
Kopf schüttelt. »Eigentlich nicht. Letzte Saison standen
sie kurz vor dem Abstieg. Dieses Jahr haben sie sich
zwar gesteigert, aber nicht so krass, dass sie uns dermaßen plattmachen.«

Auch das zweite Drittel läuft nicht besser. Die gegnerische Mannschaft scheint ihr Glück selbst nicht fassen
zu können. Ganz ehrlich? Es ist ein Massaker. Während
die Tore auf unserer Seite fallen, als wäre es das Einfachste der Welt, schaffen wir es kaum ein paar Pässe
zu spielen, bevor uns der Puck wieder abgeluchst wird.
Es ist zum Davonlaufen und entsprechend geladen ist
die Stimmung auf dem Eis.

»Autsch«, kommentiert Tony als einer der Abwehr-
spieler der Lions einen der gegnerischen Stürmer so
heftig gegen die Bande rammt, dass er zwei Strafminu-
ten vom Schiedsrichter verhängt bekommt. »Als
bräuchten die noch ein Powerplay. Die versohlen uns
auch so den Arsch.«

Das bedarf keiner Antwort. Ich kann Tony nur zustimmen. Es ist übel. Richtig, richtig übel. Nicht nur wir
sind völlig ratlos und schockiert über das, was wir uns
da gerade ansehen. Ich sehe diese Empfindungen in jedem einzelnen Gesicht um uns herum und die wütenden Zwischenrufe des Coaches sprechen eine deutliche
Sprache. Sie sind so laut, dass ich das Gefühl habe, er
würde neben mir auf der Tribüne stehen.

Der Coach nimmt eine Auszeit und die Jungs versammeln sich in einem Kreis um ihn. Keine Ahnung, wie
oft er das pro Spiel darf. Aber da das Gespräch in der

Pause schon nichts gebracht hat und nur noch sieben Minuten auf der Uhr stehen, habe ich wenig Hoffnung, dass sie das Spiel drehen können. Sechs Tore in der Zeit zu schießen, ist utopisch.

»Das kriegen sie nicht mehr herumgerissen«, bestätigt Tony meine Gedanken. »Da brauchen wir schon ein Wunder. Wahrscheinlich kassieren wir eher noch zwei Kisten.«

Ich suche nach irgendwelchen positiven Worten in meinem Hirn, um ihn aufzumuntern. Aber ich habe die letzten zwei Drittel gesehen und wenn sich das Spiel nicht um 180 Grad dreht, dann liegt Tony mit dieser dunklen Vermutung richtig. Daher stimme ich ihm lediglich stumm zu und starre wie gebannt auf das Eis.

Es geht weiter. Meine Finger kribbeln die ganze Zeit über, als würden sie etwas gegen das, was unweigerlich passieren wird, unternehmen wollen. Nur ist das unmöglich und leider habe ich auch kein Strickzeug dabei, um sie anderweitig abzulenken. Daher bin ich dazu gezwungen, das ganze restliche Übel bis zum bitteren Endstand von 0:7 mit anzusehen.

»Ich hätte einfach meine Klappe halten sollen.« Tony kickt wütend mit dem gesunden Bein gegen eine seiner Krücken, die zu Boden fällt. Doch das kümmert ihn in diesem Moment nicht.

»Vielleicht solltest du eher als schwarzes Orakel für die gegnerischen Mannschaften herhalten«, versuche ich mich an einem Witz, der ihm nur ein kaum sichtbares Lächeln auf die Lippen zaubert.

»Das wäre wahrscheinlich besser gewesen.«

Automatisch wandert mein Blick zurück zur Eisfläche, die von einigen Bechern bedeckt ist. Nach dem Abpfiff haben ein paar der ›Fans‹ aus Wut und Enttäuschung ihre teils leeren, teils noch halb vollen Getränkebehälter aufs Eis geworfen. Einerseits verstehe ich, dass sie angepisst sind, aber das Verhalten ist echt das Letzte. Vor allem weil ein paar davon auch die Spieler getroffen haben.

Mein Blick kreuzt für den Bruchteil einer Sekunde Ryans, der nur den Kopf schüttelt und im Tunnel verschwindet. Rasch verabschiede ich mich von Tony und mache mich ebenfalls auf den Weg zu den Kabinen, um im Gang davor auf ihn zu warten. Es dauert keine drei Minuten, als mir schon wütendes Gebrüll entgegenschleudert.

Zahlreiche Stimmen, die ebenso emotionsgeladen reagieren, schallen darauf durch die Tür und ich presse fest die Lippen zusammen. Da drin muss es ziemlich zugehen, was nach diesem Massaker verständlich ist. Die Gefühle kochen hoch und entladen sich in Wut und Enttäuschung. Das kenne ich als Sportlerin nur zu gut.

Ich warte nicht lange auf Ryan. Einige Jungs stürmen, noch halb angezogen aus der Kabine, als würden sie es keine Minute länger darin aushalten. Nicht einmal, um sich komplett umzuziehen – oder zu duschen. Ryan ist ebenfalls dabei. Er sieht mich nicht und läuft an mir vorbei. Ich hole zu ihm auf und greife nach seiner Hand.

»Ryan, warte! Was ist passiert?«

Er dreht sich so ruckartig um, dass sich mein Griff um sein Handgelenk löst. Sein Gesicht ist vor Wut verzerrt und es dauert einen Moment, bis er kapiert, dass ich es bin. »Was passiert ist? Wir wurden vorgeführt, komplett blamiert! Es war, als hätten sie jeden beschissenen Spielzug vorausahnen können! Egal, was wir versucht haben, sie wussten sofort, wie sie dagegenhalten können. Das ist passiert!«

Noch nie habe ich Ryan dermaßen wütend erlebt. Ich weiche einen Schritt vor ihm zurück und stoße dabei mit jemandem zusammen. Ich bemerke erst, dass meine Umhängetasche von meiner Schulter rutscht, als sich ihr Inhalt schon auf den Boden des Flurs ergießt.

»Merde!«, fluche ich und mache mich sofort daran, den ganzen Kram wieder hineinzustecken. Handy, Schlüssel, Geldbeutel, Getränk – und das schwarze Notizbuch. Durch das Geschehen auf dem Eis habe ich total vergessen, dass es in meiner Tasche ist.

Mit dem Buch in meiner Hand sehe ich auf und mein Blick trifft direkt auf Ryans. Seine Augen sind vor Schock weit aufgerissen. Doch seine Mimik wandelt sich und ich dachte, es wäre nicht möglich, dass er noch wütender wird – zumindest bis zu diesem Moment.

»Das ist nicht wahr«, sagt er mit gezwungen ruhiger Stimme. Er entreißt mir das schwarze Notizbuch und klappt es auf, um einen Blick hinzuwerfen. »Ist das dein scheiß Ernst?«

Ich bin von seinem Ausbruch zu schockiert, um gleich darauf zu antworten. »Wovon redest du? Ich habe es gefunden und wollte es dir nach dem Spiel geben.«

»Ach ja?« Er lacht trocken auf und tritt einen Schritt näher auf mich zu. Seine sonst sanften Augen funkeln mich mit so viel Wut und Hass an, dass ich einen weiteren Schritt zurückweiche. »Wann hast du es denn gefunden? Vor zwei Wochen, um erst mal schön alle unsere Strategien weitergeben zu können? Kein Wunder, dass ich das Gefühl hatte, sie wüssten jeden unserer verfickten Schritte, bevor wir sie überhaupt gemacht haben! Fuck, genauso war es ja auch! Und das haben wir alles dir zu verdanken!«

Das ist das erste Mal, dass Ryan mir wirklich Angst macht. Ich verstehe überhaupt nicht, was hier gerade passiert! Was geht in seinem Kopf vor, dass er mich dermaßen anbrüllt und mit Anschuldigungen überschüttet, mit denen ich gar nichts zu tun habe?

Ich will gerade zu einer Erwiderung ansetzen, als er mich schon wieder unterbricht. »Das haben du und Will ja geschickt eingefädelt. Du machst dich an mich ran und steckst eigentlich die ganze Zeit mit ihm unter einer Decke. Von wegen nur ein Lernpartner. Wahrscheinlich ist auch das, was Ben in der Bibliothek gehört hat, alles wahr und du hast mich in jeder beschissenen Hinsicht von Anfang an nur verarscht. Ist doch so oder? Sag schon!«

Ich schaffe es nicht, ihm zu antworten. Kann nicht mal seinem Blick standhalten. Als ich zu Boden sehe und fest schlucke, bestätige ich seine Vermutung auch ohne Worte.

»Fuck!« Ryan streicht sich in einer so verzweifelten Geste durch das Haar, dass ich am liebsten nach seinen Händen greifen würde, um ihn zu beruhigen. »Das war's. Ich will nichts mehr mit dir zu tun haben. Der Deal und alles, was damit zu tun hatte, ist vorbei! Halt dich gefälligst ab sofort von mir fern.«

Seine Worte fühlen sich wie Messerstiche in meinem gesamten Körper an. Meine Knie sind kurz davor unter meinem Gewicht nachzugeben und ich muss mich an die Wand lehnen, um nicht vor Ryans Füße zu fallen. Ich kann die Tränen, die sich in meinen Augen bilden, nicht länger zurückhalten. Wie ein verdammter Wasserfall strömen sie über meine Wangen und verschleiern meine Sicht.

Erst jetzt finde ich meine Stimme wieder. Alles in mir schreit, dass es zu spät ist, dass alles, was ich sage, nichts ändern wird. Doch ich versuche es trotzdem. »Ich habe das verdammte Buch nicht gestohlen und ich habe auch keine Strategien an irgendjemanden weitergegeben! Will und ich haben kein einziges Mal über Eishockey gesprochen. Ryan, du kennst mich doch!«

»Das dachte ich auch«, erwidert er mit so viel Schmerz in der Stimme, dass ich ihn körperlich in jeder meiner Zellen spüre. »Ich hoffe wirklich für dich, dass sich das Lernen mit dem Typen gelohnt hat und du die Prüfungen bestehst. Ich will dich danach nämlich nie wieder sehen müssen.«

Mit einem letzten, kalten Blick mustert er mich, als wäre ich eine Kakerlake, die in seinem Salat sitzt, wendet sich ab und läuft davon. Offensichtlich kann er nicht schnell genug Abstand zwischen uns bringen. Ich rutsche an der Wand herunter und vergrabe das Gesicht in den Händen. Es ist, als hätte Ryan mir mit den Anschuldigungen alle Kraft aus dem Körper gesaugt und nur eine leere Hülle zurückgelassen.

Kapitel 20: Chloé

Der Schmerz ist allgegenwärtig. Ich spüre ihn in jeder Zelle, jedem Knochen meines Körpers. Das Herz in meiner Brust fühlt sich wie ein Fremdkörper an, der mir mit jedem Pochen deutlich macht, was es verloren hat und eine Schmerzwelle durch mich hindurch jagt, die mich fast von den Beinen holt.

Ich habe nie verstanden, warum manche Mädchen eine Woche heulend im Bett liegen und Eis bis zum Umfallen löffeln, wenn ihre Beziehung zerbricht. Aber verdammt, in diesem Moment bin ich mir sicher, dass es keinen schlimmeren Schmerz als Liebeskummer gibt. Es gibt keine Medizin, keine Pille, die ich einwerfen kann und die dafür sorgt, dass ich zumindest für ein paar Stunden die Augen schließe und schlafe. Einen Vorteil haben die durchwachten Nächte jedenfalls: Ich bin zum ersten Mal, seit ich mich erinnere, vor dem Wecker wach.

Aber der Nachteil liegt auf der Hand. Ich habe ein paar Stunden mehr Zeit zum Nachdenken und das stürzt mich in die absolute Verzweiflung. Ryans Worte spielen sich wie in Dauerschleife in meinem Kopf ab, als würde er sichergehen wollen, dass ich sie nicht vergesse. Als könnte ich das jemals. Ich bin mir sicher, sie verfolgen mich mein ganzes restliches, verdammtes Leben wie ein Schatten. Und das Schlimmste ist, dass er teilweise recht hat.

Zwar habe ich nicht das Buch gestohlen oder die Strategien der Mannschaft an irgendwelche Gegner weitergegeben, aber ich habe ihn belogen. Ich bereue es, ihm nicht früher von dem gefundenen Notizbuch erzählt zu haben, dann wäre es gar nicht erst so weit gekommen. Aber noch mehr bereue ich, den richtigen Zeitpunkt verpasst zu haben, um ihm die Wahrheit über das Sponsoring zu sagen. Ich hatte unzählige Chancen, unzählige Möglichkeiten es ihm zu erklären. Vielleicht hätte er verstanden, dass ich zuerst nur seine Hilfe auf dem Eis wollte und das Risiko eingegangen bin, meinen Teil des Deals später dann nicht einlösen zu können.

Aber als ich mir meine Gefühle ihm gegenüber eingestanden habe und wir uns nähergekommen sind, habe ich es nicht mehr geschafft, mich Ryan zu öffnen. Meine Angst, dass er es doch nicht versteht und mich deshalb von sich stößt, war zu groß. Genauso wie die Scham davor, zuzugeben, dass ich das Geld nicht besorgen kann. Selbst dann, als er mich direkt darauf angesprochen hat, und ich die Chance hatte, die Wahrheit zu sagen, habe ich es nicht geschafft. Ein einfaches »Ja, das stimmt« hätte ausgereicht und zumindest das wäre aus der Welt geschafft.

Tränen laufen an meinen Wangen herunter. Wie dumm ich doch war. Und immer wieder stelle ich mir dieselbe Frage: Hätte Ryan mir eher zugehört, wenn nicht all diese Lügen, Missverständnisse und die Eifersucht eine Allianz gegen mich geschlossen hätten?

Wenn ich die Wahrheit bezüglich des Sponsorings gesagt, nicht mit Will gelernt und Ryan das Buch gleich gegeben hätte? Ich weiß, dass es nichts mehr bringt mir all diese ›Was-wäre-wenn‹-Fragen zu stellen. Aber irgendwie gibt mir das eine seltsame Art von Befriedigung, mich so selbst zu quälen.

Seit dem Vorfall sind schon zwei Tage vergangen. Wie ist es möglich, dass es immer noch so weh tut? Ich fühle mich wie gelähmt, unfähig irgendeine Bewegung zu machen, ohne das Gefühl zu haben, gleich zusammenzuklappen. Ich ziehe die Beine heran und lege meinen Kopf auf meinen Knien ab. Mehrmals atme ich tief durch, wie Holly es mir an dem Abend gezeigt hat, als ich zurück in unser Wohnheimzimmer gekommen bin. Sie hat sofort gewusst, dass irgendetwas Schlimmes passiert ist, und hat die darauffolgende Stunde versucht, alle Informationen aus mir herauszubekommen. Und das war definitiv kein einfaches Unterfangen.

Seitdem weicht sie mir kaum von der Seite und wenn dann immer nur für ein paar Minuten, wie jetzt um Kaffee zu holen, oder wenn es aufgrund der Vorlesungen nicht anders geht. Sobald das Wort ›Vorlesungen‹ in meinem Kopf auftaucht, wird mir übel. Heute ist der Literaturkurs. Ich werde Ryan wiedersehen, seine Stimme hören, ihm nah sein müssen. So kurz vor den Prüfungen zu schwänzen, kann ich mir nicht leisten. Dann würde ich gleich in mehrfacher Hinsicht alles verlieren, was in meinem Leben zumindest ein wenig Sinn ergibt.

Auch Will hat mir seit gestern schon drei Nachrichten geschrieben und gefragt, ob unser Lerntreffen noch steht. Am liebsten würde ich ihm schreiben, dass ich nicht nur heute, sondern gar nicht mehr mit ihm lernen möchte. Aber das wäre ihm gegenüber nicht fair. Er hat sich in den letzten Wochen so viel Mühe gegeben, mir den Arsch zu retten und mich auf die Klausuren vorzubereiten, dass es ein richtiger Bitch-Move wäre, ihn jetzt so vor den Kopf zu stoßen. Vor allem, weil ich damit meine Chancen auf gute Noten direkt wieder begraben könnte. Durch ihn habe ich zum ersten Mal das Gefühl, dass Wirtschaft doch nicht so kacke ist, wie ich die ganze Zeit geglaubt habe. Von Begeisterung bin ich durch den ganzen Stress momentan zwar noch weit entfernt, aber ich hasse es nicht mehr nur und es sind immer mehr Themen dabei, die ich sogar ziemlich interessant finde.

Und hinsichtlich Ryan ist im Moment nichts zu ändern. Ob ich nun mit Will lerne oder nicht, er wird mir trotzdem nicht so einfach verzeihen oder meinen Worten Glauben schenken, dass ich mit dem ganzen Mist nichts zu tun habe. Wer gibt solche Informationen überhaupt weiter? Bis gestern wusste ich nicht einmal, dass dieses verdammte Notizbuch existiert.

Mein Handy versucht mit einem lauten Klingeln auf sich aufmerksam zu machen. Hastig greife ich danach und schalte den Jetzt-musst-du-aber-wirklich-ins-Bad-Wecker aus und stehe widerwillig auf. Wirklich alles, absolut alles in mir, schreit danach, einfach liegen zu bleiben und nicht mehr aufzustehen. Für die nächsten paar Wochen zumindest, oder wenigstens bis bisschen Gras über die Sache gewachsen ist.

Gerade als ich mir mit der Haarbürste durch das Haar fahre und versuche, diese riesigen Knoten darin zu lösen, klingelt mein Handy wieder. Ich werfe einen Blick darauf und mir schnürt sich die Kehle zu. Das ist eine der Personen, von denen ich an einem ohnehin schon beschissenen Tag nichts hören will. Aber das Karma ist nicht auf meiner Seite und bestraft mich mit einem Anruf meines Vaters. In diesem Augenblick bin ich mir sicher, in meinem nächsten Leben als Made oder etwas anderem, richtig ekligem wiedergeboren zu werden. Irgendetwas habe ich verbrochen, um das alles zu verdienen.

»Hallo Papa«, melde ich mich und versuche dabei, meine Stimme so normal wie möglich klingen zu lassen. Das leichte Zittern dürfte am anderen Ende der Leitung nicht zu hören sein.

»Chloé, ich hoffe, ich störe nicht.« Er räuspert sich und fährt direkt fort, ohne meine Antwort abzuwarten. Ich bin mir nicht einmal sicher, ob ihm die Zeitverschiebung bewusst ist oder er anruft, weil es ihm gerade in den Sinn gekommen ist. »Ich wollte mich erkundigen, wie es mit deinen Prüfungsvorbereitungen vorangeht.«

Es wundert mich nicht, dass er direkt mit der Tür ins Haus fällt. Kein ›Hallo‹, kein ›Wie geht es dir?‹ oder gar ein ›Schön, deine Stimme zu hören‹. Es wäre gelogen, zu sagen, dass mir das keinen winzig kleinen Stich versetzt.

»Es klappt ... gut«, antworte ich zögerlich. Zu zögerlich.

»Dir muss langsam klar geworden sein, dass deine ganze weitere Zukunft davon abhängt. Wir haben darüber gesprochen, was geschehen wird, sollten die Ergebnisse nicht ... zufriedenstellend ausfallen.«

Ich weiß genau, dass er zuerst ›zu meiner Zufriedenheit‹ sagen wollte, sich dann aber selbst rechtzeitig unterbrochen und verbessert hat.

»Du willst ja nicht ohne Abschluss dastehen.«

Vor allem will ich nicht in seiner verdammten Firma arbeiten, wenn ich die Prüfungen wieder verkacke. Da klingt selbst ein Leben als Made deutlich angenehmer als das.

»Ich habe einen Lernpartner gefunden, der ein Semester weiter ist und alles mit mir durchgeht. Für ihn ist es eine Wiederholung und mir hilft es sehr, alles im Detail mit ihm durchzugehen.«

Mit den Gedanken an Will passiert das Unausweichliche: Sie wandern augenblicklich weiter zu Ryan. Sofort sehe ich seine meerblauen Augen und die dunkelbraunen Haare vor mir. Die Lachfältchen, die sich in seinen Augenwinkeln bilden, wenn er lacht. Oh, wie ich es liebe, wenn er lacht. Wenn seine wunderschönen Augen auf diese besondere Weise aufleuchten und der Ton seines Lachens mein Herz zum Stolpern gebracht hat. Und jetzt werde ich das nie wieder sehen und hören. Zumindest werde nicht ich diejenige sein, die für sein Lachen verantwortlich ist.

Mein Herz wird schwer, stolpert, kommt ins Stocken und sinkt mir dann fast bis in die Kniekehlen. Eine Last legt sich auf meine Schultern, die mich schon wieder in die Knie zu zwingen droht. Es ist erst zwei Tage her, aber ich vermisse ihn so sehr, dass ich das Gefühl habe, ohne ihn nicht mehr atmen zu können. Ein Schluchzen löst sich aus meiner Kehle und Tränen lösen sich schon wieder aus meinen Augen. Ich presse die Hand auf meinen Mund, doch es ist zu spät. Er hat es gehört und mir wird jetzt erst bewusst, dass ich noch mit Papa telefoniere.

»Chloé? Hörst du mir überhaupt zu?« Seine Stimme ist laut. Laut und wütend, als würde er kurz davorstehen, die Geduld zu verlieren. Ich kann mir sein verzerrtes, rotes Gesicht und die zur Faust geballten Hände genau vorstellen.

Ich öffne den Mund, schließe ihn wieder. Es würde kein Wort über meine Lippen kommen. Nur ein Schluchzer, gefolgt von vielen, vielen weiteren. Ich schaffe es jetzt nicht mit ihm zu sprechen und lege kurzerhand einfach auf. Das Handy schalte ich direkt aus, da er sonst wieder versuchen würde, mich zu erreichen.

Zum Glück höre ich gerade das Klicken der Zimmertür. Am liebsten würde ich sofort auf Holly zustürmen und in ihre warme Umarmung fallen. Ich hätte es am Anfang nie für möglich gehalten, aber sie ist im Moment mein Fels in der Brandung, von der ich ansonsten einfach mitgerissen und fortgespült werden würde. Holly ist zu meiner besten Freundin geworden. Vermutlich die Beste und Ehrlichste, die ich je hatte. Und das, obwohl wir so verschieden sind. Aber vielleicht ist es genau das, wodurch wir uns ergänzen. Jedenfalls bin ich unheimlich froh, sie zu haben.

Sie braucht mir nur einen Blick zuzuwerfen, um zu sehen, dass irgendetwas geschehen ist. Etwas, dass mich zusätzlich aus der Bahn geworfen hat. Ein einziger Anruf meines Vaters reicht, um meine so mühevoll zusammengehaltene Fassade direkt einstürzen zu lassen. Ich dachte noch, ich könnte den Tag irgendwie überleben. Aber jetzt wäre es wirklich verlockend, mich im Bett zu verkriechen.

Holly zieht ein Taschentuch hervor, tritt neben mich und reicht es mir wortlos. Ich sehe es ihr an der Nasenspitze an, dass sie mich am liebsten sofort fragen würde, was los ist. Aber sie gibt mir die Zeit, die Tränen aus dem Gesicht zu wischen und mit kaltem Wasser nachzuhelfen.

Als ich ihrem fragenden Blick begegne, legt sie den Kopf zur Seite und mustert mich. »Willst du darüber reden?«

Zuerst will ich »Nein, eigentlich nicht« antworten. Aber ich weiß, dass es mir guttun würde, alles loszuwerden. Daher erzähle ich Holly in wenigen Worten von dem Anruf meines Vaters, meinen Sorgen hinsichtlich der Prüfungen und meiner Angst vor dem Aufeinandertreffen mit Ryan, das in ein paar Stunden bevorsteht. »Das kann doch nur in die Hose gehen. Ich weiß überhaupt nicht, wie ich mich verhalten soll«, beende ich meinen Monolog und lasse verzweifelt die Arme wieder an meine Seite fallen, mit denen ich vorher wild gestikuliert habe.

Holly greift nach meiner Hand, tätschelt sie, als wäre ich ein kleines Kind und drückt sie leicht. »Ich kann mir vorstellen, dass das für dich nicht einfach wird. Aber du darfst dich nicht kleinkriegen lassen. Du hast das Spielbuch nicht geklaut. Ryan kann dir nur das mit der Lüge vorwerfen und diese Sache geht nur euch beide etwas an. Wenn du jetzt kuschst und dich anfängst hier drin zu verkriechen, kommt das für die doch einem Schuldeingeständnis gleich. Außerdem hast du jetzt so hart gearbeitet. Willst du dir von den falschen Vorwürfen wirklich auch noch deine Prüfungen versauen lassen?«

Ich schüttle den Kopf. »Nein, das will ich nicht«, antworte ich mit leiser Stimme. Sie lässt ihren Blick kurz durch unser Zimmer schweifen und meiner folgt ihrem automatisch.

Mein Gesicht verzieht sich bei dem Anblick der unzähligen neuen, knallbunten Guerilla-Strickereien. Manche haben passenderweise die Form von Schneeflocken, doch ich wollte sie trotzdem so farbenfroh wie möglich halten. Vor allem, weil es in meinem Inneren gerade schon grau genug ist. Seit dem Vorfall habe ich die Wolle fast ununterbrochen mit meinen Stricknadeln bearbeitet, um meine Hände und meinen Kopf zu beschäftigen. Holly meinte gestern spaßeshalber, dass ich das ganze Zimmer eingestrickt hätte, wenn ich noch einen Tag länger hier drin verbringe, und damit liegt sie vermutlich gar nicht allzu weit von der Wahrheit entfernt. Es ist besser, wenn ich versuche, mich einfach durchzubeißen. Irgendwie werde ich den Tag schon überstehen.

»Und jetzt komm. Mach dich fertig, damit wir loskönnen. Wir sind jetzt schon spät dran.« Als müsste sie nachhelfen, schwenkt sie mit meinem Kaffeebecher in der Hand herum. Der wunderbare Duft dringt in meine Nase und eine Welle der Dankbarkeit durchflutet mich.

Erste Erkenntnis des Tages: Ich werde von so ziemlich allen hockeybegeisterten Studenten gemieden, gehasst und mit wütenden Blicken verfolgt. Daraus resultiert die zweite Erkenntnis des Tages. Auf einer kanadischen

Uni bedeutet das, dass ich Staatsfeind Nummer eins bin. Schlichtweg, weil hier praktisch jeder Eishockey liebt.

Ich spüre die Blicke wie Messerstiche im Rücken, höre die fiesen Sprüche und Beleidigungen, die mir hinterhergerufen werden. Auch wenn ich mich am liebsten unsichtbar machen würde, zwinge ich mich dazu, aufrecht zu gehen, den Blick starr nach vorne zu richten und meine Miene unbeteiligt wirken zu lassen. So ruhig wie ich mich nach außen gebe, so sehr wütet der Sturm in mir und ich verwende meine ganze Kraft darauf, weiterzugehen.

Zu sagen, dass es mir scheiße geht, wäre noch geprahlt. Wir brauchen das gar nicht schönzureden. Wenn es so bis zum Ende des Semesters weitergeht, habe ich eine harte Zeit vor mir. Umso mehr liebe ich Holly dafür, dass sie sich selbst auch diesen Schimpftiraden aussetzt, aber nicht einmal mit der Wimper zuckt oder ihren Arm wegzieht, mit dem sie sich bei mir eingehakt hat. Ich kann nicht annähernd in Worte fassen, wie viel Dankbarkeit ich ihr gegenüber dafür empfinde.

Holly begleitet mich bis zur Abzweigung zum wirtschaftlichen Institut, wo meine ersten beiden Vorlesungen heute stattfinden. »Bist du dir sicher, dass du es schaffst?« Sie zieht die Unterlippe zwischen ihre Zähne und kaut darauf herum.

»Mach dir keine Sorgen. Ich komme klar.« Die Worte kommen mir erstaunlich leicht über die Lippen und nicht einmal meine Stimme zittert. Ich bin fast ein wenig stolz auf mich. »Wir sehen uns später. Danke für alles.« Ich nehme Holly kurz in den Arm und wende mich dem Gebäude zu. Nochmal tief durchatmen und ab ins Gefecht. Wie schlimm kann das schon werden?

Die Antwort: Sehr schlimm.

Wenn ich dachte, die paar Blicke und nachgerufenen Sprüche auf dem Weg zum Gebäude wären schon das Maximum gewesen, habe ich mich getäuscht. Die Stühle direkt neben mir bleiben leer und diejenigen, die gezwungen sind einen Platz in meiner Reihe zu nehmen, drehen mir den Rücken zu.

Ich versuche, mich auf die Vorlesung zu konzentrieren. Aber das fällt mir sehr schwer. Immer wieder werden Zettel auf meinen Tisch geworfen, auf denen abartige Dinge stehen, die ich definitiv nicht wiedergeben will und in den hintersten Winkel meines Gehirns verbannt habe. Aber ich weiß, dass sie zurückkommen und mich an ihren genauen Wortlaut erinnern werden, sobald ich im Bett liege und alles andere um mich herum still ist.

Kurz gesagt: Als ich die beiden Wirtschaftskurse endlich hinter mich gebracht habe und auf dem Weg zur Literaturvorlesung bin, fühle ich mich dermaßen ausgelaugt, als wäre ich drei Marathons und einen Sprint ohne Pause gelaufen. Dabei steht der schlimmste Part des Tages noch bevor. Das Aufeinandertreffen mit Ryan.

Alles in mir schreit danach, mich einfach umzudrehen und davonzulaufen. Aber ich zwinge mich dazu, immer einen Schritt weiterzugehen, bis ich schließlich vor dem Vorlesungssaal stehe. Für einen Moment schließe ich die Augen, atme tief durch und suche nach dem winzigen Funken Ruhe in meinem Inneren, nach dem ich mich gerade so sehne. Doch bevor ich die

Chance habe, danach zu greifen, werde ich heftig angerempelt und schaffe es im letzten Moment mein Gleichgewicht wiederzufinden, bevor ich mir den harten Boden aus der Nähe angesehen hätte.

Gelächter ertönt und ich erkenne, wie ein blonder Haarschopf in den Raum verschwindet. Die Wut schießt in mir hoch, als wäre ich ein eruptierender Vulkan und es kostet mich viel Selbstbeherrschung, der dummen Kuh nicht nachzulaufen und ihr ein Bein zu stellen. Doch die Wut hat auch etwas Gutes. In diesem Moment ist sie besser, als die Trauer, Enttäuschung und das innerliche Zusammenzucken, sobald mir jemand einen verhassten Blick zuwirft. Sie macht mich stärker und genau das ist es, was ich jetzt brauche.

Mit erhobenem Kopf betrete ich den Raum, ignoriere die bohrenden Blicke und setze mich auf meinen Platz. Es ist leichter, so zu tun, als wäre nichts gewesen, wenn ich weitermache wie vorher.

Nur wenige Augenblicke später tritt Ryan durch die Tür. Ich spüre seine Anwesenheit, noch bevor ich ihn überhaupt sehe. Sein Blick ist auf den hinteren Teil des Saales gerichtet, als würde er mit aller Kraft vermeiden, zu den vorderen Tischen zu schauen. Ob er spürt, dass ich hier bin und ihn ansehe? Darauf warte, welchen Schritt er als Nächstes macht?

Endlich sieht er auf und unsere Blicke treffen sich. Ich sauge mich daran fest. Versuche, in meine Augen all die Gefühle zu legen, die einem Sturm gleich in meinem Inneren toben und mich drohen zu zerreißen. In seinem dagegen lese ich nichts als Schmerz. Seine Augen liegen tief in ihren Höhlen, haben ihr Leuchten verloren, das ich immer so geliebt habe, und darunter machen sich dunkle Ringe bemerkbar.

Sein Anblick tut weh. So unglaublich weh, dass ich mehrere Atemzüge lang die Luft anhalte, da selbst das Atmen schmerzt. Mein verräterisches Herz stolpert mehrmals und pocht dann in doppelter Geschwindigkeit weiter, als würde es am liebsten aus meiner Brust herausspringen und sich an ihn klammern. Ihn anflehen, dass er mir glauben muss und dafür sorgen, dass der Schmerz endlich ein Ende hat.

Ryan tritt ein paar Schritte vor, doch bleibt dann wieder im Raum stehen und senkt für einen Moment den Kopf. Er scheint zu überlegen, was er tun soll, und entscheidet sich dann dafür, an mir vorbei zu den hinteren Reihen zu laufen.

Ich verliere komplett die Kontrolle über meine Handlungen und fühle mich eher wie ein unbeteiligter Zuschauer, der von außen dabei zusieht, wie sein Körper sich vom Stuhl erhebt und einen Schritt in Ryans Richtung macht. Am liebsten würde ich mir selbst zurufen, dass ich das lassen sollte. Dass es nur wieder unheimlich wehtun würde und ich mir das ersparen sollte. Aber stattdessen sehe ich, wie meine Hand sich hebt, als würde sie nach seiner greifen wollen, wie sie es schon so oft in den letzten Wochen getan hat.

»Ryan«, hauche ich seinen Namen. »Können wir später reden? Bitte. Ich kann dir das alles erklären.«

Er hält an und sein gesamter Körper spannt sich an. Um uns herum ist es plötzlich so still, als wären wir die beiden einzigen Menschen in diesem Raum. Dabei spitzen unsere Kommilitonen vermutlich die Ohren, um jedes meiner Worte zu hören.

Einige Momente vergehen, in denen er einfach nur so dasteht. Mit angespanntem, leicht bebendem Körper, als würde es ihn unheimlich viel Kraft kosten, überhaupt hier zu stehen. Am liebsten würde ich weiterreden, ihn dazu zwingen, mir zuzuhören. Aber gleichzeitig weiß ich, dass ich ihn damit nur weiter von mir forttreiben würde. Ich brauche seine Zustimmung. Er muss meine Version der Geschichte hören wollen. Nur dann besteht eine geringe Chance, dass er mir glaubt. Doch der winzige Funke Hoffnung in meiner Brust wird mit einem stummen Kopfschütteln von Ryan erstickt. Er hebt nicht einmal den Kopf, um mich anzusehen. Stattdessen läuft er einfach weiter und setzt sich in eine der hinteren Reihen. So weit wie möglich weg von mir.

Ich schlucke fest und dränge diese beschissenen Tränen zurück, die sich schon wieder in meinen Augen bilden. Wie ich es hasse, so schwach zu sein. Wie ich es hasse, dass ich in den vergangenen Tagen mehr Tränen vergossen habe, als in den letzten drei Jahren zusammengenommen. Aber am meisten hasse ich es, wie leicht es für Ryan war, den Kopf zu schütteln. ›Nein‹ zu sagen und mir damit die Chance zu nehmen, mich zu erklären. Das verletzt mich mehr, als die Worte, die er mir in der Halle an den Kopf geworfen hat. Da habe ich mir noch einreden können, dass sie aus der Wut heraus geboren wurden. Doch dieses Mal meint er es wirklich so. Voll und ganz stößt er mich von sich und reißt mir damit fast das Herz aus der Brust.

Ich darf mich davon nicht so sehr mitnehmen lassen. Die Wahrscheinlichkeit, dass er mir auf einmal zuhören würde, war gering. Diese Abweisung zeigt mir, dass vielleicht auch ich mich in ihm getäuscht habe. Sollte er mir nicht zumindest diese eine Chance, mich zu erklären, zugestehen? Wieder brodelt diese Wut in mir und ich begrüße sie wie eine alte Freundin. Sie ist definitiv besser als die Tränen. Denn genau das ist es, was ich jetzt sein muss: Stark. Er will nicht mit mir reden? Sein Problem. Ich habe es versucht und mehr ist im Moment nicht drin.

Die Professorin betritt den Raum und ich setze mich aufrechter hin. Recke das Kinn nach oben und sobald sie mit der Vorlesung loslegt, achte ich nur noch auf sie. Sauge das Wissen, wie ein Schwamm in mich auf und konzentriere mich auf nichts anderes mehr. Die Studenten, ihr Geflüster und ihre Blicke schrumpfen zu einem Einheitsbrei zusammen, den ich einfach ignoriere. Wenn Ryan nicht mit mir reden, nicht meine Entschuldigung hören will, dann werde ich mich ihm nicht weiter aufdrängen, sondern dafür sorgen, dass ich so schnell wie möglich von hier wegkomme.

Das ist der Startschuss für einen absoluten Lernmarathon. Ich stürze mich kopfüber in die Prüfungsvorbereitung und wenn ich dachte, ich hätte davor schon viel gelernt, dann habe ich mich schwer getäuscht. Ich verbringe jede freie Sekunde in der Bibliothek oder im Café zum Lernen. Wenn Will Zeit hat, kommt er dazu und geht mit mir die Wirtschaftsthemen durch, zu denen ich noch Fragen habe oder von denen er weiß, dass sie in den Prüfungen häufig abgefragt werden.

Das Lernen hilft mir. Ich schaffe es, mich auf den Stoff zu konzentrieren und Aufgaben zu lösen, an denen ich bis vor Kurzem komplett verzweifelt wäre. Und es hat noch einen zweiten Nebeneffekt: Es lenkt mich

von Ryan und allem, was mit ihm zusammenhängt, ab.
Zumindest bis die Nacht hereinbricht.

Kapitel 21: Ryan

Ich kann immer noch nicht fassen, was in den letzten Tagen abgegangen ist. Jedes Mal, wenn ich Chloé sehe, bohrt sich ein unsichtbares Messer tief in meine Brust. Der Schmerz ist kaum zu beschreiben. Ein Teil von mir ist unfassbar verletzt und wütend. Den anderen Teil schmerzt es, sie so sehen zu müssen und würde sie am liebsten in die Arme ziehen und küssen.

Wenn sie glaubt, unbeobachtet zu sein, erkenne ich deutlich, wie sie alle Kraft verlässt. Sie gibt diese aufrechte, angespannte Körperhaltung auf. Fällt in sich zusammen, als wäre sie eine Marionette, der die Fäden durchgeschnitten wurden oder eine aufblasbare Puppe, der die Luft entweicht. Chloé hat dieselben, dunklen Augenringe, die von einigen durchwachten Nächten zeugen und wenn ich sie auf dem Campus sehe, läuft sie immer mit eiligen Schritten und einem Haufen Büchern in den Armen in Richtung Bibliothek.

Ja, einerseits schmerzt es mich, sie so sehen zu müssen. Aber andererseits kann ich nicht vergessen. Ich kann nicht von mir schieben, was ich gesehen und gehört habe. Nicht die Treffen mit Will. Nicht das Gespräch mit Holly, das Ben belauscht hat. Nicht die Lügen. Und vor allem nicht das Spielbuch, das aus ihrer Tasche gefallen ist. In diesem Moment haben sich unweigerlich alle Puzzleteile, vor denen ich meine Augen verschlossen habe, in meinem Kopf zusammengesetzt: Chloé war der Grund dafür, dass wir die letzten Spiele verloren haben. Sie war schuld daran, dass unsere Chancen auf die Meisterschaft auf spektakuläre Weise geschrumpft sind. Chloé war es, die uns verraten hat und wegen der wir uns innerhalb einer lachhaft kurzen Zeit eine völlig neue Strategie für das Spiel gegen die Penguins zurechtlegen mussten.

Meine Faust fährt mit einem lauten Schlag auf die Tischplatte hinab und sofort wenden sich mir mehrere Köpfe zu. Ich ignoriere die auf mir liegenden Blicke und bücke mich stattdessen, um eines der Bücher aufzuheben, das vom Stapel gerutscht ist. Für einen Moment habe ich komplett vergessen, wo ich überhaupt bin. Ich muss echt aufpassen, dass die Bibliothekarin nicht auf mich aufmerksam wird und mich rauswirft. Im Gegenteil zu Chloé, die ihre Zeit scheinbar mit nichts anderem mehr verbringt als dem Lernen, schaffe ich es absolut gar nicht, mich auf die Prüfungsvorbereitung zu konzentrieren. Mein Kopf ist viel zu voll mit all dem anderen Kram.

Seitdem Chloé in der Eishalle das Spielbuch aus der Tasche gefallen ist und mir klar wurde, dass Ben die ganze Zeit recht hatte, versuche ich mich bei ihm zu entschuldigen. Immerhin hat er die ganze Zeit über die Wahrheit gesagt und ich habe ihn dafür heftig angegangen. Chloé hat mich von Anfang an belogen. Mein Herz sticht und sofort taucht das Bild vor meinen Augen auf, wie ich ihn am Kragen packe und es gerade so schaffe, mich davon abzuhalten, meine Faust in seinem Gesicht zu platzieren. Bei der Erinnerung nehme ich mir fest vor, mit ihm zu reden und mich zu entschuldigen, sobald ich ihn das nächste Mal allein erwische. Bisher hat es nie geklappt, weil er mir aus dem Weg gegangen ist und ich das nicht zwischen Tür und Angel auf dem Eis, umgeben von unseren Teamkameraden, ansprechen will.

Ich kann es einfach nicht fassen, dass Chloé das getan hat. Das zwischen uns hat sich so echt angefühlt. Echter als alles andere in meinem Leben, selbst echter als das Eishockey. Keine Ahnung auf wie vielen Dates ich schon war, seit ich das College besuche. Aber mit keiner anderen hat es sich auch nur im Entferntesten so wie mit Chloé angefühlt – und genau deshalb tut es so beschissen weh. Ich sollte sie vergessen und mich an den Gedanken gewöhnen, dass es eben nicht echt, sondern alles eine einzige große Lüge war, die sie wie eine Spinne ihr Netz um mich gewebt hat. Aber dann gibt es da diese Stimme, die scheinbar direkt aus meinem Herzen spricht und immer noch nicht glauben möchte, dass Chloé mir das angetan hat.

Egal, wie ich versuche, mich abzulenken, meine Gedanken führen mich in einem beschissenen, unendlichen Kreis immer wieder zu diesem Thema zurück. Ich bin es leid, den ganzen Tag über die vielen Wenn und Aber nachzudenken, mir ständig dieselben Fragen zu stellen, auf die ich doch keine Antwort bekomme. Andererseits: Welche Beweise brauche ich noch? Sie war mit Will zusammen, sie hatte das Spielbuch, sie hat zugegeben, mich schon einmal belogen zu haben. Warum sollte sie das dann kein zweites oder drittes Mal machen?

Weil seitdem so viel passiert ist. Weil sie dich seitdem kennt.

Da ist sie wieder. Diese Stimme aus meinem Herzen, deren Klang verdächtig nach Chloé klingt.

Fuck. Es kostet mich einiges an Selbstbeherrschung, meine Faust nicht noch einmal auf den Tisch krachen zu lassen. Ich halte diese Gedankenspirale nicht mehr länger aus. Die Müdigkeit macht sich immer stärker bemerkbar und ich beschließe, den Versuch zu lernen als gescheitert anzusehen und dafür in den Kraftraum zu gehen. Als Mitglied der Sportteams haben wir einen programmierten Chip, mit dem wir nach unseren Vorlesungen an den freien Tagen trainieren können.

Kaum habe ich den Gedanken gefasst, packe ich meine Sachen in die Tasche. Leise fluchend versuche ich, die Bücher und den Papierstapel darin unterzubekommen, aber sie ist einfach zu voll. Das bringt mich schon wieder dermaßen zur Weißglut, dass ich innehalten und mehrmals tief durchatmen muss. Meine Zündschnur ist zurzeit so kurz, dass mich jede Kleinigkeit fast aus der Haut fahren lässt. Ich erkenne mich selbst kaum wieder.

Nie hätte ich gedacht, dass ich wegen eines Mädchens irgendwann einmal so beschissen dastehen würde. Kein Bock auf Eishockey, keine Konzentration zum Lernen. Nicht einmal Lust darauf, ein Buch zu lesen, geschweige denn zu versuchen, an meiner eigenen Idee weiterzuschreiben. Chloé war diejenige, die mich erst dazu ermuntert hat, es zu probieren, und jetzt hat sie es mir auf dieselbe effektive Weise wieder entrissen. Manchmal schon lustig, wie das Leben spielt. Ein Geben und ein Nehmen, würde Mum jetzt sagen. Zugegeben fühlt es sich gerade eher nach Nehmen an. Sehr viel Nehmen, das mir gefühlt die Lebenskraft aus dem Körper saugt.

Es ist schon vier Tage her, seit ich Chloé das letzte Mal im Literaturkurs gesehen habe. So richtig, nicht nur im Vorbeigehen auf dem Campus. Sie wollte mit mir sprechen, mir irgendetwas erklären. Aber mir hat allein der Klang ihrer Stimme und der Schmerz in ihren Augen, der mir einen Spiegel zu dem eigenen Chaos in meinem Inneren vorgehalten hat, fast die Luft zum Atmen genommen. Ich habe es nicht geschafft, länger in ihrer Nähe zu sein. Ihren Geruch einzuatmen, ihre Stimme zu hören und zu sehen, wie sie leidet. Vor allem Letzteres habe ich so deutlich wahrgenommen, dass sich mir sofort die Frage stellte, ob sie es bereut, gelogen und uns verraten zu haben oder ob mehr dahintersteckt.

Seit ich einfach weitergelaufen bin, ohne ihr die Möglichkeit zu geben, mit mir zu sprechen, frage ich mich immer wieder, was sie mir sagen wollte. Ob es ein Fehler war, mich selbst zu schützen und sie von mir zu stoßen und ich mir lieber hätte anhören sollen, was sie zu sagen hat? Aber würde das einen Unterschied machen? Würde sie wieder nur versuchen, mir weiszumachen, dass sie mit dem Allem nichts zu tun hat, ohne Beweise? Ich kann mir diese Fragen so oft stellen, wie ich will, aber eine Antwort würde ich nur erhalten, wenn ich auf sie zugehe und ihr diese Fragen stelle.

Ich habe keine Ahnung, wie lange ich jetzt schon mit dem Gurt meiner Tasche über der Schulter dastehe und auf die Tischplatte starre. Ich erwache aus meiner Erstarrung, als mich ein Kerl fragt, ob mein Tisch frei wird – und habe im selben Augenblick eine Entscheidung getroffen: Ich werde mit Chloé sprechen.

Bevor ich es bereue und doch einen Rückzieher mache, beschließe ich, nach ihr zu suchen. Immerhin ist es nicht allzu schwer, zu wissen, wo sie zu finden ist. Also mache ich mich auf den Weg zu dem Teil der Bücherei, in dem die wirtschaftswissenschaftliche Abteilung liegt. Einige andere gestresst wirkende Studenten kommen mir entgegen, deren Augenringe echt in Konkurrenz mit meinen eigenen treten könnten.

Als ich die Treppen nach oben gehe, sehe ich sofort, dass jeder Tisch besetzt ist. Wobei von den Tischen selbst kaum etwas zu erkennen ist, da sie unter Büchern, Ordnern und Blättern förmlich begraben sind und es mich wundert, dass die wackeligen Dinger dem Gewicht überhaupt standhalten.

Ich höre ihr Lachen, noch bevor ich sie sehe, und komme ins Stocken. Ich weiß, dass es keine gute Idee ist, weiterzugehen. Dass ich stehen bleiben oder besser, mich umdrehen und verschwinden sollte. Ich habe zwar keine Ahnung, welcher Anblick mich erwartet, wenn ich trotzdem um die Ecke trete, wappne mich aber für den Schmerz, der mich gleich unweigerlich treffen würde.

Wie erwartet, stellt es sich als Fehler heraus. Ich bleibe so ruckartig stehen, als wäre ich gegen eine Wand gelaufen, sobald ich sie sehe. Es ist nicht nur, dass Chloé lacht. Es ist der Grund, warum sie lacht. So echt, dass sich ihr ganzes Gesicht erhellt und von dem Schmerz der letzten Tage nichts mehr zu sehen ist.

Will.

Galle steigt mir die Kehle hinauf. Meine Hände ballen sich zu Fäusten und alles in mir schreit danach, hinzugehen und ihm die Fresse zu polieren. Mein Kopf schickt mir sehr befriedigende Bilder davon, wie das Blut aus seiner Nase spritzt, bevor ich überhaupt einen Schritt auf die beiden zugemacht habe. Ein blaues Auge würde ihm ziemlich gut stehen und zu dem gleichfarbigen Hemd passen, das er trägt.

Mein Kiefer knackt laut und erst durch diesen Klang wird mir bewusst, wie stark ich die Zähne zusammengebissen habe. Ich schaffe es nicht, wegzusehen. Es ist, als würde mich der Anblick der beiden in eine Schockstarre versetzen und mein eigener Körper mich dadurch dazu zwingen, dieser Folter noch länger ausgesetzt zu sein.

Chloé und Will. Will und Chloé. Ihre Namen wiederholen sich in meinem Kopf so oft, bis sie sich vermischen und zu einem seltsamen Brei werden, wodurch ich sie nicht mehr unterscheiden kann. Meine Gedanken spielen komplett verrückt. Ich möchte nichts lieber, als mich umzudrehen und abzuhauen. Einen Knopf zu drücken, der alles löscht, was ich gerade gesehen habe. Stattdessen schaffe ich es nicht einmal, die verkrampften, schmerzenden Hände zu lösen.

Ich habe keine Gewalt mehr darüber, was ich tue. Ein anderer sorgt dafür, dass ich hier stehen bleibe und Chloé und Will beobachte. Das muss so sein, denn ich selbst würde mich diesem Schmerz ja wohl kaum aussetzen. Oder? Versucht mein Körper mir damit zu sagen, dass ich das brauche, um das Offensichtliche endlich zu kapieren? Zu akzeptieren, dass es nicht mehr länger Chloé und Ryan, sondern Chloé und Will heißt?

Vielleicht schon immer so war? Die letzte Frage versetzt meinem Herzen einen so heftigen Stich, dass ich mich zusammenkrümme und tief durchatme, um dem Schmerz zu begegnen.

Mein Kopf ruckt nach oben, als Chloé abermals laut auflacht. Die beiden verstehen sich richtig gut. Nicht nur, weil er sie zum Lachen bringt. Will hat in den letzten Wochen so viel Zeit mit Chloé verbracht, dass er sie vermutlich besser kennt als ich. Er hilft ihr. Bei Dingen, in denen ich sie nicht unterstützt habe. Wie auch? Von den Wirtschaftsfächern habe ich absolut keine Ahnung und in Literatur kommt sie nach den Startschwierigkeiten inzwischen selbst gut zurecht.

Was mache ich hier eigentlich? Ich sollte nicht hier sein. Ich will nicht einmal hier sein.

Das, was ich zu sehen kriege, bestätigt nur meine vorherige Vermutung und langsam wird es Zeit, mich dieser Wahrheit zu stellen: Die Wahrscheinlichkeit, dass Chloé mit Will eben doch unter einer Decke steckt, ist gerade um eine hohe Prozentzahl gestiegen. Ich brauche mir nicht mehr anzuhören, was sie mir in der Vorlesung sagen wollte. Ihr scheint es deutlich besser zu gehen. Um einiges besser als mir jedenfalls.

Diese Erkenntnis ist wie ein verfickt harter Schlag ins Gesicht und in die Magengrube. Doppelt hält auf jeden Fall besser. Es würde mich nicht wundern, wenn ich in die Knie gehen würde, aber seltsamerweise halten meine Beine dem Angriff stand. Ein Teil von mir würde Will am liebsten eine saftige Klatsche verpassen und Chloé zur Rede stellen, aber der andere Teil will einfach nur weg von hier.

Erst als sich ein Pärchen händchenhaltend an mir vorbeischiebt und mich dabei so anrempelt, dass ich gegen den Türrahmen stoße, werde ich aus meiner Starre befreit. Obwohl es mir vorkommt, als wäre ich stundenlang in der Tür gestanden und hätte die beiden beobachtet, waren es höchstens ein paar Minuten. Aber auch das war hinterher betrachtet eindeutig zu lang.

Die Wut flammt wieder auf und übertrumpft die Schmerzen um ein Vielfaches. Meine Beine führen mich wie von selbst zu dem Ziel, das ich kurz vor dieser Schnapsidee, mit Chloé zu reden, ansteuern wollte: Den Fitnessraum. Ich erreiche ihn innerhalb kürzester Zeit und öffne mit meinem Chip die Tür – und ich habe Glück, denn außer mir kommt wohl keiner auf die Idee, zu trainieren. Vermutlich verbringen sie ihre knappe Freizeit lieber mit der Prüfungsvorbereitung.

Ich werfe meine Tasche in die Ecke, nachdem ich Handy und Kopfhörer daraus hervorgeholt habe und ignoriere, dass ein Großteil meiner Sachen herausrutscht und sich auf dem Boden verteilt. Meine Beine steuern wie von selbst auf die Hantelbank zu und sobald sich meine Hände um den kühlen Griff schließen und ich das schwere Gewicht spüre, verfalle ich in einen Tunnel.

Ich powere mich komplett aus. Schieße alles in den Wind, was ich über das Krafttraining weiß, und stemme noch ein paar Kilogramm mehr als normalerweise. Mein einziges Ziel ist es, diese hässliche, fiese Stimme in meinem Kopf zu ersticken. Nicht mehr nachdenken, nur die Musik hören und meinen Körper zur völligen Erschöpfung treiben.

Keinen einzigen Gedanken verschwende ich daran, dass ich mich verletzen könnte oder es gefährlich ist, allein mit so schweren Gewichten zu trainieren. Es kann immer passieren, dass einem die Kraft ausgeht. Aber auch das ist mir in diesem Moment scheißegal, weil es einfach guttut. Die Sorgen werden immer leiser, rücken endlich in den Hintergrund. Die Musik und das harte Training sorgen dafür, dass ich mich nur noch darauf konzentriere und bald so erschöpft bin, dass ich nicht einmal mehr die Kraft dazu habe, einen weiteren Gedanken an die beiden zu verschwenden.

Ich habe jegliches Zeitgefühl verloren. Keine Ahnung, ob ich seit einer oder fünf Stunden hier bin. Ich könnte auf mein Handy schauen, aber ich will nicht, dass diese Blase um mich herum platzt und all die Einflüsse von außen wieder auf mich eindringen. Was ich definitiv weiß ist, dass mein Körper bald dichtmachen und die Reißleine ziehen wird. Der Schweiß läuft mir in Strömen den Rücken und die Stirn herunter. Einige Tropfen rinnen in meine Augen und bringen sie zum Brennen.

Mit jedem Heben des Gewichts zittern meine Arme mehr und ich weiß genau, dass ich es kein weiteres Mal schaffen würde. Dass meine Kräfte ausgeschöpft sind und mir das Ding vermutlich gleich auf den Brustkorb knallen und die Rippen brechen wird. Doch das wäre immer noch nichts verglichen zu dem Schmerz in meinem Herzen. Nicht einmal annähernd.

Das Schlimmste ist, dass es mir egal ist. In diesem Moment zählt für mich nichts mehr. Ich brauche dieses heftige Training, um endlich wieder klarzukommen.

Auch wenn es gegen alles spricht, wohinter ich normalerweise stehe. Das ist eine andere Situation. Eine Exremsituation, mit der ich nicht mehr anders umzugehen weiß. Ich begehe den Fehler und versuche, das Gewicht ein weiteres Mal von meiner Brust nach oben zu drücken.

Meine Arme zittern so stark, dass die Langhantel gefährlich ins Wanken gerät. Ich schließe die Augen, bereite mich auf den Schmerz vor, der gleich unweigerlich folgen wird. Doch da verschwindet das Gewicht plötzlich und jemand ruft laut genug, um die Musik zu übertönen: »Alter, bist du komplett bescheuert? Willst du dir den Brustkorb zertrümmern?« Ben steht neben mir und sieht mich entgeistert an.

Ich setze mich auf, nehme die Kopfhörer ab und erwidere seinen Blick unverwandt. »Ist doch alles gut gegangen«, gebe ich mit betont ruhiger Stimme zurück. Wirklich überzeugend sind meine Worte aber nicht, da mein Atem immer noch schwer geht und der Schweiß aus jeder Pore meines Körpers fließt.

»Ja, es ging gut, weil ich rechtzeitig da war!« Ben schüttelt den Kopf, als könnte er nicht glauben, dass ich das alles so leichtfertig angehe.

Ohne darauf einzugehen, stehe ich auf und gehe auf den großen Blechschrank zu, der seitlich an der Wand angebracht ist, um ein Handtuch herauszuholen. Damit wische ich mir über den Nacken und das Gesicht. »Ich habe nur ein bisschen trainiert. Ist das jetzt verboten?« Meine Stimme klingt um einiges härter, als geplant, und Ben weicht einen Schritt unter meinem wütenden Blick zurück. Ich wende mich wieder dem Schrank zu und schließe die Türen betont langsam.

»Ein bisschen? Wohl eher bis zur völligen Erschöpfung. Du hast sie echt nicht mehr alle, Mann. Was stimmt nicht mit dir?«

»Was nicht mit mir stimmt? Du hast die ganze Scheiße doch mitbekommen! Aber du willst es nochmal laut ausgesprochen hören, richtig? Du bist hier, weil du unbedingt hören willst, dass du die ganze Zeit über recht damit hattest, dass Chloé mich von vorne bis hinten verarscht hat.« In diesem Moment scheiße ich komplett darauf, dass meine Worte überhaupt keinen Sinn ergeben und ich mich schon eine gefühlte Ewigkeit bei ihm entschuldigen wollte.

Ben wusste nicht einmal, dass ich hier bin, also kann er kaum hierhergekommen sein, um mit mir zu reden. Trotzdem brülle ich ihm diese Worte entgegen und lasse all den Schmerz raus, der nicht gemeinsam mit dem Schweiß aus mir herausgetropft ist. Erstaunlicherweise ist mehr davon übrig, als ich nach diesem heftigen Training erwartet habe – und er bekommt die volle Breitseite ab.

Ben hebt abwehrend die Hände und sieht mich mit einer Mischung aus Schock, Enttäuschung und … Schuld? … an. Nein, ich muss mich täuschen. Dieser seltsame Ausdruck, der in seinen Augen aufflackert, verschwindet wieder.

»Das Alles nur wegen der Tussi? Vergiss sie. Du kannst eh jede haben und hast etwas Besseres verdient. Außerdem haut sie doch sowieso bald ab.«

Ich glaube, er hätte in diesem Augenblick nichts sagen können, was noch schlimmer gewesen wäre. Absolut falsche Wortwahl. Vor allem, wenn man bedenkt, dass ich ihn für etwas Ähnliches schon einmal fast vermöbelt hätte. »Verpiss dich, Ben. Verpiss dich einfach, bevor etwas passiert, das ich später bereue«, presse ich zwischen zusammengebissenen Zähnen hervor. Ich atme so schwer, dass sich meine Schultern in einem schnellen Rhythmus heben und senken.

Ben wirft mir einen letzten Blick zu und verschwindet, ohne ein Wort zu sagen, aus dem Trainingsraum. Mich verlässt das letzte bisschen Kraft und ich lasse mich schwer auf das Polster des Sportgeräts fallen. Mein Blick fällt in den großen Spiegel vor mir.

Ich erkenne mich kaum wieder. Diese heftige Wut in mir habe ich so noch nie gespürt. Wenn mir vor Kurzem jemand gesagt hätte, dass ich an einem Tag gleich zwei Typen verprügeln wollte, hätte ich ihm kein Wort geglaubt. Aber manchmal gibt es Situationen, in denen selbst ich fast die Kontrolle verliere. Zum ersten Mal in meinem Leben habe ich Angst davor, mich in dieser Mischung aus Schmerz, Verlust und Hass zu verlieren. Ich hasse diese Wut. Ich hasse es, nun schon mehrmals fast die Kontrolle verloren zu haben.

Vor allem gegenüber Ben. Er ist mein bester Kumpel. Er hat mich vor Chloé gewarnt und hatte die ganze Zeit über recht. Und jetzt bin ich ihn schon wieder dermaßen angegangen.

Das Gesicht in den Händen vergrabend, stütze ich die Ellenbogen auf meinen Oberschenkeln ab. Ich presse sie so fest gegen die Augen, dass alles um mich herum schwarz wird. Nur ein paar bunte Sternchen tanzen hier und da hinter meinen geschlossenen Lidern. Ich habe die letzten Stunden damit verbracht, die Gedanken und den Schmerz zu vertreiben, aber das hat nur

kurzzeitig angehalten. Sie sind schneller wieder zurückgekommen, als ich erwartet habe, und das noch
heftiger als vorher. Besonders ein Gedanke kristallisiert sich heraus, brüllt mir mein Gehirn förmlich entgegen: Chloé hat mich verarscht. Es wird kein ›Wir‹
mehr geben.

Es ist vorbei. Unwiderruflich.

Verfickte Scheiße.

Kapitel 22: Ryan

Drei Fakten, die mir im Moment Kopfzerbrechen bereiten: Morgen findet das Spiel gegen die Penguins statt. Heute ist das letzte Training davor. Und es ist mir scheißegal, was passiert.

Vor allem Letzteres ist zwar die Wahrheit, aber selbst für mich kaum zu glauben. Die ganze bisherige Saison haben wir uns auf diesen Tag morgen vorbereitet. Auf unser Vorhaben, die Penguins in die Wüste zu schicken. Alles hat sich auf diesen Showdown konzentriert. Jedes Spiel, jeder Sieg hatte das nächstgrößere Ziel im Blick: Das Match gegen unsere größten Konkurrenten, aber vor allem den Sieg gegen sie.

Durch das gestohlene Spielbuch waren wir dazu gezwungen, mit der Vorbereitung auf dieses Spiel nochmal von vorne loszulegen. Immerhin müssen wir davon ausgehen, dass die Penguins über jede ausgearbeitete Strategie, jeden Zug, den wir auf dem Eis geplant hatten, Bescheid wissen. Das heißt, wir hatten nur ein paar Tage Zeit, wofür wir uns normalerweise doppelt so viel nehmen. Allein deshalb habe ich das Gefühl, dass dieses Vorhaben zum Scheitern verurteilt ist. Auch wenn es mir ein gewisses Maß an Zufriedenheit geben würde, Will das ein oder andere Tor einzuschenken.

Jedenfalls hat uns der Coach in der Woche vor dem Match jeden Tag zu einem Training oder Meeting zitiert. Ich bin völlig fertig. Nicht nur von den körperlich anstrengenden Tagen, sondern auch wegen des Schlafmangels. Es ist für mich so gut wie unmöglich, mehr als vier Stunden zu pennen, geschweige denn mal länger als eine Stunde am Stück durchzuschlafen.

Der Einzige, der genauso fertig aussieht wie ich, ist Ben. Wir haben seit dem Vorfall im Trainingsraum kaum ein Wort mehr miteinander gesprochen. Dazu haben wir gar nicht erst die Gelegenheit bekommen, da unsere Tage so dermaßen durchgetaktet sind. Manchmal habe ich das Gefühl, vor Stress sogar das Atmen zu vergessen. Andererseits ist das die beste Form der Ablenkung.

Heute liegen die Nerven bei uns allen blank. Wir liefern ein katastrophales Training ab, aber am schlechtesten sind eindeutig Ben und ich. Mit Abstand. Absolut nichts will funktionieren. Kein Pass kommt beim richtigen Spieler an, keine der bis zum Umfallen trainierten Strukturen funktioniert und zum krönenden Abschluss verschieße ich jeden Schuss aufs Tor. Der Puck kommt nicht mal in die Nähe unseres Goalies, der auch schon den Kopf über meine miese, spielerische Verfassung schüttelt. Dafür kann ich ihm nicht einmal böse sein, denn mir geht es genauso. Der Auftritt ist absolut peinlich. Mehr lässt sich dazu nicht sagen. Wir können froh sein, dass die Penguins das hier nicht sehen. Ansonsten würden sie sich ins Fäustchen lachen und morgen mit ihrer C-Truppe antreten und so, wie wir gerade spielen, schicken sogar die uns ins Niemandsland.

Nach einem weiteren katastrophalen drei gegen drei fahre ich an die Seitenlinie, um etwas zu trinken. Sofort sticht mir das hochrote Gesicht des Coaches und die gefährlich pochende Ader an seinem Hals ins Auge. Er steht kurz davor komplett in die Luft zu gehen und da will ich definitiv nicht in seiner Nähe sein.

Das war eine weise Entscheidung, denn gerade mal den Bruchteil einer Sekunde später explodiert er. »Was soll diese Scheiße, Jungs? Wir haben diese Übungen in den letzten Tagen bis zum Burnout trainiert. Gestern hattet ihr es noch einigermaßen drauf und heute spielt ihr, als hätte ich einen Haufen wildgewordener Affen aufs Eis gelassen! Wo ist der Kampfgeist hin, den ich am Anfang der Saison gespürt habe? Wo ist der Siegeswille hin? Ich kann für uns alle nur hoffen, dass das wie im Theater ist und die Generalprobe beschissen laufen muss, damit der Auftritt hinhaut. Ansonsten werden wir morgen plattgemacht wie von einer scheiß Dampfwalze!«

Das ist nur der Anfang seiner Schimpftirade. Ich habe ihn schon öfter wütend oder enttäuscht erlebt, aber nie so krass wie heute. Nicht nur dem Coach geht es bei diesem Training beschissen. Auch die Jungs lassen die Köpfe hängen und scheinen nicht so recht zu wissen, was sie machen oder wie sie damit umgehen sollen. Ich würde so gerne etwas zu ihnen sagen, um sie aufzumuntern und wieder den Mut zurückzugeben, den wir nach den letzten drei Niederlagen auf dem Eis verloren haben. Aber mir fallen einfach nicht die richtigen Worte ein und deshalb schweige ich.

»Jetzt nochmal von vorne. Das Training ist erst beendet, wenn ihr zumindest einen Ablauf hinkriegt.«

Sofort schießt mir der zynische Gedanke durch den Kopf, dass wir dann bis Mitternacht in der Halle sein und trainieren werden. Aber das darf ich auf keinen Fall laut aussprechen, denn dann würde ich vermutlich den letzten, kleinen Funken Feuer, der in der ein oder anderen Brust noch glimmt, direkt ersticken. Meiner ist schon längst verloschen und vielleicht ist genau das auch das Problem.

Ein schriller Pfiff ertönt und zeigt uns, dass die kurze Verschnaufpause vorbei ist. Mit einem Seufzen stoße ich mich von der Bande ab und fahre in das mit Hütchen abgegrenzte Spielfeld, in dem wir ein weiteres drei gegen drei spielen werden, um ein paar der neu vorbereiteten Spielzüge zu üben. Wir stellen uns an der Linie in der Mitte auf und ich mache mich für den Bully bereit, der das Trainingsspiel eröffnen soll. Ben stellt sich mir gegenüber und legt den Schläger an. Er sieht mir zwar in die Augen, wirkt aber gleichzeitig unheimlich weit weg und ich frage mich, ob das wirklich nur mit dem geplatzten Sponsoring zusammenhängt. Immerhin ist nicht nur Chloés Vater infrage gekommen, wir haben noch immer die Chance, jemand anderen zu finden.

Seine Augen verengen sich, als der Coach zu uns fährt und den Puck fallen lässt. Ben drischt so hart mit seinem Schläger gegen meinen, dass das laute Krachen mich zusammenzucken lässt und ich schon befürchte, dass von meinem nur noch zwei Hälften übrig geblieben sind. Der Puck landet bei Kendall, der mich direkt umrundet und auf unser Tor, das ebenfalls aus zwei Hütchen besteht, zustürmt.

Ich werfe Ben einen fragenden Blick zu, den er jedoch ignoriert. Ich wundere mich darüber, dass er den Bully in einem Training so hart angegangen ist. Aber vielleicht war das nur ein Versehen. Daher verwerfe ich den Gedanken schnell wieder und versuche, mich so gut wie möglich auf die Übung zu fokussieren.

Jackson erobert den Puck zurück und baut das Spiel von unserer Spielhälfte aus auf. Er passt mir die Scheibe zu. Ich habe kaum Zeit nach rechts auszubrechen und mit Jackson einen Doppelpass durch die gegnerische Abwehr durchzuführen, als ich etwas Rotes auf mich zukommen sehe und heftig gerammt werde.

Ich taumle und muss mich mit den Armen ausbalancieren, um nicht rückwärts auf das Eis zu knallen. Doch da habe ich die Rechnung ohne Ben gemacht. Ohne Rücksicht auf Verluste kommt er mit dem abgeluchsten Puck auf mich zu und touchiert mich ein weiteres Mal im Vorbeifahren, sodass ich es nicht mehr schaffe, das Gleichgewicht wiederzufinden. Ich krache mit dem Rücken auf das Eis und der Aufschlag ist so heftig, dass ich für ein paar Sekunden keine Luft bekomme und es mir schwarz vor Augen wird.

Als meine Sicht sich wieder klärt, erkenne ich, wie Kendall, Jackson und der Coach sich über mich beugen.

»Alles okay?«

»Hast du dich verletzt?«

Ich rapple mich auf und schüttle den Kopf, um ihre Fragen zu beantworten. Kendall streckt mir zusätzlich die Hand entgegen, um mich auf die Beine zu ziehen. »Geht schon«, betone ich noch einmal und werfe Ben einen wütenden Blick zu, der ihm jedoch ausweicht.

War das Absicht? Zuerst der Schlag beim Bully und jetzt das? Ist er wegen des Vorfalls im Fitnessraum so wütend auf mich, dass er sogar in Kauf nimmt, dass ich mich vor dem Spiel gegen die Penguins verletze?

Schon wieder spüre ich diese kalte Wut in mir aufsteigen. Ich beiße fest die Zähne zusammen, im Versuch, sie irgendwie zu zügeln. Auf keinen Fall will ich, dass sie ein Teil von mir wird und mich verändert. Aber im Moment ist sie mein ständiger Begleiter, brodelt immer unter der Oberfläche und es braucht nie viel, bis sie sich mit Karacho wieder zurückmeldet.

Auch der Coach ist alles andere als begeistert von Bens Auftritt und hält ihn mit einem Pfiff zurück. »Bist du von allen guten Geistern verlassen, im Training so auf einen deiner Mitspieler loszugehen? Wenn ich das noch einmal sehe, verbringst du das Spiel morgen auf der Bank! Hast du verstanden, Ben?«

Er zuckt unter der lauten Stimme des Coaches zusammen, nickt dann aber und wendet sich ab. Ich verstehe nicht, was mit ihm los ist. Es kann nicht nur mit unserer Meinungsverschiedenheit oder dem Sponsoring zusammenhängen. Da ist noch mehr. Etwas, von dem ich nichts weiß, womit ich aber irgendwie zu tun habe.

»Nochmal von vorne! Dann kommen die nächsten sechs an die Reihe.« Der Coach pustet in die Trillerpfeife und eröffnet damit abermals das Trainingsspiel.

Dieses Mal schaffe ich es, den Puck in unsere Hälfte zu katapultieren und Jackson schnappt ihn sich mit ein paar schnellen Schritten. Ich beeile mich, auf der linken Seite parallel zu ihm zu fahren, worauf er mir die Scheibe zuspielt. Und dann habe ich ein Déjà-Vu-Gefühl. Wieder schießt etwas Rotes auf mich zu, aber dieses Mal bin ich darauf vorbereitet. Ich spiele den Puck zurück zu Jackson und vollführe eine Drehung, um dem Gegner auszuweichen.

Ich versuche, meinen Ärger herunterzuschlucken, und orientiere mich direkt in Richtung Mitte, doch da wartet Ben auf mich. Er drängt mich immer wieder ab, sodass ich keine Chance habe, an den Puck zu kommen. Doch nicht nur das: Er stochert mit seinem Schläger zwischen meinen Beinen herum, wodurch ich aufpassen muss, nicht darüber zu stolpern und wieder auf das Eis zu knallen.

Als er seinen Schläger einmal absichtlich zwischen meinen Beinen einhakt und mich damit fast zu Fall bringt, ist es um meine Selbstbeherrschung geschehen. Ich lasse meinen Schläger fallen und gehe auf ihn los.

»Was stimmt eigentlich nicht mit dir?«, schreie ich ihn an und schubse ihn von mir, wodurch er ins Straucheln kommt. »Hör gefälligst auf mit der Scheiße!« In diesem Moment vergesse ich komplett, wo ich bin. Blinde Wut packt mich und alles, was sich in den letzten Tagen aufgestaut hat, platzt aus mir heraus.

Glücklicherweise ist der Coach zur Stelle, bevor die Auseinandersetzung zwischen uns richtig eskaliert. Er schiebt sich dazwischen und hält uns mithilfe von Kendall auseinander. »In die Kabine mit euch zwei! Sofort!«, brüllt er so laut, dass meine Ohren klingeln.

Mit zu Fäusten geballten Händen verlasse ich das Eis. Im Hintergrund bekomme ich nur mit, wie der Coach noch ein paar Befehle brüllt und uns folgt. In der Umkleide lasse ich mich auf meinen Platz fallen, ziehe die

Handschuhe und den Helm aus und knalle beides auf die Bank.

Nur Sekunden später tauchen Ben und der Coach auf. Ersterer wirkt völlig neben sich und aus Letzterem spricht die Wut aus jedem schweren Atemzug. »Ich weiß nicht, was zwischen euch beiden abgeht. Aber was auch immer es ist, klärt ihr jetzt sofort! Sonst wird morgen keiner von euch beiden spielen, ist euch das klar?« Als der Coach wieder aufsieht, wirkt es, als hätte ihn jegliche Kraft verlassen. »Ich meine es ernst. Wenn ich jetzt gehe, erwarte ich, dass das, was euch zu Vollidioten mutieren lässt, bis morgen aus der Welt geräumt ist. Und wehe, ihr schlagt euch hier drin die Köpfe ein.« Er wendet sich ab und verlässt die Kabine. Ich hätte eher damit gerechnet, dass er uns zur Rede stellen wird, während er im Raum ist.

Schweigen breitet sich zwischen uns aus. Keiner ist bereit dazu, den Anfang zu machen. Mehrere Sekunden und dann Minuten verstreichen, ohne dass irgendeiner die Stille durchbricht. Gerade als ich den Mund öffne, um etwas zu sagen, kommt Ben mir zuvor.

»Es tut mir leid, Mann. Ich hätte das nicht tun dürfen.« Ich frage nicht nach, was er genau meint, und halte meine Klappe. Denn irgendetwas sagt mir, dass es bei diesem Geständnis nicht nur um die Sachen geht, die gerade auf dem Eis abgegangen sind. »Ich war einfach so wütend und wusste nicht mehr weiter.«

Seiner Stimme nach zu urteilen, fällt es ihm unheimlich schwer, die folgenden Worte hervorzubringen.

»Das mit Chloé, ist nicht so, wie du denkst. Es stimmt, dass ich das Gespräch zwischen ihr und ihrer Freundin belauscht habe. Aber alles andere stimmt nicht. Sie hat das Spielbuch nicht geklaut und an irgendjemanden weitergegeben und ich glaube auch nicht, dass sie etwas mit dem Goalie der Penguins am Laufen hat.«

Die Worte kommen Ben immer schneller über die Lippen, als würde er sich daran vergiften, wenn sie ihm zu lange auf der Zunge liegen, sodass ich Mühe habe, ihm zu folgen. »Jedenfalls war ich komplett verzweifelt, als ich das mit dem Geld gehört habe. Ich habe geglaubt, dass ich damit keine Chance mehr habe, mein Studium hier abzuschließen. Ich wusste einfach nicht mehr, was ich machen soll.«

Ein ungutes Gefühl macht sich in mir breit. »Was meinst du damit?«

»Einer der Penguins kam auf mich zu und hat mir ein Angebot gemacht. Wenn ich ihnen unsere Strategien für das Spiel verkaufe, bekomme ich eine Summe, mit der ich mir zumindest die Anzahlung für das nächste Semester hätte leisten können. Ich war das mit dem Spielbuch, nicht Chloé.«

Er hebt kein einziges Mal den Blick, während er spricht. Erst als er den Satz beendet hat, sieht er mir direkt in die Augen und ich glaube, in seinen tatsächlich Tränen glitzern zu sehen.

Mir wird abwechselnd heiß und kalt. Mein Atem stockt und das Herz in meiner Brust pocht so heftig, als wäre ich auf den letzten Metern eines Marathons. Aber ich bin nicht dazu fähig, irgendetwas zu sagen. Trotz des flehenden Ausdrucks in den Augen meines Kumpels schaffe ich es zuerst nicht, auch nur einen Ton hervorzubringen.

»Du hast was?«

»Ich habe keinen anderen Ausweg mehr gesehen.«

»Du hast das Team verraten und mich die ganze Zeit in dem Glauben gelassen, Chloé wäre es gewesen!«

»Nein! Also ja, ich habe das Spielbuch während des Trainings aus der Kabine vom Coach geklaut. Aber ich habe es nie an die Penguins weitergeben. Wirklich nicht!« Ben schluckt fest und verkrallt die Hände um das Holz der Bank unter sich. »Ich konnte es einfach nicht. Obwohl ich wusste, dass ich das Studium dann vermutlich knicken kann, aber es ging einfach nicht. Also habe ich es bei uns in der Kabine unter der Bank versteckt. Da muss Chloé es gefunden haben.«

»Du wusstest es die ganze verfickte Zeit und bist nicht einmal auf die Idee gekommen, das Maul aufzureißen?«

»Es ... es tut mir leid.«

Ich kann nicht fassen, was er da erzählt. Am liebsten würde ich ihn packen, schütteln und anschreien. Fragen, warum er mir das erst jetzt sagt. Warum er mich diesem verfickten Schmerz und dem Glauben ausgesetzt hat, dass Chloé mich dermaßen verraten und verarscht hat. Aber die Wut verfliegt genauso schnell wieder, wie sie gekommen ist, und mir wird klar, dass er einfach aus Verzweiflung so gehandelt hat. Ben hatte Angst um seine Zukunft, weswegen er den Deal mit den Penguins überhaupt eingegangen ist. Und dann, nach dem Rückzieher, hatte er Schiss vor unserer Reaktion, wenn das herauskommen würde. Deshalb hat er die ganze Scheiße nicht gleich aufgelöst.

Mit einem Mal setzen sich alle Puzzleteile in meinem Kopf zusammen und bilden das richtige Bild. Endlich verstehe ich, was meinen Kumpel in den letzten Tagen und Wochen so geplagt hat. Es war nicht nur das Sponsoring. Sondern auch die Sorge, dass herauskommt, was er beinahe getan hätte. Fuck. Das ist alles echt zu viel.

»Willst du nichts mehr sagen? Mich anbrüllen vielleicht?«

Bens Worte reißen mich aus dem Strom meiner Gedanken und mir wird jetzt erst klar, wie lange ich nichts mehr zu seiner Offenbarung gesagt habe. Ein kleines, aber müdes Lächeln legt sich auf meine Lippen, als der letzte winzige Funke Wut endlich verpufft und Erleichterung Platz macht. Chloé war es nicht und auch Ben hat sich am Ende für und nicht gegen uns entschieden. Gleichzeitig heißt das aber auch, dass unsere verlorenen Spiele wirklich auf unsere eigene Kappe gehen und nichts damit zu tun hatte, dass unsere Gegner jeden unserer Schritte kannten.

»Ja, du hättest das viel früher klarstellen müssen. Ich bin wegen der Scheiße echt durch die Hölle gegangen, weil ich die ganze Zeit dachte, sie wäre es gewesen und ihr nicht einmal die Chance gegeben habe, sich zu erklären.« Bens Kiefer verhärtet sich, als würde er sich für einen Schlag wappnen. »Aber ich kann verstehen, warum du das Alles gemacht hast. Danke, dass du dich schließlich doch für uns entschieden hast.« Ich klopfe ihm auf die Schulter und entlocke ihm damit ein ebenso müdes Lächeln.

»Ich bin auch froh, dass ich einen Rückzieher gemacht habe. Und es tut mir echt leid. Ich habe gesehen, wie krass du gelitten hast. Aber ich wusste einfach nicht ... Es war so ...« Er zuckt hilflos mit den Schultern.

»Sorry, Mann. Das war falsch. Du solltest mit ihr reden und ihr die Wahrheit sagen.«

»Schon gut.« Ich nicke ihm zu, doch dann dringt die Bedeutung seiner Worte zu mir durch. Ja, ich muss mit Chloé reden. Sofort! Ich habe mich die ganze Zeit getäuscht. Sie war es nicht. Endlich kommt Bewegung in mich und ich beeile mich, aus den Polstern und Schlittschuhen zu kommen. »Ich muss gleich zu ihr und hoffen, dass sie meine Entschuldigung annimmt.«

»Ryan«, hält Ben mich noch einmal zurück, als ich halb zur Tür hinaus bin. »Dieser Will wusste nichts davon. Der ganze Deal ging von zwei Stürmern der Penguins aus. Ich glaube nicht, dass sie irgendjemandem sonst davon erzählt haben. Nicht einmal ihrem Kapitän.«

Ich nicke ihm knapp zu und verlasse dann die Umkleidekabine. Ich schaffe es, mich davon zurückzuhalten, über den Campus zum Wohnheim zu rennen. Aber bei den Stufen nach oben zu ihrem Zimmer nehme ich immer zwei auf einmal und komme schließlich vor ihrer Tür zum Stehen.

Ich klopfe an und es kommt mir vor, als würde eine halbe Ewigkeit vergehen, bis ich endlich Schritte höre und sich die Tür mit einem Quietschen öffnet. Und dann steht Chloé vor mir. Am liebsten würde ich sie direkt in meine Arme ziehen, küssen und mich eintausend Mal dafür entschuldigen, dass ich geglaubt habe, sie wäre zu so einem Verrat fähig. Aber ihr abweisender Gesichtsausdruck lässt mich in der Bewegung innehalten.

»Was willst du hier?«, fragt sie mit kalter Stimme.

Meine Euphorie verfliegt. Ich hätte wissen müssen, dass sie nicht begeistert sein wird, wenn ich plötzlich hier auftauche, nachdem ich sie die ganze Zeit ignoriert und auf Abstand gehalten habe. Ich versuche, mir nichts davon anmerken zu lassen, wie sehr mich ihre unterkühlte Reaktion trifft. »Es gibt etwas, worüber ich mit dir reden muss. Etwas Wichtiges. Darf ich reinkommen?«

Sie mustert mich, sucht in meinem Gesicht nach einer Erklärung und scheint schließlich in meinem Ausdruck irgendetwas zu finden, das sie dazu bringt, die Tür ganz zu öffnen und mich reinzulassen. »Aber nur kurz. Ich muss lernen.« Chloé deutet auf den mit Papier und Büchern übersäten Schreibtisch, um ihre Worte zu verdeutlichen. Dann lässt sie sich auf ihr Bett sinken, während ich mir mangels Alternative ihren Schreibtischstuhl schnappe.

»Also?«, fragt sie, während ich noch nach dem richtigen Anfang für dieses Gespräch in dem Wirrwarr meiner Gedanken suche.

»Es tut mir leid ...« Meine Stimme bricht am Ende, weswegen ich mich räuspere und nochmal beginne. »Es tut mir leid, dass ich sofort davon ausgegangen bin, dass du das mit dem Spielbuch warst und dir nicht die Chance gegeben habe, alles zu erklären. Ich war einfach so gefangen in der Eifersucht wegen Will und der Wut aufgrund der Lüge mit dem Sponsoring, dass ich komplett davon überzeugt war, dass es nur so gewesen sein kann, als du das Spielbuch hattest. In diesem Moment hat das einfach alles zusammengepasst.«

»Und das ist jetzt plötzlich nicht mehr so?«

Ich schüttle den Kopf und senke den Blick für einen Moment auf meine verkrampften Hände. »Nein, das ist nicht mehr so. Weil ich jetzt die Wahrheit kenne.« In knappen Sätzen berichte ich Chloé alles, was Ben mir in der Kabine gestanden hat.

Sie unterbricht mich kein einziges Mal während meiner Erzählung und ihre Mimik bleibt nach außen genauso ungerührt. Aber ich kenne sie doch gut genug, um zu sehen, dass in ihrem Inneren ein Sturm tobt. Als ich meinen Bericht beende, legt sich eine drückende Stille über den Raum und ich warte darauf, dass sie endlich etwas sagt. »Danke, dass du es mir erzählt hast.«

»Es tut mir wirklich leid«, wiederhole ich.

»Mir tut es auch leid, dass ich dich wegen des Sponsorings angelogen habe. Ich hätte es dir später erzählen müssen, aber ich hatte Angst vor deiner Reaktion.«

Ich stehe so ruckartig vom Stuhl auf, dass er beinahe umgefallen wäre, und gehe auf sie zu. Nach ihren Händen greifend, lasse ich mich neben sie auf das Bett sinken. »Das ist Schnee von gestern. Ich bin einfach froh, dass sich jetzt alles aufgeklärt hat und wir da weitermachen können, wo wir aufgehört haben.«

Als Chloé nicht sofort antwortet, weiß ich, dass irgendetwas nicht stimmt. Aber ich hätte nicht gedacht, dass ihre folgenden Worte mir das Herz ein weiteres Mal brechen würden. »Ich kann nicht einfach so weitermachen wie vorher. Die letzten Tage bin ich durch die Hölle gegangen. Wegen euch wurde ich auf dem ganzen Campus wie der Staatsfeind Nummer eins behandelt, du hast mir nicht ein einziges Mal zugehört und jetzt glaubst du, dass auf einmal alles wieder gut ist?« Sie entzieht mir ihre Hände und steht auf. Ihr Blick durchbohrt mich förmlich. »Ich brauche Zeit, um das alles erst mal zu verdauen. Danke, dass du es mir gesagt hast, aber ich möchte jetzt allein sein.«

Das tut mehr weh, als ich mir selbst eingestehen will. Wie naiv ich doch war, hierherzukommen und davon auszugehen, dass Chloé mir einfach so verzeiht. Daher nicke ich nur und verlasse das Zimmer, ohne etwas zu sagen. Wenn sie Zeit braucht, werde ich sie ihr geben. Auch wenn ich weiß, dass uns nicht mehr viel bleibt.

Kapitel 23: Chloé

Ich kann nicht aufhören, daran zu denken, dass Ryan mein Zimmer vorhin wie ein geprügelter Hund verlassen hat. Der Schmerz wegen meiner Abfuhr stand ihm so deutlich ins Gesicht geschrieben, dass ich meine Worte am liebsten zurückgenommen und ihn geküsst hätte. Aber ich konnte einfach nicht, weil die Wunden noch zu frisch sind und ich Zeit brauche, um sie heilen zu lassen.

Dafür liege ich schon seit Stunden wach und wälze mich hin und her, ohne auch nur ein Auge zuzumachen. Meine Gedanken fahren Achterbahn. In einem Moment bereue ich meinen Entschluss, Ryan nicht sofort verziehen zu haben und im nächsten finde ich es gut, mir selbst erst einmal Zeit zu geben, um darüber nachzudenken.

Ich kann es kaum glauben, dass Ben derjenige war, der das Spielbuch geklaut und in der Kabine versteckt hat. Aber noch weniger fasse ich es, dass er das Missverständnis die ganzen letzten Tage nicht aufgeklärt und mich ins offene Messer hat laufen lassen. Andererseits kann ich nicht sagen, dass ich es nicht verstehe. Nachdem Ryan mir alles erklärt hat, auch Bens Probleme, das Studium weiterhin finanzieren zu können, überwiegt mein Mitleid der Wut ihm gegenüber.

Ryan rechnet es ihm hoch an, dass Ben sich im letzten Moment dazu entschlossen hat, die Strategien nicht an die Konkurrenz zu verkaufen, und auch ich finde, dass das zeigt, wie wichtig ihm das Team ist. Trotzdem hat er gegen mich einen Groll gehegt, nachdem er von meiner Lüge erfahren hat, und das nehme ich ihm nicht einmal übel. Vielleicht hat das zusätzlich dazu geführt, dass er es nicht sofort klargestellt hat.

Ich weiß, dass es nichts mehr bringt, all das gegeneinander abzuwägen. Mein Herz verlangt schon längst danach, Ryan zu verzeihen. Ich wünschte, Holly wäre hier, damit ich mit ihr über all das reden kann. Aber sie ist zu ihren Eltern gefahren und es ist mitten in der Nacht. Vielleicht würde sie trotzdem ans Handy gehen? Ein Versuch ist es zumindest wert. Ich brauche irgendjemanden zum Reden und Holly würde verstehen, dass es sich hierbei um einen Notfall handelt.

Bevor ich es mir doch noch einmal anders überlege, nehme ich mein Handy vom Ladekabel und wähle ihre Nummer. Erstaunlicherweise geht sie nach nur dreimal Klingeln dran, doch ihre Stimme klingt trotzdem etwas benommen. »Chloé? Ist alles in Ordnung? Soll ich ins Wohnheim kommen? Ich kann Dads Auto nehmen, dann bin ich in zwanzig Minuten da.«

Ich kann mir ein Lächeln nicht verkneifen, als mich ihr Wortschwall trifft. Selbst im Halbschlaf ist Holly gesprächiger als die meisten anderen Menschen an einem normalen Tag. »Nein, du brauchst nicht zu kommen. Ich ... ich habe nur eine Freundin gebraucht. Tut mir leid, dass ich dich geweckt habe. Aber Ryan ...«

»Ryan?« Ein lautes Rascheln ertönt, als würde sie sich aus ihrem Comforter kämpfen und ruckartig im Bett aufsetzen. »Wir nennen wieder seinen Namen? Okay, du musst mir alles erzählen!«

Bei dem Gedanken daran, dass wir Ryan in den letzten Tagen nur Den-dessen-Namen-in-Chloés-Gegenwart-nicht-genannt-werden-darf genannt haben, muss ich schmunzeln. »Er hat wieder ein paar Ränge gutgemacht. Es hat sich alles aufgeklärt«, fange ich an und wiederhole dann Holly gegenüber alles, was Ryan mir vor ein paar Stunden erzählt hat.

»Heißt das, ihr seid wieder zusammen?« Ich meine, einen gewissen hoffnungsvollen Unterton in ihrer Stimme mitschwingen zu hören. »Habt ihr überhaupt darüber gesprochen, wie es dann jetzt weitergeht?«

Jetzt kommt der unangenehme Teil. Am liebsten würde ich Holly nicht von meiner Kurzschlussreaktion, Ryan wegzuschicken, erzählen. Ich weiß genau, dass sie davon alles andere als begeistert sein wird. »Ich habe ihm gesagt, dass ich noch Zeit brauche und die Entschuldigung nicht sofort annehmen kann. Du hast mitbekommen, was er in den letzten Tagen abgezogen hat und wie mies es mir ging. Ich konnte in dem Moment nicht einfach alles vergessen.«

Für einen Augenblick ist es still in der Leitung und ich befürchte, dass die Verbindung unterbrochen wurde. Doch da räuspert sich Holly leise. »Ich kann dir nicht sagen, was du tun solltest. Aber was ich dir sagen kann, ist, dass ihr beide Fehler gemacht habt. Du hast Ryan nicht die Wahrheit über das Geld gesagt und ihn als Trainer ausgenutzt. Und er hat sich eben darauf festgebissen, dass du diese Infos an Will weitergegeben hast. Ich glaube, dass da einfach zu viel zusammengekommen ist. Er war eifersüchtig, stand wegen des Eishockeys ziemlich unter Druck und hat dann einfach rot gesehen, als auch noch das Spielbuch bei dir war. Das war der letzte Tropfen, der das Fass zum Überlaufen gebracht hat.«

Nun bin ich diejenige, die nicht sofort antwortet. Doch Holly kommt mir ohnehin noch einmal zuvor. »Ich will nicht sagen, dass ich dich nicht verstehen kann. Wie du sagst, habe ich mitbekommen, wie scheiße das Alles gelaufen ist. Aber sein erster Weg, nachdem er die ganze Wahrheit erfahren hat, hat ihn zu dir geführt. Ich denke, dass er nach all den Missverständnissen eine zweite Chance verdient hat. So wie er sie dir nach der Lüge geben wollte. Außerdem bist du so dermaßen verknallt in ihn, dass ich das Gejammer in den nächsten Wochen nicht aushalte, wenn ihr nicht wieder zusammenkommt. Also?«

Mein Herz klopft immer wilder in meiner Brust, als würde es mir etwas Wichtiges mitteilen wollen. Ich sehe wieder Ryans Gesicht vor mir, höre sein tiefes Lachen, das mein Herz flattern lässt, und sehe diese wunderschönen, meerblauen Augen, die eine ungeheure Anziehungskraft auf mich haben. Ich erinnere mich an die Küsse unter dem Sternenhimmel und in dem Chalet, in dem wir die Nacht verbracht haben. In seinen Armen am nächsten Morgen aufzuwachen, hat zu den schönsten Momenten in meinem Leben gehört. Nein, das will ich nicht einfach so wegwerfen. Ryan und ich müssen uns gegenseitig verzeihen und er hat vorhin den ersten Schritt gemacht. Jetzt bin ich diejenige, die den Zweiten machen muss.

Euphorie ergreift Besitz von mir, als eine Idee in mir reift. »Du hast recht. Ich sollte nicht länger warten und ich habe auch schon einen Plan.« In knappen Sätzen berichte ich Holly davon, die am anderen Ende der Leitung genauso begeistert und glücklich klingt, wie ich mich fühle. Scheinbar habe ich diese Bestätigung meiner Freundin gebraucht, um den letzten Funken Unsicherheit loszuwerden.

Holly quiekt leise ins Handy. »Das wird mega romantisch. Du kannst das Zeug in meinem Schrank nehmen. Hab immer was auf Vorrat für spontane Demos.«

Sobald ich den Anruf mit ihr beendet habe, wähle ich noch eine Nummer. Tony hat mir seine zwar nur gegeben, falls ich die Sitzplätze in der Halle nicht finde. Aber vielleicht kann er mir trotzdem helfen.

»Hallo?«, meldet sich die zweite verschlafene Stimme in dieser Nacht und für einen kurzen Augenblick überfällt mich das schlechte Gewissen. Ich habe vor Aufregung vergessen, wie spät es schon ist. Vor allem nachdem Holly und ich meinen Plan perfektioniert und noch zehnmal durchgekaut haben.

»Hi, hier ist Chloé. Sorry, dass ich dich geweckt habe, aber es ist wirklich wichtig. Du hast die Sache mit Ryan bestimmt mitbekommen.« Bevor Tony irgendetwas sagt, wiederhole ich die Geschichte ein zweites Mal. »Und jetzt brauch ich deine Hilfe, um das Alles irgendwie wieder gerade zu biegen. Das wäre echt verdammt wichtig.«

Tony ist ein paar Augenblicke lang still und ich will gerade zu einer weiteren Erklärung ansetzen, als er sein Schweigen endlich unterbricht. »Klar helfe ich dir.« Er klingt schon um einiges wacher als vor ein paar

Minuten. »Ich habe von Anfang an nicht geglaubt, dass du das getan hast. Dafür schaust du Ryan viel zu verknallt an. Das kann kein Mensch so spielen. Aber da ist er einfach ein Sturkopf.«

»Danke, dass du das sagst. In den letzten Tagen war es irgendwie schwer zu glauben, dass außer Holly überhaupt noch jemand geglaubt hat, dass ich damit nichts zu tun habe. Es tut gut zu hören, dass es doch nicht so ist.«

Tony räuspert sich. »Also, was soll ich machen?« Seine Stimme klingt erwartungsvoll, als könnte er es nicht abwarten, loszulegen.

»Zum einen brauche ich einen guten Sitzplatz, damit Ryan mich vom Spielfeld aus sehen kann. Und dann ...« Ich erzähle Tony Hollys und meinen Plan in allen Einzelheiten. Erleichtert beende ich das Gespräch. Damit ist der erste Schritt geschafft, jetzt fehlt nur noch die Feinarbeit.

Ein Blick auf die Uhr verrät mir, dass ich ein paar Stunden Zeit habe, um alles fertigzumachen, und dann zumindest vier Stunden Schlaf abbekommen würde. Vorausgesetzt, ich mache mich jetzt gleich ans Werk. Also mache ich mich an Hollys Schrank zu schaffen und suche die Sachen zusammen, die ich für meine Bastelarbeit benötige.

Aufregung macht sich in mir breit, als ich mit Schere, Kleber und Stiften bewaffnet loslege. Ich hoffe nur, dass das Ganze auch den gewünschten Effekt hat. Aber darüber darf ich mir jetzt keine Sorgen machen. Es wird alles gut gehen. Da bin ich mir sicher. Das muss ich mir sein.

Mit jeder verstreichenden Minute, in der Holly nicht auftaucht, werde ich nervöser. Ich tripple von einem Bein aufs andere, als ich sie endlich auf mich zulaufen sehe. Sie trägt ein Schild aus Pappe in den Händen, das sie für mich in unserem Zimmer abgeholt hat, solange es getrocknet ist.

Es ist nicht nur unser Plan, der mich nervös macht, sondern auch das Spiel selbst. Ich hoffe für die Lions, dass sie das Match heute für sich entscheiden. In der letzten Zeit ist so viel schiefgelaufen, dass sie es wirklich verdient hätten, zu gewinnen. Vor allem, nachdem zwei Spieler der Penguins versucht haben, das Match auf eine so fiese Weise für sich zu drehen. Da wäre es nur fair, wenn sie dafür die Quittung auf dem Eis kriegen.

»Alles okay? Du siehst aus, als würdest du dir gleich in die Hose machen«, fragt Holly, als sie neben mir zum Stehen kommt.

»Es fühlt sich auch so an. Ich war bestimmt schon vier Mal auf dem Klo, seit ich aus dem Wohnheim gegangen bin. Ich bin total nervös.«

Holly klemmt sich den umfunktionierten Pappkartondeckel unter den Arm. Dann greift sie mit der freien Hand nach meiner und drückt sie fest. »Mach dir keine Sorgen. Es wird alles gut gehen und auch, wenn mich Will vermutlich dafür lynchen wird, aber ich drücke Ryan und den Jungs die Daumen, dass sie es heute schaffen. Und jetzt mach, dass du reinkommst, bevor du alles verpasst. Tony wartet bestimmt schon.«

Dankbar für ihre aufmunternden Worte nehme ich sie umständlich in den Arm, darauf bedacht, den Pappkarton nicht zu zerstören. »Danke, Holly. Für alles. Du bist mir eine viel bessere Zimmernachbarin und Freundin, als ich es verdient habe. Zumindest nach unserem Fehlstart nach meinem Einzug. Ich bin echt froh, dich zu haben.«

»Das nennst du Fehlstart? Du wolltest mich in deinem Strickzeug ertrinken lassen. Stell dir vor, ein heißer Polizist hätte meine Leiche so vorgefunden! Das hätte ich dir wirklich nie verziehen.« Sie grinst und gibt meine Hände wieder frei.

Ich kann nicht anders, als laut zu lachen, und ein Teil der Anspannung löst sich von mir. »Keine Sorge, nicht einmal die Vergangenheits-Chloé wäre so fies gewesen, deinen Körper in Guerilla einzudecken. Das wäre schon echt Hardcore gewesen.«

Wir lachen beide und es dauert ein paar Momente, bis wir uns wieder beruhigen und mir klar wird, dass die Zeit drängt. Ich verabschiede mich von Holly mit einer weiteren kurzen Umarmung. »Dann sehen wir uns später?«

»Ich werde da sein, sobald ich bei Will war«, bestätigt sie und ich kann mir ein erleichtertes Lächeln nicht verkneifen. Ich musste Holly förmlich anbetteln, mit zum Spiel zu kommen und an meiner Seite zu bleiben, da sie so ziemlich gar nichts mit dem Sport anfangen kann. Aber andererseits ist sie zu neugierig, um die Umsetzung unseres Plans zu verpassen. Daher war es doch nicht ganz so schwer. Sie ist so hoffnungslos romantisch und ich hoffe, dass alles so gut ausgehen wird, wie sie es mir seit gestern Nacht prophezeit.

Tony wartet bereits an der Tür auf mich und ein Ausdruck von Erleichterung huscht über sein Gesicht, als er mich auf sich zukommen sieht. »Ich hatte schon Angst, du hättest es dir anders überlegt.«

»Seit gestern Nacht habe ich meine Meinung wahrscheinlich dreißig Mal geändert«, gebe ich mit einem verschmitzten Lächeln zu, das ihn ebenfalls zum Lachen bringt.

»Solange es am Ende immer wieder auf dasselbe herauskam, ist alles in Ordnung.«

»Und wenn es nicht so gewesen wäre?«

»Dann hätte ich dich persönlich hierher geschleift. Aber jetzt los.« Er deutet in Richtung der Tür und führt mich zu unseren Plätzen. Es fällt gar nicht auf, dass Tony kaum Zeit hatte, sie zu organisieren, da sie wirklich perfekt sind. Wir sitzen recht mittig und haben dadurch einen freien Blick aufs Eis. Zu Beginn müssen wir uns aber ein wenig im Hintergrund halten, damit Ryan uns nicht zu früh sieht.

»Ich schulde dir echt was, Tony. Danke, dass du das organisiert hast, obwohl ich dich heute Nacht geweckt habe.«

Er schmunzelt und winkt ab, doch ich erkenne trotzdem den leicht rötlichen Schimmer auf seinen Wangen. »Es war gut, dass du dich gemeldet hast. Schon heftig, wie viel da schiefgegangen ist. Das tut mir echt leid. Ich bin froh, dass Ben den Scheiß nicht gemacht hat, aber dass das dann auf dich zurückgefallen ist, war beschissen.«

»Es hat sich ja alles wieder aufgeklärt«, sage ich leichthin. Ich hoffe, dass Tony nicht heraus hört, wie schwierig die Zeit für mich tatsächlich war.

»Jetzt müssen sie nur noch gewinnen. Das wäre ein fairer Abschluss, findest du nicht?« Mit dem Kinn deute ich in Richtung des Eises und lenke Tonys Aufmerksamkeit damit auf die Jungs, die gerade auf die Spielfläche fahren.

»Absolut«, antwortet er, ohne den Blick von seinen Teamkameraden zu lösen. Ihm ist anzusehen, wie sehr er es vermisst und, dass er einiges dafür geben würde, mit ihnen gemeinsam dort unten zu stehen.

Das Spiel ist ziemlich spannend und geladen. Im ersten Drittel schenken die Teams sich nichts. Der Puck ist kaum für ein paar Sekunden in der einen Spielhälfte, als es einem der Spieler auch schon wieder gelingt, ihn dem Gegner abzuluchsen und einen Gegenangriff einzuleiten. Es ist ein einziges Hin und Her, das unheimlich viel Kraft kostet. Daher wechseln die Teams so häufig die Spieler durch, dass ich auf die Schnelle nur anhand der Trikotnummern bestimmen kann, wann Ryan auf dem Eis ist.

Noch dazu ist es gespickt von Fouls. »Halten, Beinstellen, Crosscheck, Haken«, flüstert Tony bei jedem Pfiff des Schiedsrichters vor sich hin, ohne es selbst zu bemerken. Er hat sich nach den ersten paar Minuten, so weit wie möglich nach vorne gelehnt, um jeden Move auf dem Eis zu verfolgen. Aus dieser definitiv unbequemen Haltung hat er sich seitdem auch nicht mehr gelöst. Es lockt ein kleines Lächeln auf meine Lippen, wie sehr er mitfiebert. Dabei geht es mir genauso. Auf dem Eis passiert so viel, dass ich das Gefühl habe, die Hälfte zu verpassen, wenn ich nur einmal blinzle.

Und dann passiert es. Kurz vor Ende des zweiten Drittels, nachdem einer der Lions eine zweiminütige Strafe kassiert hat, schafft es einer der gegnerischen Stürmer, durch unsere Abwehr zu dringen. Er schert nach rechts aus und spielt den Puck zu einem seiner Mitspieler, der sich direkt vor dem Tor positioniert und nur auf diesen Pass gewartet hat. Es reicht aus, den Puck nur von seinem Schläger abprallen zu lassen, und der Torwart hat keine Chance, das Tor zu verhindern. Dafür stand der Gegner zu nah vor ihm.

»Fuck!«, flucht Tony laut, während ich im selben Moment »Merde!« rufe.

Nur wenige Sekunden später ertönt der Buzzer, der das Ende des Drittels verlauten lässt. Die Teams fahren vom Eis und wir haben Glück, dass Ryan mich bisher nicht entdeckt hat. Es war gut die Guerilla-Strickmuster, wenn auch schweren Herzens, zu Hause zu lassen. Die Jungs sollen sich jetzt konzentrieren. Immerhin haben sie nach der Pause noch zwanzig Minuten Zeit, um das Tor aufzuholen, und ich weiß, dass sie das schaffen können.

Noch während der Pause taucht Holly neben mir auf und ich bin froh, dass sie bei mir ist. Sie unterhält sich die ganze Zeit mit Tony, während ich mich vor Nervosität kaum zusammenreißen kann. Ich glaube, dass ich zum ersten Mal noch hibbeliger als meine beste Freundin bin – und das heißt echt etwas.

Ich hätte nicht gedacht, dass das überhaupt möglich ist. Aber das Spiel wird noch intensiver. Stöcke schlagen aufeinander, Gegner werden gegen die Bande gestoßen und gepresst, und ich befürchte, dass auch bald Zähne durch die Luft fliegen werden, wenn es so weitergeht. Hoffentlich wird sich niemand verletzen. Es kommt nicht nur einmal vor, dass die Spieler in einer heiklen Situation aufeinander losgehen. Die Luft knistert förmlich vor Anspannung.

Ben schafft es durch eine Finte, einem der gegnerischen Spieler kurz nach der Mittellinie den Puck abzunehmen und läutet damit einen neuen Angriff ein. Die Gegner scheinen für einen Augenblick überrascht, was die Lions sofort mit einem schnellen Passspiel ausnutzen. Ryan und Ben passen sich den Puck hin und her und spielen dadurch zuerst einen, dann einen zweiten und schließlich einen dritten Gegner aus.

Ich halte die Luft an und klammere mich an dem Pappkarton in meinen Händen fest. Ryan kommt vor das Tor, als er sich plötzlich umdreht. Ich will gerade fragen, was er da macht, als er kurz vor Will den Puck nach hinten zurück zu Ben spielt, der komplett freie Bahn hat und ihn im Tor versenkt. Um mich herum bricht lauter Jubel aus. Selbst Tony ist von seinem Platz aufgesprungen und hüpft auf einem Bein herum, während er sich mit einer Hand an der Eisenstange abstützt und die andere wild in die Luft stößt.

Ausgleich!

Obwohl ich Will echt dankbar für seine Hilfe beim Lernen bin, freue ich mich gerade riesig darüber, dass er den Puck nicht gehalten hat.

Mein Blick wandert sofort zur Uhr, als der Schiedsrichter das Spiel wieder anpfeift. Noch fünf Minuten, bevor es in die Verlängerung geht und das erste Tor den Sieger küren würde. Ich hoffe sehr, dass es dazu nicht kommt. Vermutlich kann ich mir nicht einmal im Entferntesten vorstellen, wie viel Kraft dieses Spiel die Jungs schon gekostet hat, aber wenn es nur halb an meine Vermutung heranreicht, wäre es am besten, noch in der regulären Zeit zu gewinnen.

Beide Mannschaften legen all ihre Reserven in diese letzten fünf Minuten. Es ist ihnen deutlich anzusehen, wie hart sie darum kämpfen, den Puck zu gewinnen und das entscheidende Tor zu schießen. Einmal kommen die Penguins dem gefährlich nahe und ich schnappe laut nach Luft, als unser Torwart die Scheibe im letzten Moment abwehrt, indem er sich nach unten auf die Knie fallen lässt. Ben ist sogleich zur Stelle, um den, von den Polstern abgesprungenen, Puck aus der Gefahrenzone zu holen und den nächsten Angriff einzuleiten. Doch dieser wird von den Penguins schnell wieder unterbrochen.

Sie kämpfen unerbittlich um die Scheibe, um jeden Meter, den sie näher an das jeweils andere Tor heranbringt. Aber keiner schafft es, nahe genug heranzukommen. Ein lauter Pfiff ertönt und die Zeit wird angehalten. Fragend sehe ich mich um, da ich kein Foul bemerkt habe, und fange Tonys Blick auf, als ich erkenne, dass die Spieler das Eis verlassen.

»Der Trainer der Penguins macht eine Auszeit«, erklärt er auf meinen fragenden Blick hin.

»Eine halbe Minute vor dem Ende?«

Er zuckt mit den Schultern. »In solchen Situationen kommt das öfter vor.«

Doch auch die Lions nutzen die Zeit und treffen eine Entscheidung, die spielentscheidend sein kann: Sie wechseln ihren Torwart aus und stellen dafür einen weiteren Feldspieler auf. Das bedeutet, dass sie mit vier Stürmern auf das Tor der Penguins zustürmen werden, unser eigenes dafür jedoch von den Abwehrspielern mit abgedeckt werden muss.

»Darf man das einfach so?« Ich habe wirklich wenig Ahnung von Mannschaftssportarten. Aber mein Vater hat mich das ein oder andere Mal mit zum Fußball schauen genommen und daher weiß ich zumindest, dass es dort nicht möglich ist, den Torwart einfach so gegen einen weiteren Feldspieler auszutauschen.

»Klar, das passiert öfter Mal. Und es erhöht den Druck auf die Penguins. Da wir dieses Spiel gewinnen müssen, haben wir keine andere Wahl, als alles auf eine Karte zu setzen und das Risiko einzugehen. Mit vollem Dampf auf ihr Tor und irgendwie versuchen, in den nächsten dreißig Sekunden den Puck in ihr Netz zu bringen. Alles andere ist egal.«

Ich nicke, vor Anspannung nicht dazu fähig, zu reden. Stattdessen sehe ich zu, wie sich das Eis wieder füllt. Ryan stellt sich gegenüber einem der gegnerischen Stürmer, um mit dem Anspiel das Spiel weiterlaufen zu lassen. Wir haben Glück, da Ryan es schafft, den Puck in unserer Hälfte zu halten. Und Tonys Ankündigung wird direkt umgesetzt: Es geht wirklich mit vollem Dampf auf das Tor der Gegner zu.

Noch fünfzehn Sekunden.

Ryan spielt den Puck zu einem seiner Mitspieler, den ich nicht erkenne. Er umrundet einen der Gegner und passt ihn dann zurück zu Ben, der sich ein wenig nach rechts versetzt angeboten hat.

Noch zehn Sekunden.

Ryan setzt zu einem Sprint an, klopft mit dem Schläger auf das Eis und fordert damit einen Pass direkt in seinen Lauf ein.

Noch fünf Sekunden.

Ben kommt seiner Aufforderung sofort nach und schafft es, den Pass so perfekt zu takten, dass der Puck direkt vor Ryans Schläger kommt und er ihn im vollen Lauf mitnehmen kann.

Noch zwei Sekunden.

Ab diesem Zeitpunkt fühlt es sich an, als würde alles in Zeitlupe ablaufen. Ryan umspielt einen weiteren Gegner und zieht nach innen. Unheimlich langsam hebt er den Schläger an und holt aus. Holz trifft auf Hartgummi und der Puck fliegt und fliegt. Mit angehaltenem Atem verfolge ich seine Flugbahn und wie er, ebenso unendlich langsam, endlich im Netz zappelt.

Ein lauter Buzzerton ertönt und plötzlich bricht die Lautstärke über mir wie eine Welle zusammen. Sie zerrt mich zurück in die Realität und mit einem Mal läuft alles wieder in normaler Geschwindigkeit ab. Ich kann es nicht fassen, sie haben es tatsächlich geschafft, in letzter Sekunde das Siegestor zu schießen!

Wie von selbst umklammern meine Hände das Schild und halten es endlich nach oben. Es kommt mir vor wie Schicksal, dass Ryan in diesem Moment zum ersten Mal an diesem Morgen bewusst nach oben zur Tribüne schaut. Ich erkenne zuerst Überraschung und dann Glück in seinen Augen, als er den Schriftzug auf meinem provisorischen Pappschild liest: Hände weg von der Nummer 77 – Das ist mein Kerl!

Er fährt direkt an die Bande und ohne darüber nachzudenken, kämpfe ich mich durch die jubelnden Menschen zu dem Durchgang, durch den die Jungs das Eis verlassen. Nach unten zu ihm.

»Du bist tatsächlich hier«, sagt er mit erstickter Stimme und fährt sich mit der freien Hand durch das vom Helm plattgedrückte Haar.

»Glaubst du wirklich, dass ich mir das hier entgehen lasse?«

Ryan macht einen Schritt auf mich zu und erst als ich die Arme um seinen Hals legen will, bemerke ich, dass ich immer noch das Schild in der Hand halte. »War dir die öffentliche Liebeserklärung eigentlich peinlich?«

Seine blauen Augen leuchten auf und mein Herz pocht bei diesem Anblick so schnell, dass ich das Gefühl habe, es würde am liebsten aus meiner Brust und zu ihm springen.

»Ich habe eine sehr hohe Peinlichkeitsschwelle«, antwortet er mit heiserer Stimme. Und endlich, endlich, endlich überbrückt er die letzte Distanz zwischen uns.

Ohne darauf zu achten, lasse ich das Schild einfach fallen und lege beide Arme um seinen Nacken, um ihn noch näher an mich heranzuziehen. Dieser Kuss lässt alles andere um mich herum verblassen und dringt jeden Vorherigen in den Schatten. Seine Lippen endlich wieder auf meinen zu spüren, ist schöner als alles, was ich mir ausgemalt habe. Mein Kopf ist wie leergeblasen und gleichzeitig voller Emotionen und Glücksgefühlen. Schmetterlinge tanzen in meinem Bauch und meine Haut kribbelt, als würden kleine Blitze darüberfahren. Ich stehe in Flammen und fühle mich gleichzeitig so geerdet wie noch nie in meinem Leben.

Alles ist so voller Widersprüche und gleichzeitig sehe ich endlich eine Zukunft vor mir, die nicht von meinem Vater oder sonst irgendjemandem vorgeschrieben ist.

Sondern eine, die ich mir selbst aussuche und von der ich weiß, dass es der richtige Weg für mich ist.

Dieser Kuss ist ein Versprechen. Ein wundervolles, süßes Versprechen, dass Ryan und ich die Schwierigkeiten überstanden haben und ein ›wir‹ daraus werden kann. Egal, was noch auf uns zukommt und wie schwierig es werden könnte. Immer dann, wenn ich kurz davorstehe, aufzugeben, werde ich mich an diesen Moment zurückerinnern und wissen, dass wir es schaffen können. Gemeinsam.

Epilog: Chloé

4 Monate später

Ich stehe auf und klatsche laut, als die Jungs das Eis betreten und der Pfiff des Schiedsrichters den Startschuss zum Beginn des letzten Spiels der Saison darstellt. Sie haben sich lang darauf vorbereitet und Ryan hat Holly mit seiner Hibbeligkeit gestern ziemlich Konkurrenz gemacht.

Es ist kaum zu glauben, dass mein zweites Trimester an dem Kings schon fast wieder vorbei ist. Bis vor ein paar Monaten habe ich nicht einmal daran geglaubt, meine Prüfungen zu bestehen und es gehasst, hierherkommen zu müssen. Und jetzt sitze ich hier und es ist genau umgekehrt.

Inzwischen habe ich Gefallen an meinem Studienfach gefunden und nehme das Lernen um einiges ernster, als es bei meiner Ankunft der Fall war. Papa ist so froh darüber, dass er meinen Wunsch hierzubleiben von Anfang an unterstützt hat. Ich glaube, die Entfernung tut uns gut. Obwohl uns so viele Kilometer trennen, sprechen wir öfter miteinander, als es vorher der Fall war – und das meistens ohne zu streiten.

Ein Lächeln legt sich auf mein Gesicht, als Ryan mir breit grinsend zuwinkt. Er hat meinen Rat angenommen und damit begonnen, seine Buchidee aufzuschreiben. Ich habe ihn nicht nur einmal nachts dabei erwischt, wie er aus dem Bett gekrochen ist, um sich an den Schreibtisch zu setzen, weil ihn eine Idee überkommen hat. Für das neue Semester hat er zusätzlich einen Kurs im kreativen Schreiben dazu gewählt und lebt darin förmlich auf. Vielleicht würde er dadurch genug Selbstvertrauen gewinnen, um sein Exposé einem Verlag vorzustellen. Jedenfalls würde ich ihm das von ganzem Herzen wünschen.

Mein Blick folgt Ryan, der gerade mit dem Puck am Stock über das Eis gleitet. Obwohl ich inzwischen bei einigen Hockeyspielen war, erstaunt mich diese enorme Geschwindigkeit immer wieder. Hockeyspieler haben auf dem Eis eine eigene Art von Eleganz, die ich nie werde ganz begreifen können. Aber sie begeistert mich immer wieder aufs Neue.

Er dribbelt zwei der gegnerischen Spieler aus und passt den Puck zu Kendall, der auf dem rechten Flügel darauf wartet. Sie führen einen schnellen Doppelpass aus, wodurch Ryan allein vor dem Torwart steht. Er holt aus und nur den Bruchteil einer Sekunde später zappelt die Scheibe im Netz.

Ich reiße die Arme nach oben, klatsche und juble laut. Wenn sie dieses Spiel gewinnen, steht der Meisterschaft nichts mehr im Weg. Jetzt müssen sie es nur noch zu Ende bringen. Nach dem erfolgreichen Sieg gegen die Penguins ist endlich der Knoten geplatzt und die Jungs haben es geschafft, bis auf eine Ausnahme, alle Spiele zu gewinnen. Manchmal glaube ich, dass die Party nach dem Match gegen die Penguins mir immer noch in den Knochen steckt.

»Bin ich zu spät?«, reißt mich eine tiefe Stimme aus der Erinnerung an diese zugegeben ziemlich wilde Nacht.

Nicht nur der Klang kommt mir irgendwie bekannt vor, sondern auch die französische Sprache lässt mich herumfahren. Meine Augen werden immer größer, als ich die Person neben mir erkenne und meine Kinnlade klappt mir fast bis auf den Boden. »Papa?« Meine Stimme klingt mehr nach einem Quieken und ich bin mir nicht sicher, ob er das Wort überhaupt verstanden hat.

Mein Vater tritt einen weiteren Schritt vor und schließt mich in seine Arme. Für einen Moment bin ich zu überrascht, doch dann erwidere ich die Umarmung. »Ich hoffe, ich habe noch nicht allzu viel verpasst. Mein Flug hatte leider eine inakzeptable Verspätung und ich war mir nicht einmal sicher, ob ich es überhaupt noch schaffen würde.«

»Ich ... ich ... verstehe nicht. Warum bist du hier?«

Er lacht dröhnend auf und sein Gesicht erhellt sich noch mehr. »Ich muss doch endlich einmal den jungen Mann kennenlernen, der meine Tochter in Kanada hält. Und außerdem«, Papa zwinkert mir zu und die Lachfältchen um seine Augen verstärken sich, »muss ich mir die Mannschaft ansehen, die ich mit einem Sponsoring unterstützen möchte. Mir ist zu Ohren gekommen, dass davon auch das Studium eines anderen jungen Mannes abhängt und da helfe ich sehr gerne aus.«

Spätestens jetzt bekomme ich meinen Mund gar nicht mehr zu. »Und ich dachte, deine Sekretärin hätte die ganzen E-Mails mit den Links zur Bildergalerie der

Mannschaft und dem Video gelöscht.« Nachdem vorher alles so schiefgelaufen ist, wollte ich das mit dem Sponsoring noch einmal angehen. Und dieses Mal richtig.

»Nein, im Gegenteil. Ich habe mir alles angesehen und den nächstmöglichen Flug gebucht. Nur sollte das eine Überraschung werden, daher habe ich mich nicht dazu geäußert.«

Ich glaube kaum, dass Papa wirklich hier ist. Nicht nur als einfacher Besuch, sondern auch um Ryan kennenzulernen und der Mannschaft zu helfen. Das Alles prasselt auf mich ein und es dauert ein, zwei Sekunden, bis ich mich rühren kann. Aber dann falle ich ihm ein weiteres Mal um den Hals und meine Augen füllen sich mit Tränen. »Danke. Du kannst dir nicht vorstellen, wie viel mir das bedeutet.« Ich kann es kaum erwarten, Ryan davon zu erzählen.

Mein Herz platzt beinahe vor all den Glücksgefühlen, die sich darin tummeln. Nach der Qualifikation für die WM hat mein Leben eher einem Trümmerhaufen geglichen, wenn auch einem schön Glitzernden. Aber eben immer noch einem Trümmerhaufen. Erst da ist mir so richtig bewusst geworden, wie falsch alles läuft und, dass dringend etwas geändert werden muss. Nur wusste ich nicht wie.

Manchmal ist es interessant, wie das Schicksal spielt. Ich musste ausgerechnet zurück nach Kanada kommen. Dem Land, das ich nach all den Geschehnissen nie wieder besuchen wollte – und jetzt kann ich mir nicht mehr vorstellen, woanders zu sein. Auch wenn das nicht nur an dem Land selbst, sondern vor allem an

Ryan und Holly liegt. Ein Leben ohne die beiden ist ein Leben, das ich definitiv nicht mehr will.

An Ryans Seite habe ich endlich das Gefühl, ganz ich selbst sein zu können. Ohne Erwartungen, die an mich gestellt werden, die ich aber nicht erfüllen kann. Ohne diesen ständigen Druck, der in Paris immer auf mir gelastet und mich nach unten gedrückt hat. Ich habe ein zu Hause gefunden, das so viel mehr als ein einfacher Wohnraum ist. Es besteht nicht aus vier Wänden, sondern aus Zusammenhalt und Freundschaft, aber vor allem aus Liebe zu den Menschen, denen ich vollkommen und bedingungslos vertrauen kann.

Inzwischen glaube ich an Schicksal. An das Schicksal und daran, dass die Liebe alle Wunden heilen kann, wie tief sie auch sind. Und ich bin unglaublich froh darüber, dass ich jetzt zu den Menschen gehöre, die das erfahren dürfen. Ein Leben ohne Liebe ist nur ein halbes Leben und ich bin dankbar, dass ich meines nun in vollen Zügen genießen und wirklich leben kann. Denn am Ende zählt nur die eine Frage: Bin ich glücklich? Und die Antwort darauf kann ich endlich voller Inbrunst herausbrüllen: Ja! Ja, das bin ich! Voller Vorfreude auf das, was die Zukunft für uns bereithält.

Danksagung

Eine Fortsetzung zu schreiben, ist für mich etwas Besonderes. Umso mehr freut es mich, dass es mit diesem Buch möglich war und ich die Geschichte von Chloé und Ryan aufschreiben durfte. Sie hat einen besonderen Platz in meinem Herzen. Aber ohne ein paar ganz besondere, tolle Menschen wäre das nicht möglich gewesen.

Zuallererst meine Familie. Ich weiß nicht, wie oft ich euch gefragt habe: Wie soll ich es schaffen, das Schreiben und den Vollzeitjob unter einen Hut zu bekommen? Danke, dass ihr es immer schafft, mich zum Lachen zu bringen. Vor allem in den Situationen, in denen mir eigentlich gar nicht danach ist, ich es aber am meisten brauche. Ihr seid der beste Haufen crazy people, den ich kenne und liebe euch von ganzem Herzen!

Das Team vom dp Verlag. Ich bin sehr glücklich darüber für meine Bücher ein so schönes Verlagszuhause gefunden zu haben. Danke für die tolle Zusammenarbeit!

Dani. Ich bin unheimlich glücklich darüber, dass wir auch am zweiten Band wieder gemeinsam am Lektorat arbeiten konnten. Du machst eine wirklich tolle Arbeit und ich spüre bei jeder deiner Anmerkungen, dass nicht nur die Geschichte daran wächst, sondern auch ich als Autorin. Ich danke dir dafür!

Stefan und den Heilbronner Falken. Danke, dass ihr es mir gemeinsam ermöglicht habt, einen Einblick in den Eishockeysport zu bekommen. Ich war unglaublich begeistert von den Spielen und freue mich darauf, bald noch einmal im Eisstadion vorbeizuschauen!

Und zum Schluss: Danke an euch, liebe Leser und Leserinnen. Auch ohne euch gäbe es die Geschichte von Chloé und Ryan nicht. Danke für jede wundervolle Nachricht und Rezension zu »Spin my Heart« und dafür, dass bei einigen der Wunsch nach einer weiteren Geschichte aus diesem Universum aufkam. Ich weiß, dass Chloé vermutlich eher nicht eure Lieblingsfigur aus dem ersten Band war. Aber ich hoffe, dass sich das jetzt geändert hat. Ich hatte unheimlich viel Spaß beim Schreiben ihrer Geschichte und hoffe, dass ihr die Liebe beim Lesen auf jeder Seite gespürt habt.

Ich danke euch!
Eure Jeannine